A S

Die plötzliche Lust zum Klettern, überhaupt die Gier, den Dingen wieder näherzukommen.

Max Frisch

Inhalt

Zauberberge

Das Bild zeigte einen Berg von ungeheurer Glätte und Steilheit, eine Kante teilte Licht und Schatten wie ein Messer, eine Wand ohne sichtbare Struktur fiel mehrere hundert Meter tief ab auf einen zerschrundeten Gletscher. Der Berg erschien mir so unnahbar, als verkörpere er die Unmöglichkeit schlechthin. Angst durchschauerte mich, wenn ich mir vorstellte, ich müsste ihn besteigen, über die ausgesetzte Felskante klettern oder durch die grauschwarze Wand ohne jeden Halt. Immer wieder musste ich nach dem Buch greifen, auf die Seite mit dem vergilbten Foto blättern; es übte einen mächtigen Reiz auf mich aus, ich musste es betrachten, mir einen Weg vorstellen. Ich musste diesen Berg sehen, und vielleicht würde ich ihn trotz aller Furcht einmal versuchen. Das scheinbar Unmögliche zog mich an mit magischer Kraft.

Ich hatte den Sammelband mit alpinen Zeitschriften in einem Gestell in der Cafeteria des Lungensanatoriums Faltigberg im Zürcher Oberland entdeckt, wo ich mit meiner Stiefmutter meinen Vater besuchte, der dort mit Tuberkulose zur Kur weilte. Es war eine Welt, wie sie Thomas Mann in seinem Roman «Der Zauberberg»[1] schildert, eine morbide «Mischung von Tod und Amüsement». Wie sein Protagonist Hans Castorp lag mein Vater eingehüllt in Wolldecken im Bett auf dem Balkon und hoffte auf Genesung durch Höhenluft und Sonne. Ärzte, Schwestern und Mitpatienten schürten mit beiläufigen Bemerkungen seine Furcht vor einer Operation, die er als Todesurteil betrachtete. Immer wieder gab es auch auf dem Faltigberg die «Abgänge», die man rasch verdrängte; der Lebenstrieb der vorläufig Verschonten glühte auf in schwarzem Humor und flüchtigen erotischen Abenteuern. Besuchten wir Vater, so durfte er zu einem Spaziergang aufstehen, anschliessend setzten wir uns in die Cafeteria, wo gelegentlich ein Mandolinenorchester oder ein Trachtenchor ein Konzert gab, ein paar Leute Karten spielten oder der Spassmacher unter den Langzeitpatienten die immer gleichen Witze und Anekdoten zum Besten gab. Es waren tödlich langweilige

Nachmittage. Bis ich das Buch mit dem Berg entdeckte – meinem Zauberberg.

Im Herbst zuvor war ich mit meinem Vater im Tödigebiet gewandert, von Linthal zur Fridolinshütte, dann hinauf zur Planurahütte, weiter über den Sandpass ins Val Russein und zur Pontegliashütte. Gerne hätten wir den Tödi umrundet, doch da war eine schwierige Felsrinne zu durchklettern, man brauchte Seile. Zudem war mein Vater nach drei Tagen Wanderung erschöpft. Er hustete, spuckte immer wieder in ein Taschentuch, sein Atem ging keuchend am letzten Tag, als wir in die Surselva abstiegen. Wenige Wochen später brach seine Krankheit aus.

Vom Faltigberg aus sieht man den weiten Bogen der Glarner Alpen ganz nahe vor sich, der Gletschertisch des Tödi überragt den Horizont. Es war Frühling, Schnee glänzte auf den Höhen, über die Voralpenhänge breitete sich erstes Grün. Versunken sass ich in einer Ecke der Cafeteria, Mandolinen zirpten oder es sang ein Chor, während ich lesend in die Welt der Berge versank, der Bergsteiger und der Abenteuer. Sie packten, ängstigten und lockten mich. In meinem Kopf entstand eine Gegenwelt zum Sanatorium mit dem kranken Vater und zum öden Werktag. Ich war Laufbursche in einer Fabrik, musste mich ein Jahr lang bewähren, um eine Lehrstelle als Elektroniker zu bekommen. Morgens um fünf stand ich auf, eine Stunde Bahnfahrt bis zum Arbeitsplatz, dann lief ich den ganzen Tag mit Material und Werkzeug durch die Abteilungen. Abends sieben kam ich nach Hause und sank müde ins Bett. Im Zug las ich Bücher.

Johannes Peyer, ein Mechanikerlehrling, hatte mich zum Lesen angeregt. Er ärgerte den Meister oft, weil er an der Fräsmaschine Arien aus der «Zauberflöte» sang oder aus Schillers «Räubern» rezitierte. Gelegentlich stand ich neben ihm, schaute ihm bei der Arbeit zu, während er mir von den Bergen erzählte, von den Büchern und vom Theater. Nach der Lehre wurde er Schauspieler und Theaterregisseur, zog nach Deutschland und gab das Bergsteigen auf. Mir hatte er Fenster geöffnet: zu den Bergen und zur Literatur.

An Pfingsten 1959 nahm mich Johannes mit auf meine erste Kletterfahrt ins Säntisgebiet mit der Jugendgruppe des Schweizer Alpen-Clubs. Ich war ein Anfänger, lernte Knoten und mit dem Seil umgehen, einen Standplatz einrichten und den Partner sichern. An einem Felsen übten wir die Grundtechniken des Kletterns und das Abseilen. Mit andern Anfängern am Seil kletterte ich am zweiten Tag durch eine Felsrinne auf den Altmann, jemand löste einen Felsblock aus, krachend stürzte er zwischen uns in die Tiefe, einige schrien, es roch nach Schwefelstaub, doch nichts war geschehen, die Gefahr überstanden; wir kletterten weiter. Auf dem Gipfel trafen wir Johannes und die Fortgeschrittenen der Gruppe, die über den Westgrat geklettert waren. Man reichte sich die Hand, und ich fühlte mich aufgenommen in der Gemeinschaft der Bergsteiger. Durch tiefen Schnee wateten wir ins Tal, die Schuhe quietschten vor Nässe, der Hosenboden war feucht vom Abrutschen, das Hemd durchgschwitzt. Mein Glück war vollkommen, der Zauberberg in meinem Kopf erschien mir schon nicht mehr so düster und so weit entfernt wie zuvor.

Während der Lehre besuchte ich die Gewerbeschule in Zürich, zu der eine kleine Bibliothek gehörte. Im Karteikasten mit den Titeln nahm ich mir alles vor, was unter der Rubrik «Berg» zu finden war, reichte den Bestellzettel durch einen Schalter der stillen Frau, die einem die Bücher brachte. Meist waren es ältere, schon etwas abgegriffene Bände aus der Zeit vor dem Zweiten Weltkrieg mit vergilbten Fotos auf glattem Papier zwischen den Textseiten. «Bergkameraden» hiess eines der Bücher, und darin faszinierte mich eine Geschichte ganz besonders: «Hochzeitsreise über die Badile-Nordkante». Da war er wieder, mein Zauberberg! Die Nordkante war der steile Grat, der Licht und Schatten teilte. Der Autor und seine Frau waren über diese Kante geklettert, während fünf Italiener die Erstdurchsteigung der glatten Nordostwand anpackten. Die Italiener gerieten in einen Gewittersturm, mussten zweimal in der Wand biwakieren, bis sie am Ende ihrer Kräfte den Gipfel erreichten. Zwei von ihnen starben vor Erschöpfung im Abstieg. Ein Drama, das zu dem düsteren Berg zu gehören schien, was seinen Zauber für mich keineswegs minderte, im Gegenteil.

Ich träumte davon, mit einer Freundin oder Frau zu klettern wie der Autor jener Erzählung, ich beneidete ihn um seine Hochzeitsreise über die Himmelsleiter der Nordkante auf den Gipfel des Piz Badile, eine Himmelsleiter am Rand der Hölle, wie sie die fünf in der Wand erlebten. Glück und Tod, Lieben und Leiden lagen so nah beisammen; so herausfordernd und erregend waren die Höhen und Tiefen des Lebens wohl nur in den Bergen zu finden. Ich las und las, was immer mir an Bergliteratur in die Hände kam. Und ich kletterte. Schon bald wurde ich auf einer Bergfahrt mit der Jugendgruppe Augenzeuge eines tödlichen Absturzes, was mich nicht hinderte, weiterhin auf Berge zu steigen. Unglück und Tod schienen zu den Zauberbergen zu gehören, so stand es in den Büchern, und so erlebte ich es in Wirklichkeit. Erotisch und morbid wie die Welt des Sanatoriums, so empfand ich als pubertärer Junge die Berge, doch das Sterben am Berg schien mir aufregender als das Dahinsiechen an Tuberkulose mit einem stillen «Abgang». Ich fand starke Freunde, wir kletterten um die Wette, wir kletterten wie Süchtige, steigerten die Schwierigkeiten rasch, die wir meisterten, bald nannte man uns Extrembergsteiger. Drei Jahre später stand ich mit meinem besten Freund auf dem Gipfel meines Zauberbergs; die Nordostwand des Piz Badile lag unter uns, ein Gewittersturm setzte ein, Hagel peitschte uns ins Gesicht. Wir hatten überlebt, und ich fühlte mich, als hätte ich mit dieser neunhundert Meter hohen Wand die Schwelle in ein neues Leben überwunden. Ich war erwachsen geworden.

Im November, wenn der erste Schnee fiel, begann ich zu schreiben. Es gab noch keine Kletterhallen, die einem die Wand ersetzen konnten. Ich litt, mir fehlten die Berge, alle Bergbücher der Bibliothek hatte ich gelesen, kaufen konnte ich mir keine. Mein Geld ging für Seil und Bergschuhe drauf, zum Klettern trug ich alte, unten abgeschnittene Manchesterhosen. Schlafsack, Pickel und Steigeisen lieh ich mir aus. Schreibend konnte ich die Abenteuer, die Ängste und das Glück des vergangenen Sommers nochmals erleben, nicht nur einmal, sondern immer wieder. Die flüchtigen Augenblicke auf Gipfeln, die beklemmenden Stunden in der Wand, die erste Tour mit einer Freundin, sie waren nicht vergangen und verweht. Sie kehrten wieder als innere Bilder, als Filme im Kopf, denen ich Gestalt gab in kleinen Berichten und Geschichten, die ich Buchstabe um Buchstabe auf der Schreibmaschine meines Vaters tippte. Wenn ich an jene Zeit zurückdenke, dann kommt mir ein Satz des deutschen Schriftstellers Martin Walser in den Sinn: «Schreibend antworten wir auf einen Mangel. Uns fällt ein, was uns fehlt.»[2]

Es mangelte mir der Berg, es mangelte mir aber auch an Bestätigung. Ich hatte meine Mutter früh verloren durch einen Verkehrsunfall, hatte keine gute Jugend verlebt, war ein mittelmässiger Schüler, hatte wenig Anerkennung erhalten. Auch Klettern war eine einsame Passion, die Wand keine Arena, in der das Publikum den Artisten mit Applaus belohnt. Als Artisten fühlten wir uns aber, über atemberaubenden Abgründen bewegten wir uns tänzerisch auf glattem Fels, überwanden unsere Ängste und Urängste und Todesängste; wir vollbrachten Grosses, so meinten wir, und blieben im Leben doch immer nur die Kleinen: Lehrlinge in der Fabrik. Schreibend wollte ich also der Welt erzählen von den grossen Dingen: der Wand, der Angst, dem Glück, dem Schrecken, der Einsamkeit, dem Tod, dem Leben und der Liebe. Ich glaube, mein erster Text, der gedruckt wurde, war ein kleiner Bericht in der SAC-Zeitschrift «Die Alpen» über die erste Winterbesteigung der «Namenlosen Südwand» in den Bockmattlitürmen im Wägital. Wenn ich das jetzt hinschreibe, fünfzig Jahre später, dann meine ich eine gewisse Symbolik zu erkennen. Wir waren namenlose Jungen, die buchstäblich nach «Höherem» strebten. Uns mangelte im Alltag das, was wir schliesslich in den Bergen fanden: Herausforderung, Selbstbestimmung und Erfolg. Doch ahnte ich, dass mir Klettern allein nicht genügte, es drängte mich zur Mitteilung, zum Text, der von der Erfahrung erzählt, das Erlebte gestaltet, ihm einen Ausdruck, einen Sinn über den Augenblick hinaus verleiht. Mit Sprache, mit eigenen Worten versuchte ich Beachtung und Bestätigung zu finden. «Die Alpen» druckten einen Aufsatz über eine extreme Kletterroute in den Türmen des Salbitschijen im Gotthardgebiet; Redaktor Max Oechslin änderte viele meiner Sätze ab, schliff meinen Text in seinem Sinne zurecht. Der Eingriff verletzte mich, trotzdem machte mich die Publikation stolz, ich bekam ein Bündel Sonderdrucke und zeigte sie herum. Mein Name stand nun in der Zeitschrift, in der ich meinem Zauberberg begegnet war.

«Lesen statt klettern» heisst der Titel eines Buches des Schweizer Schriftstellers Hugo Lötscher[3]. Die programmatische Aussage mag auf den beleibten Bonvivant zutreffen, er versteht sie wohl als Metapher: Die Alpen sind eine Erfindung des «Unterlandes», ihr Bild in unseren Köpfen entsteht nicht durchs Klettern, sondern durch Literatur – durch Bücher oder Bilder wie jenes vom Piz Badile, das meine Sehnsucht und meine Angst prägte. Die Idee, dass eine Bergspitze ein erstrebenswertes Ziel sein könnte, für das sich Mühe und Gefahr lohnen, nimmt erst durch ihre literarische oder künstlerische Darstellung Gestalt an. Der Weg auf den Berg wird nachvollziehbar in Text und Bild, vom historischen Reisebericht des Dichters Francesco Petrarca über seine Besteigung des Mont Ventoux in der Provence im Jahr 1336 bis zu den Routenbeschreibungen, den «Topos», den Fotos und Videofilmen der Sportkletterer des 21. Jahrhunderts. Bild und Bericht öffnen den Weg für die Nach- und Weitersteigenden. Klettern wird zu einer Art Lesen, wie die hervorragende Waadtländer Bergsteigerin und Autorin Betty Favre schrieb.

Bergsteigen konnte sich nur entwickeln durch die literarische und kulturelle Begleitung im Tal: Nicht «Lesen statt klettern», sondern «Lesen zum Klettern» müsste es heissen. Schon im 19. Jahrhundert grenzten sich die Bergsteiger ab gegen die aufkommenden Massensportbewegungen, etwa der Turner. Den Alpinismus begleitete Literatur, Philosophie, bildende Kunst, Fotografie und Film. Klettern forderte nicht nur den Körper, sondern auch den Geist. Die Zeitschriften und Jahrbücher der Alpenvereine mit literarischen, künstlerischen und wissenschaftlichen Beiträgen zeugen davon, dass Bergsteigen tatsächlich mehr ist als «reiner Sport», wie der Bergführer Christian Klucker meinte – oder mehr war? Im Verlauf der Geschichte hat jedenfalls ein radikaler Wandel stattgefunden, für eine neue Generation von Sportkletterern und Extremalpinisten ist Bergsteigen zum reinen Sport geworden. Ein Wettkampf nach gesetzten Regeln, der keine Literatur, keine Kunst mehr braucht, sondern Trainingsprogramme, Routentopos und Ernährungslehre. Professionelle Extrembergsteiger nutzen moderne Medien, um ihre Unternehmen zu finanzieren, um im Gespräch zu bleiben und nicht nur im Fels, sondern auch im Medienzirkus an der Spitze. Wenn der Spitzenalpinist Ueli Steck solo in die Annapurna-Südwand einsteigt, dann sind ein Fernsehteam, ein Fotograf und ein Buchautor vor Ort. Denn auch Bücher brauchen die heutigen Athleten der Fels- und Eisarenen zur Imagepflege, doch schreiben sie ihre Autobiografie nicht mehr selber, sie lassen sich von Journalistinnen interviewen oder engagieren Ghostwriter. Ein Glück, dass es Ausnahmen gibt.

Am Beginn schweizerischer Bergliteratur steht nach gängiger Auffassung das 1729 verfasste, 1732 gedruckte Gedicht «Die Alpen»[4] des Berners Albrecht von Haller, eine schwärmerische Hinwendung des urban aufgeklärten Universalgelehrten, Mediziners und Dichters zu einer romantisch verklärten Welt der Schäferinnen und Hirten. So idyllisch, wie sie Haller besingt, hat es die Alpenwelt nie gegeben. Sie war stets karg, hart, unerbittlich und unberechenbar. Sein Gedicht war der revolutionäre Traum eines freien, naturnahen und selbstbestimmten Lebens. Es war ein Appell an die geistige Elite der Städte, den Blick aus der Schreibstube in die Höhe schweifen zu lassen, bis zum Gotthard oder des «Schreckhorns kaltem Haupt», zu den Bergen, Felsen, Seen – oder noch besser, selber wandernd und schreibend in die unbekannten Höhen vorzudringen. «Die Alpen» war eine frühe Werbeschrift für die Schweiz als Tourismusland.

Später lockte Jean Jacques Rousseaus Ruf «zurück zur Natur» die Dichter ins Gebirge. Johann Wolfgang Goethe watete im Winter über den Furkapass, was auch mit moderner Ausrüstung noch ein anstrengendes und gefährliches Unternehmen wäre. Nach einem harten und kalten Tag mit stundenlangem Schneestampfen fand er in der Herberge in Realp auch noch Zeit, seine Erlebnisse und Empfindungen in anschaulichen und schlichten Sätzen aufzuschreiben. Wahrscheinlich hat er die «Briefe aus der Schweiz»[5] später bearbeitet, am Schreibtisch in Weimar, aus Mangel an frischer Luft und Bewegung und aus Sehnsucht nach der einfachen Welt der Berghütten und Gasthäuser. Vor seinem inneren Auge zog das Erlebte vorbei wie ein Film – längst bevor das Kino erfunden war.

Die geistige Entdeckung und die alpinistische Erschliessung der Alpen ist ohne leitende und begleitende Texte, ohne Berichte und Geschichten nicht denkbar. Bergsteigen als Kultur besitzt urbane Wurzeln wie die Literatur oder die bildenden Künste. Die Ersten, die sich in die Höhe wagten, um die unbekannten Einöden der Felsen und Gletscher zu erforschen und die Welt von den Gipfeln herunter zu betrachten, waren gebildete und betuchte Bürger aus städtischem Milieu. Geführt meist von lokalen Gämsjägern oder Strahlern, die sich im Gebirge auskannten. Wer immer in den Jahren des Forschungsalpinismus während der ersten Hälfte des 19. Jahrhunderts einen Berg zum ersten Mal bestieg, der schrieb ein Buch. Selbst wenn er den Gipfel nicht ganz erreichte wie der Arzt, Botaniker und Politiker Johannes Hegetschweiler[6], der den Tödi fünfmal versuchte und fünfmal scheiterte, so erstattete er doch von seinen

Erfahrungen Bericht, hielt Barometerstand, Pulsschlag, Beobachtungen der Himmelsfarben, physikalische und chemische Messdaten fest. Er brachte Pflanzen, Steine und Wasserproben mit ins Tal. Das Besteigen von Bergen war Wissenschaft, es schaffte Wissen über die Lebensbedingungen in der lebensfeindlichen Welt der Höhe, der Eis- und Felswüsten. Eine Bergbesteigung war ein Akt der Aufklärung. Es sind jedoch nicht bloss trockene Daten, die uns die forschenden Alpenpioniere hinterlassen haben, sie geben in ihren Berichten auch ihren Gefühlen Ausdruck, erklären ihre Motive, erzählen Anekdoten. Hegetschweilers Seelennot, seine abgrundtiefe Furcht vor dem Chaos der Fels- und Gletscherwelt kommt direkt oder zwischen den Zeilen deutlich zum Ausdruck, ebenso seine tief sitzende Melancholie, die ihn abends in einer Alphütte übermannt. Was als wissenschaftlicher Bericht daherkommt, ist letztlich ein Charakterbild: Der Berg wird zum Spiegel seiner Seele, in den er blickt. Sein Text ist Literatur.

Das gehört zum Zauber der Berge: In ihrem Anblick lesen wir uns selbst. Auf Schritt und Tritt begegnen wir unserer eigenen Geschichte in den Formen, Farben, Geräuschen und Gerüchen, die Erinnerungen wecken, Gefühle auslösen, unsere Seele bewegen. Eine Wurzel am Weg, ein Griff in der Wand, ein Sonnenuntergang, fallende Steine oder Nebelschleier lesen wir als Zeichen, als Botschaften. Die Sprache der Natur erzählt uns von unserer eigenen Natur. Das Bild meines Zauberbergs, das ich in der Cafeteria des Lungensanatoriums entdeckte, widerspiegelte meine Lebensangst und zeigte mir gleichzeitig einen Ausweg. Auch der Patient Hans Castorp bricht in einer Schlüsselszene des Romans «Der Zauberberg» mit Skiern auf ins Hochgebirge, gerät in einen Schneesturm, ins «weisse, wirbelnde Nichts», läuft im Kreis und findet schliesslich bei einem einsamen Heuschober Schutz. Der Irrlauf durchs Schneegestöber, in dem Himmel und Erde verschmelzen, sich alle Grenzen verwischen und das Zeitempfinden sich auflöst, ist ein Bild für die Lebenssituation des

Kranken, sein Dahintreiben zwischen Leben und Tod. Ein Traum leitet eine Wende seines Bewusstseins ein, geläutert kehrt er zurück ins Tal. «Der Mensch soll um der Güte und Liebe willen dem Tode keine Herrschaft einräumen über seine Gedanken»: diese Erkenntnis hat ihm sein Bergtraum eingeflüstert. Ähnlich haben wir als junge Bergsteiger bei schwierigen und gefährlichen Unternehmen empfunden, im Sturm nach der grossen Wand: Wir haben das Leben gesucht, nicht den allgegenwärtigen Tod.

«Der Zauberberg» ist jedoch mehr als ein Seelenspiegel. Hoch im Gebirge, im Davoser Lungensanatorium Berghof des Hofrats Behrens, spiegelt sich Europa am Vorabend des Ersten Weltkriegs mit seinen politischen und gesellschaftlichen Konflikten. Ein alpiner Melting Pot, der die Isolation und Einsamkeit steigert und den Blick für das Gesellschaftliche schärft, als betrachte man die Welt durch eine Lupe. Thomas Mann, der Mann vom Meer, schreibt keinen Bergroman, und doch ist der Berg stets da, zu dem die Kranken aufblicken wie der Psalmist, der seine Augen aufhebt zu den Bergen und sich fragt: «Woher kommt mir Hilfe?»

Der Berg wird zur Metapher: Nicht nur die Bibel bedient sich dieses Bildes, auch für Literatur bietet der Berg eine Bühne, auf der persönliche und gesellschaftliche Konflikte aufbrechen. In erhöhter Schärfe als im Tal prallen die Gegensätze aufeinander; diese Welt ist kalt und senkrecht, sie besteht nicht aus Brettern, sondern aus Eis und Fels; Absturz und Tod sind nah und real, nicht bloss Spiel. Die Topografie des Bergs gleicht dem Spannungsbogen der klassischen Dramatik: Aufbruch, Höhepunkt, Abstieg. Der Übergang vom Tourenbericht zur gestalteten Literatur ist fliessend. Reinhold Messner erzählt, wie er mit seinem Bruder den Nanga Parbat besteigt, wie Günther im Abstieg über eine unbekannte Route den Tod findet, worauf er unter Verdacht gerät, er habe den Bruder seinem Ehrgeiz geopfert. Das klingt wie eine zeitgenössische Variante des Mythos von Kain und Abel. Reinhold Messner hat die Anschuldigungen inzwischen widerlegt, doch das Geschehen jener Tage am Nanga Parbat hat sich in einer Vielzahl von Büchern, Texten und Filmen niedergeschlagen. Die Geschichte ist zur Parabel des modernen Höhenbergsteigens geworden, wo Ehrgeiz und Überlebenstrieb jede Bindung zerstören kann, selbst die Bruderliebe.

Schreiben über Berge ist eine Gratwanderung, jederzeit droht der Absturz in Pathos und Kitsch. Einsam haben wir gerungen mit der Wand und mit uns selber, müde, durchnässt, hungrig und wortkarg kauerten wir auf dem Gipfel im Sturm, und unser einziger Wunsch war: die Hütte, eine warme Suppe, ein Bier und eine Wolldecke. Wir haben unsere Namen in Gipfelbücher geschrieben, doch statt Applaus krachte nur Steinschlag durchs nahe Couloir. Wir fühlten uns als Helden, aber niemand hob uns aufs Podest. So setzte ich am Schreibtisch unser Denkmal selber: Die namenlose Südwand, im Winter durchklettert, trug jetzt auch unsere Namen. Alle Welt sollte von unserem Ringen in den Granitplatten der Salbittürme erfahren. Auf die Überhöhung des eigenen Ichs, auf die heldische Pose folgt unweigerlich der Absturz in den Kitsch. Davor ist wohl kein schreibender Bergsteiger wirklich gefeit; selbst ein Max Frisch hat sich später von seinem zweiten Buch, einer Erzählung aus den Bergen[7], distanziert. Geschrieben hat es der junge Autor und Bergsteiger in einer Zeit, in der Helden aus politischen Gründen gefragt waren, vor allem in Ländern, deren nationales Ego angeschlagen war. In der Zeit des Nationalsozialismus und Faschismus blühte Bergliteratur und Bergfilm im Stil Luis Trenkers: Der Bergheld wurde literarisch zum Übermenschen erhöht, der Kampf am Berg zur Vorbereitung des Kampfs an der Front des kommenden Kriegs. Nationalsozialismus und Faschismus haben den heimattümelnden Alpenkitsch und seine Symbole aus politischen Gründen hochgejubelt. Die Blüte der Bergliteratur in den Dreissigerjahren hat das literarische Genre im deutschsprachigen Raum in Verruf gebracht, das wirkt nach bis heute. Die angelsächsische und die französische

Bergliteratur haben sich dagegen frei von diesem historischen Ballast entwickelt.

Wir schreiben aus Mangel, sagt Martin Walser. Friedrich Nietzsche, der Spaziergänger und Bergwanderer, schrieb: «Wer die Luft meiner Schriften zu athmen weiss, weiss, dass es eine Luft der Höhe ist, eine starke Luft. Man muss für sie geschaffen sein sonst ist die Gefahr keine kleine, sich in ihr zu erkälten. Das Eis ist nahe, die Einsamkeit ungeheuer – aber wie ruhig alle Dinge im Lichte liegen! Wie frei man athmet! wie viel man unter sich fühlt!»[8] Nietzsche trug auf seinen Wanderungen ein Notizbuch bei sich, seine Schreibstube war die Natur. Es können also ähnliche Motive sein, die uns an den Schreibtisch treiben und ins Gebirge: Aus dem Mangel wächst der Wunsch nach Selbsterfahrung und Grenzerfahrung in der Einsamkeit. Wie der Berg, so wird auch der Text zum Spiegel, in den wir blicken. Roland Heer, ein junger Extrembergsteiger aus Zürich, ein Sportkletterer der neuen Generation, den man inzwischen «häufiger schreibend in schwarzweissen Textgebirgen» antrifft als an der Felswand, vergleicht in einem Essay[9] das Schreiben mit dem Erklettern eines schwierigen Bergs. Er ist selber schon schwer gestürzt, lag wochenlang verletzt im Spital, findet aber auch Schreiben ein durchaus gefährliches Unternehmen. Schreiben statt klettern? «Der Text ist über mir, er übersteigt mich, während ich ihn doch zu durchsteigen meine.» Es treibt ihn voran, bis kein Rückzug mehr ist, bis zum Gipfel, «wo kein Weg mehr weiter weiss».

«Warum steigt ihr auf Berge?», fragt sich ein Protagonist in Ludwig Hohls Erzählung «Bergfahrt»[10]. In aussichtsloser Lage in einer Felswand kommt er zum Schluss: «Um dem Gefängnis zu entrinnen.» Wer die Freiheit sucht, findet sich schliesslich oft als Gefangener wieder, sei es rettungslos verloren im Gebirge oder verirrt in «schwarzweissen Textgebirgen», ein Gefangener seiner selbst. Und doch lockt beides und verlockt immer wieder: Der Zauberberg gebiert keine Maus, sondern Text, der uns verzaubern kann. Dichter steigen auf Berge, und Bergsteiger dichten. Die Frage lautet: «Warum schreibt ihr über Berge?» Lesend und kletternd habe ich nach Antworten gesucht.

---

[1] Mann, Thomas: Der Zauberberg. S. Fischer Verlag, Berlin 1924

[2] Walser, Martin: Sprache, sonst nichts. In: Die Zeit Nr. 40, Hamburg 1999

[3] Lötscher, Hugo: Lesen statt klettern. Aufsätze zur literarischen Schweiz. Diogenes Verlag, Zürich 2003

[4] von Haller, Albrecht: Die Alpen und andere Gedichte. Philipp Reclam jun., Stuttgart 1965. Original 1732

[5] Goethe, Johann Wolfgang: Briefe aus der Schweiz. Manesse Verlag, Zürich 1989. Original 1808

[6] Hegetschweiler, Johannes: Reisen in den Gebirgsstock zwischen Glarus und Graubünden. Orell, Füssli und Compagnie, Zürich 1825

[7] Frisch, Max: Antwort aus der Stille. Eine Erzählung aus den Bergen. Deutsche Verlagsanstalt, Stuttgart 1937

[8] Nietzsche, Friedrich: Ecce Homo, Vorrede. Zitiert nach: Colli, Giorgio; Montinari, Mazzino: Friedrich Nietzsche, Kritische Studienausgabe in 15 Bänden, Band 4. Deutscher Taschenbuch Verlag, München 1999, S. 258

[9] Heer, Roland: Erstbegehung am Schreibtisch. In: NZZ, 13.7.2006

[10] Hohl, Ludwig: Bergfahrt. Suhrkamp Verlag, Frankfurt am Main 1975

Christian Klucker (1853–1928)

Der Rebell aus dem Fextal

Seil und Pickel lagen ihm besser in der Hand als die Feder. Doch Christian Kluckers Autobiografie markiert eine Zäsur in der alpinen Literatur. Ein Bergführer schreibt alpine Geschichte aus der Perspektive derer, die bei der Erschliessung der Alpen vorangingen, Wege erkundeten, Stufen hackten und Lasten trugen. Mit einfachen Worten lehnt er sich auf gegen literarisch gewandte «Herren», die in ihren Berichten oft die Leistung ihres Führers am Berg herabminderten oder verschwiegen, um selber als Pioniere zu glänzen. Kluckers Erstbesteigungen in den Bergeller Bergen, in den Alpen und in den Rocky Mountains sind so legendär wie sein postum erschienenes Buch. Er war eine der hervorragendsten Bergführerpersönlichkeiten der Schweiz. Als er wirkte, war das Goldene Zeitalter des Alpinismus abgeschlossen, das führerlose Bergsteigen spielte an der Schwelle zum 20. Jahrhundert eine immer wichtigere Rolle bei der weiteren Erschliessung der Alpen und der Gebirge der Welt.

Pulverschnee lag auf hartem Eis, die Steigeisen griffen schlecht. Wir hackten einen Stand und setzten eine Schraube. Höher in der Wand hatte der Wind den Schnee festgeweht, er bildete eine brüchige Kruste, die bei jedem Schritt einbrach. Der Aufstieg wurde zum Eiertanz.

Die Nordostwand des Liskamms ist nach heutigem Massstab keine schwere Eistour, heute fahren Steilwand-Skifahrer gelegentlich den Abhang hinab, der siebenhundert Meter vom Grenzgletscher zum Ostgipfel ansteigt, dem höchsten Punkt des wie ein Kamelrücken geformten Bergs. Die Verhältnisse waren schlecht damals, wir fürchteten, ein Schneebrett könnte uns in die Tiefe fegen. Die Eisschrauben, die wir verwendeten, taugten höchstens als Korkenzieher. Weder den wolkenlosen Tag noch den Blick hinüber zum Monte-Rosa-Massiv konnte ich unter diesen Umständen geniessen.

Nach einigen hundert Metern tauchte eine Felsrippe aus dem Eis. Ich schlug vor, hinüberzuqueren, wo wir vor Lawinen geschützt wären und an Felszacken sichern könnten. Der Bergführer Christian Klucker, der am 9. August 1890 mit seinem britischen Gast Ludwig Norman-Neruda und dem zweiten Führer Joseph Reinstadler die Wand zum ersten Mal durchstieg, war über die Felsrippe geklettert, hatte ich gelesen. Der begnadete Eisgänger war wegen der Lawinengefahr in den Fels ausgewichen. Das gemischte Gelände fand er steil und schwierig. Doch «Über die Rippe muss es gehen!»[1]

Die Felsen waren unangenehm zu klettern, vereist und brüchig. Nach zwei Seillängen querten wir zurück ins steile, schneebedeckte Eis. Ich weiss noch genau, dass ich in jenen bangen Stunden in der Nordostwand des Liskamms an Klucker dachte, vielleicht hatte uns seine Autobiografie «Erinnerungen eines Bergführers»[2] zu der Tour angeregt, nannte er sie doch «eine kühne Fahrt durch eine der allergewaltigsten Eiswände»[3]. Über siebzig Jahre lag seine Erstbesteigung zurück, zeitlebens hatte er weder Fels- noch Eishaken verwendet, niemals Steigeisen an den Füssen gehabt, und doch flössten uns jungen

Bergsteigern die Berichte von seinen Unternehmungen in den Alpen und in den Rocky Mountains grössten Respekt ein. Christian Klucker war unser Idol.

«Mir fehlt leider der Stil und die Sprache»

Andere Vorbilder aus früheren Zeiten haben sich später als eher fragwürdig erwiesen, nicht alpinistisch, sondern menschlich und politisch. Christian Klucker jedoch ragt in jeder Beziehung heraus, als Bergsteiger, Bergführer, als Mensch mit grosser Leidenschaft und als Autor. Seine Erinnerungen sind kein brillantes literarisches Werk, aber sie erzählen von einem einzigartigen Lebenswerk, der Erschliessung unserer geliebten Bergellerberge, aber auch unzähliger Routen in den Westalpen, in den Dolomiten und in Kanada. Sein Werk wirkt bis auf den heutigen Tag nach. Wobei ich als Werk das Gesamte seiner alpinen Unternehmungen verstehe, seine Tätigkeit als Bergführer bedeutender Persönlichkeiten, seinen aufrichtigen und bescheidenen Charakter und die literarische Dokumentation seines Lebens. Selbst die Sportklettergeneration kennt den alten Kämpen noch, für den das Wort «Sport» ein Gräuel war.

«Heutzutage dominiert die Felskletterei und damit in Verbindung die sogenannte Spitzenfresserei! Und wo und wann die menschliche Kraft und Fertigkeit nicht ausreicht, da kommen die künstlichen Mittel zur Anwendung: Eisenstifte, Mauerhaken und für sogenannte neue Abstiege, auch wenn diese im Aufstieg nicht durchführbar sind, Seilringe! [...] Ich tät es ungemein bedauern, wenn das ideale Bergsteigen durch den reinen Sport verdrängt würde!»[4]

Christian Kluckers Erinnerungen erschienen zwei Jahre nach seinem Tod im Dezember 1928, er konnte sie selber nicht mehr vollenden. Ernst Jenny, Redaktor der Zeitschrift «Die Alpen» des Schweizer Alpen-Clubs, gab das Buch heraus, ergänzt mit einem Nachwort, das einige Lücken erklärt und teilweise ergänzt, und das auch berichtet, wie schwer Klucker mit dem Text gerungen hat. Freunde hatten ihn zu dem Werk gedrängt, doch während der letzten zehn Jahre seines Lebens beklagte er sich öfters über die Tortur, Memoiren schreiben zu müssen. «Ja, wenn es sich darum handeln würde, eine Cima del Largo, einen Bacone-Nordgrat oder den Ago di Sciora zu besteigen, ja dann würde ich es mit manchem jungen Literaten aufnehmen»[5], schrieb er an seinen Gast und Freund Theodor Curtius.

«Mir fehlt leider der Stil und die Sprache»[6], klagt er einem Doktor Janggen, dem er Kapitel um Kapitel des Manuskriptes ablieferte.

Das Buch wurde ein Erfolg, erlebte drei Auflagen und erschien in London in englischer Übersetzung[7]. Seit kurzem gibt es auch eine italienische Ausgabe[8]. Der gute Absatz hat sicher damit zu tun, dass alpine Literatur und Bergfilme Anfang der Dreissigerjahre im Trend lagen und dass Kluckers Name international ein Begriff war. Im 1928 uraufgeführten Stummfilm-Klassiker «Die Weisse Hölle am Piz Palü» von Arnold Fanck tritt nebst der Hauptdarstellerin Leni Riefenstahl und dem Kampfpiloten Ernst Udet auch ein Bergführer Christian Klucker als Retter auf. Kluckers biografisches Werk ist jedoch das Gegenteil der damals blühenden nationalistischen Heimatliteratur, die den Kampf mit dem Berg verherrlicht und den furchtlosen Bergsteiger zum Helden stilisiert, der in den Tod zieht wie ein Soldat in die Schlacht. Für Klucker war der Berg niemals Gegner und Feind, sondern ein Freund, dem er mit Respekt begegnete und dem die ganze Liebe des Junggesellen galt. «Meine lieben Berge aber hatten Rücksicht mit mir und verschonten das Leben ihres Verehrers»[9], schreibt er nach einem überstandenen Steinschlag.

Seine Sprache ist schlicht und genau, Aufstiegszeiten vermerkt er auf die Minute, die Neigung einer Eisflanke bestimmt er in Winkelgraden, gelegentlich mit dem Zusatz «gemessen». Auf Schritt und Tritt korrigiert er die Berichte, die seine Gäste oder Herren, wie man sie damals nannte, in der alpinen Presse veröffentlicht hatten. Jeglicher touristischer Wert gehe ihnen ab, bemerkt er öfters. Selbst seinen Gast und Freund Norman-Neruda, prominentes Mitglied des britischen Alpine Clubs, rüffelt er wegen eines Berichts über die Besteigung des Liskamms durch die Nordostwand.

Kluckers sachliche Berichterstattung zeigt die Absicht des Führers, das Werk auch als Wegweiser zu seinen Routen nutzbar zu machen. Oft schlägt der Bericht um in trockenen Humor oder heitere Ironie. Etwa wenn er mit seinen Leuten unter der Liskammwand steht. «Josef Reinstadler, den ich als Führer zu schätzen weiss, und unser Herr fühlten auf einmal – oder vielleicht schon einige Zeit – recht wenig Hunger nach der Wand.»[10]

Klucker jedoch beginnt gelassen Stufen zu hacken. Nebel fällt ein, es beginnt zu schneien. Doch unbeirrt klettert er weiter bis zum Gipfel. «Es war ein saurer und doch ein schöner Sieg, wenn man eine Dummheit so nennen darf. Norman-Neruda spendete ein Glas Champagnerwein. Er durfte mit seinen Führern zufrieden sein.»[11]

Keine Heldenpose spricht aus seinen schlichten Worten, weder mit überstandener Todesgefahr noch überwundener Todesangst brüstet er sich. Bescheiden, abgeklärt, mit gesundem Selbstbewusstsein berichtet Klucker und streut immer wieder heitere Anekdoten in den Text. Er kann aber auch zornig werden, wenn er sich missverstanden oder verletzt fühlt; mit Sarkasmus drischt er auf Leute ein, die seine Zuverlässigkeit oder seine Ehre in Frage stellen. Diese Haltung begeisterte uns Kletternovizen. So ruhig und überlegen wären auch wir gerne den Bergen begegnet, so furchtlos und stark. Rund dreitausend Touren gelangen Klucker, darunter einige der schwierigsten seiner Zeit, ohne künstliche Hilfsmittel und ohne den geringsten Unfall. Während seine alpinen Zeitgenossen in heroischem Übermut dutzendweise zu Tode stürzten. Sein Buch wurde uns unbewusst zu einer Art ethischem Leittext, denke ich heute.

«Wohin mein Herz sich sehnte, nach meinen Bergen»

Christian Klucker wuchs im Fextal auf, das von Sils Maria im Engadin gegen Süden ansteigt und zur Gemeinde Sils gehört. Nach einer Felsschlucht weitet sich das Tal, umschlossen von ruppigen Bergflanken mit spärlichen Arvenwäldern; eine Fahrstrasse und Wanderwege führen durch Siedlungen und Viehweiden zu Alpen und schliesslich zu den Gletschern des Piz Fora und Piz Tremoggia. Seine Eltern hatten im Tal eine Pacht übernommen, Christian musste schon früh auf dem Hof mit anpacken. Schon als Kind entdeckte er seine Leidenschaft. «Meine Lieblingsbetätigung während der Viehut war schon dannzumal das Klettern. Kein Felsblock, und war er noch so hoch und glatt, blieb unversucht.»[12]

Ein guter Schüler sei er nicht gewesen, der Lehrer zwang den Linkshänder zum Schreiben mit der Rechten. Besondere Mühe bereitete dem späteren Autor und fleissigen Briefeschreiber das Deutsch; seine Muttersprache war das Italienische des Bergells, im Fextal sprachen die Leute Romanisch. Der Vater schickte ihn in eine Wagnerlehre nach Samedan und bürdete ihm, dem Jüngsten, aber Stärksten, Verantwortung für die zehnköpfige Familie auf. Der Versuch des Achtzehnjährigen, sich als Wagner in Sils-Baselgia selbständig zu machen, führte ihn beinahe in den Ruin und in die schlimmste Zeit seines Lebens. «Die vielen Enttäuschungen und Widerwärtigkeiten trieben mich sehr oft hinaus und hinan, wohin mein Herz sich sehnte, nach meinen Bergen.»[13]

Meist war er allein unterwegs, und dabei fand er durch eine zufällige Begegnung zum Führerberuf. Noch während seiner Lehrzeit begegnete er im Abstieg des Piz Languard im Unterengadin einem Deutschen, der ihn bat, ihn nochmals zum Gipfel zu begleiten. Zehn Franken erhielt er dafür, doch wichtiger als der fürstliche Führerlohn erschien dem Wagnerlehrling die Aussicht, seine Leidenschaft zum Beruf zu machen. Er beschaffte sich Seil und Pickel, steckte sich eine Feder auf den Hut und betätigte sich fortan als Bergführer, während der ersten Jahrzehnte ohne Patent, «dafür aber mit Tatendrang und Begeisterung»[14]. Nicht zur Freude seiner Berufsgenossen, stieg er doch gleich mit Dumpingpreisen ins Geschäft: Für den Piz da La Margna, einen Gipfel von beeindruckender Gestalt hoch über dem Silsersee, verlangte er 16 statt der üblichen 40 Franken.

Während seiner schwierigen Anfangszeit schickte ihm eine deutsche Gräfin, die er auf den Fornogletscher geführt hatte, eine Karte mit dem Bibelwort: «Ich hebe meine Augen auf zu den Bergen, von welchen mir Hilfe kommt. Meine Hilfe kommt von dem Herrn, der Himmel und Erde gemacht hat.» Das war für ihn ein Wink des Schicksals: «Wenn meine Hilfe von den Bergen kommen soll, so versuche ich mein Heil dort oben; unten im Tal wird mir weder materielle noch moralische Hilfe zuteil!»[15]

Besonders fromm war er jedoch nicht. Gelegentlich mokiert er sich über Führerkollegen, die in schwieriger Lage am Berg beteten oder die Heiligen anriefen, statt mit kühlem Kopf zum Pickel zu greifen und einen Ausweg zu hacken, wie das Klucker öfters tat. So spöttelt er nach der Überwindung einer schwierigen Stelle in der Nordwand des Badilet über den Südtiroler Führer Angelo Dandrea: «Dandrea, jetzt musst es mir schon sagen, wer uns hier heraufgeholfen hat, die Madonna oder der liebe Gott oder der heilige Andreas, damit ich mich ein andermal darauf einrichten kann!»[16]

«Das stille Fextal hörte meine Seufzer»

Als Klucker seine Führerlaufbahn begann, war das sogenannte Goldene Zeitalter des Alpinismus abgeschlossen, während dessen vor allem britische Herren mit ihren Führern die grossen Alpengipfel «erobert» hatten. Nach der Erstbesteigung des Matterhorns 1865 nahm das Interesse der Briten an den Alpen ab. Treibende Kraft der weiteren Erschliessung von weniger bedeutenden Gipfeln und immer schwierigeren Wänden und Graten waren zunehmend die Führerlosen – zumeist Akademiker aus städtischem Milieu. Es gab aber auch Bergsteiger, die sich weiterhin einem Führer anvertrauten, zum Beispiel Julius Wilhelm Theodor Curtius, Chemieprofessor aus Heidelberg, in seiner Freizeit Komponist und Sänger. Er logierte im Sommer 1883 in

Sils Maria und engagierte Klucker. Curtius war eine Persönlichkeit mit hoher Stirn, mächtigem Schnauz und scharfem Blick, die Klucker beeindruckte. «Das schlichte, männliche Auftreten und das offene, freundliche Wesen des jungen Gelehrten liessen mich sofort erkennen, dass ich es nicht mit einem gewöhnlichen Durchschnittsmenschen zu tun hatte.»[17]

Mit Curtius konnte Klucker die Erschliessung seiner geliebten Bergellerberge anpacken: Cima del Largo, Piz Bacone und in der Scioragruppe unter anderem die Erstbesteigung der Sciora di Dentro. Als Führer von Curtius kam er in den folgenden Jahren auch ins Wallis, ins Berner Oberland und in die Dolomiten. Sein Horizont weitete sich, seine Fertigkeit in Fels und Eis nahm zu. In den Dolomiten gelang ihm schon am ersten Tag eine neue Route an den Fünffingerspitzen, was bewies, dass er im Kalk ebenso stark kletterte wie im Granit. Nun musste er sich nicht mehr um Gäste bemühen. Namhafte britische Alpinisten wie Ludwig Norman-Neruda[18], John Percy Farrar, Edward Davidsohn und später sogar der Matterhorn-Erstbesteiger Edward Whymper engagierten ihn. Theodor Curtius blieb zeitlebens Kluckers Freund, er baute sich ein Sommerhaus im Fextal und stiftete dem Schweizer Alpen-Club SAC die Fornohütte, deren Bewartung er Klucker übertrug.

An einem Regentag vor einer Besteigung der Jungfrau besucht Klucker in Thun eine Bekannte aus dem Militärdienst, das «Thuner Anneli», ein «ehrbares Bürgermädchen», mit dem eine Verlobung aus finanziellen Gründen gescheitert war. Nun traf er sie wieder, mit einem gestrengen, 35 Jahre älteren Gatten. «Ich zog von dannen in dem Bewusstsein, dass der Fatalismus nur allzu oft Menschen zusammenkuppelt, welche gar nicht zueinander gehören!»[19]

Der bittere Abschied war zugleich das Ende seines Wunschs nach einer eigenen Familie, einer lieben Frau in seinem Häuschen im Fextal. Trotz vieler Bergfreundschaften blieb Klucker ein einsamer Mensch, und er litt darunter, besonders im Winter, wenn kaum ein Strahl Sonne ins Tal drang und er am Ofen hockte und alpine Schriften las. Im Alter steigerte sich sein Gefühl der Einsamkeit zu eigentlichen Depressionen, was ihm die Vollendung seiner Autobiografie unmöglich machte. Während mehrerer Jahre verhinderte eine Hautkrankheit im Gesicht das Bergsteigen, was sein seelisches Leiden weiter vertiefte. «Was ich in diesen Jahren auch seelisch gelitten, kann ich gar nicht sagen. Nur das stille Fextal hörte meine Seufzer.»[20]

«Ein Tag des Herrn für mich»

Der erste Eindruck liess mich erschauern: Hoch über dem Bondascatal im Bergell ragte kalt und steil der Gipfel ins Blau, als sei er Teil des Himmels und nicht der Erde, unberührbar und unerreichbar, ein Berg wie ein einziger gewaltiger Fels, eine Kathedrale aus Granit. Der Piz Badile war der Zauberberg meiner Kletterjugend, Nordkante und Nordostwand das Ziel: klassische Wege über raue Platten und durch lange Risse, hoch über zerschrundeten Gletschern. Schon Klucker träumte vom Badile[21], von der Himmelsleiter seiner Nordkante, die wie ein Reptilrücken auf der Sasc Furä ansetzt und gegen oben in einer schmalen Spitze ausläuft. Am 11. Juni 1892 stand er allein am Grat, liess Rock und Bergschuhe zurück und kletterte in Socken «hurtig» über den Rücken empor, der sich allmählich aufsteilt. Wie eine Katze auf sanften Pfoten, stelle ich mir vor, hätte ihm gerne zugeschaut, den Meister bewundert, der ohne Seil und Haken und all dem klimpernden Ballast, den wir auf eine solche Tour mitschleppen, locker an Höhe gewann. Um acht Uhr erreicht er «eine kleine vorspringende Nase am Grat»[22]. Schätzt den Weiterweg ab: «möglich, jedenfalls aber äusserst schwierig und sehr gewagt»[23]. Dann steigt er zurück, etwa zwei Drittel der Route hat er geschafft, der Zweck seiner Erkundung ist erfüllt. Mit verlöcherten Socken gelangt er zum Einstieg zurück, über Stellen abkletternd, über die heute jedermann abseilt. Es war, schreibt er, «ein Tag des Herrn für mich».[24]

Kluckers Alleingang an der noch während Jahrzehnten gefürchteten Badilekante ist ein seltenes Ereignis der Alpingeschichte. Als junge Kletterer haben wir oft diskutiert: Wie hoch ist er gekommen? Bis zum ersten Aufschwung oder gar bis zur Zürcherplatte, der Schlüsselstelle im obern Teil des Grates? Warum ist er nicht weitergeklettert bis zum Gipfel? Als Virtuose im Fels, seiner Zeit weit voraus, hätte er die Erstbegehung sicher geschafft.

Hätte er ohne Zweifel, aber er war verpflichtet. Sein Gast, der russische Baron Anton von Rydzewski, mit dem er während zehn Jahren, 1891 bis 1900, die Erschliessung der Bergellerberge vollendete, hatte sich als höchstes Ziel die Erstbesteigung der Badilekante vorgenommen und Klucker einen Sonderlohn von 100 Franken angeboten – damals viel Geld. Doch nach seiner Erkundung urteilte Klucker: «Mit dem alten und auf schwierigem Fels unselbständigen Rydzewski wird unter meiner Führung an der Badile-Nordkante nicht gepröbelt, denn dort oben ist nicht die Stelle, um mit ihm Mehlsacktechnik zu treiben.»[25]

Eine Begehung auf eigene Faust wäre damals nur schwer vorstellbar gewesen, denn potenzielle erste Besteigungen und Begehungen gehörten zum Kapital eines Bergführers, mit dem er zahlungskräftige Gäste gewinnen konnte. Der «Russe» kam für die Badilekante nicht in Frage, und einen andern Gast fand Klucker offenbar nicht. Jedenfalls war er seiner Zeit weit voraus, denn es vergingen mehr als dreissig Jahre, bis der Bündner Bergführer Walter Risch seinen Gast Alfred Zürcher am 4. August 1924 über die gefürchtete Kante führte. Zwölf Stunden brauchten sie und verwendeten ausgiebig die von Klucker so verpönten Felshaken. Doch umgehend gratulierte er. «Diese Eure ‹einzig dastehende› Leistung hat mich gefreut», schrieb Klucker dem befreundeten Führer, dessen Kühnheit und Kletterkunst er lobt, ihn aber auch ermahnt: «Ehrgeiz soll der Mann oder Mensch an den Tag legen, denn ein Mensch ohne Ehrgeiz, ohne Tatendrang ist eine Null, ein zweckloses Anhängsel der Gesellschaft. Aller Ehrgeiz muss eine

Grenze haben und gerade beim Bergsteigen nenne ich diese Grenze oder Bremse: Selbsterhaltungstrieb!»[26]

«Die Ehre seines Führers in den Kot gezogen»

Kluckers Erinnerungen an die Zeit mit seinem Gast Rydzewski lesen sich wie ein Klagelied; jahrelang rang er mit dem Text, von Skrupeln geplagt, sich gegen einen Verstorbenen rechtfertigen zu müssen. Der russische Baron, Sohn eines Generals und Finanzbeamten, hatte erst spät mit Bergsteigen begonnen, sich dann aber Grosses vorgenommen. Laut seinem Führer war er nervös, voll Ränkesucht, launisch, arrogant, von Gicht geplagt und von bescheidenem Können am Berg. In seinen Beiträgen in der alpinen Presse stellte er sich ins beste Licht, spielte dagegen die Leistungen seines Führers herunter, was Klucker zutiefst kränkte. Mehrmals bezeichnet er die Berichte Rydzewskis als «Verdrehung der Tatsachen». So werden die Erinnerungen Kluckers zur gnadenlosen Abrechnung mit dem ungeliebten Gast, mit dem ihn nur eines verband: das Interesse an den Bergeller Bergen, wo ihnen – ausser der Badilekante – ausserordentliche Touren gelangen. Unter anderem hackte sich Klucker durch all die gefürchteten und von Steinschlag durchpeitschten Couloirs auf der Nordseite der Sciora, des Cengalo und des Badile. Kaum ein Mensch geht heute noch diese eisigen Wege, die inzwischen ausgeapert und noch viel gefährlicher sind als damals.

Als Leser leiden wir mit, wenn Klucker aufbegehrt: «Dass ein Mann, für welchen ich sozusagen ein Jahrzehnt lang jährlich während 4 bis 5 Wochen mein bestes Wissen und Können zur Verfügung stellte und trotz sehr bescheidener Entschädigung nie zurückschreckte, wenn es hiess, Leben und Gesundheit in die Schanze zu schlagen, dass ein Mann sich so weit vergessen konnte, grundlos bei jedem Anlass in Wort und Schrift die Ehre und den guten Namen seines Führers, dem er eine Reihe der schönsten Erstbesteigungen zu verdanken hatte, in den Kot zu ziehen, war und blieb für mich ein Akt der Undankbarkeit und Gehässigkeit.»[27]

Mehrmals kündigte er seinem «sonderbaren Touristen» und liess sich dann doch wieder überreden, weiterzumachen, wenn sich der Herr wieder einschmeichelte und sich Asche aufs Haupt streute: «Ja, ich schäme mich. Solche Giftblasen wie ich sollten eigentlich nicht schreiben.»[28]

Doch Rydzewski schrieb weiter. Ein Bericht über die Erstbesteigung der Ago di Sciora, der markanten Felsnadel der Scioragruppe, schmerzte Klucker ganz besonders. Der Baron schrieb, wie er ihn beim Klettern in der Gipfelwand gesichert habe, «die Linke an den gleich dem Hals eines Pferdes vor mir aufsteigenden Grat gestemmt, in der Rechten das Seil, denn auch Führer können stürzen».[29] Doch ein Klucker stürzte nie! Da wurde tatsächlich sein Name in den Kot gezogen, und das ausgerechnet im Jahrbuch des Alpen-Clubs. Rückblickend führt er den «Helden und Prinzipal» an dieser exponierten Gratkante vor, indem er schildert, «wie er mit beiden Händen den Hals des granitenen Gauls umklammert hielt und daher keine zweite Rechte mehr verfügbar hatte für das Seil».[30]

In seinem Groll konnte Klucker selbst den wahren Leistungen seines Prinzipals nicht gerecht werden. Er erwähnt nur beiläufig, dass Rydzewski fotografierte. Seine 2000 Bilder auf Glasplatten und Zelluloid umfassende Fotodokumentation der Bergeller Berge und ihrer Bewohner gilt heute als hervorragendes historisches Werk. Auf einem Foto posiert nebst Rydzewski und dem Südtiroler Angelo Dandrea auch Klucker, in hellem Jackett, weissem Hemdkragen, Gilet mit Uhrkette, Hut im Nacken, den Pickel locker in der Hand. Der weissbärtige Baron trägt einen Anzug aus kariertem englischem Stoff, einen Topfhut und eine Art Stiefel, über die sich Klucker gelegentlich abfällig äussert. Jedenfalls zeigten die Herren Stil. Unter ein Bild von Klucker schreibt sein Herr und Gast: «Führer Klucker Feldmarschall»[31].

Rydzewski schrieb selber an einem monumentalen Werk mit dem Titel «In den Hochalpen Graubündens und des Veltlin. Das Bergell.

Erlebnisse aus den Jahren 1891 bis 1900»[32]. Das Manuskript erschien nie im Druck; 1922, neun Jahre nach Rydzewskis Tod, gelangte es in Kluckers Hände, der das «Werk eines Schurken»[33] heftig kritisierte und fürchtete, eine Veröffentlichung könnte seinem Ruf schaden. Zu jener Zeit arbeitete Klucker an seinen eigenen Erinnerungen, sein Ruf war in Alpinistenkreisen tadellos, zu seinen Freunden zählten Leute wie der Präsident des Londoner Alpine Club John Percy Farrar, der Redaktor der Zeitschrift des SAC Ernst Jenny, die Geologen Rudolf Staub und Albert Heim.

Noch in vorgerücktem Alter haderte Klucker mit den Jahren, die ihm trotz Verdruss mit seinem Herrn auch alpinistische Erfolge eintrugen. In seinen Erinnerungen nimmt diese Zeit breiten Raum ein, auch daran zeigt sich, wie sehr die Arbeit an seinen Memoiren auch Trauerarbeit bedeutete. Fünfundsechzig ist er, klettert während einer Tourenwoche mit guten Freunden im Bergell. Auf der Pioda di Sciora, die er selber erstbestiegen hat, packt ihn nicht Freude, sondern Zorn. «Der Gedanke, dass ich für die schwere Arbeit jener Jahre nur Undank geerntet habe, machten mir auf der Punta Pioda und machen mir noch heute mein Blut heiss aufwallen.»[34]

Klucker war ein Rebell – und das faszinierte uns junge Bergsteiger ganz besonders. Er war der erste Bergführer, der sich offen gegen seinen Herrn und Gast auflehnte. Als er mit Rydzewski die Ago di Sciora erkletterte und der Baron mit dem zweiten Führer eine Zänkerei vom Zaume riss, schleuderte ihm Klucker entgegen, wenn er nicht aufhöre, klettere er allein weiter! Sein Buch ist ein Zeugnis einer Wende im Verhältnis zwischen Führer und Geführtem, der fortan nicht mehr der Herr ist, sondern der Gast.

«Mit einem walfischartigen Touristen»

Die Alpenpioniere des Goldenen Zeitalters waren Angehörige der Oberschicht und des betuchten Bürgertums gewesen, darunter Wissenschaftler, Intellektuelle und Künstler. Ihre Bergführer betrachteten sie als eine Art Diener, die für ihre Herren den Weg auf die unerstiegenen Gipfel bahnten. Sie erkundeten die Route, hackten die Stufen, legten Leitern über Gletscherspalten und hängten Seile in steile Felsabsätze, schoben und zerrten und stützten den Fuss ihrer gewichtigen Gäste, buckelten Proviant und Weinflaschen, Zelt und Barometer, und das alles zu bescheidenem Lohn. Die Erschliessung der Alpen schlug sich in einer reichen Literatur in Büchern und alpinen Journalen nieder, die jedoch meist aus der Perspektive der Herren geschrieben ist, die sich bewusst oder unbewusst ins beste Licht rückten. Die Leistung ihrer einheimischen Führer blieb meist im Schatten, wurde von den Autoren oft heruntergespielt oder verschwiegen, weil man sie als selbstverständlich hinnahm. Man hatte ja dafür bezahlt. Selbst in den Namen von Bergen und Routen verewigten sich die Herren, obwohl sie stets nur als Zweite oder Dritte am Seil geklettert waren. Kluckers Aufstieg auf den Liskamm nannte man Norman-Neruda-Route, die Schlüsselstelle der Badilekante Zürcherplatte, obwohl Walter Risch sie vorauskletterte. Rydzewski wollte sogar einen Gipfel im Bergell auf seinen Namen taufen.

«Es ist für mich gewiss, dass lange nicht alle Alpenpionierkränze auf den Köpfen liegen, auf die sie gehören»[35], schreibt Ernst Jenny im Vorwort zu Kluckers Erinnerungen.

Die Bergführer trugen ihr hartes Los meist so klaglos wie das Gepäck ihrer anspruchsvollen Herren. Sie waren die Proletarier am Berg, jedoch ohne Klassenbewusstsein. Kleinstunternehmer, von einem Markt abhängig, dessen Regeln ihre Gäste bestimmten. Gegen Ende des 19. Jahrhunderts wurden die Bedingungen härter, der Markt enger: Die grossen Gipfel waren bestiegen, die gut betuchten Engländer blieben aus, immer mehr Alpinisten wagten sich führerlos auf schwierigste Fahrten. Klucker war einer der ersten Bergführer, die zur Feder griffen und sich auflehnten. Er schrieb sich seinen Ärger, seine Verletzungen von der Seele, er wollte seine Leistungen ins rechte Licht rücken, wenn es schon seine literarisch gewandten Herren versäumten. Nur wer schreibt, wird wahrgenommen. Diese Lektion musste er unter Schmerzen lernen, und tatsächlich wirkte seine Botschaft nach und erreichte uns Junge, nachdem sein Buch längst vergriffen war. Ich entdeckte es in der Bibliothek der Gewerbeschule, ein Exemplar erwarb ich mir später auf dem Flohmarkt.

Nicht nur gegen einen kleinen Fisch des Alpinismus wie Rydzewski begehrte Klucker auf, sondern auch gegen einen «walfischartigen Touristen», wie er ihn nennt: Paul Güssfeldt, der mit dem berühmten Führer Hans Grass aus Pontresina unter anderem erstmals den Piz Bernina über den Biancograt bestiegen hatte. Güssfeldt war ein wohlhabender Professor für Orientalistik in Berlin und persönlicher Berater Kaiser Wilhelms II. Vom 14. bis 17. August 1893 führten Klucker und Emile Rey aus Courmayeur und ein Träger Güssfeldt über den Peutereygrat auf den Montblanc: noch heute einer der grossen klassischen Anstiege der Alpen. Zuvor erkletterten sie die Felsnadel der Aiguille Noire. Den Bericht über diese Besteigung schrieb der eitle Güssfeldt in der Ich-Form.

Klucker: «Er tat so, als ob er ganz allein auf der Noire gewesen und davon völlig trainiert worden wäre!»[36] Güssfeldt stellte Klucker zwar ein hervorragendes Zeugnis aus, der aber hielt nicht aus Höflichkeit Gegenrecht, sondern antwortete mit Häme. Bemerkenswert sei lediglich Güssfeldts unbeugsame Energie gewesen. «Seine übrigen Fähigkeiten waren mittelmässig, fast möchte ich sagen schwach.»[37]

Der britische Alpinhistoriker Walt Unsworth bezeichnet das deutsche Mitglied des Alpine Club zwar als «a big solid man who did big solid climbs»[38]. Dieser Einschätzung würde der in seinem Stolz verletzte Klucker gewiss widersprochen haben.

«Es hat keinen besseren Bergsteiger gegeben»

Ebenso harsch wie über den deutschen Professor, der auf die schwierigsten Touren Champagner mittragen liess, urteilt Klucker über einen der bekanntesten Alpinisten des Golden Age: Edward Whymper, Erstbesteiger des Matterhorns 1865. Das Goldene Zeitalter des Alpinismus war längst passé, der Brite ein alter Mann, der von seinem Nimbus und seinen Büchern lebte, die er als begabter Künstler mit eigenen Radierungen illustrierte. Er engagierte im Sommer 1901 Klucker als Obmann eines Teams von vier Bergführern aus der Schweiz und Frankreich, die ihn in die kanadischen Rocky Mountains begleiteten. Die Canadian Pacific Railway finanzierte die Expedition, die den Auftrag hatte, mit der Erschliessung der Rockys Propaganda für die Eisenbahnlinie und ihre touristische Infrastruktur zu machen. Schwierige Erstbesteigungen waren nicht das wichtigste Ziel. Das hatte Whymper seinen Führern allerdings verschwiegen, und so wurde die einzige Expedition Kluckers ausserhalb der Alpen zu einer bitteren Enttäuschung. Schon die erste Begegnung mit dem berühmten Matterhornbezwinger berührte ihn komisch: In Frack und Zylinder trat er ihnen entgegen und mit eigenartigen genagelten «Bottinen mit Elastik» an den Füssen. Er war Anfang 60, misstrauisch und schrullig. Das ganze Unternehmen verlief planlos, Whymper setzte sich ständig über den Rat seiner Führer hinweg, befahl unmögliche Routen, führte sinnlose Messungen durch, liess eine schwere Kamera und Platten mitschleppen, verdarb aber die Aufnahmen. «Wir waren ganz verblüfft, dass ein Mann, der so lange in den Bergen herumgestiegen, nicht einmal annähernd die vier Himmelsrichtungen ohne Instrument bestimmen konnte.»[39]

Die grösste Sorge des «Forschers» sei gewesen, dass zwei Ledertaschen mit einem Vorrat an Spirituosen stets gut gefüllt waren, zu denen nur er einen Schlüssel besass. Um für Alkoholnachschub zu sorgen, verzichtete er sogar auf Besteigungen. Ein Lichtblick für Klucker war die Bekanntschaft mit Reverend James Outram, einem Geistlichen, der in den Rockys mehrere Erstbesteigungen durchgeführt hatte. Mit ihm erkletterte er die schwierige Felsspitze des Trolltinder, und mit seiner Hilfe und guten Seilen zerrten sie auch Whymper auf den wie ein Mini-Matterhorn geformten Gipfel.

Ein Sommer ging zu Ende, von dem sich Klucker viel erhofft hatte. Enttäuscht kehrte er im Herbst in seine Heimat zurück. Aus den schlichten Sätzen, mit denen er seine Heimkehr schildert, spricht seine tiefe Einsamkeit, seine Melancholie, die jeweils im Herbst aufbrach. Sie gehören zu den bewegendsten des Buches. «Am 29. September sah ich die blauen Seen meines Engadin wieder und öffnete am Abend die Tür zu meinem Bau. Das Fextal trug die gelbroten Farben des Herbstes und in den Höhen rüstete der Winter sein weisses Kleid.»[40]

Noch im Alter von 72 Jahren kletterte er mit seinem Freund Farrar auf die Ago di Sciora und den Badile. «Es hat keinen besseren Bergsteiger gegeben»[41], urteilte Farrar. «Christian Klucker ist in die Geschichte des Alpinismus eingegangen. Er war ein Pionier und Edelmann.»[42]

Obwohl er viel unterwegs war, fand der Junggeselle Zeit für öffentliche Ämter; zweimal diente er Sils als Gemeindepräsident, lange Jahre und bis zu seinem Tod leitete er die Schulpflege. Als Amtsperson und privat bestritt er eine umfangreiche Korrespondenz, während der letzten Jahre führte er Kopierbücher, die dank seiner schönen, regelmässigen Handschrift noch heute gut lesbar sind.[43] Die über 2500 Briefe in Deutsch, Ladinisch und Italienisch erzählen von seinem Engagement für die Gemeinde, für die Förderung eines sanften Tourismus, für die Schulkinder. «Ein halber Tag in der Schule bedeutet für mich eine weit grössere und tiefgreifendere Erbauung als ein Kirchgang.»[44]

Er erteilte Freunden Ratschläge für alpine Unternehmen und Führerwerke, sorgte sich um einen kranken Bruder, eine behinderte Schwester und ihre Tochter. Engagiert kämpfte er für die Erhaltung der Umwelt, gegen die Verschandelung der Natur durch Spekulation. Er schrieb Artikel und Briefe an Behörden und Politiker, unter anderem gegen die geplanten Kraftwerke im Bergell. «Den herrlichen Wasserfall der Albigna nicht mehr rauschen hören, weil die Technik ihn verschlingt? – Komm, Erlöser Tod!»[45]

Eines seiner letzten Schreiben war die Einladung zur Weihnachtsfeier vom 21. Dezember 1928 mit Schulkindern. Auf dem Weg von Fex nach Sils Maria starb Christian Klucker einen Dichtertod im Schnee, ähnlich wie Robert Walser.

Oft erinnere ich mich an einen Morgen, als wir von der Sasc Furä auf den Bondascagletscher abstiegen, dann unter der Nordostwand des Piz Badile gegen den Cengalo querten. Unser Ziel war der Nordpfeiler, eine meiner letzten Touren im Bergell. Es war noch dunkel, blass leuchteten die Sterne über den Kämmen der schwarzen Berge. Der Gletscher wurde steil, hartes blankes Eis schimmerte im fahlen Licht. Wir hatten nur Pickel dabei, keine Steigeisen. Während ich Stufen hackte, dachte ich an Klucker und wünschte mir seine Ruhe, seine Sicherheit, mit der er solche Stellen gemeistert hatte. Auf dem Eis, umgeben von den Granitbergen, die auch mir so viel bedeuten, meinte ich seinen Geist und seine Gegenwart ganz deutlich zu spüren. «Erinnerungen fluteten um mich her. O Bondasca, was hast du mir alles gegeben! Bist du zufrieden mit mir?»[46]

[1] Klucker, Christian: Erinnerungen eines Bergführers. Mit Geleitwort und ergänzenden Beiträgen von Ernst Jenny. Eugen Rentsch Verlag, Erlenbach-Zürich 1930, S. 101
[2] Ebd.
[3] Ebd., S. 100
[4] Ebd., S. 127
[5] Ebd., Nachwort von Ernst Jenny, S. 294f.
[6] Ebd., Aus Kluckers Briefen, S. 258
[7] Klucker, Christian: Adventures of an Alpine Guide, Translated from the 3rd Edition by Erwin & Pleasance Gainsberg, Murray, London 1932
[8] Klucker, Christian: Memorie di una guida alpina. A Cura di Giovanni Rossi, con una Prefazione di Roberto Osio. Edizioni Tararà, Verbania 1999
[9] Klucker, Erinnerungen, a.a.O., S. 139
[10] Ebd., S. 101
[11] Ebd., S. 102
[12] Ebd., S. 7
[13] Ebd., S. 15
[14] Ebd., S. 17
[15] Ebd., S. 16
[16] Ebd., S. 184
[17] Ebd., S. 44
[18] Siehe auch: Norman-Neruda, May: Bergfahrten von Norman-Neruda. Bruckmann Verlag, München 1901
[19] Klucker, Erinnerungen, a.a.O., S. 59
[20] Ebd., S. 205
[21] Siehe auch: Volken, Marco: Badile. Kathedrale aus Granit. AS Verlag, Zürich 2006
[22] Klucker, Erinnerungen, a.a.O., S. 140
[23] Ebd., S. 140
[24] Ebd., S. 140
[25] Ebd., S. 141
[26] Ebd., S. 260
[27] Ebd., S. 119
[28] Ebd., S. 123
[29] Ebd., S. 178
[30] Ebd., S. 178
[31] Bauer, Ursula; Frischknecht, Jürg: Ein Russ im Bergell. Anton von Rydzewski 1836–1913. Der erste Fotograf des Bergells. Desertina Verlag, Chur 2007. Und: Website Anton von Rydzewski, Alpinist und Fotograf, www.rydzewski.ch
[32] Ebd.
[33] Ebd.
[34] Klucker, Erinnerungen, a.a.O., S. 228
[35] Ebd., S. 3
[36] Ebd., S. 276
[37] Ebd., S. 248
[38] Zitiert nach: Anker, Daniel: Piz Bernina. AS Verlag, Zürich 1999, S. 58
[39] Klucker, Erinnerungen, a.a.O., S. 194
[40] Ebd., S. 204
[41] Ebd., S. 275
[42] Ebd., S. 299
[43] Zentralbibliothek Zürich, Handschriftenabteilung
[44] Klucker, Erinnerungen, a.a.O., S. 288
[45] Ebd., S. 291
[46] Ebd., S. 229

Friedrich Nietzsche, nackt auf einem Felsblock sitzend vor einer Berglandschaft. Radierung von Friedrich Berthold Sutter, 1907.

Friedrich Nietzsche (1844–1900)

Der Bergsteiger Zarathustra

Das Gebirge war Friedrich Nietzsche philosophische Metapher, ein Bergsteiger war er nicht. Bei seinen Wanderungen rund um Sils Maria und ins Fextal trug er stets ein Notizheft bei sich, denn von Gedanken, die nicht im Freien, bei freier Bewegung «geboren» wurden, hielt er wenig. Nietzsches Philosophie übte einen prägenden Einfluss auf die geistige Entwicklung des Alpinismus aus, wenn auch auf widersprüchliche Weise. Dass der Bergführer Christian Klucker aus dem Fextal Vorbild für den Zarathustra gewesen sei, den Protagonisten von Nietzsches Hauptwerk, ist eine Legende. Doch Klucker und Nietzsche sind sich mit Sicherheit begegnet, und in ihrer Liebe zu den Bergen, ihrer Einsamkeit und tiefen Melancholie finden sich verwandte Wesenszüge.

Sils im Engadin ist ein Ort mit ganz besonderer Aura, fast möchte man ihn als Kraftort alpiner Kultur bezeichnen. Der Dorfteil Sils Maria liegt am Ausgang der Schlucht, die nach Süden ins Fextal führt; über Sils Baselgia im Schwemmland zwischen Silser- und Silvaplanersee steigen die Hänge im Norden steil und kahl an gegen den Piz Lagrev. Im Südwesten öffnet sich der Blick über den Malojapass zu den Bergeller Bergen, die meisten Gipfel bleiben hinter dem mächtigen Piz da La Margna versteckt. Südliches Licht verzaubert die karge Landschaft, die verschneiten Bergspitzen spiegeln sich in den Seen. Seit über hundert Jahren übt Sils eine eigenartige Anziehungskraft aus auf Künstler, Schriftsteller und Gelehrte. Hermann Hesse war während Jahrzehnten Stammgast im Hotel «Waldhaus», das wie ein Schloss über Sils Maria thront. Marc Chagall, Albert Einstein, Carl Gustav Jung, Erich Kästner, Alberto Moravia, Richard Strauss, Lucino Visconti, Theodor Adorno, Thomas Bernhard und Joseph Beuys figurieren auf der Gästeliste des Fünfsternhotels, das 1908 eröffnet wurde. Thomas Mann logierte hier, seine Kinder Klaus, Erika und Golo gingen im Haus der Schriftstellerin Annemarie Schwarzenbach in Sils Baselgia ein und aus. Rainer Maria Rilke, Marcel Proust, Kurt Tucholsky, Carl Zuckmayer, Max Frisch und Friedrich Dürrenmatt besuchten Sils Maria. Vor der Eröffnung des «Waldhaus» wohnten die Touristen in der «Alpenrose» oder im «Edelweiss», neben dem in einem bescheidenen zweistöckigen Haus ein stiller Gast einige Sommer in der für seine wetterfühlige Konstitution angenehmen Luft verbrachte, wanderte und an seinen Werken arbeitete: Friedrich Nietzsche. Heute ist das Nietzsche-Haus ein viel besuchtes Museum, ein Wallfahrtsort der Jünger des umstrittenen Philosophen.

«Als er dreissig Jahre alt war, verliess er seine Heimat und ging in das Gebirge»

Während wir von Sils Maria durch den Schluchtweg ins Fextal wandern, stellen wir uns eine Begegnung vor, die sich hier im August des

Jahres 1883 zugetragen haben könnte. Ein Fremder stapft schwer atmend bergan, froh, dass die Schlucht im Schatten liegt. Sein Gang ist plump und der Blick nach innen gerichtet. Die Landschaft erkennt er nur undeutlich. Den roten Regenschirm, den er als Gehstock benutzt, wird er erst weiter oben aufspannen, wo sich der Wald lichtet und das Tal sich weitet, als Schutz gegen die Sonne, die seine chronischen Kopfschmerzen und Schwindelgefühle noch verstärkt. Er tritt zur Seite, als er Schritte auf dem Schotterweg hört, wischt sich den Schweiss von der hohen Stirn, streicht mit der Hand über seinen mächtigen Schurrbart. Wie eine Vision erscheint ihm der Einheimische, der auf dem schmalen Pfad mit kräftigen Schritten bergab eilt. Auf dem Rucksack das Gletscherseil, in der Hand den Bergpickel, auf dem Kopf den Hut mit der Feder. Als er den Fremden erblickt, bleibt er stehen, tritt höflich zur Seite. Man tauscht Blicke, einen knappen Gruss. Ein Satz fährt dem Fremden in den Kopf, er hat ihn ein Jahr zuvor in ein Notizbuch geschrieben, unten am See. «Als Zarathustra dreissig Jahre alt war, verliess er seine Heimat und den See seiner Heimat und ging in das Gebirge. Hier genoss er seines Geistes und seiner Einsamkeit und wurde dessen zehn Jahre nicht müde.»[1]

Der Bergler, der dem Fremden so selbstbewusst und sicher entgegentritt, ist gerade dreissig Jahre alt, seit zehn Jahren steigt er auf Berge, und jetzt steht er vor einer Wende seines Lebens – so wie der Fremde selbst, der kurz zuvor in einem Brief geschrieben hat: «Nun habe ich wieder mein geliebtes Sils-Maria im Engadin, den Ort, wo ich einmal sterben will; inzwischen giebt er mir die besten Antriebe zum Noch-Leben.»[2]

1881 ist Friedrich Nietzsche zum ersten Mal nach Sils-Maria gekommen, hier entwickelt er auf langen Spaziergängen seine philosophischen Gedanken, schreibt sie in das Notizbuch, das er immer bei sich trägt, und arbeitet im Quartier an seinen Werken, vor allem am Buch «Also sprach Zarathustra»[3]. Vom Berg herabgestiegen nach zehnjähriger Klausur, verkündet Zarathustra der Menschheit die Lehre vom «Übermenschen», die Überwindung des Wesens, das den Weg «vom Wurm zum Menschen» zurückgelegt habe, doch noch immer etwas vom Wurm in sich trage. Dieser Weg – im Sinne von Darwins Evolutionslehre – sei Übergang, aber auch Untergang. Offenbar sieht Nietzsche, dass die Weiterentwicklung des Menschen auch schon zwingend seinen Untergang bedeutet. «Gott ist tot», postuliert er, und von Heilslehren hält er wenig – ausser von seiner eigenen. Und das ist zum Beispiel die «ewige Wiederkunft». Zarathustra, der wie ein biblischer Prophet vom Berg herabsteigt, verwickelt sich dadurch in Widersprüche: Auch der Wurm würde also ewig wiederkehren, und alles Fortschreiten würde sich im ewigen Kreislauf aufheben. Auf jeden Fall warnt er aber vor falschen Göttern und Ideologien. «Ich beschwöre euch, meine Brüder, bleibt der Erde treu und glaubt denen nicht, welche euch von überirdischen Hoffnungen reden. Giftmischer sind es, ob sie es wissen oder nicht.»[4]

Man könnte solche Sätze als Manifest konservativ-ökologischer Politik lesen. Der Mensch, der durch seinen Fortschritt Natur und Umwelt zerstört und damit sich selber. Auch der Bergführer, der ihm auf dem Schluchtweg entgegentritt, wird in späteren Jahren ähnliche Ansichten vertreten, er wird gegen die Verschandelung und Zerstörung der Natur durch Technik und überbordenden Tourismus anschreiben. Zwei Rufer im Gebirge also, mit wenig Erfolg, wie ein Augenschein im nahen St. Moritz zeigt. Schon damals fühlte sich Nietzsche angewidert: «St. Moritz stiess mich heftig zurück, ich hielt es kaum drei Stunden dort aus, dann nahm ich die Post»[5], schreibt er nach seiner Ankunft im Juli 1881 seiner Schwester Elisabeth.

Schliesslich fand Nietzsche in Sils Maria die Oase der Ruhe, den Ort, wo er sich wohl fühlte. Auch das Essen schmeckte ihm, angereichert durch Wurst und Schinken, die ihm Mutter und Schwester schickten, dazu wollene Socken und Handschuhe für seine Wanderungen. «Mein Aussehen ist übrigens vortrefflich, meine Muskulatur in Folge meines beständigen Marschierens fast die eines Soldaten»[6], schreibt er nach Hause.

«Da wo selbst die Wege nachdenklich werden»

Die Natur, die einsame Bergwelt um Sils haben Nietzsches Philosophie wesentlich beeinflusst. Das lag auch an seiner Arbeitsmethode: «So wenig als möglich sitzen; keinem Gedanken Glauben schenken, der nicht im Freien geboren ist und bei freier Bewegung, in dem nicht auch die Muskeln ein Fest feiern.»[7]

Der Ort am Silsersee, wo er die erste Eingebung zur Figur des Zarathustra hatte, ist legendär geworden: Auf der Südspitze der Halbinsel Chasté, die von Sils Baselgia in den See ragt, hängt an einem Stein eine Gedenktafel. Nietzsche schreibt im September 1883: «Dies Engadin ist die Geburtsstätte meines ‹Zarathustra›. Ich fand eben noch die erste Skizze der in ihm verbundenen Gedanken; darunter steht ‹Anfang August 1881 in Sils-Maria, 6000 Fuss über dem Meere und viel höher über allen menschlichen Dingen›.»[8]

Im folgenden Winter sei ihm auf einer Wanderung am Meer, an der Bucht von Rapallo, «der ganze Zarathustra» eingefallen, «er überfiel mich».[9]

Oft soll Nietzsche ins Fextal gewandert sein, wegen seiner empfindlichen Augen aber nicht weit über die Waldgrenze. Es gibt auch Nietzsche-Kenner, die vermuten, Wanderungen bis an den Fuss des Fexgletschers hätten zu seinen «Standardexpeditionen»[10] gehört. Jedenfalls hat die Eis- und Gletscherwelt einen tiefen Eindruck hinterlassen, ebenso wie ihr Gegenpol, das Meer, wo er die Wintermonate zu verbringen pflegte.

«Wir gehören nicht zu Denen, die erst zwischen Büchern, auf den Anstoss von Büchern zu Gedanken kommen – unsere Gewohnheit ist, im Freien zu denken, gehend, springend, steigend, tanzend, am liebsten auf einsamen Bergen und dicht am Meere, da wo selbst die Wege nachdenklich werden.»[11] Diesen Satz aus der «Fröhlichen Wissenschaft»[12], an der Nietzsche ebenfalls in Sils arbeitete, hätte der Bergführer Christian Klucker gewiss unterschrieben. Dass sich der Bergführer und der Philosoph begegnet sind, hält Nietzsche-Biograf Curt Paul Janz für wahrscheinlich.

«Man wird darum wohl nicht weit fehlen, wenn man hier die Quelle für Nietzsches Hochgebirgsmetaphern (namentlich im Zarathustra) sieht, die darum bei aller Geschliffenheit der Formulierung doch so unwirklich, nicht bildhaft realisierbar werden, weil sie eben nicht von Nietzsche erschaut, sondern nur aus zweiter Hand bezogen, aus Erzählungen abgehört sind.»[13]

Nietzsche speiste während seiner sieben Aufenthalte in Sils Maria oft in der «Alpenrose», wo Klucker zeitweise beschäftigt war und wo Tourengäste von ihm logierten. Das Häuschen, in dem Nietzsche wohnte, gehörte dem Gemischtwarenhändler Gian Rudolf Durisch, der wie Klucker im Gemeinderat sass. Janz vermutet, dass Durisch, zu dem Nietzsche ein herzliches Verhältnis pflegte, Anekdoten von Klucker erzählt habe. Auch das könnte eine Quelle der Metaphern aus der Berg- und Gletscherwelt sein, die Nietzsche ausgiebig verwendet, obwohl er selber nicht kletterte.

Sils Maria war ein Dorf wo jeder jeden kannte, die Fremden wurden beobachtet, dem Sonderling Nietzsche spielte die Dorfjugend manchen Streich. Eine Legende meint sogar, Klucker, dieser kräftige Mann mit festem Blick und blauen Augen, habe Nietzsche als Vorbild zur Figur des Zarathustra gedient, den er als Mensch der Berge charakterisiert. Es ist also durchaus möglich, dass der Fexer Bergführer nicht nur die Alpingeschichte und die alpine Literatur bereichert hat, sondern sogar in Gestalt des Eremiten und Bergsteigers Zarathustra als einer der markantesten Charaktere der Philosophie auftritt.

Umgekehrt hat Nietzsches Philosophie einen prägenden Einfluss auf die geistige Entwicklung des Alpinismus ausgeübt – wenn auch auf widersprüchliche Weise. Niemals hätte sich der bescheidene Klucker als «Übermensch» gesehen, obwohl er am Berg beinahe Übermenschliches vollbrachte und auch als Charakter und moralische Instanz viele Zeit- und Berufsgenossen überragte. Nietzsche-Biograf Peter Pütz sieht im Übermenschen nicht einen, der sich über andere erhebt, sondern eine Figur des Überganges. Eine solche war in alpinhistorischem Sinn auch Klucker.

«Gelobt sei, was hart macht»

Es war eine Zeit der Wende: Elektrifizierung und Industrialisierung veränderten das Leben der Menschen in den Städten von Grund auf, die Menschen wanderten aus den Dörfern und den Berggebieten ab in die Zentren, die rasch wachsende Klasse der Industriearbeiter begann sich zu organisieren und stellte Forderungen. Das gesellschaftlich bedrängte Bürgertum floh in der heissen Jahreszeit aus den vom Industrierauch verpesteten Städten, suchte in den Alpen mit ihren aufstrebenden Tourismusorten Zuflucht vor den negativen Auswirkungen der mechanisierten Zivilisation. Auch Nietzsche, emeritierter Professor der Universität Basel, gehörte zu den Stadtflüchtigen. Eine naturorientierte Lebensphilosophie, wie er sie anbot, entwickelt in kristallklarer Bergluft, war für das konservative Bürgertum Balsam. Nietzsches alpine Metaphern kamen reaktionären Kreisen zupass, die sich gerne auf eine «alpenländische» Tradition berufen – selbst heute noch. Der Berg als Hort der Freiheit, der Bergsteiger als Vorkämpfer und Held: Vom Bergsteiger Zarathustra zu den Alpinisten, die sich einige Jahrzehnte später von Hitler und Mussolini Orden an die Brust heften liessen, war ein kleiner gedanklicher Schritt.

«Was ihn nicht umbringt, macht ihn stärker.»[14] Oder: «Gelobt sei, was hart macht.»[15] Solche Sätze aus Nietzsches Zitatenschatz flossen ins Repertoire des «heldischen Alpinismus» der Jahre zwischen den Weltkriegen, in denen «alpine Übermenschen» die grossen Nordwände und Himalayaberge im Namen von Führer, Volk und Vaterland «bestürmten und besiegten». Durch ihre «übermenschlichen» und todesverachtenden Leistungen sollten sie die Überlegenheit der arischen Rasse belegen gegenüber «Untermenschen» wie Juden, Slawen oder Roma. Lange vor der Machtergreifung der Nationalsozialisten schlossen deutsche und österreichische Alpenvereine Juden aus ihren

Sektionen aus, darunter auch hervorragende Alpinisten. Ihre Vordenker beriefen sich gerne und oft auf Nietzsche.

Dass seine Philosophie von den Nationalsozialisten und Faschisten aufgenommen, auch missverstanden und missbraucht wurde, ist unter anderem seiner Schwester Elisabeth Förster-Nietzsche zuzuschreiben, die nach seinem Tod im Jahr 1900 Schriften aus dem Nachlass fälschte und unter dem irreführenden Titel «Der Wille zur Macht» als Buch herausgab. Ihr Mann, von dessen Denken und Tun sich Nietzsche rigoros distanziert hatte, war ein Rassist. In Paraguay wollte er die rassenreine deutsche Enklave Nueva Germania gründen. Als das Projekt misslang, erschoss er sich. Elisabeth Förster-Nietzsche tat alles, um dem verstorbenen Bruder das Gedankengut ihres Ehemanns anzudichten, diente sich bei Mussolini und Hitler an und schenkte dem Führer Nietzsches Spazierstock[16].

Aus der Fülle von Nietzsche-Zitaten lässt sich, ähnlich wie aus der Bibel, fast alles und auch das Gegenteil davon beweisen. Links und rechts hat sich seiner markigen Metaphern bedient, und so kann man ihn als Frauenfeind und Antisemiten vorführen, aber auch als Verfechter der Freiheitspostulate der Französischen Revolution, als Vater der Ökobewegung oder als den ersten Vertreter eines postmodernen Lebensgefühls. Zumindest am Berg glaubt Nietzsche einen Weg zu einer freien und klassenlosen Gesellschaft entdeckt zu haben. «Einige Stunden Bergsteigens machen aus einem Schuft und einem Heiligen zwei ziemlich gleiche Geschöpfe. Die Ermüdung ist der kürzeste Weg zur Gleichheit und Brüderlichkeit – und die Freiheit wird endlich durch den Schlaf hinzugegeben.»[17]

In dieser Frage hat er Klucker bestimmt nicht konsultiert, der sich gegen die Arroganz und Missachtung durch gewisse Herren hart zur Wehr setzen musste, auch nach gemeinsam durchstandener Mühsal. Tragische und gescheiterte Beziehungen zu Frauen könnten dagegen als Seelenverwandtschaft zwischen dem Fexer Bergführer und dem wandernden Philosophen gelten. In die 1880er-Jahre fallen Kluckers unglückliche Begegnung mit seiner einstigen Liebe, dem Thuner Anneli, zeitgleich beinahe mit Nietzsches turbulenter Affäre mit Lou Salomé, einer attraktiven und intellektuellen Baltin, die ihn jedoch zurückwies und seine Heiratsanträge ablehnte. Das Schicksal beider Männer war eine grosse Einsamkeit, an der sie litten, die sie immer wieder in tiefe Depression stürzte. «Ich bin die Einsamkeit als Mensch»[18], schreibt Nietzsche, der sich von einem psychischen Zusammenbruch 1889 in Turin nie mehr erholte. Der alte Klucker fühlte sein Gemüt «erdrosselt» durch die Einsamkeit und das Gefühl, im Leben versagt zu haben, kein «ganzer und vollkommener Mann und Mensch»[19] geworden zu sein.

Für beide bedeuteten das Wandern, die Natur und die Bergwelt ein Lichtblick im Nebel der Selbstzweifel und der psychischen Not. Klucker, nach einer Tour im Bergell: «Durch diese Herbstfahrt in meinem Granitland bin ich aus einem entmutigten Menschen wieder etwas von dem geworden, was ich früher war.»[20] Oder: «Diese prächtige Wanderung tat meinem Herzen gar wohl.»[21]

Nietzsche: «Wer die Luft meiner Schriften zu athmen weiss, weiss, dass es eine Luft der Höhe ist, eine starke Luft. Man muss für sie geschaffen sein sonst ist die Gefahr keine kleine, sich in ihr zu erkälten. Das Eis ist nahe, die Einsamkeit ungeheuer – aber wie ruhig alle Dinge im Lichte liegen! wie frei man athmet! wie Viel man unter sich fühlt!»[22]

«Vor meinem höchsten Berg stehe ich»

«Der Wanderer», dieses Kapitel des Zarathustra, das Nietzsche im Sommer 1884 in Sils verfasste, erzählt am eindrücklichsten vom einsamen Wandern als Trauerarbeit und Selbstfindung. Zarathustra macht sich um Mitternacht auf den Weg, um über einen Inselrücken hinweg einen Hafen am Meer zu erreichen, er bricht auf zu neuen Ufern. Sein letzter Gipfel soll es sein, ein unerhört harter Aufstieg, den er sich abringt, und im Steigen schreiten seine Gedanken im Rhythmus der Schritte fort.

«Als nun Zarathustra so den Berg hinanstieg, gedachte er unterwegs des vielen einsamen Wanderns von Jugend an, und wie viele Berge und Rücken und Gipfel er schon gestiegen sei.

Ich bin ein Wanderer und ein Bergsteiger, sagte er zu seinem Herzen, ich liebe die Ebenen nicht, und es scheint, ich kann nicht lange still sitzen.

Und was mir nun auch noch als Schicksal und Erlebniss komme, – ein Wandern wird darin sein und ein Bergsteigen: man erlebt endlich nur noch sich selber.»[23]

Er wandert durch die Nacht und durch tiefste Melancholie und Trauer, er zwingt sich zur Härte. Hinauf steigen möchte er, über seinen eigenen Kopf und sein Herz hinweg, hinauf, bis er aller Dinge Grund schauen kann, seine eigenen Sterne unter sich.

Auf dem Gipfel, in grosser Kälte unter dem klaren Sternenhimmel liegt das Meer schwarz und traurig unter ihm. Und er erkennt: «Vor meinem höchsten Berg stehe ich und vor meiner längsten Wanderung: darum muss ich erst tiefer hinab, als ich jemals stieg: – tiefer hinab in den Schmerz, als ich jemals stieg, bis hinein in seine schwärzeste Flut.»[24]

So einfach und fliessend die Sprache, so komplex und auch widersprüchlich sind die Gedankengänge des einsamen und in Trauer versunkenen Wanderers – aber sind wir nicht selber schon oft so über einen Berg gewandert, erfüllt von Liebeskummer und Weltschmerz und dem Wunsch, alles hinter uns zu lassen, drüben ein Schiff zu besteigen und zu neuen Ufern zu segeln? Hin und her gerissen im Gefühlsstrudel wie Zarathustra, der stark sein will und dann erkennen muss, dass seine Kraft doch nicht ausreicht, der über sich lacht und gleich wieder weint, übermannt von Zorn und Sehnsucht. Der vor seinem letzten und höchsten Gipfel steht und doch weiss: Wandern ist sein Schicksal, es wird niemals ein Ende haben, und alle Kraft, alles Bemühen ist letztlich vergeblich, jede Spur verweht. «Dein Fuss selber löschte hinter dir den Weg aus, und über ihm steht geschrieben: Unmöglichkeit!»[25]

Wer so auf Bergpfaden wandert, während die Gedanken und inneren Bildern ihre eigenen Wege gehen, wenn «die Wege nachdenklich werden», findet sich oft in der Irre – irgendwo in steilem Gelände, Geröll oder dichtem Gehölz, wo keine Markierung, keine Spur mehr weiterführt. Abwegig verliefen Nietzsches Gedanken während seiner Wanderungen in der Gegend des Silsersees und im Fextal, doch die realen Wege habe er nie verlassen, schreiben seine Biografen. Einer vermutet jedoch, dass er «zumindest einmal in einen Fall von Bergnot geraten ist»[26]. Bergnot ist vielleicht übertrieben – er wird sich gedankenverloren im Gelände verlaufen haben, vielleicht in Nebel oder anbrechende Nacht geraten sein. Unter diesem Eindruck soll das Gedicht entstanden sein, das dieselbe Überschrift trägt wie das Wander-Kapitel im Zarathustra.

Der Wandrer
«Kein Pfad mehr!
Abgrund rings und Todtenstille!» –
So wolltest du's! Vom Pfade wich dein Wille!
Nun Wanderer, gilt's! Nun blicke kalt und klar!
Verloren bist du, glaubst du – an Gefahr.[27]

Hier formuliert der Philosoph eine Grunderfahrung der Bergsteiger: Verloren ist, wer in schwieriger Lage am Berg nur noch die Gefahr sieht und aufgibt. Klucker, der auch im Steinhagel und Sturm kühlen Kopf behielt, würde bestimmt beipflichten. Und jeder moderne Höhenbergsteiger oder Sportkletterer weiss: Die Psyche bestimmt oft stärker als die körperliche Form, was gelingt. Eine schwierige Wand ist nicht nur ein technisches, sondern vor allem ein mentales Problem. Blicke kalt und klar: Das will nicht heissen, die Gefahr übersehen, verdrängen. Es heisst, Blick auf den Weg richten, die Lage nüchtern einschätzen, den Ausweg suchen und sich nicht vom Abgrund und von der Angst lähmen lassen. «Schau nach oben», sagen wir Anfängern, die sich vor dem Tiefblick fürchten. Wer beim Klettern nur immer nach unten blickt, wo der letzte Haken steckt, und sich vorstellt, wohin er fallen würde, wenn er stürzt, wird nie den nächsten erreichen.

Dass Nietzsche auf einer seiner Wanderungen einmal ausgerutscht ist, ist wahrscheinlich. In dem Text, den er im Herbst 1881 notiert, glaube ich mich selber wiederzuerkennen, wie ich nach einem Fehltritt im Abstieg einen felsigen Hang hinabstürzte. «Voran, scheint es, geht es abwärts, blitzschnell, in irgend einen Abgrund – ich mag nicht hinsehen. Hinter mir ragt das Gebirge. Ich greife zitternd nach einem Halt. Wie! ist alles um mich plötzlich zum Gestein und Absturz geworden? Hier dies Gesträuch – es zerbricht in meiner Hand und vergilbte Blätter und ärmliche Würzelchen rieseln abwärts. Mich schaudert und ‹ich› schliesse das Auge. – Wo bin ich? Ich sehe in eine purpurne Nacht [. . .].»[28]

Genau so habe ich meinen Absturz erlebt; erfinden kann man dieses Empfinden nicht, glaube ich. Das plötzliche Schwinden des Bewusstseins, das Haschen nach dem letzten Halt, das Auftauchen aus der Ohnmacht des Schocks irgendwo im Dunkel. Auch ich sah nur «purpurne Nacht» nach dem Sturz in den Felsen, die Sicht verdunkelt vom Blut, das aus einer Kopfwunde die Augen verklebte.

Gestürzt ist Nietzsche am Ende in geistige Umnachtung; nach seinem Zusammenbruch in Turin verbrachte er den Rest seines Lebens in psychiatrischen Kliniken, bei seiner Mutter und nach deren Tod bei der Schwester, die sich damit den Zugriff auf seinen Nachlass sicherte und bedeutende Teile seines geistigen Erbes den Faschisten und Nationalsozialisten auslieferte. Friedrich Nietzsches Wunsch, in Sils Maria zu sterben, erfüllte sich nicht.

[1] Nietzsche, Friedrich: Also sprach Zarathustra. Zitate nach: Colli, Giorgio; Montinari, Mazzino (Hrsg.): Friedrich Nietzsche, Kritische Studienausgabe in 15 Bänden, Deutscher Taschenbuch Verlag, München 1999. Band 4, Zarathustra's Vorrede, S. 11

[2] Nietzsche, Friedrich: Brief an Heinrich Köselitz in Venedig [428], 1.7.1883. In: Colli, Giorgio; Montinari, Mazzino (Hrsg.): Friedrich Nietzsche, Briefe. Januar 1880–Dezember 1884. Walter de Gruyter Verlag, Berlin, New York 1981, S. 388

[3] Nietzsche, Zarathustra, a.a.O. Erste Ausgaben 1. bis 4. Teil, 1883–1885

[4] Nietzsche, Zarathustra, a.a.O., Zarathustra's Vorrede, S. 15

[5] Nietzsche, Brief an Elisabeth Nietzsche in Naumburg [121], 7.7.1881. In: Colli/Montinari, Briefe, a.a.O., S. 98

[6] Nietzsche, Brief an Franziska und Elisabeth Nietzsche in Naumburg [125]. In: Colli/Montinari, Briefe, a.a.O., S. 102

[7] Nietzsche, Friedrich: Ecce Homo. Warum ich so klug bin. Zitate nach: Friedrich Nietzsche, Kritische Studienausgabe, Band 6, a.a.O., S. 281

[8] Brief an Heinrich Köselitz, 3.9.1883. Zitiert nach: Janz, Curt Paul: Friedrich Nietzsche. Biografie in 3 Bänden. Carl Hanser Verlag, München 1993, S. 79

[9] Nach Janz, Friedrich Nietzsche, a.a.O., S. 80

[10] Hüser, Andreas: Wo selbst die Wege nachdenklich werden. Friedrich Nietzsche und der Berg. Rotpunktverlag, Zürich 2003, S. 190

[11] Nietzsche, Friedrich: Die fröhliche Wissenschaft. Zitate nach: Kritische Studienausgabe, Band 3, a.a.O., S. 614

[12] Nietzsche, Friedrich: Die fröhliche Wissenschaft, a.a.O. Erste Ausgabe 1882

[13] Janz, Friedrich Nietzsche, a.a.O., S. 310

[14] Nietzsche, Ecce Homo, Warum ich so weise bin, a.a.O., S. 267

[15] Nietzsche, Zarathustra, a.a.O., Der Wanderer, S. 194

[16] Hüser, Wo selbst die Wege, a.a.O., S. 33

[17] Nietzsche, Friedrich: Menschliches, Allzumenschliches. Erste Ausgabe 1879. Zitate nach: Kritische Studienausgabe, Band 2, a.a.O., S. 263

[18] Nietzsche, Friedrich: Nachlassnotiz 1888 25 [7]. Zitiert nach Nietzsche, Kritische Studienausgabe, a.a.O., Band 13, S. 641

[19] Klucker, Christian: Erinnerungen eines Bergführers. Eugen Rentsch Verlag, Erlenbach-Zürich 1930, S. 298

[20] Ebd., S. 231

[21] Ebd., S. 206

[22] Nietzsche, Ecce Homo, a.a.O., Vorrede, S. 258

[23] Nietzsche, Zarathustra, a.a.O., Der Wanderer, S. 193

[24] Ebd., S. 195

[25] Ebd., S. 194

[26] Hüser, Wo selbst die Wege, a.a.O., S. 112

[27] Nietzsche, Fröhliche Wissenschaft, a.a.O., S. 359

[28] Nietzsche, Friedrich. Nachlassnotiz 1881 12 [205]. Zitiert nach Nietzsche, Kritische Studienausgabe, a.a.O., Band 9, S. 612

Hermann Hesse beim Nacktklettern in Amden ob dem Walensee. Fotografiert von seiner ersten Frau Maria Hesse-Bernoulli im Sommer 1910.

Hermann Hesse (1877–1962)

Der Nacktkletterer

Hermann Hesse war ein naturverbundener Mensch, er unternahm lange Wanderungen und Skitouren. Als zeitweiliger Anhänger des Naturkults der Lebensreformbewegung nach der Jahrhundertwende vergnügte er sich auch gern beim Nacktklettern in warmen Felsen. Wandernd konnte er Schaffenskrisen überwinden, mehrmals überquerte er zu Fuss die Alpen. In einem kleinen Teil seines grossen literarischen Werks bringt der Nobelpreisträger seine hautnahe, körperhafte und erotische Beziehung zur Bergwelt, zu Fels und Schnee zum Ausdruck. Protagonisten in einigen frühen Texten sind individualistische Bergsteiger, die die Einsamkeit suchen; Alleingänger, die gegen alle Widerstände beharrlich ihren Weg gehen – wie der Schriftsteller, der sich den totalitären Strömungen seiner Zeit widersetzte.

Plattiger Kalk, geneigt und gebändert, Gebüsch und Gras auf den Absätzen. Behutsam quert der Kletterer in den Fels, seine Füsse folgen einer Verwerfung, die Hände prüfen Griff um Griff. Die Wand wird steiler, nun richtet er sich auf, blickt in den Abgrund, wo Nebel wallt, eine Hand in die Hüfte gestemmt, die andere umfasst eine Kante, die Muskeln des schlanken Körpers spannen sich, in starker Pose steht er im Fels. Nackt.

Die Serie von drei Fotos wirkt gestellt, nackter Mann am nackten Fels, Naturmensch im Einklang mit der Schöpfung, Adam im Paradies. Auf einem Bild wendet sich der Nacktkletterer der Fotografin zu, ein Knie angezogen, eine Hand aufgestützt, lächelnd, während er eine glatte Stelle überwindet. Es ist der Dichter Hermann Hesse, die Fotos hat seine erste Frau Maria im Jahr 1910 aufgenommen, in der Umgebung von Amden, dem Dorf am Fuss des Mattstocks hoch über dem Walensee. Jemand vermutet die Kletterstelle am Chapf, dem westlichsten Ausläufer der Churfirstenkette – gefunden haben wir sie nicht, trotz intensiver Suche. Maria Hesse, eine Tochter der Basler Mathematikerfamilie Bernoulli, war die erste Berufsfotografin der Schweiz und eine tüchtige Wanderin und Bergsteigerin. Mit über 60 Jahren bestieg sie noch das Finsteraarhorn. Hesse selber machten Höhenschwindel zu schaffen, grosse Berge hat er nie bestiegen.

«Ich suchte hohe, steile Felskuppen auf»

Vielleicht wollte Hermann Hesse in Amden seiner Frau zeigen, wie er drei Jahre zuvor im Tessin kletterte, als er zur Kur auf dem Monte Verità weilte. Im Text «In den Felsen. Notizen eines Naturmenschen»[1] erzählt er:

«Die Sonne brannte mir fleissig auf die verwöhnte Haut, die Dornen zeichneten mir ein Netz von roten Schrammen auf die Beine; die Knie und Hüften stiess und ritzte ich mir am Kastaniengestrüpp und an den Felsen wund. Aber ich war fröhlich dabei, ich sang und hatte meine Lust an der wilden, schönen Landschaft. Ich suchte hohe, steile

Felskuppen auf, von denen ich senkrecht tief in die warme Meerbläue hinabschauen konnte, ich gab den kühnen Felsformen kühne Namen und freute mich an jedem roten Riss, den meine fahle, weiche Haut bekam. Es waren vergnügte, kindisch vergnügte Stunden.»[2]

Vier Wochen hatte er von April bis Mai 1907 im Sanatorium der «vegetabilischen Kooperative» Monte Verità verbracht, hatte unter freiem Himmel auf selbst gesammeltem Laub übernachtet, manchmal auch in die Erde eingegraben, hatte gefastet und sich von Beeren, Sauerampfer, wilden Kirschen und Nüssen ernährt. Während dieser Zeit hatte er den Dichter und Naturpropheten Gusto Gräser kennengelernt, der in einer Höhle im Wald zwischen Arcegno und Golino hauste. Der Eremit und Asket mit wallendem Christushaar und Bart lebte vom Tauschhandel und schrieb Gedichte, darunter auch schwärmerische Berggedichte. Hesse liess sich vom Naturkult des charismatischen Aussteigers inspirieren.

«Ich lebe nackt und aufmerksam wie ein Hirsch in meinem Geklüfte, bin dunkel rotbraun, schlank, zäh, flink, habe verfeinerte Sinne. Ich rieche reife Erdbeeren von weitem, kenne die Winde, Stürme, Wolkenformen und Wetterzeichen des Landes. Seit drei Wochen kenne ich kein Bett, kein Feuer, kein Brot, kein Fleisch, kein Gemüse, kein Gewürz, nicht Löffel noch Gabel nicht Schüssel noch Becher.»[3]

Vorerst kehrte er zurück nach Gaienhofen am Bodensee, zu seiner Frau und dem ersten Sohn ins neu gebaute Haus. Ein erfolgreicher Schriftsteller seit dem Roman «Peter Camenzind»[4], 1904 erschienen, den alle Welt lobt.

Nun steht er wieder im Fels, heller Kalk diesmal, der sich ganz anders anfühlt als der Tessiner Granit, eine raue graue Haut, scharfe Kanten, aus den Ritzen wachsen Dornen und Gras. Unter ihm nicht warme Meerbläue, sondern der abgründige Walensee. Die steilen Abhänge, Weiden, Fichtenwälder und Kalkklippen verleihen dem Nordufer einen mediterranen Charakter, Feigen wachsen hier und Wein.

Amden, auf einer Sonnenterrasse hoch über Felsbändern, war Anfang des zwanzigsten Jahrhunderts ein Zentrum der Lebensreformbewegung, ähnlich dem Monte Verità. Utopisten, Spiritisten, Okkultisten, Schriftsteller, Maler und Musiker, vor allem aus Deutschland, siedelten in dem Bergdorf, kauften Bauernhöfe und versuchten sich in sozialutopischen Lebensformen. Ein «Gottesreich auf Erden»[5] sollte hier entstehen, mit Landwirtschaftskommunen, Tempelanlagen und Bergbahnen bis zum Gipfel des Speers, des höchsten Nagelfluhbergs Europas. Die Lebensreformbewegung war eine Reaktion auf die Industrialisierung, ein Rückgriff auf natürliche Lebensformen: Rohkost und vegetarische Ernährung, ein Leben in der Natur, in Licht und Luft auf der Suche nach Harmonie von Körper und Geist. Auch Gusto Gräser besuchte Amden, zwischen den Kolonien der Lebensreformer am Lago Maggiore und am Walensee bestanden Beziehungen.

Der utopische Aufbruch zu Beginn des zwanzigsten Jahrhunderts mag Hermann Hesse 1910 zu zwei Besuchen in Amden angeregt haben, im Februar und Ende Juli, Anfang August. Das Nacktklettern hatte allerdings eher unangenehme Folgen. «Ich war ein paar Tage im Gebirg unterwegs, brachte aber nur Schnupfen, Halsweh und dergleichen heim»[6], schreibt er einem Freund.

Nach seinen ersten literarischen Erfolgen leidet Hesse unter einer Schaffenskrise. Ausgedehnte Wanderungen helfen ihm, sich selbst zu finden. Mehrmals überquert er zu Fuss die Alpen, es zieht ihn in den Süden. «Beim Übergang über die Alpen fand ich mich jedesmal, wie vom Anhauch des wärmeren Klimas, den ersten Lauten der klangvollen Sprache, den ersten Rebenterrassen, so auch vom Anblick der zahlreichen schönen Kirchen und Kapellen zart und mahnend berührt, wie von Erinnerung an einen sanfteren, milderen, mutternahen Zustand des Lebens.»[7]

Im Jahr 1919, seine erste Ehe steht vor der Auflösung, lässt sich Hesse endgültig im Tessin nieder, in Montagnola bei Lugano, 1923 wird er Schweizer Staatsbürger.

«Regeneration unserer Völker durch das Nacktleben»

Oft klettern wir in den Felsen im Kastanienwald zwischen Arcegno und Golino, unweit von Gusto Gräsers Einsiedlerhöhle, in der heute gelegentlich junge Sportkletterer biwakieren. Der Gneis wirkt düster im Schatten, am Sockel beinahe schwarz, doch wenn die Sonne durch die Baumkronen dringt, schimmert das Gestein golden, die eingelagerten Glimmerplättchen glitzern. Scharf sind sie, schneiden in die Fingerkuppen, die Routen sind schwierig. Eine heisst «I Balabiott», «Die Nackttänzer» bedeutet das in der lokalen Mundart. So nannten die Einheimischen in Losone und Ascona die Fremden auf dem Monte Verità, die nackt auf Pritschen an der Sonne lagen und nachts ihre spirituellen Tänze aufführten und Rituale feierten. Das vegetarische Sanatorium, das der Antwerpener Industriellensohn Henri Oedenkoven, seine Lebenspartnerin Ida Hofmann und der österreichische Ex-Offizier Karl Gräser, ein Bruder von Gusto, gegründet hatten, entwickelte sich zu einer Begegnungsstätte der Avantgarde. Nebst Hermann Hesse verkehrten dort Dichter wie Erich Mühsam und Hugo Ball, Erich Maria Remarque, Thomas Mann, der Psychologe Carl Gustav Jung, der Anthroposophe Rudolf Steiner, der Maler Paul Klee und die Revolutionäre Wladimir Iljitsch Lenin und Leo Trotzki.

Monte Monescia hiess der bewaldete Hügel zwischen Ascona und Losone, den die Fremden Monte Verità getauft hatten. Berg der Wahrheit. Wir können uns gut vorstellen, wie der Balabiott Hermann Hesse nackt auf den Felsplatten der von Gletschern glattgeschliffenen Felsköpfe herumturnt, den warmen Stein unter den Sohlen spürt, auf denen Hornhaut gewachsen ist, und das Prickeln des Granits unter den Fingern. Später kühlt er die Füsse im Teich, dem Pozz da Butt am Fuss der Felsen, beobachtet Libellen über dem Schilf, einen Sperber in den Föhren oder einen Käfer im Moos einer Felsritze. Er fühlt sich aufgehoben im mutternahen Zustand des Lebens.

Eine einsame Gegend damals, noch gab es die Strasse nicht, die polnische Internierte im Zweiten Weltkrieg durch den Abhang schlugen, noch keine mit Bohrhaken gespickten Routen durch die Felsen, an denen Sportkletterer wie exotische Spinnen kleben, mit nacktem Oberkörper in der Sommerhitze. Hesse konnte noch ein unberührtes Naturglück geniessen. Er sieht aber auch die Grenzen der Idylle. «Zwar habe ich die Überzeugung gewonnen, dass eine Regeneration unserer Völker und ihres gesamten Lebens möglich wäre durch Früchtenahrung und Annäherung an das Nacktleben. Doch hatte ich solche Erkenntnisse nicht gesucht und rechne sie zu den leiblichen Erfahrungen. Geistige habe ich nicht gemacht.»[8]

«Den spröden Berg unter sich bekommen»

Der Monte Giallo, der gelbe Berg in Hesses Märchen «Der geheimnisvolle Berg»[9], ist unverkennbar ein Tessiner Gipfel, abgelegen und wenig besucht, mühselig zu besteigen, mit einer braungelben brüchigen Südwand, auf der Nordflanke Moränen, Schutthalden, Schneefelder. Der 2188 Meter hohe Gridone südlich von Ascona vielleicht, ein Grenzberg zu Italien mit den felsigen Südabstürzen und der tausend Meter hohen Nordwand der Rocce del Gridone. Der Berg machte Schlagzeilen, nachdem im September 1896 die beiden Brüder Raffaello und Alfonso Zoja auf dem Grat in einem Schneesturm erfroren. Noch heute erinnert eine Gedenktafel am Berg an das Unglück.

Hesse verleiht seinem Monte Giallo eine Seele, ein gutmütiges Wesen, männlich, in sich ruhend und einsam. Er kämpft das Jahr hindurch gegen Sturm und Wasser, Lawinen und Steinschlag und bietet Blumen und Tieren seinen Schutz. «Und im Sommer lag er die kurze Ruhezeit hindurch atmend in der Sonne, trocknete und wärmte sich, sah träumerisch dem Spiel der Murmeltiere zu und hörte aus der Tiefe das goldene Herdengeläut und mitunter die fernen, seltsamen Töne der Menschen heraufhallen, unverstandene, ahnungsvolle Klänge einer kleinen, spielerischen Welt.»[10]

Ein wildes Paradies entfaltet sich am Berg, von den Menschen mit ihren Seil- und Zahnradbahnen und der Hektik der Industriezeit in Ruhe gelassen. Ein ähnlich beseelter Berg findet sich in Gusto Gräsers Gedicht «Das Berggespräch»[11], vielleicht diente es Hesse als Inspiration. Der Berg als körperhaftes Wesen: eine Erfahrung, die wir Kletterer immer wieder machen im hautnahen Kontakt mit dem Fels, in der Auseinandersetzung mit den Strukturen des Gesteins. Wir meinen sein Leben, seine Seele durch unsere Fingerspitzen zu spüren. Der Berg hat ein Gesicht: «Face» sagen die Englisch Sprechenden zur Wand. «Face to Face» stehen wir dem Berg gegenüber, wenn wir klettern. So auch Cesco Biondi in Hesses Märchen: Ein junger Wilder, ein Einsamer, herrschsüchtig und Frauen verachtend (wie viele Bergsteiger jener Zeit), ein Bergführer ohne Patent, stolz und launisch. Er verliebt sich in den abweisenden Berg, der sich ihm allmählich offenbart.

«Der schlecht beleumdete Berg wurde ihm allmählich lieb, und da keine Liebe ganz vergeblich ist, tat sich auch der finstere Berg nach und nach vor dem Wanderer auf, zeigte ihm verhüllte Schätze und hatte nichts darwider, dass dieser einsame Mann ihn besuchte und ihm hinter seine Geheimnisse zu kommen trachtete.»[12] Zwischen Berg und Mann entwickelt sich eine erotische Beziehung. Doch genügt das Biondi nicht auf die Dauer, er will mehr, er will sich den Berg unterwerfen, ihn beherrschen. Der Freund wird ihm zum Feind, den er belagert, eifersüchtig und misstrauisch, bis die Liebe in Hass umschlägt. «Sein Wille war darauf gerichtet, den spröden Berg unter sich zu bekommen, auf jede Weise, durch Kraft und durch List, auf graden und auf krummen Wegen.»[13]

Der Berg wehrt sich gegen die versuchte Vergewaltigung, schüttelt den Eroberer ab, bis er stürzt und halb verhungert und erfroren aufgeben muss. Doch das stachelt ihn nur umso mehr an. Nicht nur unterwerfen, unterjochen will er den Berg.

Hesse nimmt in dieser 1908 geschriebenen Erzählung die Entwicklung des Alpinismus um die Jahrhundertwende auf, das Bezwingen von Bergen und Wänden auf immer schwierigeren Routen und um jeden Preis, auch den des eigenen Lebens. Erstbesteigungen wurden nun ohne Bergführer und oft im Alleingang unternommen. Der Gefährte am Seil, mit dem Biondi vorstossen kann bis in die Nähe des Gipfels, ist ihm nur Mittel zum Zweck, ein Werkzeug, das er fallen lässt, wenn er es nicht mehr braucht, denn: «Wenn er als erster auf dem Monte Giallo stand, wollte er niemanden neben sich haben.»[14]

An dieser Stelle fällt einem der Wiener Gymnasialprofessor und Schriftsteller Eugen Guido Lammer (1863–1945)[15] ein, einer der ersten Vertreter des führerlosen Alpinismus und des Alleinganges, der den Sinn des Bergsteigens unter anderem darin fand, «in höchstem persönlichen Empfinden führerlos oder allein gehend die Naturkräfte des Hochgebirges zu bekämpfen und überwinden».[16] Sich bewusst in Gefahr begeben, um mit neu geschenktem Leben aus den Bergen zurückzukehren, die Begier nach Kampf und Todesgefahr, die Wonne und das Grauen seien die besten Begleiter und Freunde des Bergsteigers, meint Lammer. «Die wahre Todesgefahr ist ein Göttergeschenk.»[17] Man denkt bei diesen Worten auch an moderne Alleingänger wie den italienischen Spitzenbergsteiger Walter Bonatti, der im Winter 1965 eine gefährliche und schwierige Route in der Matterhorn-Nordwand allein kletterte, begleitet von einem beachtlichen Medienrummel. Allein hatte er auch schon 1955 den nach ihm benannten Bonattipfeiler an den Petits Drus in einer sechstägigen desperaten Kletterei gemeistert. An den Petits Drus stürzte der Tessiner Ausnahmekletterer Marco Pedrini nach einer Alleinbegehung der «Directe Américaine» beim Abseilen in den Tod. Ein Jahr zuvor hatte er den äusserst schwierigen Cerro Torre in Patagonien als erster solo bestiegen.

Doch von Pedrini und Bonatti wieder zu Biondi: Er sieht schon den Weg zum Gipfel vor sich, da ergreift ein Windstoss seinen Hut, er will ihn erhaschen, macht einen Fehltritt und stürzt ab. Mit zerschmetterten Gliedern liegt er am Fuss der Wand, hört den Begleiter nach ihm rufen. In seinem Todeskampf erinnert er sich an ein Mädchen, das er liebte, und an die Zeit, da er «den Berg liebgewann, dem er sich näher fühlte als den Menschen».[18] Sterbend geht er auf in der Natur, in ihrem ewigen Werden und Vergehen.

«Er sah seinen Berg, den Monte Giallo, den er so wohl zu kennen geglaubt hatte, zum ersten Mal in seiner tausendjährigen Einsamkeit und traurigen Würde stehen und sah und wusste zum erstenmal, dass alle Wesen, Berg und Mensch, Gemse und Vogel, alle Sterne und alles Erschaffene – dass alles in einem grossen Drang unentrinnbarer Notwendigkeit sein Leben dahinführt und sein Ende sucht und dass Leben und Tod eines Menschen nichts anderes ist und nichts anderes bedeutet, als der Fall eines Steines, den das Wasser vom Gebirge löst und der von Hang zu Hang niederstürzt, bis er irgendwo in Splitter geht oder langsam in Sonne oder Regen verwittert.»[19]

Im Frieden mit sich selbst und im Einklang mit der Welt stirbt Biondi. Man findet ihn nicht, er bleibt verschollen, ist ein Teil der Natur geworden. Deutlich spürt man in dem Märchen Hesses elementare Naturerfahrung als Wanderer und Kletterer, seine körperhafte, erotische Beziehung zum Berg und zu den Felsen, denen er sich nackt aussetzte, als unverfälschtes Wesen der Schöpfung, ungeschützt und offen für die feinsten Empfindungen.

Hesses Märchen erscheint 1920 mit einem Bild des Matterhorns aufgemacht in der «Deutschen Alpenzeitung»[20], die nach dem Desaster des Weltkriegs unter der Leitung des Alpinliteraten Walter Schmidkunz einen Neubeginn alpiner Publizistik wagte. Die Geschichte kann auch als Absage gegen jede Gewalt gelesen werden, Biondis Tod am Berg gleicht jenem eines Soldaten im Schützengraben, samt seiner Läuterung in der letzten Stunde und seinem Verschwinden, Erde geworden im beinahe biblischen Sinne.

«Hinabwärts an die Brust der Mutter»

Im Märchen «Der schwere Weg»[21] erreicht der Ich-Erzähler mit einem Führer nach schwerem Aufstieg durch eine finstere Schlucht und über einen ausgesetzten Grat einen Gipfel. «Das war ein sonderbarer Berg und ein sonderbarer Gipfel! Auf diesem Gipfel, den wir über so unendliche nackte Steinwände erklommen hatten, auf diesem Gipfel wuchs aus dem Steine ein Baum, ein kleiner, gedrungener Baum mit einigen kurzen, kräftigen Ästen.»[22]

An diesen Text erinnerte ich mich auf einer Wanderung vom Monte Verità auf den Baladrum. Kein grosser Berg, ein Felskopf im Kastanienwald, hoch über dem Lago Maggiore und den Inseln von Brissago. Auf dem Gipfel hat jemand einen kleinen Apfelbaum gepflanzt, vielleicht im Gedenken an den Balabiott Hermann Hesse, der sich in diesen Felsen die Hände und Knie zerkratzte. In dem Bäumchen sass allerdings kein schwarzer Vogel, wie in Hesses Märchen, der sich unvermittelt in den Weltraum schwang, und unser Begleiter, der uns hinaufgeführt hatte, musste keinen «Sprung und Sturz» ins Blaue tun. Ich musste also nicht hinterherspringen wie der Protagonist in Hesses symbolträchtiger Geschichte, die er unter dem Eindruck einer Psychoanalyse verfasst hat: «Und ich fiel schon, ich stürzte, sprang, ich flog; kalte Luftwirbel geschnürt schoss ich selig und vor Qual der Wonne zuckend durchs Unendliche hinabwärts, an die Brust der Mutter.»[23] Mutter Natur, an deren Brust sich der Depressive wirft, eine Spielart des Cesco Biondi, der auch stürzend «zurück zur Natur» kehrt. Eigene Stürze im Gebirge erlebte ich selber allerdings weniger wonnevoll und selig, und statt an der Brust von Mutter Natur oder auf der Couch des Psychoanalytikers fand ich mich in der Notfallstation eines Spitals wieder.

«Am hohen Hang zur Fahrt bereit»

Hermann Hesses erotische Wahrnehmung der Natur zeigt sich deutlich beim Skifahren. «Wenn man auf Skiern über eine Berglandschaft hinunterfährt, dann spürt man die Wellen, Täler, Erhebungen und Falten der Erde durch die Skier und die Kniee hindurch genauso zart und schön, wie wenn ein Liebender mit streichelnder Hand über die Glieder seiner Freundin läuft.»[24]

Ende der Zwanziger- Anfang der Dreissigerjahre verbringt er die Wintermonate in Arosa oder St. Moritz. Fotos zeigen ihn beim Skilaufen mit Ninon Dolbin, seiner dritten Frau, oder er posiert als Skifahrer neben Thomas Mann. Braun gebrannt das Gesicht, auf dem Kopf eine topfartige Strickmütze, unter der modisch taillierten Skijacke trägt der Herr Krawatte. Seine Hände stützt er auf Haselstöcke, die Riemenbindungen der Eschenskis sind einfach, und fürs Telemarkfahren geeignet, halten die Lederschuhe beweglich fest.

In einer Reportage für die «Kölnische Zeitung» über Winterferien in Arosa erzählt er, wie er sich im Winter 1928 nach langer Zeit wieder den Bergen nähert, sich an seine Jugend erinnert, an «Ski-Touren über schweigsame Pässe und auf strenge mühsame Gipfel»[25], im Engadin, im Prättigau, am Gotthard und im Berner Oberland. Er schnallt sich wieder seine alten guten Norweger Bretter an, stellt am Übungshügel fest, dass er noch immer fahren kann, und unternimmt gleich wieder kleinere Touren. Das Abfahren durch unberührten Pulverschnee wird für ihn wieder zum erotischen Höhenflug. «Ich fahre einen der Hänge hinab, weich in den Knien, fühle die Form der hundert kleinen Terrassen und Wölbungen bis in den Kopf hinauf sich in mich einschreiben, musizieren, mich zu Abenteuern der Liebe und Vereinigung einladen.»[26] Ein Bach taucht auf, ein Steinklotz, der Höhenflug endet im Sturz in den weichen Schnee, der ihn an Hals und Nacken kitzelt.

Hesse muss ein recht mutiger Skitourist gewesen sein, oft war er allein unterwegs, was auch einmal fatal hätte ausgehen können. «Auf einem dieser Berge war ich vor drei Tagen droben, zwei Stunden bin ich mit Skiern und Seehundsfellen gestiegen, bei heftiger Sonne, und oben pfiff der Wind, und ich sah wohl 100 Schneeberge ringsum. Dann fuhr ich hinunter mit meinen bretternen Zauberpferden, und unterwegs kam ein Bach im Schnee, da fuhr ich kühn hinein und fiel gewaltig hin, und da hat es mir den Fuss verdreht und verzerrt, ich brauchte lang, bis ich wieder auf den Beinen stand.»[27]

Damals gab es noch keine Sicherheitsbindungen. Nach dem Sturz am 19. Februar 1929 bei der Abfahrt vom Brüggerhorn nach Arosa[28] lag er mit gezerrter Sehne im Liegestuhl und pflegte sich mit Umschlägen. Träumte vielleicht von früher, von einer Tour, von der er im nachgelassenen Text «Vor einer Sennhütte im Berner Oberland»[29] erzählt. Man steigt mit, fühlt beinahe körperlich den Rhythmus seines Atems und seiner Schritte, man friert, man schwitzt, beim Lesen steigt einem der eigene Herzschlag an.

«Ich steige, den Rucksack und die Skier auf dem Rücken, in einem steilen Holzweg Schritt für Schritt bergan, der Weg ist glatt und manchmal eisig, und die stählerne Spitze meines Bambusstockes dringt knirschend und widerwillig ein. Ich werde im Gehen warm, und am Schnurrbart gefriert der Atem.

Alles ist weiss und blau, die ganze Welt ist strahlend kaltweiss und strahlend kühlblau, und die Umrisse der Gipfel stehen hart und kalt in den fleckenlosen Glanzhimmel. Dann trete ich in beengend dichten, finsteren Nadelwald, die Skibretter streifen spärliche Schneereste von lautlosen Zweigen, es ist bitter kalt, ich muss abstellen und den Rock wieder anziehen. Überm Wald steile Schneehänge. Der Weg ist schmal und schlecht geworden. Ein paarmal breche ich bis zu den Hüften durch den Schnee. Eine launische Fuchsspur geht vom Walde her mit, jetzt rechts, jetzt links vom Pfad, macht eine spielerische Schleife und kehrt bergwärts um.»[30]

Im Gedicht «Ski-Rast»[31] schildert Hesse den Moment, in dem der einsame Skitourist auf einem Gipfel vor der Abfahrt kurz innehält. Er hat gegessen, Tee aus der Feldflasche getrunken, die Seehundsfelle gerollt und im Rucksack verstaut, die Schuhe festgeschnürt; die Hände in Fausthandschuhen greifen in die Schlaufen der Stöcke. Es sind die Augenblicke, in denen man in sich geht, in denen die Zeit stillzustehen scheint, man sie beinahe anzuhalten vermag im Angesicht der schweigenden Berge rundum, bevor sie sich wieder beschleunigt in der Schussfahrt zu Tal.

Ski-Rast
Am hohen Hang zur Fahrt bereit
Halt ich am Stab für Augenblicke Rast
Und seh geblendet weit und breit
Die Welt in blau und weissem Glast,
Seh oben schweigend Grat an Grat
Die Berge einsam und erfroren;
Hinabwärts ganz in Glanz verloren
Durch Tal um Tal stürzt der geahnte Pfad.
Betroffen halt ich eine Weile,
Von Einsamkeit und Stille übermannt,
Und gleite abwärts an der schrägen Wand
Den Tälern zu in atemloser Eile.[32]

«Ihr habt es mir zu verdanken, dass wir noch am Leben sind.»
Im Berner Oberland, im August 1915, trifft Hermann Hesse mit seiner Familie um ein Haar ein Eisschlag. Ein Foto zeigt ihn auf einem Felsband sitzend zwischen dem Bergführer und seinem ältesten Sohn Bruno, Hanfseil um den Bauch geknotet, Nagelschuhe an den Füssen in Gilet und Jacke, der Hemdkragen steht offen, man glaubt noch den Angstschweiss auf seinem Gesicht zu sehen; er blickt zurück zur Stelle, wo eben die Eislawine über den Weg gefegt ist, ein Ausdruck voller Entsetzen über die Katastrophe, die das Ende bedeutet hätte. Der Sohn schaut zur Mutter, die den dramatischen Augenblick im Bild festhält, und er greift mit einer Hand ins Seil, als ob er sie sichern wollte.

Die Familie verbrachte Sommerurlaub am Öschinensee, in dem gewaltigen Felskessel am Fuss der Blüemlisalp. Die Berge, himmelhoch und vergletschert, lockten. Für einen Ausflug zur Fründenhütte vertraute sich die Familie dem Bergführer und Hotelier David Wandfluh an. Bruno, damals zehn Jahre alt, erinnert sich. «Erst gings ein Stück weit dem See entlang, durch lichten Wald, dann im Zickzack über die ‹schrägen Platten› hinauf, die man weiter oben überquert, um auf die ‹Schafschnur› (ein Felsband quer durch die Felswand auf der hinteren Seite des Sees) zu gelangen. Beim Überqueren der ‹schrägen Platten› waren wir eben auf einem kleinen Vorsprung, als hinter uns ein donnernder Lärm losging. Über eine Felswand in der Höhe kam eine Eislawine herab, wie ein mächtiger Wasserfall anzusehen (der Abbruch eines kleinen Gletschers ‹in den Fründen›, über jener Felswand). Grosse Eisplatten stürzten herab, zerschlugen sich auf den ‹schrägen Platten› und ergossen sich wie Ströme in den See hinab, auch über die Mulde, die wir eben passiert hatten. Wir standen und schauten, das grossartige Schauspiel faszinierte mich. Als der Lärm etwas nachliess, sagte Vater spassig: ‹Ihr habt es mir zu verdanken, dass wir noch am Leben sind. Hätte ich nicht beim Frühstück zum Aufbruch gedrängt, wären wir zwei Minuten später weggegangen, dann wären wir mitten unter die Lawine geraten.›»[33]

Vierzehn Jahre später wanderte Maria Hesse mit Bruno wieder einmal über die Schafschnur und logierte am Oeschinensee. Da gestand ihr Bergführer Wandfluh, dass er seither nie mehr mit Gästen diesen Weg gegangen sei. Offenbar war das Ereignis auch ihm in die Knochen gefahren.

Mich erinnert es an ein eigenes traumatisches Erlebnis. Nach einer Klettertour im Gotthardgebiet stiegen wir spät nachmittags ein steiles Schneecouloir ab. Kaum hatten wir es verlassen, donnerte eine Nassschneelawine zu Tal, füllte das ganze Couloir aus, wälzte mächtige Felsblöcke vor sich her. Ein paar Minuten später wären wir zermalmt worden. Wir starrten hinauf, machten wohl ähnlich scherzhafte Bemerkungen wie Hesse, um den Schrecken, das tiefe Entsetzen zu verdrängen. Solche Momente erscheinen mir im Rückblick oft so, als hätte ein Leben geendet und ein anderes begonnen. Man hat überlebt und will sich gar nicht fragen, warum, denn eine Antwort gibt es nicht.

Doch der Gedanke liegt nahe: Die Eislawine im Gebiet der Blüemlisalp hätte nicht nur den bereits arrivierten Autor zu Tal gefegt, samt Sohn, Ehefrau und Bergführer. Meisterwerke der Literatur wie «Siddharta», «Der Steppenwolf», «Narziss und Goldmund» oder «Das Glasperlenspiel» wären niemals entstanden. Kein zweiter Nobelpreis der Literatur für einen Schweizer Bürger nach Carl Spitteler, der übrigens auch ein Bergwanderer war. Aber auch umgekehrt kann man spekulieren: Der Philosoph und Schriftsteller Leo Maduschka wäre heute vielleicht einer der Bekannten der deutschen Literatur, wäre er nicht bei einem Wettersturz in der Civetta-Nordwestwand jung ums Leben gekommen. Oder der Basler Lehrer Jürg Weiss: eine grosse literarische und alpinistische Begabung, Erstbegeher des Bügeleisens an den Pizzi Gemelli im Bergell, auf dem Abstieg vom Strahlegghorn im Berner Oberland von einer Felsplatte in die Tiefe gerissen. Die Grenze zwischen Leben und Tod zeigt sich nirgends so deutlich wie in den Bergen, Sterben oder Überleben zur Unsterblichkeit scheint nirgends so vom Zufall bestimmt (oder von höherer Macht vorbestimmt, wie viele glauben) wie am Berg. Sekunden, Minuten, intuitive Entscheide über Route, Aufbruch oder Umkehr bestimmen unser Schicksal.

«Einsamer König in einem Traumreich»

1899 war der im schwäbischen Calw aufgewachsene Hesse nach Basel gezogen und dort als Buchhändler tätig, daneben schrieb er Prosatexte, Artikel und Rezensionen. In seiner Jugend habe er die Berge «so sehr geliebt und so viel umworben und beschlichen»[34], schreibt er. Einen Bericht über eine Wanderung durch die Alpen schliesst er: «Meine Reise endete, wie jede von meinen Reisen, mit dem drängenden Verlangen, bald wieder zu wandern, so bald und so weit wie möglich.»[35]

In Vitznau am Fuss der Rigi verbringt er um die Jahrhundertwende einige Sommerwochen, noch zieht er den See vor, rudert und schwimmt und wandert nur einmal von der Rigi ins Tal. In Vitznau macht er die ersten Aufzeichnungen zu dem autobiografisch gefärbten Entwicklungsroman «Peter Camenzind», mit dem er den literarischen Durchbruch schaffen wird. Die Camenzinds sind in Gersau und Vitznau am Vierwaldstättersee beheimatet.

Peter, ein Bauernjunge aus einem Dorf zwischen Berg und See, ist ein Bergsteiger. «Bald kam auch die Zeit, dass ich mich den Wolken nähern, zwischen sie treten und manche aus ihrer Schar von oben betrachten durfte. Ich war zehn Jahre alt, als ich den ersten Gipfel erstieg, den Sennalpstock, an dessen Fuss unser Dörflein Nimikon liegt. Da sah ich zum erstenmal die Schrecken und die Schönheiten der Berge. Tiefgerissene Schluchten, voll von Eis und Schneewasser, grüngläserne Gletscher, scheussliche Moränen, und über allem wie eine Glocke hoch und rund der Himmel. Wenn einer zehn Jahre lang zwischen Berg und See geklemmt gelebt hat und rings von nahen Höhen eng umdrängt war, dann vergisst er den Tag nicht, an dem zum erstenmal ein grosser, breiter Himmel über ihm und vor ihm ein unbegrenzter Horizont lag.»[36]

Eingeklemmt zwischen Berg und See: Das ist unverkennbar Vitznau und der Berg wohl der markante Vitznauer Stock oder Gersauer Stock, ein zum Rigi-Massiv gehörender Kalkgipfel zwischen den beiden Orten.

Die erste Bergtour hat Peter Camenzind eine Welt eröffnet, «irgend ein Eis in meinem Leben gebrochen»[37], er brüllt auf dem Gipfel vor Lust und Erregung. Daraufhin unternimmt er schwierigere Touren, wird zum Geisshirten ernannt und stürzt, mit einer verlaufenen Geiss zusammen, in eine Klamm, wobei er fast ums Leben kommt. «Dann wäre dies Büchlein ungeschrieben und manch andere Mühe und Torheit ungeschehen geblieben.»[38] So wie Hesses Meisterwerke ungeschrieben geblieben wären, hätte ihn der Eisschlag über dem Oeschinensee in den Abgrund geschleudert.

Peter Camenzind kommt in die Fremde, in die Stadt, er studiert, trinkt, macht erste Liebeserfahrungen, stets mit bitterem Ende; steigt aus Liebeskummer gelegentlich wieder auf den Sennalpstock; er beginnt «schamhaft» zu dichten, füllt Hefte mit Erzählungen und Versen, die er schliesslich verbrennt, nachdem er in Gottfried Keller seinen Meister entdeckt hat. Der junge Max Frisch hat Jahre später das rituelle Verbrennen eigener Manuskripte nachvollzogen, angestiftet vielleicht durch das Vorbild.

Um seiner ersten Liebe, einem Rösi, Eindruck zu machen, ersteigt Camenzind einen schwierigen Gipfel von der steilsten Seite, er trägt «ihren Namen und Lobpreis auf entlegene Grate und Klüfte».[39] Dann erklettert er eine kühne Fluh, um ihr ein Büschel Alpenrosen zu holen. «Und da denn der Jugend und Liebe nichts unmöglich ist, gelangte ich mit zerschundenen Händen und krampfigen Schenkeln schliesslich zum Ziel. Juchezen konnte ich in meiner bangen Lage nicht, aber das Herz jodelte und lärmte mir vor Lust, als ich vorsichtig die zähen Zweige durchschnitt und die Beute in den Händen hielt. Zurück musste ich, die Blumen im Mund, rücklings klettern, und Gott allein weiss, wie ich frecher Knabe heil den Fuss der Wand erreichte.»[40]

So etwas wagte man zur Jahrhundertwende, der Zeit der Wandervogelbewegung, noch zu schreiben. Durch Heimatromane, Hüttenlieder und die Bergfilme der Dreissigerjahre verkam die Geschichte vom Jüngling, der seiner Geliebten unter Todesgefahr Blümlein von der Fluh holt, zum Alpenkitsch. Hesse distanzierte sich schon damals von der Wandervogelbewegung. Camenzinds Ziel sei es nicht, Bruder in einem Bunde zu werden, sondern «statt Gemeinschaft, Kameraderie und Einordnung sucht er das Gegenteil, er will nicht den Weg vieler, sondern eigensinnig nur seinen eigenen Weg gehen, er will nicht mitlaufen und anpassen, sondern in seiner eigenen Seele Natur und Welt spiegeln und in neuen Bildern erleben. Er ist nicht für das Leben im Kollektiv geschaffen, er ist ein einsamer König in einem von ihm selbst geschaffenen Traumreich.»[41]

Peter Camenzind und auch sein Schöpfer Hermann Hesse sind also, wie Cesco Biondi, vom Charakter des individualistischen Bergsteigers, der die Einsamkeit sucht, seinen eigenen Weg geht, gegen alle Widerstände, sich als Teil der Natur versteht, in ihr aufgeht in einem Traumreich, einem selbst gesuchten und gestalteten Paradies auf Erden. Der Berg wird für Camenzind auch zur Schule des Lebens: beharrlich seinen Weg gehen, sich nicht verführen lassen von der Masse wie die Wandervögel, die schliesslich in der Hitlerjugend endeten und das Bergvagabundenlied singend in den Krieg wanderten. Das Wesen des individualistischen Bergsteigers trifft sich mit dem Wesen des Schriftstellers, der sich nicht verführen lässt, sondern seinen Weg selbstbestimmt geht, ungeachtet aller Misserfolge und materiellen Schwierigkeiten. König im Reich der eigenen Fantasie, der eigenen Geschichten.

Hesse schreibt in seinem «Rigi-Tagebuch», das er im August 1945 verfasst, für einige Tage zurückgekehrt in die Welt seiner Jugend: «Die Abwechslung von Fels und Schnee, besonnten Kanten und dunklen Schlünden an einer Gipfelkette, der launische Weg, den ein kleiner Wolkenschatten über diese zackige und zerklüftete Vielfalt hin beschreibt, können einen fesseln und entzücken wie die Rhythmen und Zäsuren eines Gedichtes.»[42]

Peter Camenzind findet seinen Weg, er kehrt nach vielen Enttäuschungen und schmerzvollen Erfahrungen zurück in sein Dorf wie sein Vorbild, Gottfried Kellers Grüner Heinrich, er versöhnt sich mit seinem alten Vater, stellt das Elternhaus eigenhändig in Stand, übernimmt Aufgaben in der Gemeinde und wird «ganz ein Hiesiger»[43]. Manchmal schnallt er sich wieder die Gamaschen um, steigt den Berg hinan und rutscht über Schneefelder ab. «Und in der Lade liegen die Anfänge meiner Grossen Dichtung. ‹Mein Lebenswerk› könnte ich sagen.» Ein prophetischer Satz in der Rückschau, denn mehr als ein halbes Jahrhundert später erst wird das grosse Lebenswerk Hermann Hesses ein Ende finden, im August 1962 in Montagnola in den Bergen des Tessins.

[1] Hesse, Hermann: In den Felsen. Notizen eines «Naturmenschen». Erschienen 1907. Zitate nach: Michels, Volker (Hrsg.): Hermann Hesse. Sämtliche Werke in 20 Bänden. Suhrkamp Verlag, Frankfurt a.M. 2005, Bd. 11, S. 314

[2] Ebd., S. 314f.

[3] Ebd., S. 320f.

[4] Hesse, Hermann: Peter Camenzind. Erstausgabe S. Fischer, Berlin 1904. Zitate nach: Suhrkamp Taschenbuch, Frankfurt a.M. 2002

[5] Kurzmeyer, Roman: Viereck und Kosmos. Springer Verlag, Wien, New York 1999

[6] Brief Hesses an Otto Stössel. Nach Mitteilung von Volker Michels an den Verfasser

[7] Hesse, Hermann: Die Kunst des Müssiggangs. Kurze Prosa aus dem Nachlass. Suhrkamp Taschenbuch, Frankfurt a.M, 1973, S. 198

[8] Hesse, In den Felsen, a.a.O., S. 322

[9] Hesse, Hermann: Der geheimnisvolle Berg. Erschienen 1908. In: Hesse, Sämtliche Werke, a.a.O., Bd. 9, S. 33ff.

[10] Ebd., S. 33f.

[11] Gräser, Gusto: Gedichte des Wanderers. In: Müller, Hermann: Gusto Gräser. Aus Leben und Werk. Vaihingen an der Enz, 1987

[12] Hesse, Der geheimnisvolle Berg, a.a.O., S. 35

[13] Ebd., S. 37

[14] Ebd., S. 38

[15] Lammer, Eugen Guido: Durst nach Todesgefahr. Herausgegeben von: Messner, Reinhold; Höfler, Horst, Steiger Verlag, Augsburg 1999

[16] Amstädter, Rainer: Der Alpinismus, WUV-Universitätsverlag, Wien 1996, S. 95

[17] Lammer, Eugen Guido: Worte eines Fessellosen. In: Durst nach Todesgefahr, a.a.O., S. 59

[18] Hesse, Der geheimnisvolle Berg, a.a.O., S. 39

[19] Ebd., S. 40

[20] Deutsche Alpenzeitung, 1/1920, S. 5

[21] Hesse, Hermann: Der schwere Weg. In: Hesse, Sämtliche Werke, a.a.O, Bd. 9, S. 115ff.

[22] Ebd.

[23] Ebd.

[24] Hesse, Hermann: Brief an Emmy Ball-Hennings. In: Michel, Volker (Hrsg.): Hesse, sein Leben in Bildern. Insel-Taschenbuch, Frankfurt am Main 1987, S. 238

[25] Kölnische Zeitung, 8.2.1928. Zitiert nach: Haldimann, Ueli: Arosa. AS Verlag, Zürich 2001, S. 120

[26] Ebd., S. 223

[27] Hesse, Brief an Emmy Ball-Hennings, a.a.O., S. 238

[28] Haldimann, Arosa, a.a.O., S. 125

[29] Hesse, Hermann: Vor einer Sennhütte im Berner Oberland. In: Die Kunst des Müssiggangs, a.a.O., 162ff.

[30] Ebd.

[31] Hesse, Hermann: Ski-Rast. In: Sämtliche Werke, Bd. 10, S. 189

[32] Ebd.

[33] Hesse, Bruno: Erinnerungen an meine Eltern, Privatdruck, ohne Datum

[34] Hesse, Hermann: Winterferien. In: Die Kunst des Müssiggangs, a.a.O., S. 235

[35] Hesse, Hermann: Eine Wandererinnerung, 1905/1930. In: Sämtliche Werke, Bd. 13, S. 112

[36] Hesse, Peter Camenzind, a.a.O., S. 21

[37] Ebd., S. 21

[38] Ebd., S. 22

[39] Ebd., S. 32

[40] Ebd., S. 32

[41] Hesse, Herrmann: Zu «Peter Camenzind». In: NZZ, 4.8.1951. Zitiert nach: Hesse, Sämtliche Werke, a.a.O, Bd. 12, S. 195

[42] Hesse, Hermann: Rigi-Tagebuch. August 1945. In: Hesse, Sämtliche Werke, a.a.O., Bd. 11, S. 720

[43] Hesse, Peter Camenzind, a.a.O., S. 152

Hans Morgenthaler mit Marguerite Schmid, seiner späteren Geliebten, im Winter 1916 auf dem Nordgipfel des Bietschhorns. Fotografiert von ihrem Ehemann Walter Burger.

Hans Morgenthaler (1890–1928)

Auf schmalem Gesims an der Wand

Die Berge waren ihm Kult und Religion. Hans Morgenthaler war ein extremer Bergsteiger, führte ein ruheloses Leben und setzte einen neuen Ton in der Bergliteratur: leidenschaftlich, stark und genau. Trotz amputierten Fingern nach einer Skitour auf den Tödi kletterte er schwierige Routen. Je gefährlicher das Unternehmen, desto tiefer das Erleben war sein Credo. Seine grosse Sehnsucht beschränkte sich nicht auf den Berg, sein ganzes kurzes Leben lang war er auf der Suche nach der Liebe, an der es ihm in der Jugend gemangelt hatte. Doch er fand weder Heim noch Heimat. Die Arbeit an seinem autobiografische Roman «In der Stadt» nannte er einmal einen «Ersatz für den unterlassenen Selbstmord». Das Werk erschien erst ein Vierteljahrhundert nach seinem Tod.

Anfang März 1911 eröffnet ein Arzt dem Studenten Hans Morgenthaler, dass er an Syphilis leide. Eine Fehldiagnose, wie sich viele Jahre später herausstellen wird. Eigentlich hätte er sich einer genaueren Untersuchung unterziehen sollen, doch er trotzt: «Ich ging stattdessen auf den Tödi.»[1]

Hans Morgenthaler war als Sohn eines Fürsprechers in Burgdorf aufgewachsen, «in der harmlosen Sphäre mittelschweizerischer Kartoffeläcker»[2], seine Mutter hatte er als 11-Jähriger verloren. An der Eidgenössischen Technischen Hochschule in Zürich studierte er Botanik. Verlassen und verloren fühlte er sich anfangs in der Stadt, «wie ein junges, verlaufenes Kalb».[3] Erst die Bekanntschaft mit akademischen Bergsteigern gab ihm eine Orientierung, er wurde Kandidat des Akademischen Alpen-Clubs Zürich, der 1896 gegründet worden war. Das Tödigebiet, von Zürich aus mit dem Zug gut zu erreichen, war eines der bevorzugten Tummelfelder von Mitgliedern des AACZ: Nordgrat und Nordostwand des Tödi und der gefürchtete «Akademikerweg» in der Nordwestwand des benachbarten Bifertenstocks sind Erstbesteigungen von Zürcher Studenten und Professoren.

«Meinetwegen zugrunde gehen»

Am 12. März 1911 bricht Morgenthaler unter der Führung von Franz Obexer, Übername Overreckt, und Maxwell Finch, zwei Mitgliedern der elitären Vereinigung, zur Probetour auf den Tödi auf, die über die Aufnahme entscheiden soll. Mit dabei ist Hans Meier, ein zweiter Clubaspirant. «Zwanzigjährige Trotzköpfe voll leidenschaftlichem, bodenlosem Idealismus.»[4] Mit Ski und Fellen steigen sie in der Nacht von Linthal zur Fridolinshütte auf – wenige Wochen nachdem der Linthaler Bergführer Jost Zweifel mit einem holländischen Gast[5] erstmals mit Ski den Gipfel erreicht hat. Da wollen die Zürcher nicht zurückstehen.

Erst gegen Mittag brechen die vier von der Hütte auf, gut ausgeschlafen, aber viel zu spät. Das Wetter ist prächtig, der Gletscher zerschrundet und tief verschneit. Einen Eisabsatz müssen sie Stufen hackend überwinden, kommen nur langsam voran. Wind kommt auf, eine Randkluft sperrt den Weg, muss mit Steigeisen umgangen werden. Als sie den Gipfel des Piz Russein erreichen, den höchsten Punkt des Tödimassivs, ist der Wind zum Orkan geworden. «Mitternacht auf dem Tödi! Der Himmel, wie aus einem Guss, lastet schwer über der Welt, und der Blick der Menschen, scheu im Geisterlicht dieser schwindelnden Höhe, sinkt schwer wie Blei in die düstere, grausige Tiefe.»[6]

Bei der Abfahrt im Schneesturm stürzt Finch in eine Spalte, bei den Seilmanövern zum Herausziehen des Gefährten verliert Morgenthaler seine Handschuhe und erfriert im Notbiwak auf dem Gletscher beide Hände. Die amputierten Fingerglieder werden für ihn zum «Ehrenzeichen»[7], zur lebenslangen Erinnerung an die unglückliche Skitour. Fortan amputiert er auch seinen Namen und nennt sich Hamo. Im 1926 vollendeten Roman «In der Stadt», den sich der bereits unheilbar an Tuberkulose Erkrankte dem Tode abrang, wie sein Freund Otto Zinniker im Nachwort schreibt, schildert Morgenthaler die traumatische Tödibesteigung.

«Schlotternd, die Arme vor den Gesichtern verschränkt, liegen vier Körper in pechschwarzer Nacht am blanken Eishang. Sturm heult, Orkan saust. Wollte man seine Hände in den Taschen bergen, waren diese zugefroren und voll Eis, und schützte man nicht in erster Linie seinen Kopf mit Hilfe der Ärmel, peitschte eiskörnerbeladener Sturm einem ins Gesicht, dass man erstickte. Grimmig drohten Sterben und Verderben. Seid ihr bereit?

Eigentlich sollte ich noch weiterleben, eigentlich hätte ich allerlei wieder gutzumachen, abzuwarten, aber – meinetwegen zugrunde gehen. Und doch: ‹Nein!›

‹Redet, Kameraden, rührt euch!› brüllte Overreckt in den Sturm. ‹Nicht schlafen! Schlafen ist Tod!› Meine Hände in den Taschen bergen, waren diese zugefroren machen. Ich versuchte es nochmals mit

Fingerübungen. Die Gelenke versagten vollkommen. Schlimmstenfalls werde ich wenigstens frei vom Militärdienst, dachte ich. Wenn wir ganz einschlafen? Erfrieren? Wird man uns im Sommer finden? Keine grosse Wahrscheinlichkeit. Der Gletscher wird uns behalten. Wie Steine werden wir in ihm versinken und unsere Zukunft, unser Geheimnis, unsere – Schuld mit uns.»[8]

«Schuld ist die Stadt»

Das Tödikapitel im Roman «In der Stadt» ist sicher eine der stärksten Prosa schweizerischer Bergliteratur, vorabgedruckt in der Zeitschrift des Schweizer Alpen-Clubs «Die Alpen» 1925[9], während der Roman erst 1950, lange nach Morgenthalers Tod, von seinem Freund und Schriftstellerkollegen Otto Zinniker herausgegeben wird. «Die Beichte des Karl von Allmen», nennt Morgenthaler sein wichtigstes Werk, das weiter nichts sein wolle als ein Ersatz für den «im rechten Augenblick leider unterlassenen Selbstmord»[10]. Eine Beichte um Schuld und Sühne, wie er schreibt. Schuldig geworden sei er, wie er glaubt, in der Stadt; es quält ihn das Schuldgefühl, «in paradiesischer Unschuld und Hingabe eine lange Nacht glücklich gewesen zu sein»[11] mit einer jungen schönen Französin.

«O Nacht der Nächte! Hat mich seither ein einziges Weib wie je geliebt? Schrecklich war nur was folgte, schrecklich war gleichsam das Amen nach diesem Gebet.»[12] Eine kleine Verletzung, eine Folge der wahrscheinlich ersten Liebesnacht, schleudert ihn in einen Abgrund von Angst, Zweifel, Selbstvorwürfen, Selbstmitleid und Selbstzerfleischung. «Stadtwahnsinn» nennt er seine Seelennot. Die Angst vor der Syphilis, von der er glaubt, sie könne zur «Verblödung» oder zur Lähmung des ganzen Körpers führen, treibt ihn an den Rand des Wahnsinns.

Der Stadt lastet er sein Unglück an – und seinem Vater: «Schuld ist die Stadt, dachte ich schon damals, die Stadt mit ihrem ungesunden, kuriosen, verlogenen Lebenswandel. Schuld ist mein Vater.»[13]

Die befürchtete Syphilis, die «schreckliche Stadtseuche», empfindet er als Strafe für einen Fehltritt, so wie ihn schon sein «alle Macht der Welt verkörpernder»[14] Vater als Kind verprügelte, als ihn ein Stallknecht beim Spielen mit einem nackten Mädchen überrascht hatte. Seine Rettung waren die Berge. Schon im Kinderwagen waren sie ihm zum ersten Mal erschienen, als ferne Vision einer besseren Welt. Irgendwann traf den Jugendlichen «der Strahl, der meine Liebe zu den Bergen entzündete»[15]. Wetterhorn und Blüemlisalp erblickte er von seinem Heimatort aus, am besten gefiel ihm aber ein Gipfel: die Jungfrau: «dieser Name passte für alle»[16]. Die Berge erschienen ihm als das Reine, das Unberührte, vielleicht gar als Ersatz für die früh verlorene Mutter oder die erträumte Geliebte.

Berg und Frau: Das sind die grossen Sehnsüchte Morgenthalers, sein Glück und sein Leiden, das er im Stadtroman literarisch gestaltet. Seine erste sexuelle Erfahrung endet im Desaster und ebenso seine erste Prüfung am Berg. Die Sünde der Liebesnacht straft der Berg mit einer wahren «Wolkensündflut»[17], die die vier jungen Männer ins Verderben reisst. Das verheissene Paradies der Berge, die er öfters als jungfräulich bezeichnet, ja gar mit einem keuschen Mädchen vergleicht, wird zur Hölle.

«Obwohl ich mir nichts sehnlicher wünschte als Liebe»

Morgenthalers Verhältnis zu den Bergen wie zu den Frauen ist von Zwiespalt geprägt. Er kann Frauen vergöttern, ihnen zu Füssen liegen; Marguerite Schmid zum Beispiel, der Berggefährtin und Ehefrau seines Kletterkameraden Walter Burger. Mit ihr am Berg fühlt er sich wie der Führer einer Göttin, sie war für ihn «Symbol dafür, dass es Schönes doch gibt, dass es tapfere, kluge Frauen in der Welt gibt»[18]. Er kann Frauen aber auch mit verachtenden, sexistischen Worten abtun.

«Obwohl ich nichts sehnlicher wünschte als Liebe und Liebesmöglichkeit, hätte mein männliches Empfinden mir nie erlaubt, Liebe entgegenzunehmen. [...] Wo in der Welt wäre jemals etwas Grosses aus dem Gescherr mit Mädchen entstanden? Aus der vielgerühmten Liebe entstand doch schliesslich nicht viel anderes, als diese ganze kleinlich-zimperliche Gesellschaft, auf der die Menschheit aufbaut.»[19]

Als er wieder einmal von einer Geliebten enttäuscht wird, schreibt der in seinem Männerstolz Verletzte: «Ihr Frauenwesen seid doch alle miteinander ähnlich konstruiert, mit einer Windmühle im Hirn und Wasserspühlung im Herzen.»[20]

Der Berg wird dem Abgewiesenen zum erotischen Ersatz, in den Piz Urlaun, den Eiskamm zwischen Tödi und Bifertenstock, ist er verliebt. Den Aufstieg auf das Finsteraarrothorn schildert er geradezu als Vergewaltigung: «Als wir kamen, warst du ein keusches Mädchen aus dem Volk, reizvoller als Frau Königin. Jungfräulichkeit war deine grosse Stärke. – Wir haben sie dir geraubt.»[21]

Sein Hauptwerk «In der Stadt» ist dialektisch angelegt, schon durch den Titel: Das erzählerisch stärkste Kapitel ist das Tödierlebnis. Der dramatische Höhepunkt, der sein Leben aus der Bahn wirft, auf den sich alles bezieht, handelt nicht in der Stadt, sondern am Berg. «In der Stadt» kann als Berg- oder Antibergroman gelesen werden, als Stadt- oder Antistadtroman. Der ewig Suchende nach Liebe, Ruhe und Glück ist nicht nur am Berg, er ist auch in der Stadt ein ruheloser Wanderer: «Wo laufe ich da wieder hin? Vom Münsterturm schlägts Mitternacht. Es regnet stark, mein Hut ist nass, mein Mantel ist nass, das Wasser rinnt mir in die Schuhe. Grau hängen Wolken und Nebel vom Himmel, um und um raucherfüllte Luft. Ich kenne diese Strasse nicht. Langstrasse! Gott, wo will ich eigentlich hin?»[22]

Die graue Stimmung der nächtlichen Stadt korrespondiert und kontrastiert mit der Stimmung auf dem Tödigipfel, wo er «eine Viertelstunde paradiesisches Leben» erlebt, «von der unendlichen Ewigkeit, dem Flügelschlag der Engel gestreift – wie im Himmel». Den wallenden Nebel in der Tiefe dagegen sieht er als «Brandung am Eingang zur

Hölle»[23]. Die paradiesische Viertelstunde auf dem Tödi, wo er seine Unschuld als Bergsteiger verliert, muss er ebenso teuer bezahlen wie die in «paradiesischer Unschuld» verbrachte Nacht mit der schönen Französin.

Weder in der Stadt noch am Berg findet er schliesslich seine Ruhe und sein Glück. Er führt ein «Doppelleben», «strahlend im Licht der Schneeberge, dunkel im Abgrund der Stadt».[24] Sein ganzes Dasein empfindet er als ein «ewiges Hin- und Herpendeln zwischen Gut und Böse»[25]. Zwischen der Stadt, die er hasst und doch merkwürdig liebt, und den Bergen. Aber auch dort, im vermeintlichen Paradies, kann alles Schöne schliesslich ins Entsetzliche umschlagen. Er lebt in der «Erwartung eines immer drohenden Unheils»[26], wie der junge Meinrad Inglin, der seinen Vater früh verloren hatte – am Tödi!

«Leben, wie glitzerst du reicher»

Doch «mit dem Unfall am Tödi war meine Liebe zu den Bergen nicht etwa erkaltet, sondern erst recht entbrannt».[27] Er kehrt zwei Jahre später wieder, jetzt Präsident des Akademischen Alpen-Clubs Zürich, und wieder auf den Ski, doch diesmal von Westen. Rache dem Tödi hat er geschworen. Die Ski bleiben auf dem Sandpass, die Westflanke im Winter erscheint ihm so leicht, dass er auf dem Gipfel fast enttäuscht ist. In seinem ersten literarischen Werk, der Textsammlung «Ihr Berge», die 1916 erscheint, widmet er dem Tödi ein ganzes Kapitel. Er schildert die erste Winterüberschreitung von West nach Ost. Dann folgt die atemberaubende Erzählung von der Rache des Bergs, «meines alten Tödi, mit dem ich seit Jahren den ewigen Zweikampf erlebe»[28]: 1915 versucht er mit Walter Burger die schwierige Nordwestwand, in deren Eisschlund sie in einen Steinhagel geraten und nach einem Biwak mit haarsträubenden Manövern abseilen müssen.

Es kommt einem vor, als stehe das Ringen mit dem Tödi für Morgenthalers Auseinandersetzung mit seinem Vater. «Der silberweisse Alte» nennt er den Berg und fragt ihn gleich darauf: «He, Alter, bist du versöhnt?»[29]

Doch es gab keine Versöhnung, weder mit dem «Vaterberg»[30], wie ihn der Schriftsteller Hanspeter Gansner in einem Essay über Morgenthaler bezeichnet, noch mit seinem Vater. Den beschimpft er später einmal in einem Brief: «Du alter Bauer, Geizhals, Feigling!»[31]

Mit der Nordwestwand des Tödi hatten sich Morgenthaler und Burger den schwierigsten und noch heute gefürchteten Aufstieg vorgenommen, den erst 1942 der hervorragende Alpsteinkletterer Paul Schafflützel mit seinem Gefährten Ernst Anderegg meisterte. Schafflützel, einer der stärksten Alpinisten seiner Zeit, schrieb in leichter und schneller Prosa über seine Unternehmungen[32]. Es kommt einem vor, er habe Morgenthalers Buch im Kopf gehabt, als er beschrieb, wie er am Tödi «Himmelsleitern» hackte und in «Höllenschlünde» blickte. Und vielleicht wäre auch er ein Bergdichter geworden, wäre er nicht jung bei einem Alleingang am Wildhauser Schafberg in seiner Toggenburger Heimat zu Tode gestürzt.

In einem Gedicht, so knapp wie ein japanisches Tanka, verdichtet Morgenthaler das Erlebnis in der Nordwestwand des Tödi:

Im Steinschlag
auf schmalem Gesims an der Wand …
Leben, wie glitzerst du reicher,
Seele, wie du erzitterst
im Schauer der Andacht[33]

Der Fünfzeiler liest sich wie ein Manifest des sogenannten Gefahrenalpinismus, dessen Protagonist Eugen Guido Lammer die Todesgefahr am Berg als Göttergeschenk bezeichnete. «Die Todesgefahr klaren Geistes durchlebt zu haben, zähle ich zu den grössten Wonnen, zu meinen köstlichsten Schätzen.»[34] Wie Lammer ist auch Morgenthaler oft allein unterwegs in den Bergen und empfindet das als das Allerschönste. «Ich schicke mich an, etwas ‹Gefährliches› zu unternehmen, ‹allein zu gehen›. [...] Irgend ein kleiner Ärger hatte mich völlig besiegt, mich plötzlich fortgejagt aus der Stadt ... Einsamkeit nur dir! Tod dem Kulturschmarren!»[35] Im Mondschein hat er ungesichert einen Gletscher überquert, er klettert aufs Lauteraarhorn, gerät in Steinschlag. Die bewusste Suche der Gefahr ist sicher auch beeinflusst von Nietzsche, mit dem sich Morgenthaler auseinandersetzte: «Denn, glaubt es mir – das Geheimnis, um die grösste Fruchtbarkeit und den grössten Genuss vom Dasein einzuernten, heisst: *gefährlich leben!*»[36]

Je grösser und gefährlicher das Unternehmen, desto grösser und tiefer das seelische Erleben, äusserte Morgenthaler auch vor Publikum, wenn er in Diavorträgen über seine Touren berichtete.[37]

Für den jungen Morgenthaler besteht die Gesellschaft aus «zweierlei Menschen»: «Die einen: die Bergsteiger; die andern sind der übrige Haufe von Menschen, über die ich bis heute noch nicht recht mit mir ins Reine gekommen bin.»[38] Die einen bezeichnet er einmal auch als «Gefühlsmenschen», die andern als «Alltagsmenschen». Nicht die marxistische Dialektik, die kurz vor der russischen Revolution den intellektuellen Diskurs dominierte, sondern Nietzsches Konzept des «Übermenschen» bestimmte sein Verhältnis zur Welt ebenso wie Nietzsches Überdruss vor den Metropolen der Industriegesellschaft. Der Bergsteiger, geläutert und geadelt durch die überstandene Gefahr und durch seinen Mut, hebt sich ab von jenen, die täglich in der Stadt in die Büros und Fabriken marschieren.

«Die Familie Pilz»

Morgenthalers Erstling «Ihr Berge», 1916 bei Orell Füssli erschienen, stiess auf gute Kritik, schaffte drei Auflagen und eine Übersetzung ins Japanische. Illustriert hatte er es mit eigenen Federzeichnungen, die er oft nach Fotos anfertigte. Einprägsame, holzschnittartige Motive, ähnlich seinem Schreibstil. Die «Neue Zürcher Zeitung» lobte: «Ein eigenartiges, starkes Büchlein! Erlebnisse, aus denen man das pochende Herz des Dichters und Bergsteigers noch laut heraushört. Etwas Neues! Keine breiten Schilderungen länglicher Bergfahrten, kein Schwelgen in Klubhüttenromantik, tüchtig begossenen Gipfelfreuden und Kraxlerwitzen.»[39] Und schliesst, nach einer Würdigung der Illustrationen und einer sachten Stilkritik: «So sei der neue schweizerische Peter Altenberg im Hochgebirge mit seinem ersten Werke willkommen geheissen!»

Der Wiener Kaffeehausliterat Altenberg war denn auch Morgenthalers literarisches Vorbild, ein spontaner Schreiber, der kurze Prosaskizzen und Gedichte verfasste, Momentaufnahmen aus dem Leben der Wiener Gesellschaft der Jahrhundertwende, ein Bohemien und Mädchenliebhaber, der viele Jahre in Alkoholentzugs- und Nervenheilanstalten verbrachte.

1996 hat der Akademische Alpen-Club Zürich aus Anlass seines 100-Jahr-Jubiläums das Buch seines ehemaligen Präsidenten neu herausgegeben, mit einem informativen Nachwort des NZZ-Redaktors Edgar Schuler[40]. Eine späte Hommage, die Hamo im Himmel oder in der Hölle sicher freut – wahrscheinlich wandert er ja, gemäss seinem Wesen, zwischen beiden Landschaften des Jenseits hin und her.

Seine expressiven Miniaturen, schnell, oft atemlos, mit knappen Dialogen belebt, tippen vieles nur an, bleiben aber nie an der Oberfläche der Erscheinungen, einer Wolkennacht vielleicht, einem Nebelmeer, einem Hochgewitter. Sie tauchen in die Tiefe seiner Empfindungen und folgen der Spur seiner Leidenschaft, die sich nicht nur auf Berge und Gipfel beschränkt. Das schmale Buch ist auch eine offene Liebeserklärung an «Gritli», die Ehefrau seines Kletterfreundes Walter Burger. Ein Foto zeigt ihn mit ihr auf dem Gipfel des Bietschhorns im Schnee sitzend, das sie zu dritt bei winterlichen Verhältnissen bestiegen haben.[41] Ihre Haare sind zu langen weissen Strähnen gefroren, «Eisschlangenhaaren». Seinen Freund nennt er seit der

Tödi-Nordwestwand «Pilz»; ein Glückspilz, dass er überlebte, und doppelter Glückspilz, dass er die Liebe der schönen und starken Frau gewann, einer Frau, die durch Sturm und Schnee aufs Bietschhorn klettert! «In den Himmel springen möchte ich mit ihr!»[42], schreibt Hamo. Später dann eine Nacht zu dritt unter freiem Himmel, in einem «Freihimmelbett» schläft und träumt «die Familie Pilz». Sein schönstes Biwak ist eine erträumte «ménage à trois». Kurz vor seinem Tod wird sich die Angebetete schliesslich ihm zuwenden, Gritli wird den Tuberkulosekranken und psychisch Angeschlagenen während seiner letzten Wochen pflegen und lieben, längst von ihrem Glückspilz geschieden.

Trotz seiner verstümmelten Hände war Morgenthaler ein hervorragender Alpinist, und es kränkte ihn schwer, dass man ihn von der Teilnahme an einer schweizerischen Spitzbergen-Expedition zurückwies, weil man «keinen Krüppel gebrauchen könne»[43]. Als promovierter Botaniker absolvierte er ein Zweitstudium in Geologie in Bern, schürfte während drei Jahren im Auftrag einer Schweizer Firma in Siam (Thailand) nach Zinn, Silber und Gold. Seine Reise in den Osten, eine Art Flucht auch, bezeichnet er als seine glücklichste Zeit, während deren ihn die Last der Schuld wenig bedrückte und er sein Verhältnis zu Frauen nicht so ambivalent und belastend empfand. In den Romanen «Mata Hari»[44] und «Gadscha Puti»[45] verarbeitete er die Erfahrung dieses Lebensabschnitts, dieser «Tage im Paradies», von denen er 1920 malariakrank in die Schweiz zurückkehrte.

«Das Seil in kleine Stücke geschnitten»

Mit Walter Burger und seiner Noch-Gattin Marguerite Schmid versuchte Hamo im August 1920 eine Rückkehr in sein altes Paradies, die Berge. Im Wallis bestiegen sie die Aiguille de la Tsa, mussten dann wegen schlechten Wetters absteigen. Frustriert schreibt er an einen Freund:

«Es war einfach ein grosses Débacle, weil man bei den Bergen nichts mehr zu suchen hat und jetzt nur noch Hunde und Schweine in die

Berge gehen. [...] Ich habe das Seil in kleine Stücke geschnitten und samt den Steigeisen in ein Moränenloch hinuntergelassen und Steine drauf und – – – – damit sind also die Berge definitiv abgetan.»[46]

Trotz dieser theatralischen Geste war sein Abschied doch nicht definitiv, im drauffolgenden Januar kletterte er den Gletschhorn-Südgrat bei guten Verhältnissen, zu jener Zeit und im Winter gewiss keine harmlose Tour. Auch literarisch verabschiedete er sich keineswegs von den Bergen, machte sich in einem Essay auch einmal «Moderne Gedanken zum Bergsport»[47]. Wobei er auch die alte Diskussion aufnahm, ob Bergsteigen überhaupt Sport sei, was er vehement verneint: «Bergsteigen ist ein Kult, eine Art Religion. Der richtige Bergsteiger geht in die Berge, wie der Katholik in die Messe, wie der Seefahrer aufs Meer.»

Im Sport aber sieht er gaffende Zuschauer, Herdentrieb, Renommiersucht. Eine Entwicklung, die sich auch in den Bergen breit machte. Bei seinen intellektuellen Kollegen beklagt er dagegen, wie wenig an geistig und seelisch Wertvollem sie doch «aus der erdenfernen Einsamkeit des Hochgebirges»[48] zu Tal gebracht hätten, wie gering die künstlerische und literarische Ausbeute ihrer alpinistischen Unternehmen doch sei. Ihr Bergsteigen sei «Flucht vor dem Leben, das mit Ketten droht»!

Er mischte sich auch in eine Debatte über moderne alpine Literatur, die Alfred Graber in der Zeitschrift «Alpina» eröffnet hatte, dabei trat auch seine eigene Ambivalenz zwischen Kunst und Klettern zu Tage: «Bergsteiger sind Kraftmenschen! Das Eine weiss ich heute: Mögen Bergsteiger noch so fein und idealistisch veranlagt sein – zum Bergsteigen ist in erster Linie Kraft nötig, fast möchte ich sagen brutale Kraft! Kraft und Dichtung haben aber immer auf gespanntem Fuss miteinander gelebt!»[49] Moderne literarische Werke könnten die Erwartungen der Bergsteiger nicht erfüllen, während von Bergsteigern verfasste Texte von den «Stuben-Literaten» nicht ernst genommen würden. Damit hatte er den schmalen Grat erkannt, auf dem sich alpine Literatur auch heute noch bewegt: zwischen literarischem Anspruch und realistischer Darstellung, zwischen Kunstwerk und Alpenkitsch. Er selber hatte sich längst für ein Dasein als Literat entschieden, trotzdem forderte er in einem Anflug von Optimismus: «Wir wollen als zukunftsfreudige, entwicklungsfrohe Menschen auch in der alpinen Literatur etwas ganz, ganz Neues!»[50]

Zunehmend litt er an der Welt, die sich nach dem Krieg nicht nur in den Niederungen, sondern auch im Gebirge gewandelt hatte. Erstaunlich entweiht und nüchtern sei die Bergwelt geworden, immer mehr Menschen suchten nach Jahren im Militärdienst, hartem Existenzkampf und schlechter Ernährung wieder Erholung beim Wandern und Bergsteigen in der guten Luft. Diese Entwicklung missfiel ihm, die «Alltagsmenschen» hatten nach seiner Meinung nichts zu suchen in der reinen Welt der Berge. Hamo zeigte sich von seiner elitären, sexistischen Seite. «Überlaufen waren jetzt die Berge von Leuten, die von der alten Heiligkeit nichts wussten, schwatzende Gesellschaften verschwitzter, zum Radiokonzert schmatzender Weibsbilder machten sich jetzt in den vergrösserten Klubhütten breit, wo früher ernste Männer im Widerschein der Abendsonne nach harter Tour, Gebete im Herzen, andächtig ihr Pfeifchen rauchten.»[51]

Er haderte mit sich, mit seinen alten Freunden vom Akademischen Alpen-Club, mit den Bergen, mit dem Land, der «Schullehrerschweiz», «diesem verlogenen, verheuchelten, falschen, gottverdammten Schafseckelland Schweiz»[52]. Er konnte nicht mehr Tritt fassen.

«Genug von dieser Welt»

Endlich lässt er sich von einem Arzt gründlich untersuchen, ein schwerer Schritt, denn «die Abklärung gleicht einem lebensgefährlichen Quergang unter hängenden Gletscherzungen»[53], wie er in alpiner Metaphorik bemerkt. Selbst in diesem Befund zeigt sich der Zwiespalt, der sein Leben prägt: An Syphilis leidet er nicht, doch der Arzt stellt Tuberkulose fest. Schickt in nach Arosa zur Kur in die Zauberbergwelt der Lungensanatorien, die er aber gar nicht zauberhaft findet, trotz des Bergpanoramas, das ihn gelegentlich wieder verlockt. «Des Erzbergs spitzer Gipfel sticht in den blauen Himmel. Manchmal möchte ich der Alte sein, es zieht mich hinaus, in die Weite. Und so wenig mir vor Jahren diese kleinen Berglein bedeutet hätten – heute wäre ich glücklich, der ganzen Schlappsackgesellschaft entrinnend auf den Erzberg zu klettern.»[54]

Das schreibt er in Entwürfen zu einem autobiografischen Sanatoriumsroman, «Eymanns Kur». Beeinflusst ist er sicher von Thomas Manns «Zauberberg», denn auch er lässt einen Kurarzt Dr. Behrens auftreten. An der Kurgesellschaft lässt er allerdings keinen guten Faden, «Liegestühligen, Kurligen, Ausspuckligen, Halbtotenbetrieb, Halbkrepiertenmilieu» sind seine sprachkreativen Synonyme für Arosa. Er verliebt sich wieder, mietet für die Wiener Sängerin Ina Galli eine gemeinsame Wohnung, schreibt ihr zärtliche Briefe. «Wollen Sie nicht versuchen, mir ein wenig Freundin zu spielen? Dürfte der Hamo nicht versuchen, Ihnen vorübergehend Privat-Dichter zu sein?»[55] Doch die Diva führt ihn an der Nase herum, lässt ihn allein im vorbereiteten Liebesnest sitzen.

Noch tragischer dann seine Liebe zu der Journalistin und Frauenrechtlerin Elisabeth Thommen, Gattin des Schriftstellers Jakob Bührer. Er lernte das Paar in Arosa kennen und folgte ihm nach Davos, wo Bührer im Herbst 1924 eine Stelle als Propagandachef des Kurvereins antrat. Jakob Bührer stammte aus dem Arbeitermilieu, ein Autodidakt und damals schon recht erfolgreicher sozialkritischer Schriftsteller und Journalist. Ein Gegenspieler des hoch gebildeten und elitären Intellektuellen Morgenthaler. In seinem 1932 erschienenen Buch «Man kann nicht»[56] zeichnet Bührer ein respektloses Bild seines Nebenbuhlers, dessen Namen er als «Avendberger» verballhornt. Auch über Hamos Krankheit spottet er, über seine verkrüppelten Hände und über seine Leistungen als Bergsteiger. Eine Abrechnung, die zeigt, wie verletzt Bührer durch die Affäre war, bei der er sich zeitweise in der Rolle des Gehörnten fand. Seinem Bruder Ernst schreibt Hamo Ende Januar 1925 mit Vermerk «vertraulich»: «Ich kämpfe seit 14 Tagen bis aufs Messer mit J. Bührer um die Elisabeth Thommen. Sie ist der letzte Mensch, der mich vielleicht vor dem Verrecken bewahren kann.»[57]

In Davos kommt es zu einer Art Dreiecksbeziehung, bis sich Thommen für ihren Ehemann entscheidet. Morgenthaler läuft Amok, demoliert die Wohnung der beiden und tritt dann freiwillig in die psychiatrische Klinik Waldau bei Bern ein. Er verzweifelt über das unablässige Scheitern seiner Liebesbeziehungen und die vergebliche Suche nach Verlagen für seine Bücher. Orell Füssli lehnt seinen Stadtroman und auch weitere Werke ab. Enttäuscht vom Land, von seinem Vater, der ihm die Unterstützung kürzt, stürzt er in Nervenzusammenbrüche, unternimmt mindestens einen Selbstmordversuch.

«Starb in den Bergen – war ein Kerl!»[58] Manchmal schon hatte er an Selbstmord gedacht, eine heroische Inszenierung, Bergtod natürlich, sich von einem gewaltig hohen Berg stürzen. An den Eiger dachte er, entschied sich schliesslich für den Mönch, den er mit Ski vom Jungfraujoch angehen würde. Die Symbolik dieser Namen spricht für sich. Vom Gipfel würde er sich bei Sonnenuntergang in den Abgrund stürzen. Die Stelle im Stadtroman liest sich fast identisch mit einem Tagebucheintrag Ludwig Hohls aus dem Jahr 1922, den Morgenthaler jedoch nicht kennen konnte. Hohl wollte sich in ebensolcher Pose vom Glärnisch stürzen. «Einen grossen Tod! Ich würde auf die höchste Kuppe des Glärnisch steigen, ruhig, zielbewusst. Ich würde oben warten bis zum sinkenden Tag. Und im Abendglanze würde ich gross u. stolz noch einmal auf die Berge sehen, noch einmal auf die weite, glänzende Welt u. würde stürzen.»[59]

«Totenjodel»

Als Hamo endlich zur Ruhe kommt, ein spätes Glück mit «Gritli» findet, bricht die Tuberkulose wieder aus. Am 16. März 1928, fast auf den Tag genau 17 Jahre nach seiner dramatischen ersten Tödibesteigung, stirbt er. Marguerite Schmid veröffentlicht zwei Jahre später eine Sammlung seiner letzten Gedichte, «Testament eines Schwindsüchtigen», mit dem «Totenjodel»[60] – einer Art Betruf des Sterbenden, der die Lebenssehnsucht und den Zwiespalt seiner Existenz nochmals offenbart.

Totenjodel
Ich habe nun genug von dieser Welt,
Bin grau und alt, bin runzelig
geworden,
Bin voll Müdigkeit, voll Sorgen
Und zu Tod und Neugeburt bereit.
Viele Blumen hab ich pflücken dürfen,
Manche Frauen haben mich geliebt,
Auf dem Meer, auf hohen Bergen
habe ich gebetet,
Vor der Wüste gelb und rotem
Angesicht.
Braune nackte Frau im Dschungel,
Dirne im schwarzen Abgrund
der Stadt,
Ewiger Schnee im Blinklicht
der Sterne –
Alle habt ihr ein Zittern gebracht.
Jedoch Heim und Heimat
hab ich nicht gefunden
Drum erlös, erlöse mich o Gott,
Mache mich kalt mache mich tot,
Lösche das unnütz brennende
Feuer in meinem Herzen!

Am Tödi, im Aufstieg über den Bifertenfirn mit Ski und Fellen, ist mir Hans Morgenthaler so gegenwärtig wie nie. Ein grauer Morgen, Nebel fällt über den Grat, nicht gerade eine «Wolkensündflut», doch bald schneit es, wir verlieren im steilen Hang die Spur. Ein Schrund klafft im Eis. Wo sind wir? Stimmen dringen gedämpft aus der Gegend des Gipfels herab. Schemen gleiten vorüber, dick vermummt, Eiszapfen an den Bärten. Wir kehren um.

Der Tödi ist einer der ersten Berge, an die ich mich erinnere, er blickte mir in die Wiege, fern aus der Kette der Glarner Alpen, wie Hamo die Jungfrau und die Berner Oberländer Gipfel. Auch ich verlor die Mutter im Kindesalter, «brutal, unbegreiflich, sinnlos, amputiert, weg, tot, fort für immer»[61]. Die Berge fand ich als Ausweg, auch mich traf schon früh ihr «Strahl». Auch ich überlebte im Steinhagel, wo neben mir ein Mensch zu Tode stürzte. Jahre später am Matterhorn, «dem schönsten und stolzesten der Berge, der, dem Geld und der Mode geopfert, vor mir stand, scheinbar gross und herrlich, in Wirklichkeit im innersten Kern verdorben»[62]: ein Bergführer erschlagen, seine Braut schwer verletzt. Wie Hamos Liebe zu den Bergen, so erlosch auch meine nicht durch die schrecklichen Erfahrungen, sondern entbrannte erst recht. Meine Faszination für sein Leben und seine Geschichten scheint auf einer Seelenverwandtschaft zu beruhen. Auch mein Vater zeigte kein Verständnis für das Ausbrechen des Sohnes aus dem «ordentlichen Kultur- und Spiessbürgerleben». Das Schreiben entdeckte auch ich als einsame Therapie: «Das wäre wahrhaftig das Beste, von der Seele wegschreiben, was sie nicht mehr zu tragen vermag.»[63]

Als junger Mann vom Land kam ich in die Stadt, wurde wissenschaftlicher Mitarbeiter an der Eidgenössischen Technischen Hochschule, wo Morgenthaler studiert hatte. Kletterte mit den Extremen des Akademischen Alpen-Clubs, ohne Mitglied zu werden. Morgenthalers Zwiespalt ist mir vertraut: die Faszination und die Abscheu angesichts der Abgründe, Verlockungen und Freiheiten der Stadt, das Glück und der Schrecken der Berge, das ewige Wandern zwischen den beiden Welten.

[1] Morgenthaler, Hans: In der Stadt. Die Beichte des Karl von Allmen. Herausgegeben von Otto Zinniker. Spaten Verlag, Grenchen 1950, S. 155
[2] Ebd., S. 9
[3] Ebd., S. 13
[4] Morgenthaler, Hans: Ihr Berge. Orell Füssli Verlag, Zürich 1916. Neu herausgegeben und mit einem Nachwort versehen von Edgar Schuler. Verlag Akademischer Alpen-Club Zürich, Zürich 1996, S. 75. Zitate nach dieser Ausgabe.
[5] Eventuell handelt es sich um Dr. B. Th. Baron von Heemstra, von 1921 bis 1923 Erster Sekretär der Nederlandsche Alpen-Vereeniging. In jener Zeit als Skipionier in den Alpen unterwegs. Nach einer Mitteilung von Daniel Anker.
[6] Morgenthaler, In der Stadt, a.a.O., S. 34
[7] Ebd., S. 96
[8] Ebd., S. 40
[9] Die Alpen. Zeitschrift des Schweizer Alpen-Clubs. Jahrgang 1, August 1925
[10] Morgenthaler, In der Stadt, a.a.O., S. 15
[11] Ebd., S. 24
[12] Ebd., S. 131
[13] Ebd., S. 47
[14] Ebd., S. 11
[15] Morgenthaler, Ihr Berge, a.a.O., S. 10
[16] Ebd., S. 10
[17] Morgenthaler, In der Stadt, a.a.O., S. 35
[18] Ebd., S. 64
[19] Ebd., S. 19
[20] Brief an Inda. Nach: Haldimann, Ueli (Hrsg.): Arosa. AS Verlag, Zürich 2001, S. 88
[21] Morgenthaler, Ihr Berge, a.a.O., S. 16
[22] Morgenthaler, In der Stadt, a.a.O., S. 125
[23] Morgenthaler, Ihr Berge, a.a.O., S. 76
[24] Morgenthaler, In der Stadt, a.a.O., S. 52
[25] Ebd., S. 96
[26] Inglin, Meinrad: Werner Amberg. Atlantis Verlag, Zürich 1949. Zitate nach: Inglin, Werkausgabe, Atlantis Verlag, Zürich 1981
[27] Morgenthaler, In der Stadt, a.a.O., S. 49
[28] Morgenthaler, Ihr Berge, a.a.O., S. 79
[29] Ebd., S. 78
[30] Gansner, Hans-Peter: Die Schuldberge. In: Drehpunkt, Literaturzeitschrift Nr. 53, Basel 1982, S. 41
[31] Haldimann, Arosa, a.a.O., S. 82
[32] Schafflützel, Paul: Aus dem Tödigebiet. In: Die Alpen, 1946, S. 1ff.
[33] Morgenthaler, Ihr Berge, a.a.O., S. 74

[34] Lammer, Eugen Guido: Worte eines Fessellosen. In: Messner, Reinhold; Höfler, Horst (Hrsg.): Eugen Guido Lammer, Durst nach Todesgefahr. Steiger Verlag, Augsburg 1999, S. 60

[35] Morgenthaler, Ihr Berge, a.a.O., S. 97

[36] Nietzsche, Friedrich: Die fröhliche Wissenschaft. Zitiert nach: Colli, Giorgio; Montinari, Mazzino (Hrsg.): Friedrich Nietzsche, Kritische Studienausgabe in 15 Bänden, Deutscher Taschenbuch Verlag, München 1999, Band 3, S. 526

[37] Morgenthaler, Ihr Berge, Nachwort, a.a.O., S. 140

[38] Morgenthaler, Ihr Berge, a.a.O., S. 10f.

[39] NZZ, 19.12.1916

[40] Schuler, Edgar: Hans Morgenthaler und die Berge. Nachwort zu: Morgenthaler, Ihr Berge, a.a.O., S. 125ff.

[41] Siehe auch: Anker, Daniel; Volken, Marco: Bietschhorn. Erbe der Alpinisten. AS Verlag, Zürich, S. 88ff.

[42] Morgenthaler, Ihr Berge, a.a.O., S. 112

[43] Morgenthaler, Ihr Berge, Nachwort, a.a.O., S. 155

[44] Morgenthaler, Hans: Mata Hari. Stimmungsbilder aus dem Malayisch-Siamesischen Dschungel. Orell Füssli Verlag, Zürich 1921

[45] Morgenthaler, Hans: Gadscha Puti. Ein Minenabenteuer. Francke Verlag, Bern 1929

[46] Brief an Bernhard Lauterburg. Zitiert nach: Ihr Berge, Nachwort, a.a.O., S. 156

[47] Morgenthaler, Hans: Moderne Gedanken zum Bergsport. Erschienen 1926. Zitiert nach: Perret, Roger (Hrsg.): Hamo, der letzte fromme Europäer. Lenos Verlag, Basel 1982, S. 62ff.

[48] Ebd., S. 63

[49] Morgenthaler, Hans: Moderne alpine Literatur. In: Alpina, Zeitschrift des SAC, April 1923, S. 56f.

[50] Ebd., S. 57

[51] Morgenthaler, In der Stadt, a.a.O., S. 78

[52] Haldimann, Arosa, a.a.O., S. 80

[53] Morgenthaler, In der Stadt, a.a.O., S. 135

[54] Haldimann, Arosa, a.a.O., S. 78

[55] Ebd., S. 85

[56] Bührer, Jakob: Man kann nicht. Verlag Oprecht und Helbling, Zürich 1932

[57] Perret, Roger (Hrsg.): Der kuriose Dichter Hans Morgenthaler. Lenos Verlag, Basel 1983, S. 164

[58] Morgenthaler, In der Stadt, a.a.O., S. 59

[59] Hohl, Ludwig: Jugendtagebuch. Suhrkamp Verlag, Frankfurt a.M. 1998, S. 167

[60] Morgenthaler, Hans: Totenjodel. Gedichte. Nachwort von Kurt Marti. Kandelaber Verlag, Bern 1970

[61] Morgenthaler, In der Stadt, a.a.O., S. 21

[62] Ebd., S. 66

[63] Ebd., S. 126

Meinrad Inglin mit seinem Hund um 1925
auf dem Kamm des Plenggstocks.

Meinrad Inglin (1893–1971)

Vaters Tod am Tödi

Als er dreizehn war, stürzte sein Vater am Tödi zu Tode. Die traumatische Erfahrung des jungen Meinrad Inglin scheint immer wieder auf in seinem grossen literarischen Werk. Mehrere seiner Erzählungen und Romane sind in einer fiktiven Bergwelt angesiedelt, die von der Voralpenlandschaft um seinen Heimatort Schwyz inspiriert ist. Der Tod am Berg ist dabei ein häufig wiederkehrendes Motiv ebenso wie der Vaterverlust oder unerwartet hereinbrechendes Unheil. Er war ein ausdauernder Wanderer, Jäger und leistete als Offizier Gebirgsdienst in beiden Weltkriegen. Inglin liebte die Natur und die Berge, er war ein engagierter Naturschützer und kritischer Zeitgenosse, ein wertkonservativer früher Grüner.

«Achtung! Steinschlag!» Dieser Schrei gellt am 7. August 1906 morgens um Viertel nach elf durch ein steiles Couloir am Tödi, die sogenannte Schneerunse. Die Stimme geht unter im Poltern und Krachen der Steine, die durch den steilen Schlund prasseln, in dem sich zwei Seilschaften im Abstieg befinden, sechs Herren aus Schwyz, geführt vom Linthaler Bergführer Thomas Wichser. Eine dritte Seilschaft mit zwei Zürchern und dem Führer Jakob Schiesser ist bereits am Fuss der Runse in Sicherheit. Jetzt rutscht ein Tourist ab, stürzt in einen Schrund zwischen Fels und Eis, doch Thomas Wichser bleibt standfest, hält das gespannte Seil. Die zweite Seilschaft gleitet ebenfalls ab, reisst die andern mit sich. «Die Arbeit, die das Schicksal hier in der Zeit von 2 Sekunden vollbracht, ist eine grässliche», schreibt vier Tage später der «Bote der Urschweiz» in Schwyz. «Der Anblick der Gestürzten, die Hilferufe der Unverletzten, das Stöhnen der Verwundeten und das Bild des bedauernswürdigen Toten – das waren nach Aussage der Beteiligten Momente, die geeignet waren, das Blut zum Stocken zu bringen.»[1]

«Du hast keinen Vater mehr»

Der Tote war Meinrad Melchior Inglin, Uhrmacher und Bijoutier aus Schwyz, 42 Jahre alt, Oberleutnant im Militärdienst, passionierter Hochwildjäger und Bergsteiger. Ein hoch geachteter Bürger, Alt-Gemeinderat, Mitglied im Alpen-Club, in der Offiziersgesellschaft und weiteren Vereinen; Posaunist in der Kirchenmusik und dem Orchesterverein, Sänger im Männerchor. Ein besonnener Liberaler, der noch im Mai zuvor an einer zerstrittenen Landsgemeinde die Wogen geglättet hatte «in der Rolle des Friedensstifters Nikolaus»[2]. Für seinen Sohn Meinrad, dreizehn Jahre alt, wird der plötzliche Tod zum dramatischen Wendepunkt im Leben, zur Bestätigung der «Erwartung eines immer drohenden Unheils»[3], wie er das Lebensgefühl als Dreizehnjähriger im autobiografisch gefärbten Roman «Werner Amberg»[4] beschreibt. «Am Berg», der Name, den er dem

Protagonisten in diesem Werk gibt, ist mit Bedacht gewählt, am Berg wendet sich sein Schicksal, der Tod des Vaters wirft ihn aus der Bahn – in eine andere.

Meinrad verbringt die Sommerferien 1906 in einem Gasthaus auf der Haggenegg nördlich der Mythen, «unverstellt und ungeschützt im paradiesischen Frieden dieser Bergwelt».[5] Die Botschaft vom Unglück reisst ihn unvermittelt aus dieser heilen und heiteren Welt und verändert sein Leben für immer. Im Roman erzählt er, wie sein Alter Ego Werner Amberg diesen tragischen Augenblick erlebt: «Ich sass in der Stube, vom zunehmenden Übermut angesteckt, und tanzte mit Fini, so oft ich sie erwischen konnte. Da trat die Wirtsfrau unter die Türe, ihre Augen suchten mich, und einen Atemzug lang blieb sie bei meinem Anblick wie bestürzt auf der Schwelle stehen, als ob ich mich auf eine unfassbare Art verändert hätte. Sie kam auf mich zu und sagte hastig, eindringlich: ‹Werner, du sollest herauskommen, es ist jemand da.› Noch nie hatte ich ihr verständiges, gutes, ruhiges Gesicht so erschrocken gesehen. Ich schaute sie an, ich stand langsam auf – und schon umschwankte das alte Vorgefühl einer plötzlichen, furchtbaren Wende meine übermütige Stimmung.»[6]

Erst will er gar nicht wahrhaben, dass ihn sein Vetter Kaspar mitten aus den Ferien nach Hause holen soll. Er beginnt zu tanzen, ruft nach Musik, stampft in wildem Takt auf den Boden, bis ihn die Wirtin endlich beruhigen kann. Er packt seinen Rucksack «verstockt und taub gegen aussen, aber im Innern bebend vor dem Unheimlichen, das grauenhaft auf mich eindrang»[7], und eilt zu Tal, ohne sich nochmals umzusehen oder zu grüssen, «trotzig wie ein Gezeichneter».[8] Er zieht sich ganz in sich zurück, will nichts hören und eilt dahin, als könne er so dem Unglück entrinnen.

Ich gehe mit ihm, ich fühle und leide mit ihm, ich habe als Kind selber ein solches Unglück erlebt, den Unfalltod der Mutter, einen Lebensmoment, in dem sich auf einen Schlag alles ändert, alles einbricht, was bisher fest und schön und gut war.

Inglin schreibt vierzig Jahre später aus der Perspektive Werner Ambergs: «Kaspar holte mich ein und blieb an meiner Seite. Nach ein paar Worten, die ich nicht erwiderte, schwieg er, und wir gingen stumm über die Weiden in den Wald hinab. Als wir aber auf dem steinigen Weg zum Wald hinauskamen und das Dorf unter uns liegen sahen, sagte er: ‹Werner, musst dich halt jetzt auf etwas Trauriges gefasst machen. Dein Vater ist mit ein paar Freunden auf einer Bergtour gewesen ... im Hochgebirge, weisst du, wo man Glück oder Unglück haben kann ... ›»[9]

Doch Werner dreht sich nicht um, er geht schneller und schneller, kommt ins Dorf, die Leute schauen ihm nach, er flieht sie, tritt ins Elternhaus. «Die Mutter verlor bei meinem Anblick jede Fassung, sie stürzte mit einem schrecklichen Gesicht auf mich zu, riss mich an sich und schrie schluchzend: ‹Werner, du hast keinen Vater mehr.›»[10]

«Glücklich vom Tödi abgestiegen»

Die Rettung der Verunglückten am Tödi vollzog sich für die damalige Zeit speditiv. In einer halben Stunde trugen die Führer mit Hilfe der Zürcher Touristen den Toten und zwei Schwerverletzte aus der Steinschlagzone, einer eilte ins Tal, um Hilfe zu holen. Abends halb sechs machte sich in Linthal eine Rettungskolonne auf den Weg, anderntags um drei Uhr nachmittags traf sie mit den Verletzten in Tierfehd im hintersten Linthtal ein. Über Inglins Schicksal herrschte zunächst Verwirrung, erreichte doch am Abend des Unglücks in Schwyz eine der betroffenen Familien ein Telegramm mit der Nachricht: «Sind glücklich vom Tödi abgestiegen.»[11] Inglins Ehefrau wollte sogleich nach Linthal reisen, doch dann verbreitete sich die Kunde, dass ihr Mann noch auf der Unfallstelle an einem Schädelbruch gestorben war.

Diskussionen und Gerüchte gab es auch um die Ursache des Absturzes, blieb es doch stets unklar, «ob ein Fehltritt des einen in der vordern Gruppe, oder lediglich die Flucht vor dem Steinschlag der erste Anstoss war»[12], wie die «Schwyzer Zeitung» fragte. Der Präsident der Sektion Tödi des SAC schrieb in einem Bericht, nicht Steinschlag sei die Ursache des Unglücks, die hintere Seilschaft, bei der sich Inglin befand, sei aus «unerklärlichen Gründen»[13] ausgerutscht und habe zwei Touristen der vorderen mit sich in den Schrund gerissen.

Der Auf- und Abstieg durch die Schneerunse war schon von den ersten Besteigern des Tödi von Norden gefürchtet, alle berichteten vom Hängegletscher, der über der steilen Rinne droht, von Stein- und Eislawinen. Zwei Jahre vor Inglin war an fast derselben Stelle der Bergführer Jakob Kubli aus Elm verunglückt. «Schon längst wurde in Clubisten- und Führerkreisen davon gesprochen, es sollten durch Felssprengungen die Gefahren der Schneerunse herabgemindert werden; bis heute wurde noch nicht Hand an das Werk gelegt. Vielleicht gibt das gestrige Unglück die Veranlassung, dass dem Wort endlich die Tat folgt»[14], kommentierte die «Glarner Zeitung». Schon 1893 hatte die Sektion Tödi an einem Felskopf in der Schneerunse Tritte aushauen und ein Drahtseil befestigen lassen, damit man den gefährlichsten Teil umgehen konnte. Steinschlag zerstörte die Einrichtung wieder. Das Projekt, einen eigentlichen Weg in den Fels zu sprengen, durch den man aus der Eis- und Steinschlagzone auf den Bifertenfirn ausweichen konnte, bestand bereits seit Kublis Unfall. Die Sektion Tödi wartete aber noch auf Subventionen des Zentralkomitees des SAC. Unter dem Eindruck von Meinrad Inglins Tod nahm man die Arbeit jedoch noch im gleichen Jahr an die Hand. Heute wird die Schneerunse meist über die mit Drahtseilen gesicherte Route umgangen.

«Eine fürchterliche Kette von Unheil»

Der Tod des Vaters am Tödi ist das entscheidende Glied in einer «fürchterlichen Kette von Unheil»[15], die das extravertierte Kind Meinrad in die Introversion und schliesslich zum Künstlerberuf getrieben habe, schreibt seine Biografin Beatrice von Matt. Fünf Jahre zuvor hat ihn der Tod seines besten Freundes tief getroffen, vier Jahre nach dem Vater verliert er seine Mutter durch eine schwere Krankheit. Alice Keller, seine erste grosse Liebe, stirbt 1916 unerwartet, während er als Offizier Aktivdienst leistet. Das Unheil verfolgt ihn durch seine ganze Jugendzeit. Er notiert später im Zusammenhang mit dem Tod seiner Mutter: «Zwei Arten des Absturzes: der freie, hoffnungslose, ins Leere, bei dem man sich ergibt, weil man sich nicht mehr wehren kann, und keine Angst mehr empfindet – Der gehemmte, mit Aufschlägen, mit immer wieder nachgebenden Griffen, bei dem man sich wehrt, Angst empfindet, Todesangst – dieser als Bild meiner Abstürze aus der Höhe des Gefühls, mit dem ätzenden Weh, dass plötzlich alles aus sein soll –.»[16]

In diesen Bildern stellt er das Ableben der Mutter, wehrlos ihrer Krankheit und ihrem Schicksal ausgeliefert, dem Todeskampf des Vaters am Berg gegenüber, der sich im Sturz noch anzuklammern versucht. Der Tod, und vor allem auch der Tod am Berg, wird eines der zentralen Motive in Inglins Werk. In einem Gedicht, das er 1911 in der Zeitung «Vaterland» veröffentlichen kann, verehrt der achtzehnjährige Gymnasiast seinen Vater:

Ich kenn' das heisse Sehnen
Das jäh dich oft erfasst',
Ich trag's in meinem Busen
Wie's du getragen hast.
(...)

Den grauen, wilden Bergen
Gehörtest du wohl an,
Fast warst du selbst ein Felsen,
Du kühner, stolzer Mann.
(...)[17]

«Er floh in die Einsamkeit»

Ein grosser Bergsteiger wurde Meinrad Inglin nicht, trotz dem «heissen Sehnen» war das erlittene Trauma zu gross. Mit der vom Vater ererbten Jagdflinte ging er jedoch passioniert auf die Jagd, allerdings keine Hochwildjagd, er schoss vor allem Hasen und Füchse. Die Jagd habe für Inglin therapeutische Wirkung gehabt, vermutet der Inglin-Kenner Daniel Annen aus Schwyz, auf der Jagd fühlte er sich im Einklang mit der Natur. Das Töten des Wildes empfand der «Jäger unter den Schriftstellern» denn auch nicht als Frevel, «sondern als eine der unzähligen Verkörperungen, durch deren Tod dem unerschöpflichen Ganzen kein Abbruch getan wird».[18]

Inglins langjährige Partnerin und ab 1939 Ehefrau Bettina Zweifel war eine tüchtige Bergsteigerin, die Hochtouren auf den Glärnisch, die Jungfrau und den Montblanc unternommen hatte. Mit ihr und weiteren Freunden bestieg er viele Berge der Innerschweiz: Glatten, Silberen, Drusberg, Klingenstock, Urirotstock, Bauen, Brisen und viele andere. Ein grosser Teil seines Werks ist in dieser Landschaft mit tiefen Tälern, Fichtenwäldern, karstigen Hochflächen und weiten Alpen angesiedelt, aus denen Kalkfelsklippen jäh aufragen, silbergraue Felswände, von Grasbändern durchzogen, und weitläufige, zerschrundete Karrenfelder. Er war ein grosser Kenner der Tier- und Pflanzenwelt, sammelte Steine und interessierte sich für Geologie. Über den Ortsteil Grund am Ausgang von Schwyz Richtung Muotatal, wo er den grössten Teil seines Dichterlebens verbrachte, ragen die Mythen hoch in den Himmel, und der Blick geht hinüber zur Kette der Nidwalder und Urner Berge mit dem markanten Klotz des Oberbauen. Er reiste wenig, und wenn er nicht schrieb, wanderte er oder war auf der Jagd. Sein Werk ist biografisch geprägt, stets ging er von eigenen Erfahrungen, Beobachtungen, Erlebnissen und den Menschen seiner Umgebung aus. Er recherchierte dazu ausgiebig, konsultierte Fachliteratur, zum Beispiel zur Geologie, und sammelte Dokumente, um auch fiktionale Texte wirklichkeitsgetreu zu gestalten.

«Nachmittags bestieg ich die nächste Kuppe und gab mich einer mir schon vertrauten Empfindung hin, dem Höhengefühl, das man nur einmal erlebt haben muss, um immer wieder danach zu verlangen. Jeder Bergsteiger kennt es. Die bewohnte Welt, in der er täglich durch ein Netz von Verpflichtungen stolpert und so viel Trübes sieht, Übles riecht, Lärmiges hört, liegt tief unten, er steht darüber in der reinen, frischen Luft, in lautloser Stille, von andern Bergen still umgeben und vom Himmel gewaltiger überwölbt als in Tälern und Ebenen; er ist über seine Sorgen emporgestiegen und hat sie überwunden wie die Beschwerden des Aufstiegs, er ist für diesmal befreit davon, und so fühlt er sich in der Tat auch frei und ist höher gestimmt als je im Alltag. Dieses Höhengefühl, ein Hochgefühl eigener Art, teilt das Schicksal aller Hochgefühle, es geht vorüber, der Emporgestiegene steigt wieder ab und muss, gestärkt zwar, mit dem heimlichen Schimmer im Auge, geduldig warten, bis er wieder aufsteigen kann.»[19]

Inglin, der Literatur, Philosophie und Psychologie studiert hatte, stellte die Natur oft als Mutter- oder Uterusersatz dar, bemerkt Beatrice von Matt. «Er floh aus dem Dorfe, weg von den Menschen, die ihn nicht verstanden, die ihm das Unaussprechliche nicht geben konnten, nach dem er so heiss verlangte, er floh in die Einsamkeit des Waldes zu Bäumen, Gebüschen und Tieren. Hier warf er sich hin und legte den Kopf in ein kühles Moospolster wie in einen mütterlichen Schoss.»[20]

Zu seiner Mutter, die sich vom Tod ihres Gatten nie mehr erholte, hatte Inglin ein gespanntes Verhältnis. Im «Amberg» erscheint sie als verschlossene Frau, die im Gegensatz zum Vater wenig Humor hat und auch kaum Zärtlichkeit zeigt. Inglins Mutter stammte aus der Hotelierfamilie Eberle, Besitzer des Hotels Axenstein in Morschach. Inglin war nach der Hotelfachschule in Luzern als Direktor vorgesehen, doch lehnte er ab. In seinem Roman «Grand Hotel Excelsior»[21] gestaltet er die grossbürgerliche Hotelwelt, die er als Kellner kennengelernt hatte. Auch das Hotel Excelsior steht in den Bergen, doch ist es eine Insel der grossen Welt. Denn Inglin ist keineswegs nur ein Bergautor. Sein Hauptwerk, der «Schweizerspiegel»[22], ein politisch-historischer Roman aus der Zeit des Ersten Weltkriegs bis zum Generalstreik, handelt vor allem in der Stadt Zürich. Nach Beatrice von Matt «einer der hervorragendsten und welthaltigsten Zeitromane der schweizerischen Literatur».[23]

«Das Leben ist wie eine Wanderung»

Mit meinem Sohn unternahm ich eine Bergtour, als er etwa dreizehn war, also in dem Alter, in dem Meinrad Inglin seinen Vater verlor. Eine unserer wenigen gemeinsamen Wanderungen, zu denen ich ihn genötigt hatte, denn die Berge waren nicht seine Welt. Wir übernachteten in der Leglerhütte, stiegen am andern Tag über einen Blockgrat gegen den kleinen Kärpf hinauf. Der Grat fiel in eine Scharte ab, um weiterzukommen musste man eine Felsstufe überwinden. Mein Sohn traute sich nicht, und so liess ich ihn in der Scharte zurück, kletterte hinauf und wanderte weiter zum Gipfel. Es war ein grauer Tag, kühl und wolkig, und plötzlich überkam mich ein beklemmendes Gefühl: Was ist, wenn meinem Sohn etwas geschieht? Warum nur habe ich ihn zurückgelassen, allein an einem Ort, der ihm fremd und bedrohlich erscheinen muss? Was ist, wenn ich einen Fehltritt mache, wenn mir in dem brüchigen Gestein ein Griff ausbricht? Warum nur habe ich mich von meiner Leidenschaft hinreissen lassen, den Gipfel um jeden Preis zu schaffen? In diesem Moment fiel mir Meinrad Inglins Erzählung «Die Furggel»[24] ein.

«Der Vater wanderte mit seinem zwölfjährigen Sohne im grauen Frühlicht eines Septembermorgens gegen Osten durch ein leicht ansteigendes Bergtal hinauf.»[25] Genau so begann die Tour mit meinem Sohn, und sie setzte sich in ähnlicher Weise fort: Der Aufstieg am Bach, der sich später verzweigt, auf dem Fahrweg zuerst, dann auf dem Fusspfad schattenhalb einer Berglehne entlang auf eine Alp.

Dann kommt die Furggel in Sicht, ein Sattel zwischen zwei Bergkuppen, mit schiefrigem losem Gestein bedeckt. «Furggel, oder auch Furkel, Furka, Forke, ist ein altes Wort für Gabel; in den Bergen bedeutet es einfach Gabelung.»[26]

Der Vater erklärt, er führt den Jungen behutsam, auch etwas lehrerhaft ein in seine Welt. «Es gibt in unseren Alpen viele Furggeln, die so oder ähnlich heissen. Manchmal fallen sie mit einer Grenze zusammen, und fast immer sind es Passübergänge, oft auch Wasserscheiden; die bekannteste und eine der grössten ist die Furkapasshöhe. Bei den Bergsteigern sind die Furggeln so bekannt wie die Gipfel.»[27]

Manchmal nervt der Vater ein bisschen, jedenfalls den Leser, wenn er mit seiner Weisheit allzu aufdringlich wird. Die Metapher ist bekannt, in der Bergliteratur kommt sie wohl so häufig vor wie die Furggeln in den Alpen: «Das Leben ist wie eine Wanderung, und ein paar Mal steht man auch auf so einer Furggel.»[28]

Jetzt stehen Vater und Sohn auf dieser Scheide, und sie trennen sich. Der Bub darf den Vater nicht weiterbegleiten, er ist zwar gewandt und schwindelfrei, doch der Vater hat der Mutter versprochen, ihn nicht mitzunehmen ins gefährliche Gelände, wo er nach Gämsen Ausschau halten will. Auf einem abschüssigen Grasband entdeckt der Vater endlich die Tiere, kauert nieder, greift aus Gewohnheit nach dem Feldstecher, «rutschte dabei aber sofort wuchtig ab und stürzte, ausgerissenes Gras in den Fäusten, lautlos in die Tiefe».[29]

Eine Unachtsamkeit, wie sie schon vielen erfahrenen Berggängern zum Verhängnis geworden ist, gerade in den Voralpen, wo zwischen Felsen immer wieder Gras wächst. Das Bild des Absturzes ist drastisch, der Mann kämpft beim letzten Atemzug noch um sein Leben. So hat sich wohl Inglins Vater gewehrt und festgekrallt, damals am Tödi. Vergeblich, nasses Gras ist so unberechenbar und haltlos wie das Eis in der Schneerunse. Die Furggel wird zur Grenze, die das Leben vom Tod scheidet, wie der Vater angekündet hat, zur Gabelung im Leben des Jungen. «Der Knabe stand indessen auf dem Furggelgrat und schaute bald die nahe, bald die fernere Umwelt an, hochgestimmt wie ein junger Erbprinz, der das väterliche Reich übernommen hat und vom einsamen Throne aus davon Besitz ergreift.»[30]

Der Vater ist entthront, liegt tot am Fuss der Ostwand. Der Knabe weiss noch nichts von seiner traurigen Erbschaft, er geht umher, betrachtet das ferne Hochgebirge, beobachtet Tiere, isst vom Proviant. Er fühlt sich, als ob diese neue Welt ihm allein gehörte. Er schläft ein, sieht im Traum den Vater über die Geröllhalde zurückkehren. Es wird Abend und Nacht, er wartet und horcht, beginnt zu frieren, ruft zaghaft nach dem Vater, sieht im Nebel eine Bewegung, es ist eine Täuschung. «So grossartig ihm bei Tag zumute gewesen war, so klein und verlassen fühlte er sich jetzt.»[31]

Das Ende ist absehbar. Die Mutter hat Alarm geschlagen, Männer sind aufgebrochen, die Vermissten zu suchen. Gegen Morgen treffen sie ein, finden den Abgestürzten. Der Junge darf ihn nicht sehen, er soll nach Hause zur Mutter, man will ihn begleiten. Er ahnt, was geschehen ist, der Schmerz wandelt sich in Trotz, wie bei Werner Amberg, als er vom Bergtod seines Vaters erfährt. Er hängt sich beide Rucksäcke an, den seinen und den des Vaters, weinend eilt er zu Tal. Bleibt einmal stehen, blickt zurück. «Er sah die Furggel, ein wilder Schmerz riss an seinem Gesichte, und von einem bitteren Schluchzen geschüttelt, wandte er sich ab.»[32]

Im Tal begegnet er Menschen, die mitfühlend auf ihn zukommen, eine Wirtin will ihn nach Hause fahren. «Der Knabe hielt nicht an, er ging mit dem abweisenden eigensinnigen Trotz, mit dem er sich jetzt zu panzern begann, erhobenen Hauptes weiter.»[33]

Die Erzählung ist, laut Beatrice von Matt, Inglins bekanntestes Werk. In vielen Schulbüchern wiedergegeben und selbst ins Japanische übersetzt. Eine starke Erzählsprache, äusserst genau und anschaulich, von poetischem Klang und hoher Symbolkraft. Lesend gehe ich mit dem Knaben, ich fühle und weine mit ihm, ich bin der Knabe.

Sein Trotz, seine Verstocktheit, sein Verdrängen der Wirklichkeit sind mir gegenwärtig.

Gelegentlich erscheint mir Inglin allzu erklärend, überdeutlich wird die Parabel von der Furggel, die Leben und Tod scheidet. Die den Vater unvermittelt von seinem Thron wirft, der so selbstsicher und stark auftrat, ein König eben, der dem Sohn seine Welt erklärt, Ratschläge und Lebensweisheiten mit auf den Weg gibt. Und dann durch eine gedankenlose Bewegung, eine Unachtsamkeit den Tod findet, weil ihn seine Leidenschaft mitreisst und jede Vorsicht vergessen lässt, jede Rücksicht auch auf seinen Sohn, den er allein zurückgelassen hat. Hier trifft sich die Bergleidenschaft von Inglins Vater mit der Jagdleidenschaft des Sohnes. In dieser Erzählung verarbeitet der Dichter das Trauma seiner Jugend, er rechnet ab mit seinem Vater, 37 Jahre nachdem er ihn verlassen hat und zum Tödi aufgebrochen ist.

Mitten im Zweiten Weltkrieg erschienen, kann man den Text auch als Anklage an die Millionen von Vätern lesen, die für Gott und Vaterland aufgebrochen sind und nicht mehr wiederkehrten, mit dem Gewehr in der Hand auch sie. Meinrad Inglin selber leistet in dieser Zeit als Oberleutnant Dienst, im Mai und Juni 1940 auf dem Furkapass, wo er wahrscheinlich, wie eine Notiz schliessen lässt, auch das Furkahorn[34] bestieg, eine leichte Kletterei.

Viel später einmal gestand mir mein Sohn, dass er damals in der Furggel am Kärpf sehr Angst gehabt habe, ich würde nicht mehr zurückkehren. Jahre später, denn als ich zurückgekehrt war, die Felsstufe abgeklettert und wieder bei ihm stand, fanden wir keine Worte.

«Im eisigen Schneesturm»

«Eines Tages im September stiegen drei Männer aus demselben Dorfe zu einer Wanderung ins Hochgebirge hinauf. Sie galten als tüchtige Bergsteiger, und niemand zweifelte, dass sie wohlbehalten zurückkehren würden; aber nur zwei von ihnen kehrten lebend zurück.»[35]

Die ersten Sätze der Erzählung «Drei Männer im Schneesturm»[36] erinnern an den Aufbruch der Bürger aus Schwyz zum Tödi, wo Inglins Vater verunglückte. Die Bergsteiger der Erzählung geraten auf einer Höhe von 2500 Metern in einen Schneesturm, stürzen einen Steilhang hinab, zwei brechen Beine, dem dritten gelingt es, einen der beiden zu retten, wie er berichtet. Für den andern kommt die Hilfe aus dem Tal zu spät.

«In diesem Bericht aber gab es eine Stelle, die nicht ganz klar schien und von jedem der beiden Zurückgekehrten unabsichtlich ein wenig anders erzählt, ja bei einer gelegentlichen Wiederholung sogar abgeändert wurde.»[37] Das lässt an die Kontroverse nach dem Unglück am Tödi denken: Was wirklich geschehen ist, lässt sich aus den Aussagen der Beteiligten nur schwer rekonstruieren. Jeder hatte seine Sicht, jeder stand unter Schock, interpretierte das Geschehen aus der Erinnerung anders. Auch vom Tödi kehrte einer nicht mehr zurück. Warum? Warum gerade er? War er von einem Stein getroffen worden, vor Schreck oder aus Unachtsamkeit abgerutscht?

In der Erzählung lässt Inglin aus dramaturgischen Gründen nur drei Männer aufbrechen, nicht sechs, sie sind ohne Bergführer unterwegs, und der eine, der viel später die wahren Vorgänge aufdecken wird, stammt nicht aus dem Dorf. Er ist ein Zugezogener, und die Gerüchte, die sich um den Tod des Mitbürgers ranken, werden ihn wieder aus der Gemeinschaft vertreiben. «Man munkelte am Ende geradezu, dass er den Hinterlassenen seines verunglückten Kameraden ausweiche, als ob er ein schlechtes Gewissen hätte.»[38]

Die Schilderung des Schneesturms, der immer heftiger tobt, zeigt, dass Inglin die Situation aus eigenem Erleben kennt. Im Juli 1926 gerät er mit einer Gruppe von zwölf Gebirgsoffizieren beim Übergang vom Rhonegletscher an der Furka übers Nägelisgrätli zum Grimsel in einen Orkan, der so heftig tobt, dass sie sich verirren und an ein Notbiwak denken. «Eine Lage, in welcher auch der Verwegenste mit jedem neuen Wagnis den Untergang zu erwarten hat.»[39] Schliesslich steigen sie angeseilt weiter, finden per Zufall einen Übergang über den Grat, von dem ein Felskamin zum Grimselhospiz hinunterführt. Vieles in dem dramatischen Bericht, den er für die «Neue Zürcher Zeitung» schreibt, scheint in der Erzählung wieder auf.

Die drei Männer überschreiten nach langem Umherirren eine Lücke in einem Felsgrat, eine Furggel. Jenseits geht es steil hinab über verschneite Felsplatten. Die drei schliessen sich zu einer Seilschaft zusammen, der Ich-Erzähler sichert. «Kaum hatte ich meine Sicherung aufgegeben, da schrie Karl, der zwischen uns ging, laut: ‹Halten!› Im selben Augenblick wurde ich durch einen Ruck am Seil aus dem Stand gerissen, rutschte Karl nach und stemmte meinen Pickel mit aller Kraft umsonst in den Hang. Ottos Sicherung versagte, wir rissen ihn mit, rutschten auf dem Schneehang, der gegen meine Befürchtung nicht ins Gleiten kam, etwa zehn Meter weit ab und stürzten zuletzt noch drei, vier Meter auf nur fusshoch verschneite harte Karren hinunter.»[40]

Inglin schildert den Absturz so präzise, als habe er ihn selber erlebt, und er entspricht fast genau den Berichten über den Absturz der Seilschaft seines Vaters in der Schneerunse am Tödi. Hier nun lässt er die drei überleben – vorläufig –, zwei allerdings mit Beinbrüchen. Sie können nicht mehr aus eigener Kraft weiter, erkennen aber bei klarem Bewusstsein ihre verzweifelte Lage. «Auf einer Höhe von zweitausendvierhundert Metern, hoch über allen menschlichen Wohnungen, ohne Pfad, ohne Sicht, wie erblindet und halb erschöpft mit einem Beinbruch im eisigen Schneesturm, drei Stunden vor dem Zunachten – wer da noch Hoffnung hätte, dürfte kein erfahrener Bergsteiger sein.»[41]

Es stellt sich heraus, dass der Erzähler nur einen von beiden retten kann, indem er ihn zur nächsten Alp hinabträgt, bevor die Nacht hereinbricht – wenn überhaupt. Inglin konstruiert ein Dilemma, in dem ein Mensch zu einer Entscheidung gezwungen wird über Leben und Tod anderer, «eine Art Gottesgericht»[42]. Er lässt sie das Los ziehen –

doch täuscht er den Zufallsentscheid nur vor, denn er hat sich bereits entschieden, welchen seiner Begleiter er retten will. «Ich habe nicht gerichtet, ich habe nur aus Not demjenigen geholfen, den ich ohne Vorurteil als den Bessern erkannte.»[43]

So rechtfertigt sich der Erzähler später. Er opferte den Kollegen, der ihn bestechen und mit Geld seine Rettung erkaufen wollte. Hinter dem Zufall verbirgt sich ein moralischer Entscheid, jedenfalls in der literarischen Konstruktion. Im Leben selbst, am Tödi, schlug der Berg zu, der weder Vernunft noch Moral kennt, tötete seinen Vater und rief vielleicht durch diesen Schicksalsschlag einen grossen Schriftsteller und Dichter ins Leben.

Nicht die konstruierte Situation überzeugt mich in dieser Erzählung, sondern das elementare Erlebnis des Sturms in der kargen und kalten Landschaft. Dieses endlose und auswegslose Stapfen durch den Schnee, das Ausgeliefert-Sein in der Bergwelt, die nichts Romantisches mehr hat, keine Idylle mehr ist und schon gar kein Mutterschoss. Der Berg als schreckliche Wüste, ein Chaos, dem man nur geläutert entrinnen und ins Tal zurückkehren kann – so man überlebt.

Der Erzähler schneidet das Seil entzwei, als er den Verletzten zurücklässt. Eine Metapher, die in der Bergliteratur immer wieder auftaucht: Von Whymper am Matterhorn, den man bezichtigte, das Seil abgeschnitten und vier Gefährten dem Absturz preisgegeben zu haben, bis zu Joe Simpson, der in seinem Buch «Sturz ins Leere»[44] berichtet, wie ihn sein Freund im Sturm in einer Eiswand in den Anden nicht mehr zu halten vermochte und deshalb das Seil zerschnitt. Den Lebensfaden des Bergsteigers.

«Gegen die Rücksichtslosigkeit der Technik»

Die Bockmattlitürme im Wägital sind eines der schönsten Klettergebiete im Kanton Schwyz. Weit ins Land fällt der Blick, fern im Westen stehen die zwei Mythen, der Stausee liegt ruhig im Tal, auf der Alp klingen Kuhglocken, Rauch steigt aus dem Kamin der Hütte.

Blicke ich beim Klettern hinab zum See, so denke ich oft an Meinrad Inglins «Urwang»[45], den Roman, der erzählt, wie die Technik in ein noch unberührtes Bergtal einbricht und es schliesslich in einem Stausee ertränkt. Das Kraftwerk Wägital, 1920 bis 1925 gebaut, war seinerzeit das zweitgrösste Kraftwerk mit der grössten Staumauer Europas. 37 Bauerngüter wurden ganz oder teilweise überflutet, gegen 300 Menschen verloren ihr Zuhause, wurden umgesiedelt oder mussten auswandern. Wohnhäuser, Ställe, Werkstätten und selbst die romanische Kirche aus dem 14. Jahrhundert versanken im See. Auf die grösste Umsiedlungsaktion der Schweiz folgte zehn Jahre später im benachbarten Tal der Sihlsee, ein noch dramatischerer Eingriff in die Natur und ein ebenso grosses soziales Drama mit einer Umsiedlung, die zum Teil einer Vertreibung glich. Einige Bauern harrten aus, bis ihnen das Wasser buchstäblich zum Hals stand.

Inglin, der Naturfreund und Naturschützer, wehrte sich schon in den Zwanzigerjahren mit Artikeln gegen das Wägitalerwerk und weitere Projekte. «Sie werden mich im Kampf gegen die verhängnisvolle Rücksichtslosigkeit der Technik immer auf Ihrer Seite finden»[46], schrieb er einem Bekannten. Den Einbruch der Technik in die Natur empfand er als Schändung ihrer mütterlichen Seele. In «Urwang» erzählt er engagiert und bestens dokumentiert, wie sich die Technik allmählich in die Idylle eines Bergtals einschleicht und sie zerstört, wie die Bewohner unterschiedlich reagieren, von euphorischer oder gedankenloser Zustimmung bis zu wohlüberlegtem oder sturem Widerstand. Wobei er grosse Sympathie mit den betroffenen Menschen und der bedrohten Natur zeigt. Major von Euw, ein teilnehmender Beobachter und eine moralische Instanz, Jäger und Naturfreund, «Herrengestalt mit einem späten Zug von ländlichem Feudalismus»[47], verkörpert seine eigene Haltung. Am Ende rettet er gemeinsam mit einem Mädchen die gefährdeten Frauenschuhpflanzen, er siedelt sie um in der Hoffnung, sie könnten an anderer Stelle wieder Wurzeln schlagen, so wie die entwurzelten Menschen. Dann verlässt er das versunkene Tal. «Hier im Urwang habe ich nichts mehr verloren ... oder, richtig gesagt, zuviel verloren, aber nichts mehr zu suchen.»[48]

Den archaisch klingenden Namen Urwang fand Inglin am Oberbauen, dem Berg, den er von seinem Wohnort aus täglich erblickte. Dort heisst eine Alp Urwängi. Der Name lockte ihn, zweimal stieg er von Bauen am Urnersee hinauf, über 1000 steile Höhenmeter. Im 1999 Meter hohen «Stock» des Romans, einer grauen Felsenzinne, glaube ich das 1932 Meter hohe Bockmattli im Wägital zu erkennen, wie auch in andern Merkmalen der Topografie. Wobei Inglins literarische Berglandschaften immer fiktiv sind, oft fertigte er Skizzen an.

Das Buch erscheint in einer Zeit, da sich die Wirtschaft der Nachkriegszeit im Aufschwung befindet, ökologische Gedanken im Gegensatz zu den ökonomischen noch kein Gewicht haben. Auch jetzt engagiert er sich wieder, sammelt Unterschriften gegen das geplante Flusskraftwerk Rheinau, das den Rheinfall gefährdet hätte, und besucht die Göscheneralp, die ebenfalls in einem Stausee versinken wird. Auch Inglin selber wird, Ironie der Geschichte, ein Stück seines geliebten Gartens im Grund mit Eiben, Haseln, Thuja und Rosenbeeten beim Bau einer neuen Strasse ins Muotatal von Amtes wegen enteignet.

Seine enge Beziehung zur Natur und zur Bergwelt, die zuweilen an Idealisierung grenzt, macht ihn zu einem frühen Grünen konservativer Prägung. Beatrice von Matt bezeichnet «Urwang» als «prophetisches Mahnbuch»[49] und zitiert eine pessimistische Aussage Inglins, die er kurz nach Erscheinen machte. «Es fällt mir heute schwer, ein von geschäftstüchtigen Ausbeutern beherrschtes, von rücksichtslosem Lärm erfülltes und immer ärger verunstaltetes Land als Heimat zu preisen.»[50]

Inglin ist also keineswegs der Heimatdichter, als den man ihn oft missverstanden hat. Er war Schriftsteller durch und durch, der nie etwas anderes wollte als schreiben, schreibend auf dem Hintergrund seiner Biografie und Erfahrungswelt ein eigenes literarisches Universum erschaffen. Sein Schreibstil ist eher konventionell, meist erzählt er aus allwissender Perspektive, aber höchst anschaulich und sprachmächtig. Die gesellschaftliche Entwicklung verfolgte er engagiert und kritisch, mit zunehmendem Alter auch immer pessimistischer. Vor allem nach dem Tod seiner Frau im Jahr 1969 zog er sich immer mehr zurück. Selbst vor Ehrungen, etwa zu seinem 70. Geburtstag, floh er. Sodass Literaturprofessor Karl Schmid in einer Radiorede die Befürchtung äusserte, der Einsame könnte in Gefahr kommen, «die Nation so zu verlassen wie der Major sein Urwang aufgibt»[51]. Doch auch «an seinem 75. versteckt sich Inglin wieder in den Bergen»[52].

«Schied im Frieden von dieser Welt»

In den Bergen endet auch Inglins letzte grosse Erzählung, «Wanderer auf dem Heimweg»[53]. Beatrice von Matt bezeichnet sie als «Inglins literarisches Vermächtnis»[54]. Ein alter Hotelier reist auf Grund einer Todesanzeige zurück in die Welt seiner Jugend, wo Verwandte in einem Dorf an einem Bergsee noch einen Bauernhof führen, traditionell und im Einklang mit der Natur. Er hilft beim Heuen und macht die Alpfahrt mit, wandert immer höher ins Gebirge hinauf, vom Unterstaffel zum Oberstaffel, «die einsamste und höchste Alp weitherum»[55]. Er begegnet einem alten Freund und einstigen Nebenbuhler, der in der Natur, den Tieren, Pflanzen und Steinen Ersatz für die umworbene Frau gefunden hat, die schliesslich seinen Bruder heiratete. Der alte Hotelier ist zurückgekehrt zu seinen Wurzeln, «aus der Stadt, wo die Verhältnisse verwickelter und die Menschen problematischer sind»[56]. Er ist glücklich, kann alles zurücklassen und loslassen: die Hektik des Hotelbetriebs, den Lärm und die Unruhe der Stadt, familiäre Schwierigkeiten und Streitereien, die Beschwerden des Alters.

«Jakob, der den ganzen Morgen wie durch die endlich gefundene Welt seiner heimlichsten Ahnungen gewandert war, fand auch hier noch alles im Einklang damit, den nie vorher gesehenen lustvoll gaukelnden Vogel, die in vorgeschichtlichen Jahrtausenden vom Gletschereis angeschliffene, goldbesäte schroffe Fluh, dahinter das weit in den nachmittäglichen Glanz hinaus geöffnete Tal.»[57] Im Talabschluss ragt der Oberstaffelstock, selten begangen, einer dieser Schwyzer Berge mit Felsstufen und Grasbändern, die ins Leere führen. Vielleicht meint Inglin den Oberbauenstock, hoch über der Urwängi, vielleicht die Schächentaler Windgälle oder den Ortstock östlich der Glattalp. Ein alter Hirt warnt den Hotelier vor der Besteigung, die uralte Scheu der Bergler vor den Dämonen und Geistern der Gipfelregionen spricht aus ihm. Zudem zieht ein Unwetter auf. «Blieb er nun also hier? Er brach auf, der paradiesische Augenblick genügte ihm nicht. Er hatte sich in den Kopf gesetzt und wurde von der Lust getrieben, den Berg zu besteigen, und so musste er weiter.»[58]

Viele Motive aus Inglins Werk scheinen in seiner letzten Erzählung wieder auf: Seine frühe Arbeitswelt als Kellner in Hotels, das Militär, der Graben zwischen Stadt und Land, unerfüllte Liebe, der «Götzendienst der Technik»[59] und schliesslich die zwei Gesichter des Bergs: das Paradies, das zu betreten eine Gnade ist, und das Chaos, das Furcht einflösst und unvermittelt und blindlings töten kann. Botanisches und Geologisches breitet er aus wie in einem Lehrbuch, um zu zeigen, dass der Mensch Teil der Schöpfung ist, des unablässigen Werdens und Vergehens, dass auch sein Tod Teil eines höheren Ganzen ist, in dem selbst «unsere ewigen Berge zerfallen»,[60] um später wieder neu und in anderer Form aus den Meeren aufzusteigen. Er hat seine innere Heimat gefunden. «So scheint er ganz ruhig in den Tod gehen zu können, weil das nur als ein Zurückgehen in einen Gesamtsinn erscheint»[61], bemerkt Daniel Annen.

Die einsame und letzte Wanderung des alten Mannes auf den Berg erinnert an Max Frischs Alterswerk «Der Mensch erscheint im Holozän»[62], wo auch ein alter Mann aufbricht, um über die Alpen in seine Heimatstadt zu gelangen, in ein Unwetter gerät und nach langem Irren durch die Nacht den Weg wieder zurückfindet.

Der Hotelier erreicht den Gipfel, eine kahle und unwirtliche Kuppe, er friert, er isst ein Weniges, während Nebel aufziehen und sich die

Welt verwandelt, die fernen Berge wie Inseln aus einem Meer ragen. Im Abstieg verirrt er sich im Schneetreiben – ein häufiges Todesmotiv in Inglins Bergtexten; «er machte Fehltritte, rutschte an einem Steilhang zehn Mannslängen ab und verlor dabei den Stock»[63]. Er überlebt den Sturz, nicht wie Inglins Vater am Tödi, verbringt eine eiskalte Nacht am Berg, erreicht am Morgen mit letzter Kraft die Hütte im Oberstaffel, die schon verlassen ist, legt sich ins Heu.

«‹Gut, gut, alles in Ordnung›, dachte er noch, legte mühsam Atem holend die Rechte auf sein versagendes Herz und schied im Frieden von dieser Welt.»[64]

---

[1] Bote der Urschweiz, 11. August 1906

[2] Ebd.

[3] Inglin, Meinrad: Werner Amberg. Atlantis Verlag, Zürich 1949. Zitate nach: Inglin, Meinrad: Werkausgabe in 8 Bänden. Atlantis Verlag, Zürich 1981, Band 5, S. 96

[4] Inglin, Werner Amberg, a.a.O.

[5] Ebd., S. 138

[6] Ebd., S. 138

[7] Ebd., S. 139

[8] Ebd., S. 140

[9] Ebd., S. 140

[10] Ebd., S. 140

[11] von Matt, Beatrice: Meinrad Inglin. Eine Biografie. Atlantis Verlag, Zürich 1976, S. 25

[12] Schwyzer Zeitung, 11.8.1906

[13] Glarner Zeitung, 8.8.1906

[14] Ebd.

[15] von Matt, Meinrad Inglin, a.a.O., S. 21

[16] Ebd., S. 41

[17] Ebd., S. 49

[18] Inglin, Meinrad: Notizen eines Jägers. Atlantis Verlag, Zürich 1973

[19] Inglin, Werner Amberg, a.a.O., S. 127

[20] Inglin, Meinrad: Die Welt in Ingoldau. Deutsche Verlagsanstalt, Stuttgart, Berlin und Leipzig 1922. Zitate nach: Inglin, Werkausgabe, a.a.O., Band 1, S. 156

[21] Inglin, Meinrad: Grand Hotel Excelsior, Orell Füssli Verlag, Zürich und Leipzig 1928

[22] Inglin, Meinrad: Schweizerspiegel. L. Staakmann Verlag, Leipzig 1938. Neue Fassung: Atlantis Verlag, Zürich 1955

[23] von Matt, Meinrad Inglin, a.a.O., S. 189

[24] Inglin, Meinrad: Die Furggel. In: Inglin, Meinrad: Güldramont. L. Staakmann Verlag, Leipzig 1943. Zitate nach: Inglin, Werkausgabe, a.a.O., Band 7
[25] Inglin, Die Furggel, a.a.O., S. 11
[26] Ebd., S. 13
[27] Ebd., S. 15
[28] Ebd., S. 13
[29] Ebd., S. 17
[30] Ebd., S. 17
[31] Ebd., S. 19
[32] Ebd., S. 23
[33] Ebd., S. 24
[34] Ebd., S.189
[35] Inglin, Meinrad: Drei Männer im Schneesturm. In: Inglin, Meinrad: Die Lawine und andere Erzählungen. Atlantis Verlag, 1947. Zitate nach: Inglin, Werkausgabe, Band 7, S. 241
[36] Ebd.
[37] Ebd., S. 241
[38] Ebd., S. 241
[39] Inglin, Meinrad: Schneesturm im Hochsommer. In: NZZ, 1.10.1926
[40] Inglin, Drei Männer im Schneesturm, a.a.O., S. 247
[41] Ebd., S. 248
[42] Ebd., S. 264
[43] Ebd., S. 264
[44] Simpson, Joe: Sturz ins Leere. Schweizer Verlagshaus, Zürich 1989. Original: Touching the Void, 1988
[45] Inglin, Meinrad: Urwang. Atlantis Verlag, Zürich 1954. Zitate nach: Inglin, Werkausgabe, Band 6
[46] von Matt, Meinrad Inglin, a.a.O., S. 237
[47] Ebd., S. 239
[48] Inglin, Urwang, a.a.O., S. 272
[49] von Matt, Meinrad Inglin, a.a.O., S. 248
[50] von Matt, Beatrice: Der Dichter Meinrad Inglin (1893–1971). In: Revue Schweiz, 3/1990, S. 21
[51] von Matt, Meinrad Inglin, a.a.O., S. 255
[52] Ebd., S. 266
[53] Inglin, Meinrad: Wanderer auf dem Heimweg. In: Erzählungen I, Atlantis Verlag, Zürich 1968. Zitate nach: Inglin, Werkausgabe, Band 8
[54] von Matt, Meinrad Inglin, a.a.O., S. 266
[55] Inglin, Wanderer auf dem Heimweg, a.a.O., S. 479
[56] Ebd., S. 469
[57] Ebd., S. 467
[58] Ebd., S. 489
[59] Ebd., S. 493
[60] Ebd., S. 477
[61] Annen, Daniel: Tod bei Inglin. Vortrag aus Anlass des 100sten Todestags von Meinrad Inglins Vater, Schwyz 2006.
[62] Frisch, Max: Der Mensch erscheint im Holozän, Suhrkamp Verlag, Frankfurt am Main 1981
[63] Inglin, Wanderer auf dem Heimweg, a.a.O., S. 496
[64] Ebd., S. 496

Alfred Graber (links) mit seinem Freund, dem späteren Kommunistenführer Edgar Woog, im Juli 1917 auf dem Surenenpass.

Alfred Graber (1897–1987)

Die unerlöste Sehnsucht

In jungen Jahren war er ein passionierter Kletterer, später eine respektable Persönlichkeit im Schweizer Literaturbetrieb, heute ist er fast vergessen: der Schriftsteller, Publizist, Verleger und Übersetzer Alfred Graber. Ein Romantiker, der seine Begeisterung für die Berge in rauschenden Metaphern zum Ausdruck brachte, sich mit Diskussionsbeiträgen über Bergsteigen und Sexualität gelegentlich den Zorn konservativer Vereinsalpinisten zuzog. Ein offener Geist, der Freundschaften in allen Lagern pflegte in einer Zeit, in der sich Bergsteiger zunehmend als heldenhafte Vorkämpfer nationalistischer Bewegungen feiern liessen. Berg und Frau war auch ein Thema seines Freundes Henry Hoek, des in Davos lebenden Schriftstellers und Skipioniers. Ein Zeitgenosse war auch der rechtskonservative Westschweizer Alpinist und Schriftsteller Charles Gos, dessen alpine Werke Graber ins Deutsche übersetzte.

Der alte Schriftsteller antwortete postwendend aus Collina Verde bei Lugano. «Nicht leicht ist es, Ihnen einen brauchbaren Ratschlag wegen einer Buchpublikation zu geben.»[1] Alfred Graber war einer der bekanntesten Schweizer Bergschriftsteller, seine Bücher lagen in Bahnhofskiosken auf, ihre Titel klangen romantisch verklärt. «Melodie der Berge»[2], «Ihr Berge, strahlend unvergänglich»[3].

Die Kulturstiftung Pro Helvetia hatte mir seine Adresse vermittelt, ich hatte geschrieben, die Antwort war freundlich, nicht eben ermutigend für einen jungen Autor, der mit einem Text über eine Kletterei am Cengalo im Bergell einen literarischen Wettbewerb des Schweizer Alpen-Clubs gewonnen hatte. Ja, so etwas gab es damals noch. Ich hatte ein paar Erlebnisberichte geschrieben, in alpinen Blättern veröffentlicht, träumte von einem Buch. Der erfahrene Autor, 77 Jahre alt schon, sollte mir raten.

Zwei Jahre zuvor war Grabers autobiografisches Werk «All die vergessenen Gesichter»[4] erschienen, eine Erinnerung an Freunde, an bekannte und unbekannte Autoren, vor allem auch alpiner Literatur. Autorinnen kommen fast keine vor. Das Buch gibt einen Einblick in die Bergliteratur der Zwanziger- und Dreissigerjahre, «an einem Wendepunkt des Alpinismus»[5]. Es war der Beginn des modernen Extrembergsteigens, des Wettlaufs um die grossen Nordwände und der Expeditionen zu den höchsten Bergen der Welt. Heute, ein halbes Leben später, gehört auch Graber zu den vergessenen Gesichtern, seine Bücher sind nur noch im Antiquariat oder in Bibliotheken greifbar.

«Ganz nahe den Rätseln der Welt»

«Das vielleicht reinste Bergerlebnis jener Frühzeit und mir bis heute unvergessen war der Aufstieg zur Schlossberglücke über dem Tal von Engelberg. Dort begegnete ich einem Bergmorgen in Blau und Weiss mit einem zarten Dunst über immer ferner sich wellenden Höhenzügen. Es war, wie es in einem Psalm heisst: die Wasserströme frohlocken und alle Berge seien fröhlich. Und ganz nahe glaubte ich den Rätseln der Welt zu sein und sie lösen zu können.»[6]

Im dritten Jahr des Ersten Weltkriegs hatte der junge Suchende aus Basel, der sich für keinen Beruf richtig begeistern konnte, seine erste Bergtour unternommen. Bald schon kletterte er mit Freunden, trat nach der Handelsmatura in den Dienst einer Druckerei und tippte nebenher auf der Setzmaschine Bergskizzen und Gedichte in Deutsch und Französisch. «Ich hielt sie für unbedeutend gegenüber meinem Vorbild, das damals Hans Morgenthaler hiess.»[7]

Der Schlossberg war auch für mich ein literarischer Schlüsselberg. Im Sommer 1974, eben preisgekrönt vom Alpen-Club für eine Berggeschichte, die ich gar nicht für unbedeutend hielt, kletterte ich mit einem Freund den Westpfeiler, eine Route im sechsten Grad, die uns so zu schaffen machte, dass wir am Gipfel im Nebel hoch über der Schlossberglücke biwakieren mussten, eine unfreiwillige kalte Nacht am Berg.

«Langsam lichtet sich der Himmel. Durch die Schlossberglücke dringt ein fahler Schein des jungen Tages. Der Grosse Spannort leuchtet in den ersten Strahlen der Morgensonne auf.»[8]

Genau so erlebte ich jenen Morgen, als wir starr vor Kälte zur Schlossberglücke abseilten. Das Notbiwak war für mich der Anlass einer Erzählung: «Biwaknacht»[9]. Das Thema der unfreiwilligen Nacht am Berg finde ich auch in Grabers Buch «Der Weg zum Berg»[10], so dargestellt, als wäre er mit uns gewesen. Zwei Freunde verspäten sich am Berg und müssen ohne Vorbereitung im Fels übernachten. Während der endlosen kalten Stunden, rauchend und die Füsse im Rucksack, unterhalten sie sich über die letzten Fragen des Bergsteigens und über ihr Leben, das sie erwartet im Tal, wenn sie die Nacht im Gewittersturm überleben und zurückkehren. «Ich habe noch so viel zu tun auf der Welt. Das wird mir immer erst in solchen Augenblicken klar, und dann nehme ich mir vor, in Zukunft müsse es anders werden.»[11]

Das Biwak auf dem Schlossberg war für mich ein solcher Augenblick der Läuterung; man kehrt als anderer zurück, als der man ausgezogen ist. Für mich eine literarisch produktive Erfahrung: Auf die Erzählung folgte ein Hörspiel, schliesslich ein Romanzyklus, drei Werke in zwanzig Jahren, beginnend mit «Die Wand der Sila»[12], dann folgten «Steinschlag»[13] und «Spurlos»[14]. Alfred Grabers Rat hatte ich mir zu Herzen genommen: «Ein Handicap bedeutet ohne Zweifel der nur geringe Umfang des vorgesehenen Buches.»[15] Ich musste schreiben, schreiben, schreiben, wenn ich Schriftsteller werden wollte. Auch ich war auf der Suche.

«Dass die moderne Gesellschaft einem Gefängnis gleiche»

«Was mich als jungen Menschen dazu führte, Berge zu besteigen, war die Suche nach einem Lebenssinn. Ich floh damit vor Aufgaben, die sich mir stellten, vor der Entscheidung für einen Beruf. Es war eine heroische, gefahrvolle Zeit und ein Versuch, über sich selbst hinauszuwachsen.»[16] Grabers Sätze versetzen mich in jene Jugendjahre zurück, in denen der Berg kreative und sportliche Herausforderung war, aber auch die Schwelle zu einem andern Leben, von dem wir nur eine nebelhafte Vorstellung hatten, von dem wir aber wussten, dass wir es irgendwann und irgendwo einmal finden würden. Warum nicht am Berg? Am Berg waren wir auf uns selbst gestellt, niemand schrieb uns einen Weg vor, wir waren frei, unsern eigenen zu gehen. Wie Graber tippte ich neben der Berufsarbeit Geschichten und auch gelegentlich den Versuch eines Gedichts.

«Auf dem Gebiet der exakten Wissenschaften sah ich kein Weiterkommen. Es drängte mich, schöpferisch tätig zu sein, aber ich glaubte nicht an mein Können und das Vermögen, dadurch mein Leben zu erfüllen.»[17]

Graber wurde ein starker Kletterer, nicht extrem, aber doch hervorragend in jener Zeit. «Gewiss, ich war kein Pionier und auch kein aussergewöhnlich begabter Berggänger; dazu war ich zu wenig Tatmensch»,[18] schreibt er später bescheiden. Ein Foto zeigt einen Mann mit fein geschnittenen Gesichtszügen, Haare nach hinten gekämmt, sodass die hohe Stirn zur Geltung kommt, Denkerbrille mit runden Gläsern auf der Nase. Im Sommer 1920 war er zwei Monate rastlos unterwegs, von Ehrgeiz getrieben und oft im Alleingang, weil Partner fehlten. Wie andere bergsteigende Autoren seiner Zeit empfand auch er, dass «die moderne Gesellschaft und ihre Lebensweise einem Gefängnis gleichen».[19] Alpinisten seien Abenteurer, auf ewiger Suche unterwegs, der Weg vor sich als Sinn und Ziel, Berg um Berg seine Stationen, wie das alpine Romantiker und Vorbilder wie Henry Hoek, Oskar Erich Meyer und Leo Maduschka ausdrückten.

«Wir kommen wohl, um den Berg zu ‹machen›. Wir können ihn mit unserer Tatkraft und unserem Mut besiegen, aber doch ist für uns nirgends eine Stätte der Rast. Und wenn wir nicht bleiben können, mag das nicht ein Symbol sein für unser Leben?

Warum suchen wir nicht eine Welt, die wir übersehen können und ganz auszufüllen imstande sind? Voll Unruhe und Hoffnungen werden wir in den gewaltigen Bergrevieren herumgetrieben, um Neues zu suchen, um Schöneres zu erleben. Aber stets öffnen sich dann neue, nie geahnte Horizonte, die uns zu sich ziehen wollen und uns neue Wunder versprechen. So füllen sie uns mit Rastlosigkeit. So ziehen sie uns weiter – immer weiter.»[20]

Altkluge Sätze aus der Feder des gut Zwanzigjährigen. Ich kann sie nachfühlen. Man hat Wände und Grate gemeistert, Urängste überwunden, Stürme und Lawinen überlebt, in Abgründe geschaut. Man ist gereift, vielleicht allzu schnell. Man fühlt sich abgehoben, über dem alltäglichen Leben schweben, auf das man hinabblickt wie aus der Wand aufs Tiefland im Dunst.

Alfred Grabers Berge sind auch die meiner Jugend: Gotthardgebiet, Alpstein, Kreuzberge, Glarnerland, Graubünden, Bergell. Seine erste Kletterfahrt, der Altmann im Säntisgebiet, war auch meine – vierzig Jahre später. «Die Berge im Morgenstrahl! Ich stand unter ihnen, und sie hiessen mich willkommen. Nun wusste ich es, wir werden nie mehr voneinander lassen.»[21] So ähnlich waren auch meine

Gedanken nach der Altmanntour mit der Jugendgruppe des Alpen-Clubs, doch fand ich noch keine Worte.

«Die Berge lenken die Schritte»

Eine Erstbesteigung gelingt Graber mit seinem Freund Otto Kunz in der Ostwand des Sunnig Wichel, eines Granitgipfels zwischen Etzli- und Fellital im Urnerland. In seinem Erstling «Berge – Fahrten und Ziele»[22] berichtet er ausführlich über dieses Unternehmen, das mehrere Anläufe erforderte. Eine komplizierte Route über Platten und Bänder und durch Couloirs, die in der Morgenfrühe mit hartem Schnee gefüllt sind. Heute geht sie niemand mehr. Auf dem Rückzug nach einem erfolglosen Versuch sitzen die beiden «stundenlang gefesselt»[23] in einer Felsscharte, weil die Sonne das Schneeband aufgeweicht hat, über das der Abstieg führt. Es ist eine jener Situationen am Berg, ähnlich wie ein Notbiwak, welche die romantische Suche nach Freiheit in Frage stellen, weil sie in ein Gefängnis geführt haben. Stunden zum Philosophieren also, jedenfalls bei der nachträglichen Bearbeitung am Schreibtisch. Beim jungen Graber überschlagen sich dabei die Metaphern.

«Es waren gar seltsame, seltene Stunden. Wie viele Tage wandern wir doch gedankenlos durchs Leben, bis plötzlich ein stiller Augenblick der Weltabkehr seinen Ewigkeitsschimmer auf unser Dasein breitet. Da ist nun eine Stunde, die keine Sehnsucht mehr kennt. Gleich Edelsteinen nehmen sich jetzt jene Momente aus im weiten Saale des Erinnerns, in dem doch so vieles spurlos verschwindet. Aber sie werden nimmer schwinden, sie werden immer wieder vor mir auftauchen, wenn die Seele, stillgefasst, in ruhigen Abendstunden der fernen Tage gedenkt. Dann funkelt am Horizonte der Erinnerung ein weisses Schneeband inmitten düsterer Wände und blockiger, jäher Grate. Dann sterben die Gedanken des Alltags vor dem grossen Tag, der seinen Schein so weit in mein Leben werfen konnte.»[24]

Es ist, als halte der abtrünnige Sohn einer streng mennonitischen Familie auf dem Schneeband am Sunnig Wichel seine private Andacht «eng an den Busen des Berges gedrängt»[25]. Schliesslich wird es Abend, der Schnee trittfest, die Feierstunde am Berg nimmt ein Ende. «Endlos in weitem, majestätischem Kreise standen die vielen Gipfel müde, stumm und gross, eisbedeckt und erglitzernd da. Eine sonderbare, ergreifende Weihe lag auf diesem Bilde.»[26]

Auf dem Rückweg zur Hütte, nach vierzehnstündiger Tour, die Gipfel schwarz, umspielt von Abendwolken, verdichtet sich die Philosophie des jungen Kletterers zu wahrhaft biblischer Schwere. Doch nicht Gott lenkt seinen Fuss, wie im Psalm, sondern der Berg.

«Wandern, nur wandern –

Das ist ja das Geheimnis des Wanderns, dass man nicht frägt, warum, noch dass man weiss, wohin man letzten Endes kommen wird. Die Berge lenken die Schritte, und das Wetter, der Sturm, das Nebeltreiben, die Nacht und die Sonne. Aber das ist ja gleich. Fragt denn der Bach, wohin er fliesst, wenn er stürzt, wenn er reglos liegt? Nein, und doch singt er so unbesorgt mit seinen rauschenden Wellen ein jauchzendes Lied auf das Leben. Und auch im Fallen, wenn die Wogen an steilen Wänden zerspritzen, tönt dumpf noch sein siegender Sang der gewaltigen Natur. So wollen auch wir es halten im Leben. Denn auch wir wissen nicht, wann wir über die Klippen fallen.»[27]

«Die herrlichen, blutigen Kreuzberge»

Während eines Aufenhaltes in München 1922/23, beim Versuch, doch noch zu einem Studienabschluss zu kommen, erlosch Grabers Bergleidenschaft. Obwohl er in Kontakt kam mit der regen Bergsteigerszene der bayerischen Hauptstadt. Das Schreiben trat für ihn an die Stelle des Kletterns, die Berge «verloren ihre zentrale Bedeutung»[28]. Der Südtiroler Gunther Langes hatte in München den «Hochalpen-Verlag»[29] gegründet. Graber raffte seine Texte zusammen, die in Zeitschriften erschienen waren, Langes liess sie absetzen, es waren fünfhundert Seiten, das Werk eines Vielschreibers. Graber strich die Hälfte weg; im Herbst 1923 erschien sein Erstling «‹Berge, Fahrten und Ziele›, der trotz mancher Überschwenglichkeit Anklang und Absatz fand».[30] In Fraktur gesetzt, mit den Zeichnungen eines Künstlers illustriert, ein schönes Buch. Ernst Jenny, Redaktor der Zeitschrift «Die Alpen», urteilte: «Mitunter, ja, ein Wort zuviel. Aber dazu muss man jung sein. Und jung sein ist schön.»[31]

Das romantische Pathos, das Rauschen der Metaphern klingt aus heutiger Sicht oft unerträglich schwülstig. «Mein Wünschen und Hoffen jauchzt den Bergen entgegen, möchte sich auf den Flügeln der Sehnsucht emporschwingen zu den entferntesten, grössten Höhen, möchte in fessellose Weiten blicken und, von allen Banden befreit, weltenfern erlöst dem Ewigen lauschen.»[32]

Trotz gutem Absatz ging Langes bald Konkurs mit seinem Verlag, kehrte ins Südtirol zurück, wo er sich als Erstbesteiger der Schleierkante an der Cima della Madonna einen Namen machte, Redaktor der Tageszeitung «Dolomiten» wurde und im Zweiten Weltkrieg Leutnant der berüchtigten SS-Truppe des Generals Sepp Dietrich.

Alfred Grabers Erstling erzählt von seinem Aufbruch in die Berge, von Gipfeln und Stimmungen, Höhen und Tiefen. Und schliesst mit dem Ende seiner aktiven Zeit als Kletterer nach nur sechs Jahren. «Bergtod! Das grosse, unfassbare Rätsel taucht vor uns auf.»[33] Im Sommer, während einer Tourenwoche im Bergell, erlebt er den Absturz des Bergführers Giovanni Paravicini aus Silvaplana am Piz Bacone. Im Herbst klettert er in den Kreuzbergen, in melancholischer Stimmung. «Ich konnte plötzlich nicht mehr begreifen, dass ich solches tun werde, und schon am morgigen Tage, der so unabänderlich schnell und mir unverständlich herankam. Lachend und scherzend aber gaukelte vor meinen erregten Sinnen dazwischen das Gewesene mit fernem Mädchenlachen.»[34]

Seine Gedanken sind anderswo, die grosse Begeisterung ist dahin. Und doch packt ihn wieder die Kletterlust wie früher, als er den Kalk unter den Händen spürt. Mit seinem Gefährten klettert er auf den zweiten, den siebten, den achten Kreuzberg. Die Kalkzähne im Alpstein, hoch über dem Rheintal, sind zu jener Zeit der Inbegriff des sportlichen Kletterns mit Hanfseil, den ersten Felshaken und Kletterpatschen mit Strohsohlen. Als Schwierigster galt der sechste, den sich ein Alleingänger vornahm, der mit ihnen auf Fählenalp übernachtet hatte.

«Stramm mit leuchtenden Augen zog einer vor uns aus, froh mit leichtem Gepäck. An die schwierigsten der Kletterzacken wollte er sich wagen, ein Auserwählter.»[35] Erst am andern Tag erfährt Graber, dass der Alleingänger abgestürzt ist. Da hat er schon Abschied genommen von den «herrlichen, blutigen Kreuzbergen»[36]. Am Abend, beim Wandern über den Kraialpfirst, wirft er einen melancholischen Blick zurück. «Mir schien, als striche der Wind durch ihre Grate, die zu einer riesigen Harfe in der Hand ihres Schöpfers wurden, fern und unnahbar, keine erkletterbaren Felsen mehr, ein totes Niemandsland, ein Gestade des Vergessens, von dem eine unbekannte, fremde Musik sich zu uns herüberschwang. So die Berge zu erleben, ohne Kletterdrang, innerlich wie äusserlich erlöst von ihrer Dämonie und leidenschaftslos, ohne Kampfeswillen, zurückschauend und Abschied nehmend für immer.»[37]

Anderes beschäftigt ihn, seine ungewisse berufliche Zukunft, die Sehnsucht nach einer Lebenspartnerin. «Ein letztes Zurückschauern in vergangene Stunden, eine letzte Geste der Wehmut, wie wenn die Gestalt einer über alles ersehnten Frau unwiederbringlich auf ewig entschwindet.»[38]

«Der Freund, die Pflicht»

Was tut der Bergsteiger, wenn ihm die Geliebte entschwindet? Er klettert auf einen Berg, einen möglichst schwierigen. Es ist ein Klischee, dieses Bild, doch das Leben hält sich gelegentlich an Klischees, man lebt den romantischen Vorbildern nach. Alfred Graber hatte es nicht leicht mit den Frauen. Die religiös-fundamentalistische Erziehung hatte ihre Spuren hinterlassen, er war schüchtern, wohl auch verklemmt und unsicher. Obwohl er als Sportjournalist in den Dreissigerjahren gut verdiente, Mitglied eines mondänen Tennisclubs war und einen Lancia fuhr, klappte es mit einer hübschen jungen Baltin nicht. «Das Scheitern der Beziehung zu Bergit hatte mir einen Schlag versetzt. Es war der unmittelbare Anlass zu meiner letzten schwierigen Kletterei über den Südpfeiler des Piz Linard, zu der ich einen einstigen Bergkameraden überreden konnte. Ich stellte mich dem Geschick, nicht um zu unterliegen, sondern um mir zu beweisen, dass ich überleben wollte.»[39]

In seinem Buch «Melodie der Berge»[40] erzählt Graber ausführlich von der Kletterei auf der Route, die er gewählt hatte im Gedanken an den klassischen Alpinisten Emil Zsygismondy, der sie 1888 mit seinem Bruder erstmals durchstiegen hatte. Die Bergit allerdings erwähnt er nicht mehr, die Heldentat machte ihr offenbar wenig Eindruck, sie zog dem schreibenden Bergfreund einen Ingenieur vor. Jahre später, sie war schon verheiratet, hatte ein Kind, kam es doch noch zu einer Romanze, die jedoch wiederum mit einem Abschied endete.

In «Melodie der Berge», das Graber «den Berggefährten von einst, der Lebensgefährtin von heute» widmet, findet sich die Erzählung einer unerfüllten Liebe, fast zu romantisch, als dass sie wahr sein könnte. Zwei Bergsteiger begegnen in einer Hütte einem Vater mit zwei Töchtern, in deren eine sich der Ich-Erzähler auf der Stelle sterblich verliebt. Sie holen gemeinsam Wasser, sitzen in der Nacht vor der Hütte unter dem Sternenhimmel, umarmen, küssen sich. Hoch in den Gletschern kracht das Eis. Das Mädchen will ihn von der geplanten Klettertour abhalten, sie hat Angst, er soll mit ihr auf eine Passwanderung kommen, doch er ist dem Seilgefährten verpflichtet. «Der Freund, die Pflicht standen auf der einen Seite, die Liebe auf der andern. Ich wollte beides. Doch nie wird das einem Sterblichen gelingen.»[41]

«Unerlöste Sehnsucht nach dem Weibe»

Der Berg als Ersatz für die Frau: Das Thema scheint gelegentlich auf in Grabers Erinnerungen. Schon als junger Kletterer und Schreiber hatte er in einem Artikel in der Zeitschrift «Alpina» des Schweizer Alpen-Clubs[42] eine These seines Freundes Henry Hoek erwähnt: «Alles

Wandern in die Ferne ist unerlöste Sehnsucht nach dem Weibe.»[43] Eigentlich war Grabers Thema der moderne Alpinismus und seine Literatur. Das Innere Erleben, das Ich-Erleben sei das, was eigentlich die Berge für den Menschen zu bieten hätten, und das widerspiegle sich auch in der aktuellen Literatur, im Gegensatz zu den Alten, den Forschern, den Eroberern. Im Zusammenhang mit diesem individuellen, psychologisch motivierten Zugang zu den Bergen kommt er aufs Thema der Erotik und der verdrängten Sexualität.

Bei den grauen Herren, die den Alpen-Club dominierten, löste Graber damit einen Sturm der Entrüstung aus. Berg und Frau, das waren für die Männerbünde zwei Begriffe, die nur im tiefsten Unbewussten zusammengehörten und sich nach aussen höchstens in schlüpfrigen Witzen äusserten. Zu Hilfe eilte ihm schliesslich sein literarisches Vorbild Hans Morgenthaler, der Hoeks Aussage lobte als eine «Kernidee allen Wanderns und Suchens». Nicht nur das Bergsteigen, meinte er, sondern «alle grössten und herrlichsten Taten im Leben wurzeln in seelisch-sexuellen Abgründen»[44].

Alfreds Grabers Freund, der Geologe, Schriftsteller, Journalist und Poet Henry Hoek (1878–1951) stammte aus einer holländisch-irischen Bankiersfamilie, kam in Davos zur Welt, studierte in Freiburg und lebte nach der Machtergreifung der Nazis wieder in Davos wie viele deutsche Emigranten. Als Skipionier auf der Piste und am Berg bestieg er als Erster im Winter das Finsteraarhorn, das Wetterhorn und andere Gipfel. Nebst literarischen Werken und Essays verfasste er Ski- und Wanderführer. Hoeks Bücher hätten ihm den Blick für «eine weltweite Wanderschaft» geöffnet und ihn davor bewahrt, ein engstirniger Bergsteiger zu bleiben, schreibt Graber. Er porträtiert seinen Freund als Weltbürger, der oft auch exzentrische Ideen umsetzte, schnelle Autos fuhr, in Schottland jagte, Ballonfahrten unternahm oder in den Anden einen Beinahe-Sechstausender allein bestieg. «Der Weg ist das Ziel», der inzwischen zum Gemeinplatz gewordene Satz scheint eine Leitline Hoeks gewesen zu sein:

Gern gehe ich Wege, die nirgendhin,
Die nirgendwohin,
Die nur durch Wälder und Wiesen zieh'n –
Einsame Wege, die ohne Sinn,
Ganz ohne Sinn,
Die ihren Sinn schon längst verloren.[45]

Aus Abneigung gegen den aufkommenden Nationalsozialismus habe sich Hoek in Davos niedergelassen, schreibt Graber. Anderseits bezeichnete Hoek sein Bergsteigertum auch als geheimes Verlangen, eine Art Heimweh nach der Fremde, als das «tiefe Rätsel germanischen Blutes».[46] Er war also völkisch-nationalen Gedanken nicht abgeneigt, in seinen Büchern finden sich auch rassistische Ausfälle gegen Slawen und Fahrende.[47] Davos war in den Dreissigerjahren auch Zentrum der Auslandorganisation der deutschen Nationalsozialisten unter Führung von Wilhelm Gustloff, der 1936 vom jungen Juden David Frankfurter erschossen wurde. Dass Hoek, der schillernde intellektuelle Wandervogel, auch zu braunen Kreisen Kontakt pflegte, ist denkbar. Sein Freund Graber schweigt sich darüber aus.

Eigenartig auch Henry Hoeks Verhältnis zu Frauen: Ein Buch widmete er jenen, die er begehrt, die ihn jedoch nicht geliebt hatten. Sein Ausweg: die Liebe zum Berg, wie er in seiner Autobiografie schreibt: «Vieles habe ich geliebt, und habe viele Lieben hinter mir gelassen ... Die eine aber blieb, die Liebe zum Berg in jeglicher Gestalt. Wie jede Liebe ein beglückendes Geschenk des Schicksals – aber ein wenig zweifelhafter Natur, denn wer es mitbekam, der wird einsam und wird den Menschen und Städten entfremdet.»[48]

«Formt nicht jeder selbst sein Schicksal?»

In seinem Erstling erzählt Alfred Graber von einer Überschreitung des Zinalrothorns. Jahrzehnte später liest er vom Absturz zweier junger Menschen an der Binerplatte, die nach einem Zermatter

Bergführer benannt ist, der an jener Stelle abstürzte. Kurz darauf schreibt ihm eine Mutter, ihr Sohn habe sich durch die Lektüre von Grabers Buch für die Tour begeistert. «Zwei Menschen, von deren Existenz ich nichts gewusst hatte, waren in mein Leben getreten, und ihr Geschick berührte mich zutiefst. Gibt es ein schuldloses Schuldigsein?»[49]

Das erinnert mich an eine eigene Überschreitung des Zinalrothorns. Am Grat in der Nähe des Gipfels kommt uns eine Seilschaft entgegen, wir grüssen uns knapp, kalter Wind weht. Später in der Zeitung der Bericht: Einer ist im Abstieg zu Tode gestürzt. «Formt nicht jeder selbst an seinem Schicksal, oder ist es ihm vielleicht vorbestimmt?»[50] Die Berge stellen uns unablässig Fragen, die, wie Graber bemerkt, ohne Antwort bleiben. Aufstieg, Gang über einen Grat, Gipfel und Abstieg können wir als Metaphern für unsern Lebensweg auffassen. Darauf weist er immer wieder und überdeutlich hin.

«Schon sehr früh habe ich mir die Frage nach dem Sinn des Bergsteigens nicht mehr gestellt. Einst waren mir die Berge als das einzig Erlebenswerte hienieden erschienen. Ich hatte sie nötig und das beantwortete die Frage von selbst.»[51] Auch wenn er nicht mehr nach dem Sinn fragte, nicht mehr kletterte, nur noch wanderte, die Erinnerungen an die Besteigungen seiner Jugend gestaltet er immer wieder in Geschichten. Zinalrothorn, Kreuzberge, Sunnig Wichel, Piz Linard: In seinen späteren Büchern erzählt er von diesen Fahrten, mit weniger Pathos, dafür in nostalgischer, fast wehmütiger Pose. «Ich habe meine Bergfahrten mit all den Tausenden von verwehten und in der Vergänglichkeit ertrunkenen Stunden zu neuem Leben erweckt, da sie in der Wirklichkeit doch nicht mehr zu mir zurückkommen werden.»[52]

«Schatten des tausendjährigen Reichs»

In seiner Autobiografie erinnert sich Graber an seine letzte Gletschertour. Im Sommer 1924, nach Erscheinen seines Erstlings, macht er sich nochmals auf in die Berge, zusammen mit Josef Julius Schätz[53], der die Herausgabe betreut hat. Der Bergschriftsteller und Redaktor der «Deutschen Alpenzeitung» will Matterhorn und Montblanc nur sehen, nicht besteigen. Die Freunde wandern am Fuss des Horns, zurück in Zermatt, begegnen sie einer Gruppe von deutschen Bergsteigern. Eine überhebliche Runde, die sich mit ihren Heldentaten brüstet und die beiden Wanderer herablassend behandelt. Trotz schlechtem Wetter sind zwei von ihnen zum Breithorn aufgebrochen. «Plötzlich ging die Tür auf, die beiden Helden der Breithornnordwand erschienen im Rahmen, mit Berg-Heil-Rufen stürmisch begrüsst. Mein Nachbar neigte sich zu mir hin: ‹Das können nur unsere Bergsteiger leisten.› Stand nicht der Schatten des tausendjährigen Reichs schon hinter ihm?»[54]

Graber begriff schon früh, wie sich die Nationalsozialisten das alpine Heldentum und seine Protagonisten dienstbar machten. Zu seiner kritischen Gesinnung hat sicher die Jugendfreundschaft mit Edgar Woog beigetragen, seinem Klassenkameraden aus der Mittelschule. Woog wurde kommunistischer Funktionär von internationalem Format, Mitbegründer und Zentralsekretär der «Partei der Arbeit der Schweiz» PdA, erster und einziger kommunistischer Stadtrat von Zürich und Nationalrat. Woog und seine Frau Lydia waren tüchtige Bergwanderer, Mitglieder der linksorientierten Naturfreunde[55]. Die ideologische Position seines Freundes teilte Graber nicht, sie diskutierten heftig und kontrovers. Gemeinsam erlebten sie in Basel, wie 1918 Kavalleristen während des Generalstreiks demonstrierende Arbeiter verprügelten. Ihre Freundschaft hielt ein Leben lang. Graber schreibt, sie habe ihn «die Wirklichkeit sehen gelernt und meine Anteilnahme an den Vorgängen, die die Welt bewegten, geweckt».[56] Er habe von Woog gelernt, sich ein eigenes Urteil zu bilden, unbeeinflusst durch Propaganda und Massenmedien.

Sein Freund Schätz war laut Graber ein Kritiker der Nationalsozialisten, die seine «Deutsche Alpenzeitung» unter Druck setzten und verlangten, die Überlegenheit der deutschen Bergsteiger und damit der arischen Rasse abzufeiern. Schätz konnte zur Redaktion des «Bergsteigers» wechseln, der anfangs weniger ideologisch gleichgeschaltet war. Schliesslich gliederten die Nazis den Alpenverein in den Nationalsozialistischen Reichsbund für Leibesübungen ein, schlossen Juden aus und verboten die Naturfreunde. Schätz war vielleicht kein Nazi, aber sicher ein Mitläufer, zu Beginn des Kriegs Hauptschriftleiter beim Deutschen Alpenverein. Unter seiner Redaktion veröffentlichten die «Mitteilungen» vom September 1939 einen Aufruf an die deutschen Alpinisten, zu kämpfen für «Fahne, Ehre, Leben». «Geeinter denn je trägt das deutsche Volk den Kampf, alle treten an. Mit unter den Tüchtigsten, Treuesten wollen wieder wir Bergsteiger sein vom Deutschen Alpenverein, wo immer es uns trifft.»[57]

Alfred Graber war Mitglied der deutschen «Alpinen Bücherfreunde»; 1939, also lange nach seiner aktiven Bergsteigerzeit, konnte er in deren Buchreihe den Erzählband «Der Weg zum Berg»[58] veröffentlichen. Dazu hätte er in die «Reichsschrifttumskammer»[59] eintreten müssen, füllte jedoch das entsprechende Formular nicht aus, wie er schreibt. Das Buch erschien trotzdem. Nach ihrem Zusammentreffen mit den überheblichen deutschen Bergsteigern verlassen Graber und Schätz Zermatt. Nach Chamonix zum Montblanc können sie nicht reisen, da Schätz kein Visum für Frankreich besitzt. Sie steigen aus dem Wallis zum Trientgletscher auf der Schweizer Seite des Montblancmassivs auf. Und hier, angesichts der Gletscher und Gipfel, entschliessen sie sich für eine leichte Besteigung, die Aiguille du Tour. Noch einmal kommt die alte Begeisterung auf, der Gletscher, der rote Granitfels, über den sie vergnügt turnen, die Gipfelsicht ins gewaltige Rund des Montblancmassivs: Chardonnet, Aiguille Verte, Drus, Montblanc. «Die Zeit war aufgehoben, die Rast von Gleichmut eines Glücks erfüllt, das nur die Jugend kennt, mit ihrem blinden Glauben, die Rätsel der Welt in Händen zu haben.»[60]

Aiguille du Tour. Für Graber war es die letzte Gletscherfahrt seines Lebens. Und da treffen sich unsere Biografien wieder auf eigenartige Weise, wie schon zu Beginn, der ersten Kletterei am Altmann oder am Schlossberg. Auch für mich war eine Woche im Trientgebiet mit der Aiguille du Tour, mit Chardonnet und Aiguilles Dorées die letzte Gletschertourenwoche, auch ich denke mit grosser Wehmut an jene Tage zurück.

«Die Nacht im Fels»

Im Montblancgebiet spielt auch eine Erzählung, die Graber aus dem Französischen übersetzte. «La nuit des Drus» – in Deutsch «Die Nacht im Fels»[61] – von Charles Gos erzählt von einer Biwaknacht an der Aiguille du Dru bei Chamonix, ein ähnliches Biwakerlebnis wie in Grabers oder in meiner Erzählung. Charles Gos (1885–1949) war ein bekannter Genfer Schriftsteller und Filmemacher patriotisch-konservativer Prägung, der Gonzague de Reynold nahestand, einem rechtskonservativen Aristokraten, Antikommunisten und Bewunderer autoritärer Regimes. Sein Vater war der Bergmaler und Musiker Albert Gos, mit dem er und seine zwei Brüder schon als Kinder nach Zermatt kamen, wo sie alpine Grössen wie Edward Whymper oder Josef Knubel kennenlernten. Dem Matterhorn widmete er Bücher[62] und einen Film. Nebst historischer und fiktionaler Bergliteratur publizierte Gos auch über Militärgeschichte, was sich offensichtlich auch in seiner Sprache niederschlägt, wenn er über Bergsteigen schreibt. Alle Bücher, die er für ihn signierte, habe er mit «Capitaine d'artillerie de montagne» versehen, erinnert sich Graber.[63] Gos war ein respektabler Bergsteiger, bestieg als erster Führerloser 1905 mit einem Gefährten das Matterhorn über den Zmuttgrat, überschritt im gleichen Jahr den Grépon und die Aiguille du Dru, den Schauplatz der Erzählung «Die Nacht im Fels».

Mit einem englischen «Hinkemann»[64] am Seil besteigt der Ich-Erzähler in der Biwakgeschichte die Grand Dru, nach deren «Eroberung» richtet jedoch ein Unwetter seinen «Hauptangriff»[65] auf den Berg. Sie seilen ab in die Scharte zwischen Grand und Petit Dru, richten sich auf einem Felsband für die Nacht ein.

Auf eine gewisse Weise gleichen sich die literarischen Darstellungen solch kalter Nächte am Berg, die sich endlos dahinschleppende Zeit und die Gedanken und Gespräche, die sich um die Vergangenheit, um den Tod und ein geläutertes Weiterleben drehen. Das Dilemma, die tiefe Erfahrung des Gefangenseins, wo man doch die Befreiung, das selbstbestimmte Leben suchte. Der dramaturgische Knoten in Gos' Erzählung überzeugt allerdings nicht: Der ungeschickte Hinkemann stösst den Kocher in den Abgrund. Der Held rettet ihn vor dem Tod durch Erfrieren, indem er die Pickelstiele zu Spänen schneidet, Feuer macht und Tee kocht. Aus dem «Kampfgefährten», wie der militärisch inspirierte Autor den Pickel bezeichnet, wird ein «Schutzengel». Ob das in Wirklichkeit funktionieren würde, ist fraglich. Doch endlich ist die Nacht überstanden, es dämmert, der Nebel lichtet sich.

«Wie aus einem dunklen Verlies gesehen zeichnet sich die Statue der Jungfrau vom Himmel ab. Der Hochaltar, den die Natur ihr errichtet hat, schmückt nur ein Flecken Schnee. Es ist eine lichtvolle Vision, die wir aus dem Verlies, in dem wir schmachten, voll Andacht bewundern und auch voller Dankbarkeit, da wir glauben möchten, dass die Mutter Gottes für uns gebetet hat.»[66] Die Jungfrau – Notre Dame des Drus – eine Madonnenfigur aus Metall, wurde im September 1919 von Führern aus Argentière auf dem Gipfel des Petit Dru montiert und von einem Priester eingesegnet. Für Gos symbolisiert die Figur die spirituelle Verbindung zwischen Berg und Himmel. «Sie stand vor dem Himmelsraum, versunken in göttlicher Ekstase. Träumend schien sie die Huldigungen zu empfangen, die ihr das Weltall darbot. Aus den bewohnten Tälern stiegen gleich Weihrauch in einer Kirche die Schicksale der Menschen zu ihr empor, die Schicksale, die von fruchtbarer Erde, von Wäldern und Wiesen, von Arbeit, Mühe und Glück erzählen.»[67]

Gos verherrlicht das Hochgebirge in beinahe religiöser Verzückung, es wird in seinen Werken zum Schauplatz moralischer Taten heroischer Einzelgänger, ein Sinnbild des Vaterlands und Gegenstand ästhetischer Kontemplation. Der aristokratische Genfer und «homme de lettres» wurde Ehrenmitglied der Sektion Genf des Schweizer Alpen-Clubs und 1939 auch des britischen Alpine Club. In London hat man ihm die geringschätzige Darstellung des englischen Hinkemanns offensichtlich nicht nachgetragen.

«Im Meere des Alters»

Alfred Graber war zu Lebzeiten eine bedeutende Persönlichkeit im Schweizer Literaturbetrieb. Ohne Studienabschluss war er Journalist geworden, Schweizer Mitarbeiter der «Deutschen Alpenzeitung», Sekretär Max Rychners an der «Neuen Schweizer Rundschau», schliesslich langjähriger Herausgeber der «Neuen Schweizer Bibliothek NSB», Verlagslektor, Übersetzer und Autor mehrerer Romane, Reise- und Wanderbücher. «Ich habe Grund, dankbar zu sein, ich wurde unverdient beschenkt: in meiner späten Zeit mit einer grossen Liebe, unter meinen Büchern mit zwei oder drei, zu denen ich auch heute noch ja sagen kann, mit hohen Bergen und fernen Ländern, vor allem aber durch Begegnungen mit dem Gegenspieler als Freund oder Feind, die das Leben erst lebenswert machen.»[68]

Als junger Bergsteiger schrieb er nach einer schweren Kletterei: «Vielleicht fliesst unser Leben noch lange wie ein Strom dahin und endet im Meere des Alters; vielleicht erlöscht es in jähem Sturze.»[69]

Alfred Grabers Leben endete «im Meere des Alters», 1987 verstarb er, fast 90-jährig, umgeben von den grünen Hügeln des Tessins.

---

[1] Brief Alfred Grabers an den Verfasser, 12.11.74

[2] Graber, Alfred: Melodie der Berge. Schweizer Verlagshaus, Zürich 1962

[3] Graber, Alfred: Ihr Berge, strahlend unvergänglich. Orell Füssli Verlag, Zürich 1952

[4] Graber, Alfred: All die vergessenen Gesichter. Benziger Verlag, Zürich 1972

[5] Ebd., S. 58

[6] Ebd., S. 30

[7] Ebd., S. 32

[8] Graber, Ihr Berge, a.a.O., S. 19

[9] Zopfi, Emil: Biwaknacht. In: Sanduhren im Fels, Limmat Verlag, Zürich 1994

[10] Graber, Alfred: Der Weg zum Berg. Gesellschaft Alpiner Bücherfreunde, München 1939

[11] Ebd., S. 14

[12] Zopfi, Emil: Die Wand der Sila. Limmat Verlag, Zürich 1986

[13] Zopfi, Emil: Steinschlag. Limmat Verlag, Zürich 2002

[14] Zopfi, Emil: Spurlos. Limmat Verlag, Zürich 2007

[15] Brief Alfred Grabers an den Verfasser, a.a.O.

[16] Graber, All die vergessenen Gesichter, a.a.O., S. 42

[17] Ebd., S. 42
[18] Graber, Melodie der Berge, a.a.O., S. 209
[19] Graber, All die vergessenen Gesichter, a.a.O., S. 47
[20] Graber, Alfred: Berge, Fahrten und Ziele. Verlag Bergland, München 1923, S. 108
[21] Ebd., S. 10
[22] Ebd.
[23] Ebd., S. 107
[24] Ebd., S. 107
[25] Ebd., S. 107
[26] Ebd., S. 109
[27] Ebd., S. 110
[28] Graber, All die vergessenen Gesichter, a.a.O., S. 67
[29] Ebd., S. 79
[30] Ebd., S. 80
[31] Ebd., S. 46
[32] Graber, Berge, Fahrten und Ziele, a.a.O., S. 9
[33] Ebd., S. 224
[34] Ebd., S. 227
[35] Ebd., S. 228
[36] Ebd., S. 230
[37] Ebd., S. 229
[38] Ebd., S. 230
[39] Graber, All die vergessenen Gesichter, a.a.O., S. 105
[40] Graber, Melodie der Berge, a.a.O.
[41] Ebd., S. 115
[42] Graber, Alfred: Über den modernen Alpinismus und seine Literatur. In: Alpina, Zeitschrift des SAC, Oktober 1922, S. 270
[43] Ebd., S. 271
[44] Morgenthaler, Hans: Moderne alpine Literatur. In: Alpina, Zeitschrift des SAC, April 1923, S. 55
[45] Hoek, Henry: Berg- und Wanderlieder. Zitate nach: Amstädter, Rainer: Der Alpinismus. WUV-Universitätsverlag, Wien 1996, S. 237f.
[46] Ebd., S. 431
[47] Zitiert nach Wirz, Tanja: Gipfelstürmerinnen. Eine Geschlechtergeschichte des Alpinismus. Verlag hier + jetzt, Baden 2007
[48] Hoek, Henry: Rückblick und Ausblick. Zitiert nach: Amstädter, Der Alpinismus, a.a.O., S. 432
[49] Graber, All die vergessenen Gesichter, a.a.O., S. 280
[50] Ebd., S. 280
[51] Graber, Melodie der Berge, a.a.O., S. 209
[52] Ebd., S. 209
[53] Josef Julius Schätz (1887–1961). Bergsteiger, Alpinschriftsteller. Redaktor verschiedener alpinistischer Zeitschriften, u.a. Jahrbuch des Deutschen Alpenvereins, Bergsteiger, Bergkamerad
[54] Graber, All die vergessenen Gesichter, a.a.O., S. 53
[55] Touristenverein «Die Naturfreunde». 1895 in Wien gegründet, 1905 in der Schweiz. Siehe: Schumacher, Beatrice: engagiert unterwegs. 100 Jahre Naturfreunde Schweiz. Verlag hier + jetzt, Baden 2005
[56] Graber, All die vergessenen Gesichter, a.a.O., S. 37
[57] Mitteilungen des Deutschen Alpenvereins, Heft 12, September 1939
[58] Graber, Alfred: Der Weg zum Berg, a.a.O.
[59] Graber, All die vergessenen Gesichter, a.a.O., S. 112
[60] Ebd., S. 57
[61] Gos, Charles: Die Nacht im Fels. Übertragen von Alfred Graber. Verlagsanstalt Victor Attinger AG, Neuenburg 1937. Original: La nuit des Drus, Editions Payot, Lausanne 1929
[62] Gos, Charles: Le Cervin, Verlagsanstalt Victor Attinger AG, Neuenburg 1948
[63] Graber, All die vergessenen Gesichter, a.a.O., S. 61
[64] Gos, Die Nacht im Fels, a.a.O., S. 7
[65] Ebd., S. 66
[66] Ebd., S. 139
[67] Ebd., S. 44f.
[68] Graber, All die vergessenen Gesichter, a.a.O., S. 284
[69] Graber, Berge, Fahrten und Ziele, a.a.O., S. 110

Ludwig Hohl mit charakteristischem
Schlapphut auf einem Felsgrat im
Dauphiné, 1925 oder 1926.

Ludwig Hohl (1904–1980)

Dem Gefängnis entrinnen

Kompromisslos und radikal war er als Bergsteiger und als Dichter: Ludwig Hohl. Wer ihm nicht folgen konnte, den liess er zurück, stieg allein weiter. Glarner Alpen und Dauphiné waren die wichtigsten Fluchtberge seiner Jugend, denn Bergsteigen war für ihn ein Versuch, dem Gefängnis der Familie und der Gesellschaft mit ihren Erwartungen zu entrinnen. Schliesslich schloss er sich ein, einsam in einem Dichterkeller in Genf, umgeben von Bergen von Papier, schreibend und philosophierend. Bis er spät entdeckt und zum Kult für die junge Schriftstellergeneration der Sechziger- und Siebzigerjahre wurde. Seine Erzählung «Bergfahrt» ist der Klassiker der Schweizer Bergliteratur.

Der Morgen dämmert, als der Pfarrerssohn aus Sirnach durch die Linthebene radelt. Im Osten schwebt schwarz und hoch ein Felsmassiv mit drei Gipfeln über den Abhängen und Wäldern des Kerenzerbergs wie ein gewaltiger Dreimaster mit Wolkensegeln. Ein Berg, wie er ihn später in seiner Erzählung «Bergfahrt» beschrieb, als ein «sehr grosses Schiff, das nicht in ein Erdenmeer nur, das in die Ewigkeit hineinführe».[1]

Der Mürtschenstock ist sein Ziel, Ludwig Hohl kennt ihn von zwei früheren Besteigungen. Am 5. Juni 1922 nach Mitternacht ist er zu Hause aufgebrochen, durchs Toggenburg und über den Rickenpass gefahren, kurz macht er Halt bei seiner Grossmutter in Netstal im Glarnerland, dann steigt er hinauf über steile Waldwege zu den Alpweiden der Ennetberge und um den Fronalpstock herum zum Spanneggsee. Weiter geht es schier endlose Schutthalden und eine steile Felsenrinne hinauf zum Südgrat des Ruchen, des südlichen und höchsten Gipfels des Mürtschenmassivs. Um vier Uhr nachmittags ist er auf der Spitze, klettert nach kurzer Rast weiter gegen Osten über den Gebirgsstock hinweg, bis er in der Tiefe den Walensee sieht, darüber die Gipfel der Churfirsten und der Alviergruppe. Zurück steigt er schon «halb im Traum»[2], ist um Mitternacht wieder in Netstal, nach vierzig Stunden ohne Schlaf.

«Das Sehnen nach den Bergen, das ungeheure»

Ludwig Hohl hat sich diese Gewaltstour als Prüfung auferlegt, an einem Wendepunkt seines Lebens. Er ist auf der Suche. «Ich glaube, ich bin doch ein Dichter»[3], notiert er in sein Tagebuch. Eine hartnäckige Stirnhöhlen- und Kiefervereiterung hat ihn heimgesucht. Aus der Kantonsschule Frauenfeld hat man den 18-Jährigen ausgeschlossen, wegen rebellischen Verhaltens. In Kürze wird er sein Elternhaus verlassen, nach Zürich ziehen und sich im Selbststudium zur Matura vorbereiten. Er liest philosophische und klassische Literatur, allen voran Nietzsche und Kleist, und er ist sterblich verliebt in seine Mitschülerin Gertrud Züllig. Kurz vor der Mürtschentour gibt er das Tagebuchschreiben auf.

Einer der letzten Einträge im Tagebuch lautet: «Es ist das grösste Jahr, das ich je durchlebt, das Jahr, das diesen Frühling zu Ende geht. – Die Stürme haben begonnen mit jener leisen u. verborgenen u. doch starken Bewegung der Seele für jenes Mädchen aus Matzingen. Dann kam die Krankheit, das Sehnen nach den Bergen, das ungeheure!»[4]

Literatur, Liebe, Berge. Um diese Pole kreisen seine Gedanken und Gefühle. Er verbringt die Sommerferien wie schon mehrere Jahre zuvor bei seiner Grossmutter in Netstal. Tag für Tag steigt er auf die umliegenden Berge, oft in waghalsigem Alleingang und bei jedem Wetter: Bös Fulen, Höch Turm, Kärpf, die Wägitalerberge und das Rheinwaldhorn drüben in Graubünden. In einem Notizheft hat er seine Tourenprojekte minutiös geplant, mit Freunden besprochen. Zu Hause trainiert er am Gangfenster mit Klimmzügen zur «Stärkung des vordersten Fingergliedes für ganz kleine Vorsprünge»[5]. Er lebt ganz «im Geist in den Bergen»[6]. Wie ein moderner Sportkletterer bereitet er sich mental und körperlich systematisch auf den Sommer in Fels und Eis vor. Kaum in Netstal angekommen, eilt er frühmorgens zu den Wiggisfussklettergründen, wie er die Felsstufen am Fuss der gewaltigen Ostwand des Wiggis nennt, und trainiert. Und immer wieder steigt er auf die Gipfel des Mürtschenstocks, dreimal allein in diesem Sommer, mehrmals noch in den folgenden. Es ist der Berg, den er am häufigsten besucht. Über seine Touren führt er in Notizheften akribisch Buch.

«Meine Berge, ihr versteht mich besser als die Menschen»

Der Mürtschenstock ist auch mein Hausberg, viele Male bin ich hinaufgestiegen, einmal allein über den Südgrat des Ruchen wie der junge Hohl. Heute trifft man kaum mehr Menschen an in jener zerschrundeten Felsenwelt, die einst bei Kletterern sehr beliebt war. Mir begegnete einzig ein Steinbock auf dem Grat, er blickte mich verwundert an und zog dann leichtfüssig ab. Auf den einsamen Gipfeln hoch über dem blauen Land mit den Hügeln und Bergkämmen und dem See in der Tiefe, Wind im Gesicht, habe ich oft das Gefühl, ich sitze im Mastkorb eines Schiffes, das mich in eine unbekannte Ferne trägt. Am Horizont im Südwesten segelt der Glärnisch, auch er ein Schiff mit drei Gipfeln. Auch sie hat Ludwig Hohl immer wieder bestiegen. Zum ersten Mal das Vrenelisgärtli am 18./19. Juli 1919, als 15-Jähriger mit «Papa, Onkel Ludwig, Tante Lotte, Balz Kubli u. von d. Klubhütte an Bergführer Kubli».[7] Ein halbes Jahrhundert später trägt er in seinen bisher unveröffentlichten Bergtourenheften noch nach: «Die schwere Verdauungsstörung hier nicht vermerkt.»

Ein Pedant also, der Sohn eines protestantischen Pfarrers. Die ersten sechs Lebensjahre hat er in Netstal im Glarnerland im Schatten des Glärnisch verbracht, wo das Tal der Linth am engsten ist. Dann zog die Familie nach Sirnach im Thurgau, wo der Vater eine Stelle angenommen hatte. Seither verbringt Ludwig die Sommerferien meist im Bühlhof in Netstal bei seiner Grossmutter Bertha Zweifel. Sie ist die Ehefrau eines wohlhabenden Papierfabrikanten, bei ihr ist ihm wohl, sie lässt ihn seine Wege gehen. Zu Hause fühlt er sich unverstanden und einsam, in ein «Verlies» gesperrt. «Ich kann schon sagen, dass mir das Elternhaus ausser Kleidung, meiner Nahrung u. ähnlichen Äusserlichkeiten durch meine ganze Jugendzeit hier rein gar nichts geboten hat»[8], klagt er seinem Tagebuch.

Die Beziehung zum Vater ist schwierig. Ludwig glaubt, er hindere ihn an seiner geistigen Entfaltung. Der Pfarrherr, einer der ersten Autobesitzer im Thurgau, ist bodenständig und autoritär. Er massregelt den Sohn mit alltäglichen Arbeiten: Kleider reinigen, Zimmer aufräumen, Boden fegen. Eine Zumutung, denn Ludwig fühlt sich zu Höherem berufen, orientiert sich an Vorbildern wie Kleist oder Goethe. Sein Tagebuch versteckt er, unvorstellbar, wenn es sein Vater finden und die Sätze voll Ironie und Verachtung lesen würde, mit denen ihn der Sohn charakterisiert: «Das Licht wurde ausgedreht; ausgedreht von einem der grössten Psychologen des Jahrhunderts, von Pfarrer Hohl aus Sirnach. Er ist ein einigermassen kräftiger u. energischer Mensch; geistige Interessen sind ihm im Wesentlichen vollständig fern; seine geistige Tiefe ist gleich Null.»[9]

Die Berge sind für den jungen Hohl nicht nur ein Ort der Flucht, der körperlichen Ertüchtigung und Selbstfindung, sondern noch mehr eine geistige Herausforderung. Im Tal, in der Schule fühlt er sich klein, er ist auch klein gewachsen. Bedeutendes leistet er jedoch nach seinem Empfinden auf Bergtouren, etwa bei einer Besteigung des Grossen Kärpf bei Nebel, Regen, Schnee und Nacht. Er hat trainiert, er ist stark und von eisernem Willen beseelt, sodass er sich auch bei widrigsten Verhältnissen in die Höhe wagt. Bei schönem Wetter kann noch mancher einen Berg besteigen, bei Kälte, Nebel und Dunkelheit braucht es jedoch mehr als gute Kondition. «Was nun aber den Ausschlag gibt ist das Geistige. Der Körper sinkt herunter zum Werkzeug; der Geist triumphiert. Was mich befähigte an jenem denkwürdigen Tage in der elendesten Regennacht den Aufstieg doch auszuführen, war nicht ein besonders kräftiger Körper; es war ein festes, mächtiges inneres Festsein, eine unerbittliche Kraft u. Härte u. eiserne Ruhe gegen alles von aussen.»[10]

Traumatisch erlebt er einen Aufstieg zum Bös Fulen, einem südlichen Ausläufer des Glärnisch, am 12. Oktober 1921. Ein düsterer Berg, brüchiges Gestein, selten besucht. Auf halbem Weg lässt er seinen Schulkollegen Hans Huber zurück. Er erklimmt den Gipfel in riskantem Alleingang. In den Bergtourenheften schreibt er: «Die Trichterpassage sah sehr bös aus, besonders für einen allein (keine Sicherung). Spalten, unterhöhlte Partien, sehr steile Stellen, alles hartes Eis. Ich begann nun Stufe um Stufe zu schlagen, abwärts, auf zuerst sehr steilem Terrain, ohne Sicherung, in hartem Eis, über dem Abgrund.»[11]

Ludwig Hohl erreicht den Gipfel nachmittags vier Uhr im Nebel, rastet fünf Minuten, klettert dann über Felsen hinab, um die gefährliche Trichterpassage zu umgehen. Sein Freund ist nicht mehr am Ort, wo er auf ihn warten sollte. Hohl verfehlt die Hütte trotz der Mondnacht auf unwegsamen Karrenfeldern, findet erst gegen Morgen auf einer Alp Wasser und kann sich einen Kaffee kochen.

Typisch Hohl: Stets war er die treibende Kraft am Berg, plante die Routen, ging voran und liess öfters auch den Begleiter zurück, wenn er zu erschöpft oder zu ängstlich war, um weiterzusteigen. Die Härte, die er sich selber abverlangte, mussten selbstverständlich auch seine Seilgefährten zeigen. «Der andere muss entweder mitgehen oder dann muss man sich von ihm ablösen»[12], erklärt er in den «Notizen».

Das Motiv der Trennung vom Gefährten kehrt immer wieder in seinen Tagebüchern und Bergtourenheften, in der Erzählung «Bergfahrt» ist es zentral. Hohl war ein Alleingänger, im Gebirge wie auch im Leben. Ausbrechen aus dem Käfig des Alltags, Überwinden ausserordentlicher Schwierigkeiten am Berg, möglichst allein und bei miserablen Verhältnissen, «ein ganz klein wenig von einer grösseren Kraft» in sich spüren, das ist für ihn der «innerste Kern»[13] seiner Bergliebe.

Dass ihm in dieser Zeit die Lektüre von Nietzsche zur Offenbarung wird, versteht sich fast von selbst. Das Lob der Einsamkeit, der Härte gegen sich selbst; das Wandern und Bergsteigen als Weg zur Erkenntnis: Nietzsche hätte seine Freude gehabt an dem jungen Zarathustra. «Gelobt sei, was hart macht!»[14] Dieses Denken durchdringt das Jugendtagebuch Ludwig Hohls. Und wie Zarathustra zehn Jahre im Gebirge weilt, um in Einsamkeit zur Erleuchtung zu gelangen, so wird auch Ludwig Hohls von den Bergen bestimmte Lebensphase ein gutes Jahrzehnt dauern. Der junge Dichter und Bergsteiger sieht sich denn auch als eine Art Übermensch im Sinne des Zarathustra, unverstanden und zu gross für die kleine Welt, in der zu leben er gezwungen ist. Hohl glaubt sich vom Schicksal verdammt, «allein zu stehen mit mir u. immer nur mit meinem eigenen Geiste zu ringen»[15].

«Einen grossen Tod!»

Zu Hause träumt er immer wieder von den Bergen, gibt sich «leidenschaftlichen Bergphantasien»[16] hin, wildes Verlangen nach den Bergen packt ihn, wenn er auf einem Spaziergang im Thurgau in der Ferne den Mürtschenstock oder den Glärnisch erblickt. Nebst Kleist und Nietzsche verehrt Hohl auch Hölderlin in romantischem Weltschmerz:

«‹O die Welt ist weit!›: Die Welt ist ungeheuer leer u. kalt u. öde! O Hölderlin, grosser Hölderlin, Du hättest mich verstanden!

Meine Berge auch, gross u. hoheitsvoll, Ihr versteht mich besser als die Menschen!»[17]

Literatur und Bergsteigen haben für den Pubertierenden existenzielle Bedeutung. Sein Verhältnis zu den Bergen nimmt gelegentlich beinahe erotische Züge an. «Mein ganzes Sinnen gehört den Bergen»[18], schreibt er. Die bürgerliche Existenz seiner Eltern lehnt er ab, die meisten Lehrer verachtet er, er strebt nach etwas Höherem, Vollkommenem, nach dem Höchsten. Er fühlt sich berufen. Am 24. Februar 1922 notiert er einen Traum ins Tagebuch: «Der Glärnisch stand in unermesslicher Pracht am glühenden Firmament. Es war im höchsten Sommer; eine erhabene Kraft, eine masslose Grösse lag über der Welt. Kein Schnee mehr; die Berge riefen, riefen mich!!

O ich möchte in diese lichtvollen Regionen fliehen! Mich hinüberretten aus der grauen Qual des Alltags! Das Reich des Schönen, das Reich des Schönen, der Phantasie, der Dichtung o wie ist es so rein u. herrlich u. gross!»[19]

Literarisch überhöht er auch seine erste Liebe, dabei wagt er Gertrud Züllig kaum anzusehen, wenn er ihr in der Schule oder in Frauenfeld begegnet, geschweige denn sie anzusprechen. Penthesilea nennt er sie nach der Lektüre von Kleists Drama von der Amazonenkönigin, die ihren Geliebten Achill tötet und ihm dann in den Tod folgt. Im Mai 1922, kurz vor seinem Aufbruch in den Glarner Bergsommer, steigert sich Ludwig Hohls schwärmerische Schwermut zur eigentlichen Todessehnsucht: «Ärger u. Mutlosigkeit u. Minderwertigkeitsgefühl! Ich vergesse dann ganz alles andere u. zweifle an mir vollständig. Wenn ich mein Bild mit G.Z. vergleiche oder mit Stauffacher[20]: Wie liegt dort auch schon *aussen* die ganze Gewalt ihrer Seele. Wie treten sie blank u. stark vor die Welt hin! Und ich sollte *anders* meinen Weg gehen? Bin ich etwa weniger als jene? Ich glaube es nicht! Wenn ich *das* glauben müsste, dann gäbe es nur noch Eines für mich: Einen grossen Tod! Ich würde auf die höchste Kuppe des Glärnisch steigen, ruhig, zielbewusst. Ich würde oben warten bis zum sinkenden Tag. Und im Abendglanze würde ich gross u. stolz noch einmal auf die Berge sehen, noch einmal auf die weite, glänzende Welt u. würde stürzen.»[21]

Der jugendliche Romantiker hat seine Seelenqual überlebt, lange, sehr lange. Frauen haben ihn lebenslang begleitet und betreut, fünfmal war er verheiratet. Der Glärnisch war ihm nahe bis zuletzt. Ein Bild des Bergs hing in dem legendären Dichterkeller in Genf, in dem er während 21 Jahren lebte bis wenige Jahre vor seinem Tod. 1924 hatte er seine Vorbereitung zur Matura in Zürich abgebrochen und sich für ein Leben als freier Schriftsteller entschieden. Mit seiner neuen Freundin Gertrud Luder zog er nach Frankreich, sie lebten in Paris und anderen französischen Städten. Er trennte sich auch von der Sprache seiner Jugendwelt, von der Glarner Mundart, sprach fortan nur noch Schriftdeutsch oder Französisch.

1937 zog er nach teils längeren Aufenthalten in Frankreich, Österreich und Holland in die französische Schweiz, in die Berge ging er nicht mehr, er hatte sie im Kopf. «Der Blick von Netstal aus zum Glärnisch hatte für Hohl eine schon fast lebensbestimmende Bedeutung»[22], sagt Hugo Sarbach, Herausgeber des Jugendtagebuchs, der seinen Nachlass im Schweizerischen Literaturarchiv betreut und mit dem Dichter befreundet war.

«Das Zeichen zur Umkehr»

Die Trennung von seinen Eltern war endgültig; seit er von Zuhause weggezogen war, sah er sie fast nie mehr. Von Zürich aus unternahm er jedoch weiterhin Touren in den Glarner Alpen, im Jahr 1924 mit T., damit meint er wohl seine neue Freundin Gertrud Luder – Trudi. «Vor wenigen Jahren von ihm in das Gebirge eingeführt, war sie rasch zu einer guten Alpinistin geworden. Obwohl leicht und dünn, fast gebrechlichen Aussehens, – aber brutale Kraft kann auf grossen Besteigungen nur selten von Bedeutung sein; Gemsen haben nicht die Kraft eines Ochsen, sind aber wunderbare Gängerinnen.»[23] Diese Charakterisierung einer Freundin in der Erzählung «Bergfahrt» trifft wohl auf Gertrud Luder zu, die ihn im folgenden Jahr auch auf Bergfahrten im Dauphiné begleitete, den wilden und einsamen Granitbergen südöstlich von Grenoble.

Seine letzte Tour in den Schweizer Alpen galt nochmals dem Mürtschenstock. Mit seinem Frauenfelder Schulfreund Kurt Müller kletterte er am 8. Oktober 1924 durch die Westwand auf «Fynns Weg», einer Route durch steinschlägige Felsrinnen und Schluchten. In Nebel, Dunkelheit und Schneetreiben erreichen sie den Grat, biwakieren, steigen um Mitternacht über verschneite Felsen ein Stück weiter ab und verbringen den Rest der Nacht in einer Steingrotte. Ein Unternehmen ganz nach Geschmack des Draufgängers Hohl. Müller behagte es weniger, ihm fehlte der unbändige Wille seines Partners und auch dessen Sendungsbewusstsein. «Kein übermächtiges Genie, zumal auf philosophischem Gebiet», bezeichnet Hohl seinen Freund und späteren Frauenfelder Kantonsschullehrer einmal. Er wird sich jedoch nicht von ihm lossagen, wie er ankündet, zumal ihn Müller immer wieder finanziell unterstützt.

Im Juni 1926 treffen sich die beiden wieder im Dauphiné. Ein Versuch an der Gebirgskette der Grandes Rousses im Nordosten des heutigen Skigebiets Alpe d'Huez führt zu einem Erlebnis und einer Trennung, die sich im ersten Teil von «Bergfahrt» niederschlägt. Auch in der Erzählung ist es Frühsommer, und zwei ganz unterschiedliche Charaktere sind miteinander unterwegs: der zielbewusste und bergerfahrene Ull und der zaghafte und ängstliche Johann. Gemeinsam brechen sie auf, einen hohen Berg zu besteigen. Es ist ein Anfangsjahrzehnt des zwanzigsten Jahrhunderts, sie sind mit langstieligen Pickeln, Nagelschuhen und Hanfseil ausgerüstet. Von einem Café im Tal aus erblicken sie das gewaltige Gebirgsmassiv.

«Dunkel von Wäldern, dann, in höheren Stufen, durch ruhige Wände gesichert, manchmal aus Schutt gebildeten Hängen, dann aus neuen Felsen, endlich aus Gletschern, erhebt es sich bis zum langgezogenen höchsten Grat, der jählings in fast senkrechtem Abbruch endet; der, mehrere Gipfel verbindend, kampflos, makellos vor dem hellen, flimmernd hellen Hintergrunde sich hinschwingt, den grössten Gegensatz darstellend zu jenem zerklüfteten, wilden, bizarren Gebirge.»[24]

Diese Schilderung zeigt unverkennbar das Dauphinégebirge, wie ich es in Erinnerung habe. Wie Johann neben Ull, so sass auch ich eines Morgens neben einem bergerfahrenen Freund an der Sonne vor einem Café im Bergdorf Ailefroide und blickte zur Höhe, überwältigt von der schroffen Gewalt dieser einsamen Berge. Und so gehe ich mit beim Lesen, Schritt für Schritt, mit Bildern aus der eigenen Vergangenheit im Kopf.

Ull und Johann steigen auf zur Alp, übernachten im Heu, ein Regentag hält sie gefangen. Dann geht es weiter zu einer Schutzhütte, die noch vollkommen eingeschneit ist, eine düstere und muffige Gruft. Bei einem ersten Vorstoss am Berg müssen sie im Schneesturm umkehren. Johann bleibt einfach stehen, schützt Halsschmerzen vor, das Seil zieht den vorwärtsdrängenden Ull zurück.

«Johann war nicht krank, aber er war ermattet, er war mutlos; lohnte es sich, ihn zu ermuntern, aufzurütteln, den Versuch zu machen, ihn mit Einsatz seiner ganzen persönlichen Macht zum Durchhalten zu überreden (abgesehen davon, dass ja Reden im Schneesturm sehr schwer fiel) – um dann, mit neun Zehntel Wahrscheinlichkeit, in einer halben Stunde die Besteigung doch aufgeben zu müssen? Und auch im Hinblick auf die folgenden Tage: war es klug, Johann jetzt schon Gewalt anzutun, oder doch, ihn zu überfordern?

Er gab das Zeichen zur Umkehr.»[25]

Am andern Morgen, nach einer kalten Nacht in der verrauchten Schutzhütte, trennen sie sich.

Auch in Wirklichkeit trennte sich Hohl nach einer Nacht im Refuge de la Fare, das sie aus dem Schnee gegraben hatten, von seinem Freund Müller, der schlecht in Form war, an Nackenstarre, Nasenbluten und Ohrenschmerz litt. In sein Bergtourenheft notierte Hohl: «Müller erklärte, zu weiteren Unternehmungen unfähig zu sein.»[26]

«Ein einziger ungeheurer Abgrund»

Zwei Monate später kehrt er wieder zurück, und diesmal gelingen ihm die Gipfel, die er mit Müller geplant hatte: der 3464 Meter hohe vergletscherte Pic de l'Etendard und der praktisch gleich hohe Pic Bayle. «Mit G.», bemerkt er im Bergtourenheft. Ob er damit seine Freundin Gertrud Luder bezeichnet oder einen Dr. Gabor, mit dem er einige Tage später, am 26. August 1926, die Barre des Ecrins versucht, den südlichsten Viertausender der Alpen? Unduldsam wie mit Müller war er jedenfalls auch mit diesem Begleiter, der nicht früh genug aufstehen und kurz nach Aufbruch in der Hütte auf dem Glacier Blanc schon rasten und fotografieren wollte. Wahrscheinlich handelt es sich bei diesem Dr. Gabor doch wieder um Müller, den er später immer als «Doktor der Photographie» bezeichnet habe, weiss Hugo Sarbach. Jedenfalls nervt sich Hohl über «endloses Photographieren» seines Begleiters.

Sie erreichen den Gipfelgrat zwischen den Nebengipfeln Dôme de Neige und Pic Lory, doch Gabor will nicht weiter. Es ist das Muster, das sich oft wiederholt in Hohls Bergsteigerkarriere, das Grundmotiv von «Bergfahrt». Er hätte den grossartigen Hauptgipfel der Barre des Ecrins bestimmt geschafft, wäre sein Freund seinem Rat und seiner Führung gefolgt. Wertvolle Zeit ging verloren. Nun steht er kurz vor dem Ziel, blickt in die «grausige Tiefe», den Felsabsturz zum Glacier Noir, sieht in der Tiefe die Spitze des Pic Coolidge, den er im Jahr zuvor allein erklettert hat. Diesmal verzichtet er auf den Alleingang, allein über den Gletscher abzusteigen ist ihm doch zu riskant, zumal er im Jahr zuvor unangeseilt in einen mit Wasser gefüllten Gletscherspalt gestürzt, beinahe ertrunken war und sich nur mit Mühe und mit Hilfe seines Pickels wieder herausarbeiten konnte.

Gabors oder Müllers «endlosem» Fotogafieren verdanken wir immerhin drei interessante Bilder Hohls aus den Bergen des Dauphiné. Er trägt einen schwarzen Filzhut mit breitem Rand, auf dem die Gletscherbrille sitzt, Halstuch und Jacke, Steigeisen an den Schuhen, in der Hand den Bergpickel mit langem Stiel. Entschlossener Blick, lockere Haltung auch auf einem Grat, auf dem er rittlings sitzt. Sein Begleiter wirkt etwas weniger forsch, an den Füssen trägt er viel zu grosse Schuhe. Man erkennt in diesen Bildern wiederum Ull und Johann, die beiden ungleichen Helden.

In der Erzählung lässt Hohl Ull allein weitersteigen, wie er das selber so oft getan hat, über den Gletscher auf den Grat, von wo die Südwand abfällt, «ein einziger ungeheurer Abgrund»: «Wenn man nach Süden blickte: keines Menschen Spuren! Felsen, Schnee und Eis. Schwarze Gräte, wie Kulissen hintereinander, sich gegen den Himmel türmende Gipfel links und rechts und überall, tiefer unten graue Schutthänge, keine andere Farbe mit Ausnahme jenes kleinen Fleckens am Ende des Hochtales, leicht grünlich oder gelblich, den man einen Moment lang für eine Schafherde halten konnte, dann aber nicht mehr, da er sich nicht veränderte.»[27]

Die Topografie des Bergs, wie sie Hohl schildert, könnte von der Barre des Ecrins inspiriert sein: Gletscher im Norden, ein gewaltiger felsiger Absturz im Süden in ein wildes, menschenleeres Tal. Ich habe es damals durchwandert mit meinem älteren, erfahrenen Kletterfreund. Wie Hohl sind wir ohne Seil auf den Pic Coolidge geklettert. In einem Biwak verbrachten wir die Nacht und bestiegen dann einen jener «sich gegen den Himmel türmenden Gipfel»: die Ailefroide. Auch wir zwei ganz unterschiedliche Charaktere, doch getrennt haben wir uns nicht. Kletterten eine steile Südwand ab wie Ull, Firn und Felspfeiler und Couloirs, jeder für sich allein und ohne Sicherung. Dann wieder ein kaltes Biwak. Beim Lesen von «Bergfahrt» werden mir viele Einzelheiten so deutlich, dass ich nicht mehr sicher bin, ob ich den Griff, der «wie eine breite Klinge»[28] dem Gestein entragt, selber festhielt, vor Jahrzehnten, in einem Wettlauf gegen die Zeit, um nicht die Nacht im Fels verbringen zu müssen wie Ull, oder ob ich mir diesen entscheidenden Griff nur lesend vorgestellt habe. «Die Stimme der Freundin»[29], der fernen Geliebten, die Ull begleitet, habe ich auch vernommen, jung verliebt in jenen Nächten in den schwarzen schweigenden Bergen des Dauphiné.

«Bergfahrt» erzählt von meinem Leben und ist mir zur Inspiration für eigene Erzählungen geworden. «Die Wand der Sila»[30] zum Beispiel: zwei Bergsteiger, ein junger und ein alter, meistern gemeinsam eine schwierige Route, geraten ins Unwetter, müssen ohne Ausrüstung biwakieren. Hohls Erzählung war mir Vorbild, doch wollte ich nicht, dass die Bergsteiger sich trennen und sterben, ich wollte, dass sie zusammenbleiben und überleben.

«Warum steigt ihr auf Berge?»

Ull hat den Grat erreicht, der Gipfel ist noch weit. Er wird ihn nicht mehr schaffen. Über den aufgeweichten Gletscher zurücksteigen scheint ihm zu gefährlich. Er ist in eine Falle geraten, sieht keinen andern Ausweg als durch die Südwand abzusteigen, obwohl er von oben die Route nicht durchwegs erkennen kann. Durch eine ungeschickte Bewegung entgleitet ihm der Pickel, schlägt in der Wand auf und verschwindet «scheinbar himmelwärts fliegend». Ein böses Omen. Denn es war, «als ob ihn der Kumpan, der einzige ihm verbliebene Kumpan verlassen hätte».[31]

Allein kämpft er sich durch den «furchtbaren Fels» der Südwand in die Tiefe. Er bindet das Seil an den Rucksack, wie das Solokletterer heute noch gelegentlich machen, versucht eine überhängende Wandstufe in extremer Kletterei absteigend zu überwinden – Hohl schreibt vom 6. Schwierigkeitsgrad. Inmitten höchster Konzentration bricht ein Griff.

«Und das war das Ende – er stürzte ab, – wie jeder hätte annehmen müssen, dem die Beschreibung des Felsens eine einigermassen deutliche Vorstellung vermittelt hat.

Dass er nicht abstürzte, hing vielleicht von einem Millimeter ab, von Grammen der Gewichtsverteilung und vor allem von einer wahrhaft ausserordentlichen Kletterkunst.»[32]

Ein dramatischer Augenblick, wie ihn mancher Kletterer schon erlebt hat. Was einen vor dem Absturz bewahrt, ist ein unbewusstes

Mobilisieren letzter Kraft: ein Adrenalinschub. Oder ein Wunder. Man stürzt nicht, man weiss nicht, was einen gerettet hat, das Bewusstsein ist für die Sekunden der Todesnähe ausgeschaltet, die Erinnerung vom Schock gelöscht.

Ull muss zurücksteigen; was ihn schliesslich rettet, ist die Stimme seiner Freundin, eine Halluzination in verzweifelter Lage. Sie ruft ihm das Offensichtliche zu, das er in seiner verengten Wahrnehmung nicht sieht: «Könntest du nicht ein kleines Stück vom Seil abschneiden und eine Schlinge daraus bilden?»[33] Ihre Stimme klingt nah, ruhig und warm. Doch sie dringt aus einer andern Welt zu ihm, von dort, wo die Vernunft regiert und die Liebe. Ein Lichtblick in dieser furchtbaren Felswüste, in der der Mann ums nackte Überleben kämpft. Warum? Wozu?

Ull muss in diese Lage geführt werden, damit er Antwort findet auf drängende Fragen. Denn nicht alle Qual ist umsonst, sie hat ihren Sinn – jedenfalls in der Literatur. Ull seilt ab, verbringt auf einer Felskanzel eine kalte Nacht. Hier gewinnt er zwischen Wachen und Träumen eine grundlegende Erkenntnis. Hohl will ja nicht eine Abenteuergeschichte erzählen, ihm geht es am Berg um das Geistige. Ull ist ein rationaler Bergsteiger, der unablässig sein Tun reflektiert, im Gegensatz zum Gefühlsmenschen Johann. Und so wird in Hohls Dramaturgie die Schlüsselstelle am Berg zur Schlüsselstelle im Werk.

«In einem solchen Moment hatte er auf einmal die endgültige Antwort gefunden auf die oft gestellte Frage: ‹Warum steigt ihr auf Berge?›»[34]

Die Frage, die wir Bergsteiger uns immer und immer wieder stellen, die uns oft gestellt wird, und auf die Hohls Antwort gewiss die stärkste ist: *«Um dem Gefängnis zu entrinnen.»*

«...Und nun?», fügt er dann noch bei. Ja, und nun? Ull hat gekämpft, ist abgekämpft, ist am Ende, allein in auswegloser Lage am Berg, auf den er steigen wollte, um sich zu befreien. Und nun kauert er in einem noch viel schrecklicheren Gefängnis, dessen Mauer, die Felswand, tausend Meter hoch ist, überhängend und mit einem menschenleeren Gletschertal an ihrem Fuss.

Selten in der Bergliteratur ist das Dilemma des Bergsteigens so eindringlich und klar erzählt worden: Es gibt kein Entrinnen vor uns selber. Wir sind, wer wir sind. Auch in der höchsten und schwierigsten Wand der Welt bleiben wir wir selber und müssen zurück, dorthin, wo wir hergekommen sind. «Die Abgründe hören für einen Alpinisten nie auf.»[35]

«Es war eine anders geartete Liebe»

Auch dieser Teil der Erzählung, der Abstieg vom Grat durch eine unbekannte und schwierige Wand, beruht auf Ludwig Hohls eigener Erfahrung. Nicht allein, sondern in Begleitung seiner Freundin Gertrud entschliesst er sich am 12. August 1925, vom Col de la Pilatte gegen Süden abzusteigen, nachdem er «unglücklicherweise der Versuchung nachgegeben les Bans anzugreifen»[36]. Spät sind sie bei gutem Wetter von der Cabane du Gioberney aufgebrochen, um den Col du Sélé zu überschreiten. Hohl hatte dann auf dem Glacier de la Pilatte gegen seine Gewohnheit seinen Routenplan geändert und versucht, den Gipfel Les Bans zu erklettern. Beim Abstieg entglitt ihm – wie in der Erzählung – der Pickel, zerschellte in Stücke. Über einen Überhang konnte er seine Begleiterin am Seil ablassen, der Versuch, frei nachzusteigen, kostete ihn beinahe das Leben, wie er im Bergtourenheft bemerkt. Er dachte schon daran, das Seil hängen zu lassen, da rettete ihn, wie in der Erzählung, die Stimme der Freundin – nicht als Halluzination, sondern real. «Da rief mir T. ob ich nicht könne ein Stück des Seiles nur abschneiden, denn wie wollten wir ohne Seil den Gletscher passieren? Auf diesen Gedanken war ich des Pickelverlustes wegen nicht selber gekommen.»[37] So gelingt es ihnen abzusteigen; eine Nacht verbringen sie am Fuss der Wand, erreichen am andern Abend die Ortschaft Vallouise.

Gertrud Luder muss eine starke Bergsteigerin gewesen sein, dass sie Hohl auf seinen Gewaltstouren klaglos folgen konnte. Von der Cabane du Gioberney zum Col de la Pilatte sind es 1700 Meter Höhenunterschied, der Abstieg nach Vallouise gegen zwanzig Kilometer. Die promovierte Romanistin liess sich nach der Trennung von Hohl als Sprach-

und Musiklehrerin in Zürich nieder und galt als berggewohnte Alpinistin. Am 30. Juni 1946 bestieg sie allein den Nüenchamm, einen Wanderberg neben dem Mürtschenstock. Im Abstieg stürzte sie über eine Felsstufe und einen steilen Hang ab. Sie habe wahrscheinlich den Weg verfehlt, vermuteten die Retter, die ihre Leiche bargen. Ihr einsamer Tod auf einem Abstieg inmitten der Berge von Hohls Jugendwelt ist von ergreifender Tragik.

Auf ihrem gemeinsamen desperaten Abstieg im Dauphiné, der sich in der Erzählung «Bergfahrt» widerspiegelt, hatte sie ihrem Freund möglicherweise das Leben gerettet. Bei seinem Spaltensturz, den er mit grossem Glück überlebte, hatte sie mit kühlem Kopf reagiert und ihm eine Reepschnur zugeworfen. In der Erzählung erscheint sie als positive und starke Figur, allerdings nur als leise Stimme in der harten Männerwelt. «War die Liebe zu ihr grösser als zum Gebirge?», fragt sich der Held auf dem Grat. Und findet auch hier eine Antwort, allerdings eine halbherzige. «Es war eine anders geartete Liebe.»[38] Doch auch diese Erkenntnis nützt ihm wenig, sie ist nicht da, er ist am Berg, allein auf sich gestellt, das Gebirge «hatte ihn; es umgab ihn». Für einen Augenblick verliert er seine Sicherheit, seine Fassung, und der «Stahlharte» weint.

«Und ward nicht mehr gesehen»

Ull seilt sich am Morgen ab auf einen steilen Firnhang über einem Bergschrund. Schon wähnt er sich gerettet. Er zieht das Seil ab, da gibt ein Tritt im Schnee nach, er kommt ins Rutschen. «Da krallte er sich mit den Händen in den Schnee, was sollte er anderes tun? Dadurch geriet jedoch der Körper in eine schiefe, dem Schneehang parallele Lage und der Grund wich vollends unter den Füssen. Er rutschte, Hände und Arme konnten das nicht verhindern; das Rutschen wurde rasch schneller; er sauste dem Bergschrund entgegen, der weiter und tiefer war als angenommen werden konnte – und ward nicht mehr gesehen.»[39]

Dem ungeschickten Johann geht es nicht besser. Nach der Trennung steigt er allein ins Tal, je tiefer er kommt, desto hochmütiger wird seine

Stimmung. Plötzlich fühlt er sich als erfahrener Hochalpinist, schlägt die Warnung eines einheimischen Bauern in den Wind. In einem Abhang rutscht er aus, stürzt in einen Bergbach, schlägt mit dem Kopf gegen einen Felsen und ertrinkt.

Hohls Parabel spielt «in einem Anfangsjahrzehnt des Jahrhunderts»[40] in der Zeit der Nagelschuhe und Hanfseile, doch er erzählt in ungemein konkreten Details und Bildern, der Zeit gemäss und doch zeitlos im Ganzen. Er trifft die Gefühlslagen des Menschen auf einer grossen Bergbesteigung und stellt die Grundfragen nach Sinn und Moral der «Eroberung des Unnützen»[41], wie der grosse französische Alpinist Lionel Terray das Bergsteigen einmal bezeichnet hat.

Unsäglich, unermesslich, unüberblickbar, undurchdringlich, ungeheuer, unvorstellbar: Mit solchen Wörtern spart Hohl nicht, um den Eindruck der Urgewalt des Bergs zu verstärken. Er spart auch nicht mit Erklärungen: Was sind Séracs, wie erfährt der Bergsteiger einen Abgrund, wie sichert sich der Alleingänger auf dem Gletscher? Gelegentlich wird der Erzähler zum Schulmeister, der den Zeigfinger hebt, weil er seinen Bildern und Figuren doch nicht ganz traut. Auch am Schluss hängt er noch eine Moral an. Die beiden so verschiedenen Menschen sind auf unterschiedlichen Wegen in den Tod gegangen, nicht so, wie es ihrem Charakter entsprochen hätte, sondern genau umgekehrt. Hier wird der Erzähler zum Verfasser sogenannter Denkprosa wie in den «Notizen», seinem Hauptwerk: «So hatten die beiden gleichsam ihre Rollen vertauscht in ihrem Sterben; und die vielleicht unsinnige Frage taucht auf, ob nicht, wenigstens in kleinem Masse, dasselbe hätte geschehen können – im Leben?»[42]

Ich lese die Erzählung «Bergfahrt» als Parabel vom Aufbruch und von der Aussichtslosigkeit, jemals ein Ziel zu erreichen, denn am Ende wartet auf uns alle nicht ein Gipfel, sondern das Grab: sei es nun Ulls Bergschrund oder der Bergbach, in dem der Zögerer Johann «rasch verendet». «Bergfahrt» ist schon mit Ernest Hemingways «Der alte Mann und das Meer» verglichen worden. Dem aussichtslosen Ringen mit dem Fisch entspricht der tödliche Kampf mit dem Gletscher, der desperate Abstieg durch die Südwand gleicht der Heimkehr des Fischers, bei der er seine Beute gegen die Raubfische verteidigt und verliert. Auch das Motiv der Trennung ist ein Element von Hemingways Dramaturgie: Der junge Gehilfe darf nicht mehr mit dem alten erfolglosen Fischer hinausfahren, und so muss er den Kampf um die Beute verlieren. Meer und Berg sind die grossen Archetypen der Natur, mit denen der Mensch ringt und denen er schliesslich unterliegen muss. Dass Hohl den Berg als «ein sehr grosses Schiff» sieht, ist gewiss Absicht und unterstreicht die Verwandtschaft der Motive. Man denkt auch an Herman Melvilles «Moby Dick». Wie Melville seine Walfänger im Meer, so lässt auch Hohl seine Helden im Element Wasser untergehen und auf ewig verschwinden: im Bergbach und im Gletscher. Unerbittlich gehen sie ihrem Schicksal entgegen, sie haben keine Wahl. Hohl schreibt: «Dem Weisen – dem, der wirkliches Mass kennt – ist der Tod immer gegenwärtig, er verneint ihn nicht, er flieht ihn nicht, fürchtet ihn nicht. Er sieht mit ihm, neben ihm all die Dinge des Lebens und die Waage ist im Gleichgewicht.»[43]

Als über Siebzigjähriger erst gibt Hohl die Erzählung zur Veröffentlichung frei. Darin ist nichts mehr zu spüren von der Todessehnsucht des sterblich verliebten Jünglings, der sich im Abendglühen vom Gipfel stürzen will, kein Hauch von Romantik oder Verherrlichung der Seilkameradschaft. Schon eher, wie er in den «Notizen» schreibt: «Ich habe die Männer auf den Bergen gesehn. Dass ihr Tun leicht sei, ist eitel Lüge. Jeder einzelne Schritt ist das Brechen eines Widerstandes; jedes Brechen macht Schmerzen.»[44]

«Bergfahrt» ist die siebte Fassung des Textes, den er 1926 erstmals in seinen «Epischen Grundschriften» skizzierte unter dem Titel «Der arme Johann»[45]. Sechs Fassungen entstanden bis 1940, wobei ihn am Anfang mehr die Figur des Johann beschäftigte, den er als «leidenden, mittellosen Künstler»[46] verstand. In der letzten Fassung ist Ull, der rationale Denker und verbissene Kämpfer, eindeutig die stärkere Figur, die auch im Text mehr Raum einnimmt und die Sympathie der Lesenden gewinnt. Hohl verkörperte beides, zwei Seelen in einer Brust, oder wie er einmal schreibt: «Er ist deutlich zwei und doch einer.»[47]

«Der arme Johann» ist noch viel stärker autobiografisch geprägt als «Bergfahrt». Der Ich-Erzähler hält sich weitgehend an die Fakten, auch die geografischen: Sie sitzen in Rochetaillée vor einem Café, gegenüber der «prachtvollen Kette der Grandes Rousses»[48], sie steigen auf zum Réfuge de la Fare. Der zögerliche und missmutige Begleiter M. macht eine «trübe, verschlossene, Müllersche Miene». Und einmal erinnert er sich einer gemeinsamen «starken Kletteranstrengung am Mürtschen».

«Wie die Welle des Meeres»

Ludwig Hohl ist als junger Mensch aus dem Verlies seiner Familie in die Berge geflohen, gut zehn Jahre ist er leidenschaftlich auf Berge geklettert und gewandert. Später hat er während Jahrzehnten wie im Gefängnis gelebt in seinem Keller in Genf. «Es sah dort ein bisschen aus nach einer Hütte, einem Refugium im Hochgebirge»[49], schreibt Hugo Sarbach. Fotos zeigen den Dichter mit Löwenmähne und Brille, Krawatte umgebunden, in einem kahlen Kellerraum. In einer Ecke steht ein Kanonenofen, auf einem Tisch Geschirr, Flaschen, Kaffeekacheln. Ausser dem grossen Schreibtisch in der Mitte kann man sich gut die feuchtmuffige Schutzhütte vorstellen, in die sich Ull und Johann vor dem Schneesturm verkrochen. Hohl habe das ganze Jahr hindurch mit Holz eingefeuert, um die Feuchtigkeit aus dem Keller zu vertreiben. Legendär sind die Wäscheleinen, an denen er statt Kleider zum Trocknen seine Zettel mit den Notizen, Kurztexten, Aphorismen, Gedankenblitzen, Zitaten, autobiografischen Skizzen aufhängte. Unablässig beschäftigte er sich mit dem Sichten und Umsortieren dieser Gedankenprosa, seines Hauptwerks, das im Wesentlichen schon während seines Aufenthalts in Holland 1934 bis 1936 entstanden war. Er hatte das Bergsteigen aufgegeben, vegetierte in Armut und «grösster geistiger Einöde»[50] – und schuf die Grundlagen für sein Hauptwerk, die «Notizen». Damit schuf er die eigenständige literarische Form, die ihn letztlich berühmt gemacht hat. Auch in den «Notizen» greift er immer wieder auf Bergmetaphern zurück, etwa wenn er das Schreiben mit dem Bergsteigen vergleicht.

«Besteigt man den Montblanc oder nur einen mässig hohen Berg bei ungenügenden Vorbereitungen? Wie viel weniger wirst du aufbrechen zur Eroberung einer schriftstellerischen Grösse, wenn du dir nicht das zurechtgezimmert hast, was ein sicheres Befolgen des Weges verbürgt.»[51]

Seine «schriftstellerische Grösse» blieb bis ins Alter verkannt. Er war ein Gefangener seiner selbst, gefangen im Dichterkeller in Genf, umstellt von einem Wust von Zetteln, einem Gebirge von Papier, einem gewaltigen Gedankengebäude, aus dem immer wieder neue Gipfel aufragen, schwer erreichbar und ersteigbar. Ein Sonderling unter den Schriftstellern, der mit einem Verlag um die Herausgabe eines zweiten Teils seiner Notizen prozessierte bis vor Bundesgericht, der von Freunden und Schriftstellerkollegen, dem Schriftstellerverband und der Familie – auf Drängen des Verbands – finanziell unterstützt werden musste. Seine Angehörigen hatten ihn längst abgeschrieben, ja sogar als geisteskrank erklärt.

Hohl inszenierte sein Leben als armer Dichter, schuf sich seine eigene Legende gemäss der romantischen Idee, dass ein erfolgreiches Werk niemals ein bedeutendes sein könne. Kaum je habe er Lohnarbeit geleistet, sein Leben, seine Arbeit mit Text und am Text, verstand er als Gesamtkunstwerk. Im Schweizerischen Literaturarchiv zeugen 270 Archivschachteln von seiner Schaffenskraft, seiner Arbeitsdisziplin, die wohl in seiner protestantischen – oder glarnerischen – Herkunft wurzelte. Das Archiv bewahrt auch noch seine unentbehrliche Schnapsflasche auf. Alkohol half ihm zu überleben, zu arbeiten. Auch seinem Helden Ull gönnt er, Minuten vor dem Tod, noch einen letzten Schluck.

Erst in den Sechzigerjahren, als sich der gesellschaftliche Aufbruch abzeichnete, der schliesslich in die 68er-Bewegung führte, erinnerten sich junge Autoren wie Jürg Federspiel, Peter Bichsel oder Kurt Marti an den verqueren Kollegen. Otto F. Walter gab sein Werk «Nuancen und Details»[52] neu heraus, Max Frisch und Friedrich Dürrenmatt lobten Hohl in höchsten Tönen. Hohl gehörte auch zu den Gründungsmitgliedern der politisch links stehenden Autorengruppe Olten. Für den alten Mann gab es Literaturpreise und Ehrungen. Adolf Muschg stellte den Kontakt zum Suhrkamp Verlag her, der Verleger Siegfried Unseld überzeugte Hohl, «Bergfahrt» herauszugeben. Das schmale Werk erschien 1975, fünf Jahre vor seinem Tod. Hohl widmete es seinem Förderer Muschg. Bis in die letzte Minute änderte er immer wieder am Text, erinnert sich Hugo Sarbach, dem Hohl einzelne Stellen vorlegte, bei denen er sich nicht für die eine oder andere Fassung entscheiden konnte. Mehrmals schnürte er das Paket mit dem Manuskript wieder auf, bis es schliesslich per Taxi zum Dringlichkeitsschalter der Post ging, am letztmöglichen Termin.[53] Die Arbeit an seinen Texten war nie abgeschlossen. Erst kurz nach seinem Tod erschien die erste Ausgabe der «Notizen» in einem Band.

Es war fortan chic, Hohl im Dichterkeller zu besuchen, über ihn zu schreiben, ihn zu verehren. «Hohl ist notwendig, wir sind zufällig»[54], verkündete Dürrenmatt. Ob er das wirklich glaubte, bleibe einmal dahingestellt. Für die alpinistische Wurzel von Hohls Schaffen interessierten sich auffallend wenige Kollegen und Experten. Seine Zigarettenmarken und sein Alkoholkonsum, seine Frauengeschichten und seine unzähligen Marotten sind dagegen immer wieder herumgeboten worden und verstärkten das Bild des verschrobenen Aussenseiters, eines «Grenzgängers zwischen Leben und Legende»[55], wie die Literaturwissenschaftlerin Sabine Haupt schreibt.

Ein Grenzgänger war er jedenfalls am Berg, gedanklich und körperlich seiner Zeit voraus, und wäre er dabei geblieben, wäre er vielleicht auch alpinistisch eine Legende geworden – aber das war wohl nicht seine Absicht. Oder dann fehlten ihm die Mittel. Körperlich hielt er sich jedoch bis ins Alter in Form mit Schwimmen, Wandern und Velofahren.

«Noch einmal die Eisaxt schwingen»

Ohne den Bergsteiger Hohl hätte es wahrscheinlich nie einen Dichter Hohl gegeben. In den «Notizen» erzählt er einen Traum von einem Aufstieg im Hochgebirge. «Ich sehe in diesem Traum selbst deutlich, dass das Steigen im Gebirge (die Technik des Steigens) nicht anderes als das geistige Denken bedeutet.»[56] Nicht der Gipfel, sondern der Weg, das Suchen nach Wahrheit war ihm Ziel. «Es wäre scheusslich, wenn der Weg nicht auch einen Gipfel hätte. – Und auch unser Gipfel wird, wie die Welle des Meeres, wieder überhöht»,[57] schreibt er in den «Notizen». Am Berg suchte er nach Antworten, die ihm das Leben im Tal nicht geben konnte. Eine fand er einst als junger Mann am Mürtschenstock.

Es ist der 4. August 1922. Diesmal ist Ludwig Hohl mit dem Zug von Netstal nach Mühlehorn am Walensee gefahren, ist zu den Alphütten auf dem Bärenboden aufgestiegen. Die Sommerferien gehen zu Ende, es ist die letzte Tour im Jahr, im Herbst wird er nach Zürich ziehen. «Noch einmal will ich die Eisaxt schwingen.»[58]

Früh steht er auf am andern Morgen, doch es ist nicht sein Tag. Nach mühevollem Aufstieg erreicht er den Gipfel des mittleren Mürtschen. Legt sich auf die Steine, den Rucksack als Kopfkissen, schläft lange. Im Abstieg sammelt er einen Strauss Alpenblumen für seine Grossmutter. Von Robmen an rennt er talwärts, beglückt von seiner Besteigung, vom Schlaf auf dem Gipfel und von seinen Träumen. «Diesen Tag zu beschreiben soll der Historiker aufhören u. der Dichter beginnen. Nein, alle diese Tage, den ganzen Sommer, alle Bergtouren»[59], wird er am Abend in sein Heft schreiben. Wenn er zurückschaut, türmt sich der Fels wieder hoch über ihm, zerklüftet und zerschrundet, gelbrot und weiss strahlend, von Wolken gekrönt: das grosse Schiff, das in die Ewigkeit hinein fährt.

[1] Hohl, Ludwig: Bergfahrt. Suhrkamp Verlag, Frankfurt am Main 1975, S. 9
[2] Hohl, Ludwig: Meine Bergtouren. Zweites Heft 1922–1928. Schweizerisches Literaturarchiv, Bern
[3] Hohl, Ludwig: Jugendtagebuch. Herausgegeben von Hugo Sarbach. Suhrkamp Verlag, Frankfurt am Main 1998, S. 165
[4] Hohl, Jugendtagebuch, a.a.O., S. 169
[5] Ebd., S. 19
[6] Ebd., S. 123
[7] Hohl, Ludwig: Meine Bergtouren. Erstes Heft 1916–1921. Schweizerisches Literaturarchiv, Bern
[8] Hohl, Jugendtagebuch, a.a.O., S. 120
[9] Ebd., S. 153
[10] Ebd., S. 115
[11] Hohl, Meine Bergtouren. Erstes Heft, a.a.O.
[12] Hohl, Ludwig: Die Notizen. Neuausgabe, Suhrkamp Verlag, Frankfurt am Main 1981, S. 190
[13] Hohl, Jugendtagebuch, a.a.O., S. 116
[14] Nietzsche, Friedrich: Also sprach Zarathustra. Der Wanderer. Zitiert nach: Colli, Giorgio; Montinari, Mazzino (Hrsg.): Friedrich Nietzsche, Kritische Studienausgabe in 15 Bänden, Deutscher Taschenbuch Verlag, München 1999, Band 4, S. 194
[15] Hohl, Jugendtagebuch, a.a.O., S. 110
[16] Ebd., S. 127
[17] Ebd., S. 110
[18] Ebd., S. 18
[19] Ebd., S. 135
[20] Heinrich Stauffacher, Hohls Naturkundelehrer
[21] Hohl, Jugendtagebuch, a.a.O., S. 167
[22] Mitteilung von Hugo Sarbach an den Verfasser
[23] Hohl, Bergfahrt, a.a.O., S. 62
[24] Ebd., S. 9
[25] Ebd., S. 47
[26] Hohl, Meine Bergtouren. Zweites Heft, a.a.O.
[27] Hohl, Bergfahrt, a.a.O., S. 60
[28] Ebd., S. 72
[29] Ebd., S. 79
[30] Zopfi, Emil: Die Wand der Sila. Limmat Verlag, Zürich 1986
[31] Hohl, Bergfahrt, a.a.O., S. 69
[32] Ebd., S. 75
[33] Ebd., S. 80
[34] Ebd., S. 87
[35] Ebd., S. 65
[36] Hohl, Meine Bergtouren. Zweites Heft, a.a.O.
[37] Ebd.
[38] Hohl, Bergfahrt, a.a.O., S. 62
[39] Ebd., S. 92
[40] Ebd., S. 7
[41] Terray, Lionel: Les Conquérants de l'inutile. Editions Gallimard, Paris 1961
[42] Hohl, Bergfahrt, a.a.O., S. 37
[43] Hohl, Die Notizen, a.a.O., S. 706
[44] Ebd., S. 30
[45] Hohl, Ludwig: Der arme Johann. 1. Fassung, 1926/27. In: Epische Grundschriften, Heft 4. Schweizerisches Literaturarchiv, Bern
[46] Stoll, Beatrice: «... dass vielmehr das Leiden eine Chance ist». In: Ehrismann, Peter u.a. (Hrsg.): Alles ist Werk. Suhrkamp Verlag, Frankfurt am Main 2004, S. 53
[47] Ebd., S. 55
[48] Hohl, Der arme Johann, a.a.O.
[49] Sarbach, Hugo: Sinnen und Denken. In: Alles ist Werk, a.a.O., S. 146
[50] Hohl, Ludwig: Vorwort zur Neuausgabe der Notizen, a.a.O., S. 5
[51] Hohl, Die Notizen, a.a.O., S. 339
[52] Hohl, Ludwig: Nuancen und Details. Selbstverlag, Genf 1942
[53] Sarbach, Hugo: Sinnen und Denken, a.a.O.
[54] Stoll, «... dass vielmehr das Leiden eine Chance ist», a.a.O., S. 7
[55] NZZ, 10./11.5. 2004
[56] Hohl, Die Notizen, a.a.O., S. 670
[57] Ebd., S. 204
[58] Hohl, Meine Bergtouren. Erstes Heft, a.a.O.
[59] Ebd.

Annemarie Schwarzenbach in St. Moritz, ca. 1930. Skifahren war auch Thema eines Romans, an dem sie in jener Zeit schrieb.

Annemarie Schwarzenbach (1908–1942)

Er wusste nicht, was Furcht ist

Erst Jahrzehnte nach ihrem frühen Tod wurde sie zur Kultautorin erhoben: die Schriftstellerin, Fotografin und Reisereporterin Annemarie Schwarzenbach. Auch ihre Biografie des Expeditionsbergsteigers Lorenz Saladin blieb lange Zeit vergessen. Für die psychisch labile und drogenabhängige Tochter aus gutem Haus wurde der Arbeiter, Abenteurer, autodidaktische Fotograf und Kommunist zur literarischen Identifikationsfigur, in die sie eigene Sehnsüchte projizierte. Sein starker und furchtloser Charakter, seine zielbewusste Leidenschaft für die Berge der Welt faszinierten sie, die selber keine Bergsteigerin war, aber eine tiefe und poetische Beziehung zur Bergwelt pflegte.

Das Bild jenes Kletterers habe ich nie vergessen, und manchmal, in ähnlicher Lage am Berg, sah ich es für einen Augenblick vor mir, dann hämmerte ich weiter auf den Felshaken, während ich auf abschüssigen Platten das Gleichgewicht zu halten versuchte wie der Bergsteiger auf dem alten Foto in einer Granitwand in Zentralasien, im Pamirgebirge, dem Dach der Welt. Das Bild blieb haften, es vermittelte jenes abgründige Gefühl der Balance zwischen Stand und Sturz, das einen in glatten Plattenschüssen erfasst, hoch über der letzten Sicherung, während man sich verzweifelt gegen das Abgleiten wehrt, und der Haken, ein paar Millimeter in einen stumpfen Riss geschlagen, zum letzten Strohhalm wird. Auf einem Flohmarkt fand ich das Buch wieder, das ich sehr jung mit Spannung gelesen hatte, blätterte, bis ich das Foto sah, und kaufte: zwei Franken.

Ein Zufall also, das Buch war mir wieder zugefallen nach Jahrzehnten: «Lorenz Saladin. Ein Leben für die Berge»[1]. Jetzt war auch der Name wieder da, der an den Sultan Saladin erinnert, den Helden der muslimischen Welt im Kampf gegen die Kreuzritter. Lorenz aber war ein Schweizer, ein Abenteurer und Bergsteiger, und er stammte wie die meisten Saladins aus dem kleinen Dorf Nuglar im Solothurner Jura, dem sogenannten Schwarzbubenland. Sein Vater, ursprünglich Baumeister, hatte mit verschiedenen Unternehmen finanzielles Pech, unter anderem einer Produktion von Betonröhren. Die Mutter, eine schöne, aber grobe Frau, trieb es mit andern. Nach der Scheidung der Eltern kamen Lorenz, sein Bruder Peter und seine Schwester Anna in ein Heim, bis der Vater wieder heiratete. Bei verschiedenen Lehrmeistern hielt es Lorenz nicht lange aus, lief davon, arbeitete in Sägereien und andern Berufen, leistete im Ersten Weltkrieg Militärdienst, betrieb mit einem Partner ein Sanitärmonteurgeschäft und begab sich schliesslich auf Wanderschaft durch Europa, Südamerika und die Vereinigten Staaten, bevor er sich ganz seiner Passion, dem Erforschen ferner Gebirge, widmete. Im September 1936, nach der dritten Besteigung des 7010 Meter hohen Khan Tengri im Tien Schan mit einer russischen Expedition, starb er auf dem Rückweg am Rand des Iniltschekgletschers.

Saladin war ein Mensch, der mich faszinierte, vielleicht weil ich selber in einem kleinen Dorf aufgewachsen bin, in einfachen Verhältnissen und mit einer Stiefmutter, und weil mich dieselbe Leidenschaft beseelte, weil auch ich «ein Leben für die Berge» leben wollte und von fernen Gipfeln träumte.

«Meine Ungeduld ist schon über alle Berge»

Fasziniert hatte Lorenz Saladin auch die Autorin seiner Biografie. Nach meinem Fund auf dem Flohmarkt stellte ich mit Erstaunen fest, dass Annemarie Schwarzenbach das Buch verfasst hat, unter dem Namen Clark-Schwarzenbach. Zu Lebzeiten literarisch mässig erfolgreich, wurde sie in den letzten Jahren postum auf die literarische Bühne gehoben, unter andern vom bekannten Autor und Journalisten Niklaus Meienberg. Annemarie Schwarzenbachs Vater war der wohlhabende Seidenindustrielle Alfred Emil Schwarzenbach, ihre Mutter Renée eine Tochter von General Ulrich Wille, dem Kommandanten der Schweizer Truppen im Ersten Weltkrieg.

Annemarie Schwarzenbach stammte also aus einer ganz anderen Gesellschaftsschicht als Saladin, war auch keine Bergsteigerin; begegnet sind sich die beiden nie. Mit den Bergen verband sie aber eine tiefe, eine poetische Beziehung. Ihre Dissertation, die sie im Alter von 23 Jahren ablieferte, befasste sich mit der Geschichte des Oberengadins im Mittelalter und zu Beginn der Neuzeit; in Sils Baselgia mietete sie 1933 ein Haus. Ein Foto zeigt sie 1934 auf einem Felsen sitzend vor den Engadiner Bergen, ihren Hund neben sich. Sie trägt elegante Knickerbocker, ein weisses Hemd und leichte weisse Schuhe, mit denen kein Berg zu besteigen wäre. Schlank und von schlichter Schönheit, die dunklen Haare gescheitelt, gleicht sie einem schüchternen, in sich gekehrten Knaben. Als Fotografin, Journalistin und Schriftstellerin unternahm sie Reisen durch Europa, Russland und den Nahen Osten. Für den alternativen Reiseführer «Was nicht im ‹Baedeker› steht», an dem sie mitarbeitete, liess sie sich in Zermatt von einem Bergführer am Riffelhorn ins Klettern einführen und am Seil auf Gletschertouren begleiten.

«Nichts um sich zu haben als Fels und Eis und das Rauschen der Gletscherwasser – bei Mondlicht einen Gletscher zu überqueren, langsames Gehen am Seil hinter dem Führer [...], der unbeschreiblich farbenreiche und wunderbare Übergang von der Nacht zum Tag, das Blauwerden des Himmels, die grauen harten Umrisse der Bergketten, die schwebenden Wölkchen in grosser Höhe, zartgefärbt und durchsichtig, langsames Emportauchen der italienischen Alpen, des Montblanc und der Berneralpen, Nebelmeer erfüllt wogend die Täler, die Bläue wird immer durchsichtiger, der Blick immer weiter, und man geht immer noch im nachtkalten Hauch über den bläulich stumpfen Schnee, bis plötzlich das Licht wie eine Welle und ganz warm über den nächsten Kamm herüberflutet.»[2]

Annemarie Schwarzenbach war eine gute Skifahrerin; ihre Freundin, die Genfer Schriftstellerin und Fotografin Ella Maillart, erzählt von einer gemeinsamen Skitour im Fextal.[3] Auf dieser Tour entstand die Idee der gemeinsamen Reise nach Afghanistan, die die beiden Frauen 1939 unternahmen. Ein Manuskript Annemarie Schwarzenbachs, 1933 abgeschlossen und erst 1999 postum veröffentlicht, ist ein eigentlicher Skiroman, in Innsbruck und in einem fiktiven Ort Alptal angesiedelt, der an Lech am Arlberg erinnert. Auch an diesem Text bestechen die genauen und dichten Schilderungen der Bergwelt.

«Am Morgen fuhr es fort zu schneien. Der Himmel, bleigrau und stumpf, senkte sich ob der fast reglosen Wolkenschicht. Der Schnee bedeckte die abgefahrenen Hänge, häufte sich in den Mulden. Oben im Fels hing er über zackige Ränder, Wächten bildeten sich, schoben sich gefährlich vorwärts, neigten sich schwer und sanft gerundet den Abgründen zu. Der weisse Rand des Schwarzsees lag, still eingesunken, zwischen den verhüllten Häuptern. Die Nordkante der Gamsfluh war in der Nacht dem scharfen Wind preisgegeben und ragte jetzt, schwarz, glattgefegt, aus dem weisslichen Meer.»[4]

Mit diesem Bild, das präzis wie eine Schwarzweissaufnahme wirkt, beginnt der Roman, der nicht unter Bergsteigern, sondern im mondänen Milieu von jungen orientierungslosen Menschen handelt, die von Hotel zu Hotel ziehen, oft unglücklich verliebt, dem Selbstmord nahe, eine entwurzelte Generation zwischen zwei Kriegen. Dazu im Gegensatz stehen die Einheimischen, Skilehrer, Schmuggler, Hotelportiers, die sich mehr schlecht als recht durchs Leben schlagen, ebenso ohne Perspektive wie die Herren, denen sie dienen. Das Personal des aufkommenden Faschismus.

«Ende der Welt»

Im Jahr 1935 heiratete Annemarie Schwarzenbach den französischen Diplomaten Claude Clarac und lebte für kurze Zeit mit ihm im Iran. Ihr literarisch wichtigstes Werk, «Das glückliche Tal»[5], hat seinen Ursprung in einem Sommerlager, das sie mit ihrem Mann und andern Diplomaten in Zelten im 2500 Meter hohen Lahr-Tal am Fuss des Demawend im Norden Teherans verbrachte. Das Buch, ein «poetischer Klagegesang über die existentielle Einsamkeit und Fragmentierung des modernen Menschen, der sich selber fremd geworden ist»[6], erzählt von ihrer Drogensucht, einer lesbischen Leidenschaft, von Heimweh, Todessehnsucht und einer grossen Unruhe: «Meine Ungeduld ist schon über alle Berge.»[7]

«Das glückliche Tal» hebt an mit einer grandiosen Schilderung der Einöde zwischen Steinhalden und Felswänden am «Ende der Welt», wo Soldaten die Pferdeherde des Schahs sömmern und Opium rauchen und wo gelegentlich eine Kamelkarawane zum Ufer des Kaspischen Meeres zieht. Nachts ist nur der Wind zu hören und das Rieseln des Gerölls.

«Wie ich hinüberschaue zum Demawend, den ich aus langer Gewohnheit kenne und gewiss auch verehre, weil sein Haupt den Himmel berührt und sein Fuss unsichtbar ist, da vermischen sich meine Herzschläge wieder mit dem unaufhörlichen Rieseln. Ich werde ruhiger. Über mir heben die Felskämme zu glänzen an, die die Halden krönen, aller Schwere entblösst, und wenn mir auch nicht leicht zumute wird, so gewinnt doch das eben noch unerträgliche Geräusch die Qualität einer grossen Stille.»[8]

«Mutige Frau, männlich gekleidet»

Annemarie Schwarzenbach verkehrte mit den bedeutendsten Schriftstellern ihrer Zeit, ging bei Thomas Mann ein und aus und pflegte enge Beziehungen zu seinen Kindern Erika und Klaus. In der bohèmehaften, moralisch freizügigen Umgebung der jungen Manns fand sie eine Gegenwelt zu ihrer bürgerlich-konservativen Herkunft, kam politisch mit progressiven Antifaschisten in Kontakt. In diesen Kreisen nahm sie auch erstmals Drogen, um den immer wiederkehrenden Depressionen zu entkommen. Ihr Umgang mit den Manns und ihre politische Haltung waren die Ursache andauernder und schwerer Konflikte mit ihrer Mutter, der Generalstochter, die keinen Hehl aus ihren Sympathien für Hitler und die Nationalsozialisten machte. Annemarie litt unsäglich an der gestörten Beziehung zu ihrem «Mameli», die sie im Grunde genommen sehr liebte. Ihre Schönheit war legendär, materiell war sie unabhängig, doch war sie depressiv veranlagt, von Selbstzweifeln zerrissen und von einer unstillbaren Sehnsucht nach Liebe und Geborgenheit getrieben. Ihre grossen Reisen, oft im eigenen Auto, waren eine Flucht aus tiefster Traurigkeit; sie flüchtete auch in die Morphiumsucht, in den Alkohol, in die eigenartige Ehe mit Clarac, einem Mann mit homoerotischen Neigungen, und unternahm Selbstmordversuche.

Schon als Kind habe Annemarie begonnen, sich als Knabe darzustellen, schreibt Alexis Schwarzenbach in seinem Buch über Renée Schwarzenbach-Wille und ihre Familie.[9] «Wahrscheinlich spürte sie, dass sich ihre Eltern ebenso um sie gekümmert hätten wie um ihren

Bruder, wenn sie selber ein Junge gewesen wäre.» Annemarie trug oft Männerkleidung, gab sich knabenhaft androgyn, bisexuell und wirkte auf homosexuelle Männer besonders anziehend. In der «Zürcher Illustrierten» vom 22. Juni 1936 finden wir unter dem Titel «Daheim und draussen» je zwei Fotos der beiden Weltenbummler Schwarzenbach und Saladin auf derselben Seite: Sie einmal im schlichten Brautkleid und dann in Hosen bei archäologischen Ausgrabungen. Als «mutige Frau, männlich gekleidet»[10] bezeichnet sie sich selber auf diesem Bild. Von Saladin sind lediglich kleinformatige Porträts abgedruckt.

Der einfache, zielbewusste, männlich-mutige und muskulöse Saladin, «von einem fast schicksalshaft sicheren und beständigen Willen geleitet»[11], verkörperte das Sehnsuchtsbild, einen Menschen, der auch angesichts des Todes keine Regung von Angst zeigte – so stellt sie ihn jedenfalls dar –, der ohne die geringste materielle Sicherheit und mit bescheidenster Ausrüstung die hohen Berge der Welt anpackte. «Er wusste nicht, was Furcht ist.»[12]

«Die grössten Schöpfungen sind aus Leiden entstanden»

Im Mai 1937, ein halbes Jahr nach Saladins Tod, erfuhr sie durch einen Zufall, wie sie schreibt, von seinem tragischen Schicksal. Sie sah Fotos von ihm beim Korrespondenzbüro Picard in Zürich, einer Presseagentur, mit der sie zusammenarbeitete. Als Fotografin erkannte sie die ästhetische Qualität und den ethnografischen Wert der Bilder aus dem Kaukasus und dem Pamirgebirge, es waren für sie «menschliche Dokumente allerersten Ranges»[13]. Dass ein «einfacher Bursche», ein Abenteurer, der keine Ausbildung abgeschlossen und es an keiner Arbeitsstelle lange ausgehalten hatte, zu solch künstlerischem Ausdruck fähig war, nahm sie sogleich für Saladin ein.

Peter Saladin, der jüngere Bruder von Lorenz, händigte ihr seine letzten Briefe aus und bat sie, bei den Expeditionskameraden in Moskau seine Hinterlassenschaft abzuholen, vor allem seine Fotos, einen Film und die Reisenotizen. Ihr Entschluss war rasch gefasst: «Ich erhielt daher von ihm die nötigen Vollmachten, beschaffte mir auf der Durchreise in Berlin ein Visum und fuhr über Tallinn und Leningrad nach Moskau.»[14]

Annemarie Schwarzenbach war als antifaschistische Schweizer Autorin bei den Behörden in Moskau bekannt, und so bekam sie die nötigen Visa ohne Probleme. Sie hatte im August 1934 als Begleiterin von Klaus Mann am ersten Allunionskongress der Sowjetschriftsteller teilgenommen. Ihre aus dem Nachlass veröffentlichten Notizen zeigen eine beinahe naive Bewunderung für den sozialistischen Aufbau, mit dem die Gastgeber die ausländischen Gäste beeindruckten. Selbst die Paraden der Roten Armee machten ihr Eindruck. Sie äusserte aber auch Vorbehalte: «Der junge Optimismus der Sowjetrussen, der etwas Schönes und Bewundernswertes hat, macht mich traurig. Sie bauen eine neue Welt – und, was viel wichtiger ist, sie erziehen neue Menschen. Sie ehren die Kunst als den sichtbaren Ausdruck ihrer Erfolge, und sie ehren den Dichter, weil er Bücher dieses gewaltigen Aufbaus schreibt. [...] Ich fürchte mich aber vor dieser Welt, und ich glaube, dass der Dichter immer in Opposition zu der hellen Welthälfte der Tatsachen steht, dass Leiden und Widerspruch ihn reif machen. [...] Heimlich nährt er doch in sich die Todessehnsucht, den Zweifel ... und die Liebe ...»[15]

Kunst war für Schwarzenbach etwas, das unter Schmerzen, Leid und inneren Widersprüchen geboren wurde und vor allem durch Mangel geprägt war: Mangel an Leben, an Liebe, an Zufriedenheit, an Vereinbarkeit von Gegenpolen. «Die grössten Schöpfungen der Menschen sind aus Leiden entstanden»[16], erwähnte sie gegenüber Ella Maillart.

In Moskau traf sie Georgi Charlampiew, Saladins besten russischen Freund, der seinen Nachlass und seine Ausrüstung aufbewahrte. Georgi war Musikstudent und Alpinist, er sprach gut Deutsch. Gemeinsam mit Saladin war er auf Expeditionen im Kaukasus und Pamir gewesen. Im Sportverband der Gewerkschaftsunion bekleidete er einen wichtigen Posten für Alpinismus. An der Expedition zum Khan Tengri konnte Georgi allerdings nicht teilnehmen. Die Begegnung mit diesem Bergsteiger und Künstler beeindruckte Annemarie Schwarzenbach tief. Er führte sie mit den andern Mitgliedern der Expedition zusammen, den damals besten Bergsteigern der Sowjetunion, vor allem den Gebrüdern Ewgeni und Witali Abalakow. Ewgeni gilt noch heute als «Erster Alpinist der UdSSR»; im Jahr 1931 hatte er im Pamir den 7495 Meter hohen Pik Stalin[17], den höchsten Gipfel der Sowjetunion, im Alleingang erstbestiegen. «Den ersten Sieg des russischen Alpinismus» nannte man das. Ewgeni war Maler und Bildhauer im Stil des Sozialistischen Realismus. Sein Bruder Witali leitete Bergschulen im Kaukasus. Ihn kennt man noch heute als Erfinder der Abalakow-Eissanduhr zum Abseilen im steilen Eis.

Die Sowjetregierung unterstützte in jenen Jahren das Bergsteigen aus verschiedenen Gründen. Als Massensport diente es der Erholung und Ertüchtigung der Werktätigen – auch als Vorbereitung für den Kriegsdienst. Bergsteigen sollte die Individuen zu sozialen, kollektiven Menschen erziehen, zu Solidarität und Härte gegenüber sich selber und äusserer Unbill. Bergsteiger erforschten die menschenleeren Grenzregionen und nahmen sie für die Sowjetunion in Besitz, halfen dabei auch Geologen nach Rohstoffen zu schürfen. Auch Saladin unterstützte geologische Teams im Pamirgebirge. Seine letzte Expedition wurde vom sowjetischen Gewerkschaftsverband finanziert.

Witali Abalakow schilderte Annemarie Schwarzenbach den Ablauf der Ereignisse am Khan Tengri unter anderem anhand des Films, den Saladin gedreht hatte. Sie machte sich Notizen vom Ablauf des Dramas – ohne zu ahnen, dass den russischen Bergsteigern das eigentliche Drama noch bevorstand. Nach Saladins Tod feierten ihn seine Freunde in Moskau als Helden, und noch heute ist die Erinnerung an ihn unter russischen Bergsteigern wach. Ein 6280 Meter hoher Vorgipfel im Nordostgrat des Khan Tengri heisst Pik Saladin – in der Schweiz dagegen blieb er lange Zeit vergessen. Nur dank Annemarie Schwarzenbachs Recherchen und ihrem Buch blieb sein Andenken erhalten. So wie sie sich das wünschte, schrieb sie doch: «Aber eines Tages wird man sich daran erinnern, dass es ein junger Schweizer war, der im Kaukasus, im Pamir, im Turkestan Gipfel besiegte, Höhenmessungen vornahm, diesem und jenem Gipfel einen heimatlichen Namen gab.»[18]

«Im Schweisse meines Angesichts»

Als Geschenk überreichte Annemarie Schwarzenbach den Russen einen schwedischen Petrolkocher, den sich Charlampiew gewünscht hatte. Peter Saladin überliess ihnen auch die Leica, die er seinem Bruder finanziert hatte, und die Filmkamera. Von der Reise nach Moskau brachte Annemarie Schwarzenbach die Negative der 1200 Fotos in die Schweiz, die Saladin mit seiner Leica aufgenommen hatte[19]. Darunter befindet sich auch das Bild des Kletterers auf glatten Granitplatten, das mich so beeindruckt hatte. Es war Ewgeni Abalakow, der den Haken schlug, offenbar auf Geheiss Saladins in einer möglichst fotogenen Position. Sieht man heute das Archiv seiner Bilder durch, so kann man feststellen, dass er auf dem Weg zum professionellen Fotografen war. Schon auf seinen früheren Reisen, auf den Bergtouren in der Schweiz und den ersten Expeditionen hatte er mit einer Stereokamera fotografiert, anfangs eher amateurhaft.[20] Die Motive wurden jedoch immer ästhetischer, er verstand es, auf die einfachen Menschen zuzugehen, sodass sie sich in ihrem Wesen öffneten: kirgisische Familien in ihren typischen Kleidern, neugierig kichernde Kinder, Kamelkarawanen, Marktszenen, Frauen beim Ernten von Mohn. Nur auf dem Gipfel des Khan Tengri konnte Saladin mit erfrorenen Händen nicht mehr selber abdrücken, drei Bilder, der eigentliche Gipfelbeweis, zeigen vier Bergsteiger, sichtlich erschöpft, zwischen den zwei charakteristischen Felsen unterhalb des höchsten Punktes. Annemarie Schwarzenbach konnte viele Details der Reise anhand der Fotos nachvollziehen und nacherzählen. Ohne die Fotos hätte sie sich wohl nicht weiter mit dem Thema befasst.

Bereits im Oktober 1937 publizierte sie einen ersten Artikel über Saladin in der «Zürcher Illustrierten», hervorragend aufgemacht mit einigen seiner besten Fotos. Weitere journalistische Auswertungen folgten in der Zeitschrift «Atlantis» (August 1938), in Englisch in den Zeitschriften «Asia» (Februar 1938), «The Geographical Magazine» (September 1938) sowie in der grössten schwedischen Tageszeitung «Stockholmstidningen» (Januar 1938). Selbst «Life»[21] interessierte sich für die Bilder und die Geschichte, es kam aber offenbar zu keiner Veröffentlichung. Wer schliesslich den Anstoss für das Buch gab, ist nicht bekannt. «Lorenz Saladin. Ein Leben für die Berge» erschien im Herbst 1938 im Berner Hallwag Verlag, mit einem Geleitwort des Geografen und Reiseschriftstellers Sven Hedin, der Saladin auf die Berge des Tien Schan aufmerksam gemacht haben soll. Es wurde zu Lebzeiten von Annemarie Schwarzenbach ihr im Verkauf erfolgreichstes Werk. Das Manuskript beendete sie am 24. Juli 1938 während eines Drogenentzugs in der Klinik von Ludwig Binswanger in Kreuzlingen. Sie schrieb ihrer Mutter Renée Schwarzenbach-Wille: «Mein liebes Mameli, denk Dir: heute habe ich tatsächlich das Saladin-Buch abgeschlossen, man kann wohl sagen: im Schweisse meines Angesichts.»[22]

«Um der Überwindung der Einsamkeit willen»

Nebst ihrem Besuch in Moskau betrieb Schwarzenbach weitere, ausführliche Recherchen, um sich das Leben und den Charakter «Lenzlis» zu erschliessen, wie man Lorenz unter Freunden nannte. Peter Saladin erzählte ihr aus dem Leben seines Lieblingsbruders, sein älterer Bruder Josef steuerte Anekdoten aus der Kindheit bei. Ein ungenannter Bergfreund berichtete von Abenteuern und Rettungsaktionen in den Wägitaler und Walliser Bergen. Als Quelle dienten Schwarzenbach auch Saladins Berichte in alpinen Zeitschriften über seine Expeditionen 1933 und 1934 in den Kaukasus und 1935 den Pamir. Eher dürftig blieben ihre Recherchen zu Saladins Wanderjahren in Südamerika und den USA – er selber schrieb in einem summarischen Lebenslauf von den «Fereinigtenstaaten»[23]. Ein Mann der Feder war er nicht. Beeindruckend ist jedenfalls, wie sich Annemarie Schwarzenbach auf Grund ihrer Recherchen in diesen ihr unbekannten Menschen einzufühlen versuchte und aus all den Mosaiksteinen die faszinierende Biografie eines kurzen und abenteuerlichen Lebens verfasste.

Gemeinsamkeiten mögen sie angezogen haben: die beständige Unruhe, das verzehrende Fernweh, das beide unablässig zum Aufbrechen trieb, kaum hatten sie sich irgendwo niedergelassen. Die ihr einzige zuträgliche Existenzform sei das Reisen gewesen, schreibt der Literaturkritiker Charles Linsmayer, was sicher auch auf Saladin zutrifft. Doch: «Mag er also einsam, mag er eigenbrötlerisch gewesen sein, mag er sich nie gebunden haben, weder an Stellung und Besitz, noch an Menschen, er hat sich doch, wie jeder, nach Freunden gesehnt.»[24]

Auch sie war ständig unterwegs, um Freunde, um Liebe, um tragende Beziehungen zu finden. «Alles, was die Protagonisten in Annemarie Schwarzenbachs autobiografisch bestimmten Texten tun, tun sie [...] um der Überwindung der Einsamkeit willen»[25], schreibt Linsmayer. Im Gegensatz zu ihr war Lorenz Saladin aber, wie sie meint, kein Flüchtender, «dessen ‹Drang in die Ferne› dann identisch wird mit Flucht und Ausflucht, Ausweg und Irrweg»,[26] sondern: «Er war von einer Idee getragen, von einem Inhalt erfüllt – von der Leidenschaft zu den Bergen.»[27] Ihr Leben war von leidenschaftlichen Affären mit Männern und Frauen geprägt, prekäre Beziehungen, die sie und ihre Partner oft überforderten und an denen sie unsäglich litt, wenn sie abgewiesen wurde. Saladin dagegen pflegte wenige, aber herzliche und beständige Beziehungen, vor allem zu seiner Schwester Anna, dem Bruder Peter und dessen Frau Agnes, die mit den Brüdern in den Bergen kletterte und wanderte. Wenn Lorenz aus dem Ausland zurückkehrte, wohnte er bei ihnen in dem bescheidenen Arbeiterhaus in Regensdorf bei Zürich.

Aus allen Texten Schwarzenbachs über Saladin spricht die Bewunderung, dass er, ein mittelloser Schweizer Bub, es fertigbrachte, «mehr als den halben Erdball zu bereisen, die Alpen und die Pyrenäen, die Anden und die Rocky Mountains, den Kaukasus und schliesslich die Gipfel Zentralasiens»[28]. Diesen ungebildeten Arbeiter aus einem Bauerndorf im Schwarzbubenland schienen keine Ängste zu plagen wie sie, keine abgrundtiefe Traurigkeit, der er zu entrinnen suchte: «Es finden sich in seinen kargen Notizen und wenigen Briefen keine Stellen, die Zweifel oder Unsicherheit über Wert oder Erfolg seiner kühnen Unternehmungen ausdrücken. Schwierigkeiten bedeuten ihm wenig, Geduldsproben und Enttäuschungen ertrug er leicht. Diese Festigkeit und Ruhe gegenüber äusseren Ereignissen war ein Merkmal von Saladins Charakter.»[29]

Sie empfindet ihre intellektuelle Nervosität, ihre Feinnervigkeit als Qual, fühlt sich immer unsicher – er ist das Gegenteil: unerschütterlich, einfach, bodenständig. Damit entwirft sie in seinem Wesen ein Gegenbild zu sich selber, der hochgebildeten Tochter aus betuchtem Haus. Der soziale Unterschied zwischen ihnen hätte nicht grösser sein können.

«Gezeichnet und geadelt durch eine Passion»

Mit keinem Wort erwähnt sie eine Frau oder Freundin Lenzlis. Gewiss erfuhr sie bei ihren Recherchen von seiner langjährigen Beziehung zu einer Frau «aus gut situiertem Hause», von der er sogar eine Haarlocke aufbewahrte und die ihm einmal schrieb, ob er nicht heiraten möchte, um nicht mehr so einsam zu sein. «Er hatte kein Glück mit Frauen», erinnert sich sein Neffe. Eine blonde Schönheit aus Garmisch war bereits bei ihm eingezogen, er hatte eine Wohnung gemietet, doch kurz vor der Heirat verliess sie ihn wieder. Sein Neffe meint: «Wenn es geklappt hätte, wäre er vielleicht nicht nach Russland gegangen.»

Es scheint, als habe Annemarie Schwarzenbach durch das Verschweigen seiner Beziehungen zu Frauen betonen wollen, dass seine Leidenschaft ausschliesslich den Bergen galt – rein sozusagen. Auch das offensichtlich ein Wunschbild, etwas, nach dem sie ihr Leben lang vergebens suchte: Die vollständige Hingabe an eine Idee, an ein Ziel. Als literarische Identifikationsfigur bot ihr Saladin jedenfalls eine Projektionsfläche für eigene Sehnsüchte, ihre eigene erfolglose Suche nach dem Glück. «Er war, weiss der Himmel, ein einfacher Mensch, aber er war gezeichnet und geadelt durch eine Passion [...] die Passion aber hat ihn zu einem glücklichen Menschen gemacht.»[30] Eine Frau, eine Geliebte, hätte das Bild, das sie von ihm entwirft, nur gestört.

In einer Notiz, die sie in einer Art Gedicht darstellt, schreibt sie unter dem Titel «Khan Tengri»:

Anfang:
Saladin kam nach Zürich zurück.
Aber es gab keine Ruhepause mehr.
Er gehört nicht mehr der Heimat.
Asiens Weite, die Gebirgswelt am
Rande der Hochländer unserer
Erde, hat es ihm angetan.
Er trifft, in Zürich, Sven Hedin.
Der Name Mustag-Ata fällt.

Man sagt leicht: «Er ist besessen, gehört
nicht mehr sich selbst.» – Saladin's
Seele war dort, in Gebirgs-«Einsamkeit»
zurückgeblieben. Aber er gehörte mehr
sich selbst denn je. Kein Zweifel bedrängte
ihn mehr. Sofort begann er die Vorbereitungen
um dorthin zurück- fast ist man versucht, zu sagen: heimzukehren.[31]

Kein Glück mit Beziehungen: Auch das verbindet die beiden so ungleichen Menschen. Nach dem Scheitern seiner Heiratspläne hatte Saladins Rastlosigkeit zugenommen. Schon vor seiner Abreise in den Tien Schan plante er eine weitere Expedition: quer durch Nord- und Südamerika mit Wissenschaftlern, Schriftstellern und Filmoperateuren. Zu diesem Zweck hatte er bereits Briefpapier gedruckt, Adresse: «Expeditionen Lorenz Saladin».

«Kommunist aus Idealismus»

Annemarie Schwarzenbach fand in Saladin auch einen Proletarier mit politisch korrekter linker Gesinnung. Max Oechslin, Redaktor der Zeitschrift des Schweizer Alpen-Clubs «Die Alpen», bezeichnet ihn in einem Nachruf, zehn Jahre nach seinem Tod, als Kommunisten «aus Idealismus, wie Romain Rolland»[32]. Seine russischen Begleiter nennen ihn einen Antifaschisten, oft auch Genossen. Die Parteizeitung «Freiheit» der Schweizer Kommunisten schrieb in einem Nachruf: «Saladin bleibt uns unvergesslich und er wird auch von den Sowjetalpinisten ein ehrendes Denkmal erhalten als wahrer Sohn der Berge und treues Mitglied der kommunistischen Partei.»[33] Nach seinem Tod sei Lorenz mit dem Lenin-Orden ausgezeichnet worden, erinnert sich sein Neffe. Annemarie Schwarzenbach stand in ihrer Gesinnung der Linken nahe, dieser politische Aspekt mag sie zusätzlich bewogen haben, sich mit Saladin zu befassen. Denn viele der besten Bergsteiger liessen sich in jenen Jahren vom Nationalsozialismus und Faschismus verführen.

Bergsteigen war in den Dreissigerjahren überaus politisiert. Deutsche und österreichische Bergsteiger trugen Hakenkreuzwimpel auf die Weltberge oder 1938 durch die Nordwand auf den Gipfel des Eiger. Die Nationalsozialisten schlachteten die alpinistischen Erfolge propagandistisch aus, Hitler empfing die Eigernordwand-Erstbesteiger in Audienz. Als 1934 am Nanga Parbat vier deutsche Bergsteiger, darunter Expeditionsleiter Willy Merkl, und mehrere Sherpas ums

Leben kamen, wurde er zum «Schicksalsberg der Deutschen» erklärt. Die Hitlerregierung hatte die Expedition unterstützt, die den Achttausender mit einem gewaltigen Materialaufwand, mit 9 Bergsteigern, 35 Sherpas und 500 Trägern bezwingen wollte. Alpinhistoriker bezeichnen die Dreissigerjahre als Zeit des Heldischen Alpinismus.

«Lorenz Saladin war ein Held. Seine Tat ist des Gedächtnisses wert.»[34] Das schrieb Sven Hedin in seinem vom Zeitgeist geprägten Geleitwort zum Buch. Hedin war ein Bewunderer des Nationalsozialismus, wurde in Deutschland gefeiert und traf sich mehrmals mit Adolf Hitler. Erstaunlich, dass Annemarie Schwarzenbach seinen heroisierenden Text ins Buch aufgenommen hat – verfasst hatte ihn Hedin als Einführung zu ihrem Artikel in der schwedischen Zeitung «Stockholmstidningen». Doch auch sie stilisiert ihren Lenzli zum Helden, als eisenharten Menschen mit unbeugsamem Willen – allerdings im politisch entgegengesetzten Lager. In einem Entwurf zum Buch polemisiert sie gegen Willy Merkls Schilderung seiner Besteigung des Uschba-Südgipfels: «Welche bewusste Heroisierung seiner Tat, welche fast unsportliche Betonung ihres Sieges, welcher Überschwang in der Auswahl der Worte!»[35] Dem stellt sie Saladins Bescheidenheit gegenüber, der über den Uschba lakonisch notierte: «Wir haben dafür drei Tage gebraucht.»

Sie sah in Saladin auch eine Gegenfigur zu den propagandistisch ausgeschlachteten Grosstaten der Nordwand-Bezwinger und Himalaya-Eroberer. «Die Eigernordwand in seiner Schweizer Heimat zu besteigen, wäre eine sensationellere Tat gewesen.»[36] Beharrlich und bescheiden verfolgte er sein Ziel abseits der Schlagzeilen in einem noch kaum erforschten Gebirge. Lenz war der Antipol zum bergsteigenden Arier. Trotz seiner Gesinnung wurde er Mitglied der Sektion Lucendro des Schweizer Alpen-Clubs – einige Sektionen weigerten sich in jener Zeit, politisch Linke aufzunehmen. Er machte aber auch bei den Naturfreunden mit, der proletarischen Gegenbewegung zum bürgerlichen Alpen-Club. Ein alter Bergsteiger erinnert sich, dass man ihn «den Kommunisten» nannte. Dass er auch ein hervorragender Kletterer war, beweist eine Notiz vom 21. August 1932 aus dem Gipfelbuch des zweiten Turms im schwierigen Westgrat des Salbitschijen im Gotthardgebiet, den er mit einer Gruppe von Naturfreunden erklettert hatte. In seinem Fotoarchiv finden sich Bilder aus dem Berninagebiet, der Innerschweiz, dem Wallis, den Engelhörnern.

«Ringsum breitete sich der Himmel des grossen Gebirges»

Die Schweizer Presse rezensierte Schwarzenbachs Buch freundlich, darunter auch «Die Alpen», das Organ des Schweizer Alpen-Clubs: «In einfacher, sympathischer und meisterlich objektiver Art, aber mit warmer innerer Anteilnahme stellt die Verfasserin das wechselvolle Leben des stets unruhevollen Menschen dar, seinen Sieg, seinen frühen Tod.»[37] In den Mitteilungen des Deutschen Alpenvereins, der damals vollständig unter der Kontrolle der Nationalsozialisten stand, liess ein Paul Geissler keinen guten Faden an dem Werk der Antifaschistin. Er lobt lediglich «die ganz hervorragenden Photos aus dem den Westeuropäern verschlossenen Bergparadies des Pamir und des Tien Schan, dessen Pforten sich Saladin auch nur dank seiner politischen Einstellung öffneten».[38]

Der Verlag hatte gewünscht, das Buch solle den Eindruck erwecken, als sei es eine Erstbesteigung, obwohl es die dritte war. Auch politisch griff das Lektorat ein, ersetzte zum Beispiel das Wort «Genosse» durch «Kämpe», strich Passagen mit politischem Bezug. Annemarie Schwarzenbach kümmerte sich offenbar nicht weiter um ihr Buch; als es im Herbst 1938 erschien, war sie nach einer Reise nach Prag bereits wieder in einer Drogenklinik in Yverdon und schrieb am «Glücklichen Tal». Im Sommer darauf reiste sie mit Ella Maillart im eigenen Ford nach Afghanistan. Die Fahrt war als Therapie ihrer Drogenabhängigkeit gedacht, endete jedoch mit einem erneuten Absturz in die Sucht.

Annemarie Schwarzenbachs Biografen und Biografinnen erwähnen das Saladin-Buch nur am Rand, die wachsende Gemeinde der Schwarzenbach-Fans und die inzwischen zahlreichen Schwarzenbach-Experten hat es offensichtlich nicht interessiert. Warum? Weil es von Bergen handelt? Weil Bergliteratur nicht ernst zu nehmen ist? – Sicher ist es kein literarisches Meisterwerk, es ist streckenweise eher eine journalistische Arbeit, doch enthält es auch sehr poetische und dramatische Momente, etwa wenn Annemarie Schwarzenbach anhand von Fotografien die Stimmung auf dem Gipfel des Khan Tengri rekonstruiert, den die Expedition am 5. September 1936 erreichte.

«Ringsum breitete sich der Himmel des grossen Gebirges in herrlicher und durchsichtiger Klarheit aus. Dicke Fausthandschuhe schützten die Hände, nur ein kleiner Teil dunkler, erschöpfter Gesichter ist sichtbar zwischen Haube, Ohrenklappen und Schutzbrille. Unten am Fuss der fürchterlich abstürzenden Gipfelwand wogt ein Nebelmeer: bedrohliches Anzeichen, ein beginnender Sturm, und eben dort hinunter führt jetzt der Weg.»[39]

«Schlafe ruhig, Freund»

Durch einen glücklichen Zufall lernte ich einen Bergsteiger kennen, der diesen Weg selber einige Male gegangen ist: Robert Steiner, einen deutschen Extremalpinisten und Schriftsteller. Schon bevor er zwanzig Jahre alt war, hatte er die grossen Nordwände der Alpen im Alleingang durchstiegen, Big Walls im Yosemite Valley, in Kanada und Norwegen, oft ebenfalls allein und sogar im Winter. Auf einer der schwierigsten Routen in der Nordwand der Grandes Jorasses im Montblancgebiet war er im Winter schwer gestürzt, hatte nur knapp überlebt und darüber ein wunderbares Buch verfasst: «Selig, wer in Träumen stirbt»[40]. Ich hatte Robert an die Tagung für Bergsteigerliteratur «Bergfahrt 2006» in Amden eingeladen. Im Gespräch fiel das Wort «Khan Tengri», er kannte den Berg, hatte ihn schon dreimal auf verschiedenen Routen bestiegen. Im Tien Schan hatte er Expeditionen mit Russen unternommen, in Kirgisistan seine Frau Alexandra Pacholik kennengelernt. Wir kamen auf Saladin zu sprechen, der wie Robert in die Kreise der russischen Alpinisten aufgenommen war. Wir beschlossen, Annemarie Schwarzenbachs Buch neu herauszugeben, aber auch weiter zu recherchieren.

Obwohl Annemarie Schwarzenbach keine Bergsteigerin war, hatte sie Saladins Expeditionen in den Kaukasus und den Pamir realistisch und überzeugend dargestellt. Sie konnte auf Berichte zurückgreifen, die Saladin selber in der alpinen Presse veröffentlicht hatte, auf seine Notizen und die Gespräche mit den Expeditionskollegen. Für die letzte, verhängnisvolle Unternehmung, die Besteigung des Khan Tengri, und die Folgen fehlten ihr aber genaue Informationen. Robert Steiner fand Berichte und Bücher, die Ewgeni und Witali Abalakow in Russland über die Expedition zum Khan Tengri publiziert hatten. Auf russischen Websites tauchten sogar Saladins Fotos auf.

Die grossen Fehler, die schliesslich zum Tod Saladins führten, wurden auch seinen Begleitern im Nachhinein klar. Einiges kann man erst aus heutiger Sicht beurteilen. Alle fünf waren zu wenig akklimatisiert, um einen Siebentausender zu besteigen. Das Wissen über die richtige Vorbereitung fehlte noch weitgehend. Im Gegensatz zu den Grossexpeditionen im Himalaya mit Trägern und vorbereiteten Hochlagern waren Saladin und die Russen im Alpinstil unterwegs; sie bestiegen den Berg in einem Anlauf ohne Unterstützung einer Mannschaft im Basislager, biwakierten in Schneehöhlen mit dürftigster Ausrüstung und Verpflegung. Alle trugen Erfrierungen davon, Saladin starb auf dem Rückmarsch, vermutlich an den Folgen einer Blutvergiftung, die er sich durch das Aufschneiden seiner erfrorenen Ferse mit einem Messer zuzog. Die fünf Männer waren zu spät im Jahr unterwegs, im September ist es im Tien Schan bereits viel zu kalt, um hohe Berge zu besteigen. Der Khan Tengri ist der nördlichste und einer der kältesten Siebentausender der Erde. Unter diesen Umständen ist es ein Wunder, dass vier der fünf Bergsteiger die Expedition überlebten.

Ewgeni Abalakow berichtete: «Wir begruben Lenz. Ich schrieb mit einem Bleistift auf den Stein, den wir auf das Grab legten: ‹Saladin Lenz. Gestorben am 17.09.1936›. Die Schrift zu meisseln gelang mir nicht. Schlafe ruhig, Freund! Tragisch ist dein Tod so weit von deiner Heimat und von den Lieben.»[41] Lange Jahre blieb das Grab verschollen. Unsere Neuausgabe von Annemarie Schwarzenbachs Buch sprach sich auch in Kirgisistan herum, dank der Beziehungen und der Recherchen von Robert Steiner und seiner Frau. Im Sommer 2008 entdeckte ein russischer Trekkingführer ein Grab am Fuss eines grossen Felsblocks bei einem Wäldchen am Seitenhang des Iniltschekflusses.[42] Die Schrift ist abgeblättert, doch sind die Umrisse des Khan Tengri und ein Kreuz mit blauer, abgeblätterter Farbe zu erkennen. Auf Grund der Angaben der Abalakows und der Aussagen Einheimischer ist es ohne Zweifel das Grab Lorenz Saladins.

«Von vier Russen sind drei Spione»

Wäre Annemarie Schwarzenbach nicht kurz entschlossen nach Moskau gereist, in jenem Frühling 1937, dann wäre Saladins Nachlass mit Sicherheit verloren gegangen und er, seine Leistungen und sein Schicksal hierzulande vergessen. Bereits im Februar hatte das Plenum der Kommunistischen Partei den Auftrag erlassen, alle Personen seien unschädlich zu machen, die dem Kommunismus schaden könnten. «Von vier Russen sind drei Spione», hiess ein Schlagwort. Die dunkelste Zeit der stalinistischen Säuberungen und Schauprozesse war angebrochen. Offenbar ahnte Annemarie Schwarzenbach nichts davon. Kurze Zeit nach ihrem Besuch wurde Georgi Charlampiew verhaftet und am 28. Mai 1938 erschossen. Er hinterliess seine Mutter und eine erst 18-jährige schwangere Ehefrau. Er, der von allen geliebte Gok, sei ein antirevolutionärer Spion gewesen, lautete das Urteil. Als Belege galten der intensive Kontakt zu Deutschen und

Schweizern, insbesondere zu Saladin, und der Besitz seines Filmapparats. Eventuell auch eine amerikanische Armeepistole, die der Schweizer Vertreter der Kommunistischen Internationale in Moskau in Saladins Gepäck gefunden hatte und den Behörden meldete. Vielleicht handelte es sich dabei auch um einen unterschobenen «Beweis». Unklar bleibt, welche Rolle Annemarie Schwarzenbachs Kontakte mit Charlampiew und ihre Publikation von Saladins Fotos aus verbotenen Grenzgebieten in der internationalen Presse gespielt haben.

Den stalinistischen Säuberungen fiel ein grosser Teil der Elite der sowjetischen Alpinisten zum Opfer; entweder wurden sie erschossen oder sie kamen in Straflager. So auch Witali Abalakow, der nur knapp der Hinrichtung entging und nach zwei Jahren im Gulag wieder freikam – ein Invalider mit eingeschlagenen Zähnen und mehreren amputierten Fingern und Zehen vom Khan Tengri. Trotzdem schaffte er es, später wieder grosse Expeditionen zu unternehmen und ein international bekannter Alpinist und Alpinexperte zu werden. Sein Bruder Ewgeni entging einer Strafe, kam jedoch 1949 auf mysteriöse Weise bei einem Gasunfall in seiner Wohnung ums Leben – mit Sicherheit war es jedoch ein Mord.

Dass die Expedition im politisch umstrittenen Grenzgebiet zu China unterwegs war, wusste auch Annemarie Schwarzenbach. In der Schweiz kam das Gerücht auf, Saladin sei Spion für die Sowjets gewesen, er habe strategische Beobachtungen an der chinesisch-sowjetischen Grenze in Wort, Zeichnung und Fotografie festgehalten und an die Regierung verkauft. Sie kommentiert die Mutmassungen in einem Artikel der Zeitschrift «Asia» mit der Bemerkung, Saladins Aufnahmen seien für die Geheimdienste unbrauchbar gewesen, weil sie keine topografischen Informationen enthielten. Die stalinistischen Behörden waren da offenbar anderer Meinung. Nachkommen von Saladin sind heute noch überzeugt, er sei von Stalins Schergen umgebracht worden – einen Beweis dafür gibt es jedoch nicht.

«Das gesprengte Rund der Bergspitzen»

Annemarie Schwarzenbach war zu sehr mit sich selber beschäftigt, um sich weiter um ihr Buch und das Schicksal der russischen Bergsteiger zu kümmern. Zwischen Aufenthalten in Kliniken, psychischen Abstürzen und lesbischen Liebesaffären reiste sie in den USA und in Afrika, fotografierte und schrieb Reportagen. Sie kehrte aber immer wieder in ihr Haus in Sils Baselgia zurück, an den Ort, an dem sie sich am wohlsten fühlte. Am 7. September 1942 stürzte sie bei einem Ausflug vom Fahrrad, verletzte sich schwer am Kopf und starb nach verschiedenen Behandlungsversuchen am 15. November 1942 in Sils «ganz alleine, ohne eine einzige ihrer treuen Freundinnen bei sich zu haben»[43], wie Ella Maillart schreibt. In einem postum veröffentlichten Gedicht mit dem Titel «In Sils»[44] kommt ihre tiefe Beziehung zu den Bergen und zur Natur nochmals deutlich zum Ausdruck.

Ich denke an das gesprengte Rund der Bergspitzen,
Die uns mit ihrem Leuchten und ihrer Bläue gnädig waren,
Und ich denke an die Lieblichkeit des Baches,
Der in der Mittagshitze, zur Erntezeit,
so viel über silberne Steine rieselnde Kühlung verbreitete,
Und an die Schwemme,
Wo abends die goldenen Pferde standen und ihre Mähnen schüttelten.
Und an die Wüste.

1 Clark-Schwarzenbach, Annemarie: Lorenz Saladin. Ein Leben für die Berge. Hallwag Verlag, Bern 1938. Zitate nach der Neuausgabe: Schwarzenbach, Annemarie: Lorenz Saladin. Ein Leben für die Berge. Mit einem Essay von Robert Steiner und Emil Zopfi. Lenos Verlag, Basel 2007

2 Schmid, Hans Rudolf; Schwarzenbach, Annemarie: Schweiz Nord und West, Was nicht im «Baedeker» steht. R. Piper & Co., München 1933, S. 219f.

3 Maillart, Ella: Der bittere Weg. Mit Annemarie Schwarzenbach unterwegs nach Afghanistan. eFeF Verlag, Bern 1988. Zitate nach Lenos Pocket, Basel 2001, S. 7

4 Schwarzenbach, Annemarie: Flucht nach oben. Lenos Verlag, Basel 1999, S. 9

5 Schwarzenbach, Annemarie: Das glückliche Tal. Huber Verlag, Frauenfeld 1987. Original: Morgarten Verlag, Zürich 1940. Zitate nach: Reprint, Lenos Verlag, Basel 2006

6 Das glückliche Tal, Klappentext, Lenos-Reprint, a.a.O.

7 Schwarzenbach, Das glückliche Tal, a.a.O., S. 115

8 Ebd., S. 12

9 Schwarzenbach, Alexis: Die Geborene. Verlag Scheidegger & Spiess, Zürich 2004

10 Schwarzenbach, Lorenz Saladin, S. 141

11 Ebd., S. 18

12 Ebd., S. 144

13 Ebd., S. 33

14 Clark, Dr. A. (Annemarie Schwarzenbach): Saladin. Ein Schweizer Bergsteiger-Schicksal in Zentralasien. In: Atlantis. Länder/Völker/Reisen, Heft 8, Zürich 1938, S. 421

15 Schwarzenbach, Annemarie: Insel Europa. Reportagen und Feuilletons 1930–1942. Lenos Verlag, Basel 2005, S. 82

16 Maillart, Der bittere Weg, a.a.O., S. 237

17 Pik Stalin. Ab 1962 Pik Kommunismus. Offiziell ab 1998 Pik Ismoil Somoni

18 Schwarzenbach, Lorenz Saladin, a.a.O., S. 149

19 Dokumente und Briefe zu Saladin befinden sich im Schweizerischen Literaturarchiv Bern im Nachlass von Annemarie Schwarzenbach

20 Im Nachlass von Lorenz Saladin im Alpinen Museum in Bern befinden sich ca. 1800 Kleinbildnegative und 1100 Stereofotos auf Glasplättchen.

21 Schwarzenbach, Annemarie: Auf der Schattenseite. Reportagen und Fotografien. Lenos Verlag, Basel 1990, S. 14

22 Alexis Schwarzenbach, Die Geborene, a.a.O., S. 333

23 Dokument, Schweizerisches Literaturarchiv, a.a.O.

24 Schwarzenbach, Lorenz Saladin, a.a.O., S. 36

25 Linsmayer, Charles (Hrsg.): Das glückliche Tal, Nachwort, a.a.O., S. 164

26 Schwarzenbach, Lorenz Saladin, a.a.O., S. 19

27 Ebd., S. 19

28 Schwarzenbach, Lorenz Saladin, a.a.O., S. 19

29 Ebd., S. 17

30 Ebd., S. 150

31 Dokument, Schweizerisches Literaturarchiv, a.a.O.

32 Oechslin, Max: In: Die Alpen. Chronik und kleine Mitteilungen, 1946, S. 292

33 Freiheit, Organ der Kommunistischen Partei der Schweiz, 28.9.1936

34 Hedin, Sven: In: Schwarzenbach, Lorenz Saladin, a.a.O., Vorwort

35 Schwarzenbach, Annemarie: Typoskript, Schweizerisches Literaturarchiv

36 Schwarzenbach, Lorenz Saladin, a.a.O., S. 149

37 Die Alpen, Chronik des SAC und kleine Mitteilungen, Bern 1939, S. 21

38 Geissler, Paul: Rezension in: Mitteilungen des Deutschen Alpenvereins, Beilage zu «Der Bergsteiger», Heft 7, April 1939

39 Schwarzenbach, Lorenz Saladin, a.a.O., S. 171

40 Steiner, Robert: Selig, wer in Träumen stirbt. Panico Verlag, Köngen 2001

41 Schwarzenbach, Lorenz Saladin, a.a.O., Nachwort von Steiner/Zopfi, S. 229

42 Zopfi, Emil; Steiner, Robert: Lorenz Saladin. Tod am Khan Tengri. AS Verlag, Zürich 2009, S. 106

43 Linsmayer, Das glückliche Tal, Nachwort, a.a.O., S. 222

44 Ebd., S. 223

Ella Maillart, unter anderem passionierte Skirennfahrerin und Skialpinistin, 1928 in den Savoer Bergen.

Ella Maillart (1903–1997)

Das grandiose Alleinsein

Allein und mit improvisierten Ski bestieg sie 1932 einen Fünftausender im Tien-Schan-Gebirge in Kirgisistan. Die Genfer Reiseschriftstellerin, Ethnologin und Fotografin Ella Maillart war eine starke und mutige Frau. Sie bereiste Gebiete in Zentralasien, in die sich kaum ein Mensch aus dem Westen wagte. Legendär geworden ist ihre Autofahrt mit der Schriftstellerin Annemarie Schwarzenbach aus der Schweiz nach Afghanistan kurz vor Ausbruch des Zweiten Weltkriegs. Eine ihrer grössten Passionen neben dem Segeln war das Skifahren, als Rennfahrerin und als Skitouristin in den Alpen.

Schreiben fiel ihr nicht leicht. «Ich kann nicht schreiben», antwortete sie einem Bekannten, der sie aufforderte, ein Buch über ihre erste Reise durch Russland und die Durchquerung des Kaukasus im Jahr 1930 zu schreiben.[1] Doch er beharrte darauf, und sie setzte sich hin und schrieb, «obwohl es mich viele Seufzer und manche immer von neuem begonnene Seite kostete». Die Seufzer haben sich gelohnt, ihr Bericht von der Überschreitung des Betschopasses im Elbrusgebiet, ausgerüstet mit Steigeisen und Pickel, ist noch heute faszinierend zum Lesen[2]. Selbst eine schwere Verletzung durch einen Hundebiss konnte sie nicht aufhalten, die Hochgebirgstour bis ans Schwarze Meer zu vollenden. Das Honorar investierte sie sogleich in eine neue Reise nach Kirgisistan und ins Tien-Schan-Gebirge.

Ella Maillart war eine starke und mutige Frau. Allein und mit wenig Geld bereiste sie einsame Gebiete in Asien, China und Indien, fotografierte, schrieb Reportagen, hielt Vorträge und verdiente sich so ihren Lebensunterhalt. Schon als Kind und Jugendliche liebte sie das Meer und die Berge über alles. «Nur wenn ich segelte oder Ski lief, war ich ein richtiger Mensch; sonst fühlte ich mich verloren, halbtot.»[3]

Kini, wie man Ella auch nannte, wuchs in Genf auf, ihre Eltern waren sehr sportlich, die Mutter stammte aus Dänemark, der Vater betrieb einen Pelzhandel. Auf dem Genfersee begann sie zu segeln, brachte es bis ins Schweizer Segelteam der Olympischen Sommerspiele in Paris von 1924. Mit Miette, ihrer Freundin Hermine de Saussure, segelte sie schon als Neunzehnjährige allein auf dem Mittelmeer. Als Skirennfahrerin war sie während vier Jahren Mitglied des nationalen Damenteams, das der bekannte Bergsteiger André Roch leitete. Ella war auch eine begeisterte Skitouristin. Ihre Eltern hatten sie als Kind auf Skitouren mitgenommen, anfangs sträubte sie sich. Während eines Hüttenaufstiegs im Berner Oberland weinte sie während des ganzen Wegs. Doch schon bald konnte sie von den Bergen nicht mehr lassen. «Ich glaube, der Skisport hat mich zum ewigen Wanderer gemacht. Sobald der Winter kam, erfüllten mich Vorstellungen von durch den Neuschnee zischenden Skis mit so fieberhaftem Verlangen, dass ich überall [...] alles unterbrach, was ich gerade tat, oder das Grübeln über das, was ich nicht tat, einstellte, und in die Berge fuhr.»[4]

«Eine neue Art Falke»

Bald schon wagte sie sich mit Ski und Fellen auf Hochtouren «in die eisige, schwarz-weisse, über 3000 Meter hohe Welt der Gletscher und Gipfel»[5]. Oft war sie allein unterwegs. Allein müsse man sich im Gebirge viel vorsichtiger bewegen und werde so «Schritt für Schritt zum Alpinisten»[6].

Sie brach die Mittelschule ab, reiste, versuchte sich in den verschiedensten Jobs, selbst als «Matrose» auf einer Segeljacht oder als Stuntfrau in Bergfilmen der UFA Berlin, und konnte sich lange für nichts Festes entscheiden. «So halfen mir Skilaufen und Segeln – beides ein reiner Zeitvertreib – die Jahre der Unentschlossenheit zu überbrücken.»[7] In ihrer Autobiografie «Leben ohne Rast»[8], die sie als Vierzigjährige zuerst in englischer Sprache herausgab, schreibt sie ein eigentliches «Lob des Skilaufs»[9] – eine atmosphärische, an Hermann Hesses Skitexte erinnernde Schilderung einer Skitour.

«Eine Welt aus weissen Hängen, schwarzen Fichten, blauem Himmel, goldenen Sonnenstrahlen, die jede Zacke aufglänzen lassen und sich in jedem Kristall in dem knirschenden Neuschnee brechen; zarter Rauhreif an den flimmernden Büschen.

Unseren gleitenden Schritt begleitet ausgleichend ein leichtes Schwingen der Arme, die abwechselnd auf unseren dünnen Stöcken ruhen. Als wir den Wald betreten, wo sich Zweige mit einem Seufzer der Erleichterung ihrer allzu schweren Schneelast entledigen, kreuzen wir die Spuren springender Hasen, schleichender Füchse. In dieser feenhaften, samtenen Stille werden Märchen lebendige Wahrheit: zackige Eiszapfen sind Kristallsäulen am Eingang von Geisterhöhlen; das funkelnde Gewirr der Sonnenstrahlen webt den Teppich für den Tanz leichtsinniger Elfen.»[10]

Aus der Stille und dem Frieden der Berge schöpft sie Lebenskraft und Lebensfreude. Die Abfahrt erlebt sie als Rausch, der selbst nach der Heimkehr in der Stadt noch lange nachwirkt. «Aus den weiten, offenen Hängen erwächst ein unbeschreibliches Gefühl der Freiheit. Mit dieser Schnelligkeit in meinen Füssen bin ich kein menschliches Wesen mehr, sondern eine neue Art Falke, der prächtig durch den kalten Äther segelt.»[11]

«Höher erhoben als je zuvor im Leben»

Ella Maillarts grösstes Bergabenteuer war die erste Skibesteigung des Fünftausenders Sari Tor in der Akschiirak-Gruppe im zentralen Tien Schan – im Alleingang. Auf ihrer zweiten Reise in den Osten lernt sie in Moskau zwei russische Paare kennen, die sie auf eine Reise in den Tien Schan begleiten konnte – das sogenannte Himmelsgebirge war einer ihrer Träume. Ella nennt nur ihre Vornamen: Wolodja und Mila, ein Biologenpaar, und August und Capa, ein Arzt und eine Ärztin. In Moskau beschafft sie sich die nötigen Bewilligungen und Hochgebirgsausrüstung: Pickel, Steigeisen und Seil. In Karakol am Fuss der Tien-Schan-Gebirge verschlingt der Kauf eines Pferdes für den Anmarsch beinahe ihr ganzes Geld. Die Russen trauen ihr die Strapazen nicht zu, wie sie vorgeben, und wollen sie zurücklassen. Ella lässt sich nicht abschütteln. Der Anmarsch ins Quellgebiet des Syr Darja durch ruppige Täler und über die Pässe der Terskei-Ala-Tau-Kette ist äusserst anstrengend. Kirgisische Nomaden empfangen die Gruppe unterwegs freundlich, bewirten sie und klagen über die Sowjets, die ihr Vieh beschlagnahmt haben und sie zur Sesshaftigkeit und zum Ackerbau in den Kolchosen zwingen wollen. Im Tien-Schan-Observatorium (3600 m), einer einsamen Wetterstation auf einer Hochfläche, finden sie Unterkunft, gerade als ein Schneesturm hereinbricht. Ella bekommt Fieber und kann ihre Gefährten nicht begleiten, die einen nahen Gletschergipfel als Erste besteigen, den Sari Tor. Als sie zurückkehren, berichten sie von Pulverschnee und idealem Skigelände. Da gibt es kein Halten mehr für Ella; im Haus stöbert sie ein Paar alte Ski auf, bastelt sich Bindungen aus Kupferdraht. Als Stöcke dienen ihr zwei Beine eines Theodolitgestells.

Bis zum Gletscher reitet sie mit ihrem Pferd, dann schickt sie es mit einem Begleiter zurück. Um von der Moräne aufs Eis zu gelangen, muss sie Stufen schlagen. Einmal glaubt sie einem Bären zu begegnen, doch es ist nur ein Felsblock. Im Observatorium hat man ihr haarsträubende Geschichten von Bären erzählt. Vor ihr steigt eine 600 Meter hohe Steilflanke von Séracs in die Höhe zum Gipfel, von dem eine Schneefahne stäubt. Der Anblick erinnert sie an den Liskamm über dem Grenzgletscher im Wallis.[12] Sie folgt den Spuren ihrer Freunde, die sich zu Fuss durch den tiefen Schnee gewühlt haben, steigt endlose Hänge hinauf bis auf den Grat, wo sie ein heftiger Sturm überfällt. Der Atem geht schwer, immer wieder muss sie anhalten. Ihre Finger frieren am Metall der Kamera an, wenn sie ein Foto aufnehmen will.

«Der Gipfel scheint in immer weitere Ferne zu rücken. Aber ich muss ihn erreichen! Das stolze Bewusstsein des grandiosen Alleinseins beschwingt mich so, dass ich mich unüberwindlich fühle. Aber wie kalt es ist! Zuerst spüre ich die Kälte zwischen den Augenbrauen, die gelähmt werden; dann steigt sie zur Nase herab und macht diese gefühllos; darauf lässt sie den Mund erstarren – die Muskeln der klappernden Kiefer entspannen sich nicht mehr; die Schultern heben sich, um den empfindlichen Nacken zu schützen.

Die Berge ringsum sind kleiner geworden und sehen jetzt wie belanglose Buckel aus. Eine letzte Anstrengung von fünf Minuten! Ach, wozu? Warum nicht aufgeben?, flüstert eine innere Stimme. Nein, vorwärts! Noch zwanzig Schritte: eins, zwei, drei!

Jetzt stehe ich auf dem Gipfel, oder wenigstens so hoch oben, wie ich im Windschutz der allerletzten Wächte gelangen kann, auf einer riesigen, zu Eis erstarrten Welle, deren zerrissener Kamm sich scharf gegen den Himmel abzeichnet.»[13]

Sehnsüchtig wandert ihr Blick über das Meer von vergletscherten Gipfeln und die Kungei-Gruppe im Norden jenseits des Issykkul, des grossen salzigen Sees Kirgisistans. Später wird sie auch dieses Gebirge überschreiten, um nach Alma Ata in Kasachstan zu gelangen. Der Khan Tengri im Osten ist von Wolken verhüllt, im Süden liegt China, die Provinz Sinkiang. Wenige Jahre später wird sie auch dieses «Land ihrer Sehnsucht» durchwandern.

«Sieg! Der Sari Tor liegt unter meinen Füssen! Er ist ungefähr 5000 Meter hoch: nicht nur körperlich – nein, auch seelisch bin ich höher erhoben als je zuvor in meinem Leben!»[14]

Wegen der improvisierten Bindung, die keinen Halt bietet, stürzt sie während der Abfahrt mehrmals kopfüber in den tiefen Pulverschnee; sie muss zu allen Tricks greifen, um ohne Unfall ins Tal zu kommen, sogar «stick riding»[15], also mit den Stöcken zwischen den Beinen bremsen. Sie weiss: Hier könnte sie niemand retten, wenn sie ein Bein brechen würde. Trotzdem ist sie nach einer Dreiviertelstunde schon im Tal – die ganze Besteigung hat sie in acht Stunden geschafft, doppelt so schnell wie ihre russischen Freunde ohne Ski. «Die Stunden sind wohlangewendet gewesen: Mein Herz schlägt höher, mein Gesicht brennt von all dem Schönen, was mir die Winde so stürmisch erzählt haben, und in meinen Augen liegt noch immer das Staunen über den gewaltigen Anblick, der ihnen geworden ist.»[16]

Ella Maillarts erste Skibesteigung des 5100 Meter hohen Sari Tor[17] war eine ausserordentliche körperliche und mentale Leistung, die weder schweizerische noch russische Alpinhistoriker je gewürdigt haben. Die Akschiirak-Gruppe des Tien Schan sei auch heute noch ein selten besuchtes und überaus kaltes Gebirge, schreibt mein Freund, der Extrembergsteiger, Schriftsteller und Tien-Schan-Kenner Robert Steiner. Er hat recherchiert, dass die Erstbesteigung 1932 tatsächlich durch zwei russische Paare erfolgte, nämlich V.A. Engelgardt, M.N. Ljubimova, K.S. Letavet, A.A. Letavet: Das sind unverkennbar Ellas Begleiter Volodja, Mila, Capa und August. Der Kopf der Gruppe, August Andreevich Letavet, wurde später ein hervorragender Professor für Medizin und Hygienespezialist im sowjetrussischen Gesundheitsministerium, Lenin- und Stalinpreisträger und «Meister des Sports». Er gehörte zur Elite der sowjetrussischen Bergsteiger, der viele Expeditionen und Erstbesteigungen glückten. Sein Bericht[18] über die Besteigung des Sari Tor deckt sich weitgehend mit Ella Maillarts Schilderung, doch erwähnt er sie mit keinem Wort! Das hat, wie Robert Steiner vermutet, politische Gründe. Hätte man in Moskau erfahren, dass die Gruppe mit einer fotografierenden Ausländerin in dem Grenzgebirge unterwegs war, so hätte das während Stalins Terrorjahren das Todesurteil bedeuten können.

Allein reist Ella Maillart anschliessend weiter durch Kirgisistan, verfasst über ihre Reise mit kleinstem Budget das Buch «Turkestan Solo». Darin erzählt sie auch von ihrem «Victory on Sari Tor»[19] und wie sie später Tränen vergoss, weil sie die unter Schmerzen aufgenommenen Fotos beim Entwickeln in schmutzigem Wasser verdarb.

«Unser Ziel war die Selbsterkenntnis»

Ihre wohl bedeutendste Reise unternimmt sie 1935 zusammen mit Peter Fleming von der «Times»: Während sieben Monaten reisen sie auf Pferden, Kamelen und zu Fuss von Peking durch die Provinz Sinkiang, verbotenes Gebiet damals für Ausländer, durchqueren Salz- und Sandwüsten und Sümpfe, überschreiten die Gebirgsketten des Pamir und des Karakorum bis nach Srinagar im indischen Kaschmir. Nicht nur von Hitze, Kälte und Schneestürmen bedroht, sondern auch von Rebellen, die jedem Fremden mit Misstrauen begegnen. Ihr Buch «Verbotene Reise»[20] verfasste sie während eines Aufenthaltes in Syrien zusammen mit ihrer Freundin Miette. «Obwohl mir das Schreiben immer noch ungeheure Mühe machte, ging es diesmal viel besser, weil mir jemand bei der Arbeit half.»[21] Das Buch, in mehrere Sprachen übersetzt, wurde ein grosser Erfolg und machte sie finanziell unabhängig.

In der deutschen Schweiz ist Ella Maillart in jüngster Zeit wieder bekannt geworden durch den Film «Die Reise nach Kafiristan»[22], ein Spielfilm über ihre Reise mit der Schriftstellerin Annemarie Schwarzenbach nach Afghanistan im Jahr 1939. In ihrer Autobiografie und in ihrem Reisebericht «Der bittere Weg»[23] nennt sie Ella «meine Zürcher Freundin Christina». Auf Druck von Annemaries Mutter musste sie deren Namen ändern. Die beiden Frauen kannten sich seit einigen Jahren, schrieben sich Briefe. Die Idee zur gemeinsamen Fahrt entstand im Winter 1938/39, nach einer Skitour im Fextal. Annemarie erzählte vom neuen Ford, den ihr der Vater kaufen werde – und das lieferte Ella das Stichwort: «Einen Ford! Das ist der Wagen, mit dem man die neue Hasarejdschatstrasse in Afghanistan hinauffahren sollte!»[24]

Sie wollte anschliessend in einer Nordprovinz Afghanistans das Leben der Kafiren studieren, eines von der Zivilisation noch unberührten Bergstammes, und sich damit Anerkennung als professionelle Ethnologin verschaffen. «Ich werde einer wissenschaftlichen Organisation angehören, es wird mein Beruf sein, in der Welt herumzuziehen, ich werde nicht mehr Bücher schreiben müssen, um mir mein Leben zu verdienen.»[25] Sie bewunderte Annemarie, die leicht und elegant formulieren konnte, aber auch sehr hart um die vollkommene Form rang, manchmal sieben Mal ein neues Blatt in die Schreibmaschine spannte, bis sie den richtigen Anfang fand. «Schreiben war der Gottesdienst ihres Lebens, er beherrschte sie ganz und gar.»[26]

Vielleicht unterhielten sie sich auf ihrer dreimonatigen Fahrt in Annemaries Ford auch über Ellas Abenteuer am Sari Tor im Tien Schan. Annemaries Buch über den Bergsteiger Lorenz Saladin, der am Khan Tengri im Tien Schan sein Leben verloren hatte, war im Herbst zuvor erschienen. Jedenfalls kannte Ella die tragische Geschichte, sie erwähnt sie in ihrer Autobiografie. Sie kannte auch Moskau und russische Spitzenbergsteiger wie die Letavets, die mit Saladins Expeditionskameraden, den Abalakows, bekannt waren.

Die Reiseleidenschaft verband die beiden Frauen, beide fotografierten, schrieben Presseberichte. Beide suchten jedoch mehr als das Abenteuer, sie suchten Auswege aus schwierigen Lebenssituationen, aus dem «Chaos in unserem Inneren». Ella schreibt: «Unser Ziel war also die Selbsterkenntnis.»[27] Annemarie Schwarzenbachs Familie erhoffte sich von der Reise eine Art Therapie, die Annemarie von ihrer Drogensucht heilen sollte, nachdem Aufenthalte in Kliniken erfolglos geblieben waren. Ella Maillart war älter, erfahrener, stärker und kämpferischer; sie traute sich zu, Annemarie von der Droge wegzubringen. «Ich fühlte mich stark genug, ihrem Willen zu widerstehen und hoffte erfolgreich zu sein, wo andere gescheitert waren.»[28] Sie täuschte sich. Schon nach kurzer Fahrt brauchte Annemarie wieder ihre Drogen, als sie in Kabul eintrafen, war sie krank und hoch depressiv. Inzwischen war der Zweite Weltkrieg ausgebrochen, die beiden Frauen trennten sich. Der Zugang nach Kafiristan war nicht mehr möglich, Ella Maillart reiste weiter nach Südindien. Dort lebte sie während vier Jahren in der Umgebung von hinduistischen Meistern, meditierte und suchte nach Wahrheit und Frieden, nun auf einer inneren, einer spirituellen Reise, «die mich der von jeher gesuchten vollständigen Harmonie des Lebens ein grosses Stück näherführen sollte».[29]

Zurückgekehrt in die Schweiz, lebte sie teils in Genf, teils im eigenen Chalet in Chandolin im Val d'Anniviers, dem höchstgelegenen Walliser Dorf, unternahm immer wieder Reisen, auch als Reiseleiterin, fotografierte und schrieb bis ins hohe Alter. Freunde haben ihr zu Ehren in Chandolin ein kleines Museum eingerichtet.

---

[1] Maillart, Ella: Leben ohne Rast. Eberhard Brockhaus Verlag, Wiesbaden 1952, S. 70

[2] Maillart, Ella: Auf kühner Reise. Von Moskau in den Kaukasus. Lenos Verlag, Basel 2006. Deutsche Erstausgabe: Ausser Kurs – eine junge Schweizerin in der revolutionären Sowjetunion, eFeF Verlag, Zürich 1989. Französisches Original: Parmi la jeunesse rousse. De Moscou au Caucase, Paris 1932

[3] Maillart, Leben ohne Rast, a.a.O., S. 44

[4] Ebd., S. 128

[5] Ebd., S. 134

[6] Ebd., S. 137

[7] Ebd., S. 144

[8] Maillart, Ella: Leben ohne Rast, a.a.O. Englische Ausgabe: Cruises and Caravans. J.M. Den and Sons Ltd., London 1942

[9] Maillart, Leben ohne Rast, a.a.O., S. 128

[10] Ebd., S. 130

[11] Ebd., S. 132

[12] Maillart, Ella: Une «première» asiatique en ski. In: Schweizerischer Damen-Skiklub (Hrsg.): Frohe Stunden im Schnee. Hallwag Verlag, Bern 1939

[13] Maillart, Leben ohne Rast, a.a.O., S. 91f.

[14] Ebd., S. 92

[15] Maillart, Une «première» asiatique en ski, a.a.O., S. 138

[16] Maillart, Leben ohne Rast, a.a.O., S. 93

[17] Höhenangabe 5100 m nach Letavet: www.alpklubspb.ru/persona/letavetin.htm. 4995 m nach Kurz, Marcel: Berge der Welt, Dritter Band, Bern 1948, S. 256

[18] Internet: www.alpklubspb.ru/persona/letavetin.htm

[19] Maillart, Ella: Turkestan Solo. One Woman's Expedition from the Tien Shan to the Kizil Kum. C.P. Putnam's Sons, New York 1935, S. 89ff. Neuausgabe: Verlag Ed. Erdmann/K. Thienemanns, Stuttgart 1990

[20] Maillart, Ella: Verbotene Reise. Neuausgabe, Lenos Verlag, Basel 2003. Original: De Pékin au Cachemire, 1937

[21] Maillart, Leben ohne Rast, a.a.O., S. 198

[22] Die Reise nach Kafiristan. Buch und Regie: Fosco Dubini, Donatello Dubini, 2001

[23] Maillart, Ella: Der bittere Weg. Lenos Verlag, Basel 2000. Original: The Cruel Way, 1947

[24] Maillart, Der bittere Weg, a.a.O., S. 7

[25] Ebd., S. 8

[26] Ebd., S. 10.

[27] Maillart, Leben ohne Rast, a.a.O., S. 201

[28] Ebd., S. 201

[29] Ebd., S. 213

Jürg Weiss, Basler Schriftsteller und Bergsteiger, vor seinem Tod in den Bergen 1941.

Jürg Weiss (1910–1941)

Das Tingeln der Karabiner am Granit

Erzählen, was der Bergsteiger tut, was er sieht, was er empfindet: Das war ein Leitsatz von Jürg Weiss. Wie sein literarisches Vorbild, der britische Alpenpionier und Schriftsteller Geoffrey Winthrop Young, kletterte er meist als Zweiter am Seil; auch er hätte sich zu einem der führenden Alpinautoren seiner Zeit entwickeln können, wäre er nicht jung in den Bergen verunglückt. Seine grosse Tour war die Erstbesteigung des «Bügeleisens» an den Pizzi Gemelli im Bergell, zusammen mit Hans Frei, einem Arbeiteralpinisten und Draufgänger, mit dem der feinsinnige Intellektuelle eine starke Seilschaft bildete. Weiss war ein führender Kopf des West-Alpen-Clubs, einer ersten Vereinigung von Schweizer Elitebergsteigern, die sich auch gegen den in den Dreissigerjahren grassierenden Heldenkult stellte.

Manchmal ist es ein Satz, der nachklingt, nach Jahren noch, man weiss nicht mehr, woher er kommt, man benutzt ihn selber wieder und wieder. Vielleicht ist Klettern eine Form von Nietzsches «ewiger Wiederkunft»[1]. Einer steigt vor über Granitplatten, über den «Schuppenpanzer dieses vorsintflutlichen Riesenreptils»[2], der aus der Ferne unbegehbar glatt erscheint, aus der Nähe erkennt man Risse und Absätze, Möglichkeiten eines Wegs. Ein Haken fährt in eine Ritze, ein Karabiner klinkt ein, gesichert klettert der Führende weiter. Bügeleisen! Gemellikante! Der Bericht des Schriftstellers ist mir gegenwärtig, als wir diesen stumpfen Granitrücken versuchen, der sich in der Form eines riesigen Bügeleisens den Cengalogletscher vorschiebt. Eine Bastion, der ein langer Grat auf einen Zwillingsgipfel folgt, die Pizzi Gemelli.

«Hans hatte unter Aufbietung seines grossen Könnens und einiger Haken, die ich im Nachkommen fortzu wieder einsammelte, ein minimes Gesimse erreicht, auf dem ich mich ihm zugesellte. Über uns bäumte sich die Platte steiler auf denn je. Sie wies jeden Versuch ab. Die Hand um den eingetriebenen Haken gekrallt, lehnte der Kamerad neben mir und sagte kein Wort. In den Mundwinkeln hatte sich trockener Schaum angesammelt, die Stirnader trat hervor, seine Züge drückten grimmige Verbissenheit aus, und die eingekerbte Bräune seiner Haut wirkte merkwürdig gebleicht und entwertet ob der inneren Anspannung. Die Finger der rechten Hand, die sich selber überlassen blieb, geisterten betriebsam und ruhelos über den Stein, fanden aber nichts, um sich festzukrallen. Plötzlich begann er, wie die Spinne, die flieht, sich an seinem Faden hinabzulassen. Mit Händen und Füssen stiess er sich weg von der Wand. Eifrig spulte das Seil durch den Karabiner. Der Zug erfolgte immer mehr von rechts. Und jetzt ertönten wieder Hammerschläge, das wohlbekannte Pochen am Berg. Mit immer schrillerem Geixen sang sich ein Haken in den Fels, später noch einer und ein dritter. Dann hörte ich nichts mehr als das Raspeln des Seils in den Flechten und das eintönige Tingeln der sich verschiebenden Karabiner.»[3]

«Ein Zergliederer von Gefühlen und Stimmungen»

Das Singen der Haken im Fels, das Tingeln der Karabiner ist in meinen eigenen Sprachgebrauch gedrungen, dieser Klang des Kletterns gehört zu einer bestimmten Zeit und einer Technik, die heute verschwunden ist. Es ist die Musik meiner Jugend, man liest davon in älteren Texten, das Wort «Tingeln» aber hat sich mir ganz besonders eingeprägt als treffende Beschreibung des Klangs der Karabiner aus Stahl – damals waren sie noch nicht aus Leichtmetall. Ich habe das Wort aus diesem Text in meinen Wortschatz übernommen, und vielleicht habe ich an jener Stelle auf der stumpfen Kante des Bügeleisens an die Erstbesteiger gedacht und ihren Handstreich vom 27. und 28. Juli 1935. Eigentlich hatten Hans Frei und Jürg Weiss die Nordkante des Piz Badile erkunden wollen, von der Sciorahütte aus, doch dann hatten sie die Platten des Bügeleisens verlockt. In fünf Stunden und mit fünf Felshaken meisterten sie den glatten Felsrücken, dann seilten sie sich nach Osten ab auf einen Hängegletscher, kehrten anderntags wieder und vollendeten die Erstbesteigung. Auch wir, junge, unerfahrene Burschen, seilten erschöpft über die gleiche Wandstufe ab, kehrten aber erst ein Jahr später wieder; mit mehr Erfahrung und Mut kletterten wir das Bügeleisen und den folgenden Grat in fünf Stunden. Im Kopf immer den Bericht von Weiss.

Jürg Weiss und Hans Frei bildeten eine ungleiche Seilschaft, man liest es aus dem Text. Der feinnervige Intellektuelle, Publizist und Lehrer in Basel, auf dem Weg, ein beachteter Schriftsteller zu werden – und der Arbeiteralpinist, einer der stärksten Kletterer jener Jahre, der stets die Seilschaft führt. «Jürg Weiss war ein Analytiker des Bergsteigens, ein Zergliederer von Gefühlen und Stimmungen, ein scharfer Beobachter seelischer Reaktionen – mit einem Wort: ein Psychologe auch als Alpinist.»[4] Das schreibt ein Schulfreund, der bekannte Publizist und Redaktor der Basler «National-Zeitung» Fritz René Allemann, im Nachwort zu Weiss' Buch «Klippen und Klüfte». Postum erschien das Werk, ein Mosaik von Erzählungen, Berichten und Essays, ein Erinnerungsbuch, wie es typisch ist für schreibende Bergsteiger, die verunglückten, ohne ein abgeschlossenes Werk zu hinterlassen. Im Sommer 1941 löste sich auf dem unschwierigen Abstieg am Nordgrat des Strahlegghorns im Berner Oberland eine Felsplatte und riss Weiss in den Tod. Hans Frei, sein Begleiter und Führer auf den grossen Fahrten, war schon vier Jahre zuvor mit zwei Begleitern am Ruchenfensterturm im Windgällengebiet abgestürzt. Weiss zeichnete seinen Freund und Führer in einem Nachruf als verbissenen Draufgänger. Der gelernte Typograf war ein Bewunderer von Eugen Guido Lammer, wie jener suchte er die Gefahr, oft auch allein in den schwierigsten Routen seiner Zeit. «Er war ganz Tatmensch, sachlich, nüchtern, offen und gerad.»[5]

Der Ästhet Weiss habe sich seine Kletterpartner stets unter den Starken, Unproblematischen, Robusten gewählt, schreibt Allemann, unter solchen, die nicht viel Worte machten, aber anpackten, wo er selber zurückschreckte und nachstieg. «Er, der Bergsteigen so sehr als Kampf mit dem Elementaren empfand, liebte an seiner Seite Menschen, in denen das Elementare noch nicht gebrochen war; der Reflektierende, für den auch Natur nur ein Umweg zum eigenen Wesen war, bedurfte der Instinktiven, der unreflektiert Handelnden, die in der Natur noch den Gegen-Stand sehen, den es zu überwinden und zu bezwingen galt.»[6] Im Grunde sei er seinen Kletterpartnern stets ein Fremder geblieben. Das Foto im Buch, eines seiner letzten, zeigt einen attraktiven jungen Mann mit kurzem Haarschnitt, verhaltenem, etwas schelmischem Blick in weissem Sakko und weisser Fliege mit Blumenmuster. Ein Beau. Er muss als Schriftsteller schon recht bekannt gewesen sein, seine Frau habe von seinem Tod durchs Radio erfahren. Ihr Sohn war erst wenige Wochen alt.

«In jedem von uns steckt ein Künstler»

Es war die Zeit der «Helden» am Berg. Weiss war jedoch Mitglied einer Art Gegenbewegung intellektueller Schweizer Alpinisten, die sich im West-Alpen-Club W.A.C. gefunden hatten, einem der ersten Elite-Bergsteigerclubs der Schweiz. Mitglieder des Schweizer Alpen-Clubs alle, aber: «Das genügt uns nicht! In jedem von uns steckt ein Künstler und ein Funke Philosophie, beim einen mehr das eine, beim andern mehr das andere, beim dritten beides. Daher treiben wir nicht bloss unser Handwerk, sondern wir wollen es auch künstlerisch oder ‹voll Kunst› gestalten.»[7]

Der W.A.C. war eine spontan entstandene Gemeinschaft, die sich nicht nur mit dem «Wie» des Bergsteigens befassen wollte, sondern auch mit dem «Warum», mit dem gedanklichen Überbau. «Wir reden sehr ungern davon. Und doch müssen wir es früher oder später tun, denn eine Handlung hat für den denkenden Menschen nur dann den vollen Sinn, wenn er ihren Zweck in Erfahrung bringt und erfasst.»[8]

Das ist die Sprache von Weiss, der gewiss der intellektuelle Kopf des Clubs war. Der W.A.C. wollte aber nicht nur geistige Elite des Schweizer Alpinismus sein, sondern auch ein «Rekrutierungsbüro» für Expeditionen in alle Welt, die die Eigenständigkeit, die Qualität der Schweizer Alpinisten unter Beweis stellen sollten. Zu diesem Zweck gab der Club eine Sammlung von Tourenberichten heraus: «Bergkameraden. Mitglieder des W.A.C. erzählen»[9]. Das Buch, das Jürg Weiss als Mitherausgeber betreute, sollte eine Visitenkarte sein, ein durchaus politisches Pamphlet der nationalen Eigenständigkeit, die damals bedroht war. «Wir Schweizer Bergsteiger lieben den Kampf, den Kampf um des Kampfes willen, den Kampf um Werte jenseits von Blut und Boden.»[10]

Man setzte sich also ab von der aktuellen politischen Tendenz, Bergsteigen als Vorbereitung für den Krieg zu betreiben, den erfolgreichen Bergsteiger als Helden im Kampf der Völker und Rassen zu verehren. Anderseits hat auch die damals aufkommende national gefärbte Geistige Landesverteidigung in dem Programm des W.A.C. ihre Spuren hinterlassen. Und auch der spätere SS-Leutnant Gunther

Langes, Erstbesteiger der Schleierkante an der Cima della Madonna in den Dolomiten, philosophiert im Buch «Bergkameraden» in düsterer Sprache über «Kampf und Tod»[11] am Berg.

Jürg Weiss war ein urbaner Mensch, der die Stadt und das Stadtleben liebte, in den Bergen aber den Gegensatz zur «Büro-Existenz», zum «fährnislosen Tramp» des Alltags suchte. Vor der Ausbildung zum Primarlehrer hatte er auf Wunsch seines Vaters eine kaufmännische Lehre begonnen. Seine Liebe zu den Bergen sei eine «Kontrast-Liebe»[12], bemerkt er im einleitenden Essay zu seinem Buch. Er suchte die Gefahr, denn nur die Todesangst schenke ihm das wahre Lebensgefühl. Wie sein Gefährte Hans Frei war auch er ein Bewunderer Lammers. Ein Romantiker auch, der das Bergsteigen als «beste Form des Wanderns» begriff. «Was ich in den Bergen suche? Ich könnte es nicht kürzer sagen als mit dem Wort der Romantik: Die blaue Blume der Ferne.»[13]

Er blieb in der Nähe, der Granit hatte es ihm angetan, das Bergell und die Westgrattürme des Salbitschijen; die Gesamtüberschreitung in einem Zug, die er mit Hans Frei immer wieder versuchte, gelang ihnen jedoch nie. Die bizarren Zacken waren noch in meiner Kletterjugend eine einsame, schwer zugängliche Welt ohne den Stützpunkt einer Hütte. Man biwakierte unter überhängenden Steinen oder in den Scharten zwischen den mächtigen Türmen, lauschte schlaflos den Geräuschen der geisterhaften Landschaft. Auch für mich klangen sie wie Musik. «Nach den Disharmonien des Westgrat-Prestos entzückte uns die heitere Gelöstheit dieses landschaftlichen Largos.»[14]

«Ein Zwang, Erinnerung zu schaffen»

Mit Hans Frei überschritt Weiss auch das Matterhorn über den Zmuttgrat, beschrieb die grosse Tour in einem atmosphärisch überaus starken Bericht. Der Gipfel wird ihm zur Erfüllung eines Traums, er erlebt ihn als Moment, in dem die Zeit stillzustehen scheint, wendet den Blick in die Tiefe, durch die Wolken hinab nach Zermatt, sieht das Dorf, die Häuser, Strassen, Wiesen. «Was war, was sein wird, es berührt uns kaum. Das Heute ist viel mehr als eine Brücke zwischen Gestern und Morgen, es ist die alleinige Wirklichkeit, die wir zu fassen imstande sind. Wir waren dort, wir werden dort sein, aber nicht als die Gleichen. Als Andere, Veränderte werden wir wiederkehren, aufgebrochen, umgepflügt von diesem Tag auf dem Matterhorn.»[15]

Er kletterte im Granit des Montblancgebiets auf die Drus, biwakierte am Gipfelgrat der Aiguille Verte. Die Ernüchterung nach dem Erreichen eines grossen Zieles, unter schlechten Verhältnissen und Entbehrungen des ungeplanten Biwaks, schildert er meisterhaft.

«Dies also ist der Gipfel! Ein flaches Schneedach, nicht viel länger als das eines Häuserblocks, aber doch zu gross, als dass wir von unserer Grube auch seine Ränder abblicken können.

Dichter Nebel umstellt uns.

Mir ist, als ob ich zuviel Nebel eingeatmet hätte. Ich fühle mich matt, ein bisschen schattenhaft. Der Kamerad ist mir fern, und ich selber bin mir merkwürdig undeutlich.»[16]

Nicht die Menschen seien ihm in erster Linie wichtig, sondern die Fahrten, schreibt er einmal. Der Berg wird ihm zum Spiegel des eigenen Wesens. Mehr als eine Landschaft, gesehen durch ein Temperament, offenbare sich in seinen Texten ein Temperament, gesehen durch die Landschaft des Hochgebirges, schreibt Allemann. Doch was Weiss letztlich antreibt, kann er sich bei aller psychologischen Lektüre nicht erklären. Nicht Sport sei ihm das Bergsteigen – eher Schicksal. «Manchmal kommt es mir vor wie ein Zwang, Erinnerung zu schaffen.»[17] Und diese Erinnerung ist der Stoff seiner Literatur. Auch wenn die Einzelheiten einer Besteigung verblassten, beschäftigten sie ihn immer und immer wieder. Immer wieder auch die Gemellikante. In einem Nachsatz, vier Jahre nach der Tour, schreibt er: «Ich erinnere mich denn auch weniger deutlich und durchaus nicht lückenlos des Weges. Aber ich glaube mich mit aller Deutlichkeit meiner Empfindungen zu entsinnen. Und seltsam, ich habe zuweilen den bestimmten Eindruck, wenn ich an meine grösste Fahrt zurückdenke, ganz plötzlich Regungen, Gefühle jener zwei Tage deutlich gegenwärtig zu spüren, die mir die ganze Zeit über entfallen waren, und deutlicher denn je fügt sich aus seinen innersten Beweggründen das Geschehen jener zwei Tage für mich zusammen.»[18]

Die Tour ist ihm zur inneren Landschaft geworden, die er schreibend immer wieder durchwandert, in Wachträumen, die schliesslich in Texten Gestalt annehmen. Vielleicht bilde ich mir das nur ein, aber die zwei Mal, die ich die Gemellikante kletterte, trug ich seine Bilder, seine Sätze mit mir, sie überlagerten das eigene Erleben so, dass ich ich das Gelesene kaum mehr von der eigenen Erinnerung trennen kann. Habe ich das Singen der Haken und das Tingeln der Karabiner wirklich vernommen, damals? Oder war es der Widerhall einer Erzählung, die meinem eigenen Erleben vorangegangen ist?

«Was der Bergsteiger tut, was er sieht, was er empfindet»

Weiss' literarisches Vorbild, sein Meister, wie es im Buch heisst, war der Alpenpionier, Poet und Schriftsteller Geoffrey Winthrop Young (1876–1958). Auch er meist Zweiter am Seil im traditionellen britischen Stil, leistete er mit seinen Führern Ausserordentliches. Mit dem berühmten Walliser Führer Josef Knubel aus St. Niklaus durchstieg er als Erster die Mer-de-Glace-Wand des Grépon in den Aiguilles von Chamonix, noch heute eine ernsthafte und grosse Route, oder den Brouillardgrat am Montblanc. Im Wallis gelangen den beiden zusammen mit Gefährten Erstdurchsteigungen am Zinalrothorn, am Weisshorn, der Young-Grat an den Breithornzwillingen und die gefürchtete Südwand des Täschhorns. Selbst nachdem Young im Ersten Weltkrieg ein Bein verloren hatte, kletterte er weiter. Alpinistisch kann ihm Weiss nicht das Wasser reichen, das ist er sich bewusst, in einem grossen Essay legt er aber dar, wie ihm der Verfasser des grossen Werks «On high Hills»[19] zum literarischen Vorbild wurde.

«Wodurch unterscheidet sich Youngs Art des Erzählens von der anderer? Er nennt selber drei Gesichtspunkte, die eine wahrheitsgetreue Berichterstattung nicht aus dem Auge lassen darf. Sie hat uns zu sagen, was der Bergsteiger tut, was er sieht und was er empfindet.»[20] Eine schlichte Formel für grosse Literatur; Weiss schreibt ihr nach, skrupulös und bedächtig, seine Texte immer wieder überarbeitend, er gibt die Entwürfe Freunden zum Lesen, lässt sich kritisieren. Wie Young und viele zeitgenössische Autoren, so ist auch er von der aufkommenden Filmtechnik beeinflusst: «Montage und Grossaufnahme, zwei Begriffe aus der Filmsprache, charakterisieren seine Schreibweise.»[21] Es geht also nicht um die chronologische Darstellung einer Tour, sondern um das Erzählen jener Momente in starker Vergrösserung, in denen das Wesentliche geschieht, die charakterisierenden Handlungselemente, die typischen Details, die psychologisch bedeutsamen Eindrücke. «Show, don't tell», heisst das in moderner Kurzformel. Nicht in Gefühlen und Sentimentalitäten schwelgen, sondern zeigen, wie sie entstehen, erzählen: Der Schaum um den Mund des Seilpartners am Bügeleisen, bevor er die Schlüsselstelle angreift, seine Hand, die über den Fels tastet, die Stille und das Raspeln des Seils auf den Flechten, während er sich jenseits der Kante emporarbeitet.

«In neue Himmelsstriche, unter neue Sonnen»

Einen brillanten Essay widmet Jürg Weiss dem Mont Aiguille in der Provence, diesem merkwürdigen «Eckstein in der Geschichte des Bergsteigens»[22], einem mächtigen Tafelberg aus Kalk mit flacher Gipfelwiese. Mit seiner Frau Denise besteigt er ihn ein erstes Mal über den historischen Klettersteig mit Drahtseilen und Eisenklammern, ein zweites Mal allein, wobei er ganz eintaucht in die Geschichte jenes 27. Juni 1492, als der Söldnerführer Antoine de Ville mit Haken und Leitern und acht Helfern, darunter zwei Geistlichen, diesen für unersteigbar gehaltenen Felsklotz bezwang, offenbar auf Befehl König

Karls VIII. Es ist das Jahr des ausgehenden Mittelalters, in dem Kolumbus mit seiner Flotte aufbricht über den Atlantik nach Westen und in ein neues Zeitalter. Als Geburtsstunde des Felskletterns wird dieses Unternehmen gelegentlich bezeichnet, das sich Weiss vergegenwärtigt, während er allein auf der Gipfelwiese rastet, die Blumenpracht bewundert, Schwalben beobachtet und die fernen Gipfel des Vercours und des Dauphiné betrachtet. Dann richtet sich sein Blick nach Süden, dem Meer und neuen Ufern jenseits aller Berge zu. Erreicht hat er sie nicht mehr, nur noch kurze Zeit war ihm vergönnt.

«Da hält es mich nicht mehr, da muss ich hin, in neue Himmelsstriche, unter neue Sonnen.

Ich eile die Wand hinab. Ein gewaltiger Wind empfängt mich unten, wehrt den Abstieg ins Tal. Ich werfe mich ihm entgegen. Die Föhren ächzen und krümmen sich.

Auf heissen Sohlen wandere ich im Staub der Strasse talaus.»[23]

---

[1] Nietzsche, Friedrich: Also sprach Zarathustra. Teil 3, Der Genesende. Zitiert nach: Colli, Giorgio; Montinari, Mazzino: Friedrich Nietzsche, Kritische Studienausgabe in 15 Bänden, Band 4. Deutscher Taschenbuch Verlag, München 1999, S. 275

[2] Weiss, Jürg: Klippen und Klüfte, Orell Füssli Verlag, Zürich 1942, S. 47

[3] Ebd., S. 48

[4] Ebd., S. 146

[5] Die Alpen, Zeitschrift des SAC 1937, S. 170

[6] Weiss, Klippen und Klüfte, a.a.O., S. 145

[7] Hug, Oskar; Weiss, Jürg (Hrsg.): Bergkameraden. Mitglieder des W.A.C. erzählen. Orell Füssli Verlag, Zürich 1939, S. 11

[8] Ebd., S. 12

[9] Hug/Weiss, Bergkameraden, a.a.O.

[10] Hug/Weiss, Bergkameraden, a.a.O., S. 14

[11] Ebd., S. 270

[12] Weiss, Klippen und Klüfte, a.a.O., S. 10

[13] Ebd., S. 11

[14] Ebd., S. 34

[15] Ebd., S. 80

[16] Ebd., S. 61

[17] Ebd., S. 9

[18] Ebd., S. 9

[19] Young, Geoffrey Winthrop: On High Hills. Methuen & Co., London 1927. Deutsch: Meine Wege in den Alpen. Hallwag Verlag, Bern 1955

[20] Weiss, Klippen und Klüfte, a.a.O., S. 139

[21] Ebd., S. 140

[22] Ebd., S. 120

[23] Ebd., S. 128

Emmy Nöthiger-Bek, später Emmy Bühler,
Zürcher Naturfreundin und politisch
engagierte Schriftstellerin.

Emmy Nöthiger-Bek (1910–2004)

Die zweite Eroberung der Alpen

Wandern und Bergsteigen, um Kraft zu schöpfen für die sozialen Kämpfe in der Arbeitswelt: Das gehörte während der ersten Hälfte des zwanzigsten Jahrhunderts zum Programm der internationalen Naturfreundebewegung. Die Schriftstellerin Emmy Nöthiger-Bek, in erster Ehe verheiratet mit einem kommunistischen Funktionär, war eine engagierte Naturfreundin. Ihr Buch über die bergsteigenden und kletternden Schweizer Arbeiteralpinisten erschien während der heftigsten Spannungen des Kalten Kriegs – in der DDR. Unter den Schweizer Naturfreunden gab es nicht nur Politaktivisten und blumenpflückende Wandervögel, sondern auch erfolgreiche Alpinisten wie den Schriftsteller und Fotografen Willy Uttendoppler, es gab Eigernordwand- und Himalayapioniere.

«Sonne, Fels und Schnee.» Dass ein Schweizer Bergsteigerbuch im Jahr 1958 in einem Verlag in der DDR herauskommt, muss eine besondere Geschichte sein. Eine Geschichte über Bergsteigen und Politik. Wir erinnern uns: Zwei Jahre zuvor haben Sowjettruppen den Volksaufstand in Ungarn niedergeschlagen, Ströme von Flüchtlingen sind durch die kurzzeitige Öffnung im Eisernen Vorhang in den Westen entwichen. Der Kalte Krieg zwischen dem kommunistischen Ostblock und dem kapitalistischen Westen treibt einem Höhepunkt zu. Am 4. Oktober 1957 katapultieren die Russen den ersten Weltraumsatelliten auf eine Umlaufbahn, der Westen steht unter dem sogenannten Sputnik-Schock. Wer politisch links steht in der Schweiz oder gar Mitglied der kommunistischen Partei der Arbeit PdA ist, wird geächtet. Viele Mitglieder verlassen die Partei, ihre Exponenten werden von pöbelnden Bürgern beschimpft und angegriffen. Lydia Woog zum Beispiel, Ehefrau des Generalsekretärs der PdA Edgar Woog, eine begeisterte Alpinistin, geehrtes Mitglied der Naturfreunde und des Schweizer Frauenalpenclubs SFAC, findet eines Morgens das Schaufenster ihres Wäschegeschäftes in Zürich von Pflastersteinen zersplittert, «Mörder» steht auf die Fassade geschmiert. Sie verliert ihre Existenz. Der Frauenalpenclub und die Naturfreunde schliessen sie aus, als ob sie selber den Marschbefehl für die russischen Panzer erteilt hätte.[1] Auch die Buchhandlung des Zürcher Buchhändlers Theo Pinkus an der Froschaugasse wird Zielscheibe von Angriffen. Pinkus, ein autonom denkender Kommunist, war auch führendes Mitglied der Naturfreunde.

«Sonne, Fels und Schnee.»[2] Der Buchtitel erinnert entfernt an das linke Kampflied «Brüder zur Sonne, zur Freiheit!» Verfasst hat es aber eine Frau, Emmy Nöthiger-Bek, Naturfreundin auch sie, aber selber keine grosse Alpinistin. Ihr erster Mann Willy Nöthiger war in den Dreissigerjahren kommunistischer Parteisekretär, wurde später als «Parteifeind» ausgeschlossen. Er schlug sich als Vertreter durch, gründete eine Hausierer-Gewerkschaft, verstarb jedoch schon 1951. Emmy Nöthiger stammte aus bürgerlichem Haus, ihr Vater besass in Schaffhausen eine Tuchfabrik.

In einem von Leonhard Ragaz gegründeten Internat kam sie in Kontakt mit sozialen Ideen, bildete sich an der Sozialen Frauenschule in Genf zur Sekretärin und Fürsorgerin aus. Sie war Augenzeugin, als am 9. November 1932 Rekruten auf Arbeiter schossen, die gegen eine Veranstaltung der Faschisten demonstrierten, es gab 13 Tote und 65 Verletzte. Durch dieses Massaker politisiert, arbeitete sie in antifaschistischen Gruppen mit, lernte ihren Mann kennen und fand eine Stelle bei der kommunistischen Presseagentur RUNA. Dort traf sie auch Theo Pinkus, bei dessen linksautonomer Zeitschrift «Zeitdienst» sie später als Redaktorin arbeitete. Als Ehefrau eines «Parteifeindes» hatte man sie bei der RUNA hinausgeworfen. «Ich war mit grossen Illusionen in die kommunistische Bewegung gekommen und erlebte nun einen wüsten Hinterhof voller Intrigen»[3], schreibt sie. Ausgerechnet Pinkus war es, der sie entlassen musste: «Ich kam mir nicht gerade als Held vor, aber die Parteidisziplin verlangte eben solche Massnahmen.»[4]

«Eine proletarische Autorität»

Von Theo Pinkus kam auch die Anregung zu dem Buch, er zeichnete als Herausgeber und stellte den Kontakt zum DDR-Verlag Neues Leben in Berlin her. Emmy Nöthiger, selber nur eine Bergwanderin, schrieb es «nach Bergerinnerungen von Mathis Margadant und anderen Arbeiter-Alpinisten»[5]. Sie wollte, wie sie schreibt, der Grossstadtjugend den Reiz des Bergsteigens näherbringen, recherchierte die Geschichte des Alpinismus und liess sich Erlebnisse und Anekdoten erzählen, unter andern von bekannten Alpinisten wie Dölf Reist und Willy Uttendoppler. Eigene Erlebnisse kann man höchstens erahnen, wenn sie erzählt, wie eine Kletterschülerin über den Salbitzahn und dann auf den Gipfel des Salbitschijen geführt wird, von einem Toscani-Stumpen rauchenden Führer, Dolomiten-Kletterfinken mit dreizehnfacher Stoffsohle an den Füssen. Die Naturfreunde waren noch von Männern dominiert. Die «Mädchen», von denen sie erzählt, wirken nicht eben emanzipiert, obwohl sich die Bewegung der Naturfreunde als politisch fortschrittlich verstand. Am

Berg eher linkisch, waren sie auf starke männliche Führer angewiesen, mit «Bärenkräften», «Organisationstalent», zu denen sie «felsenfestes» Vertrauen haben konnten. Einer von ihnen, Mathis Margadant, konnte auch schon mal das Seil mit den Zähnen packen, damit er die Hände freibekam, um eine Abgestürzte zu sichern.[6] Da kolportiert Emmy Nöthiger währschaftes Bergsteigerlatein. Die «Mädchen» der Naturfreunde bildeten auch eine Singgruppe, die meisten seien blond gewesen und ausgesprochen hübsch, erinnert sich Lydia Woog. An Kundgebungen marschierten sie mit und feuerten die Genossen mit Kampfliedern an.

Der stumpenrauchende Mathis Margadant ist der Held ihres Buches, «eine proletarische Autorität»[7] nennt ihn Pinkus. Ein stämmiger Bündner mit schwarzen Locken, kariertem Hemd, Knickerbockern und breiten Hosenträgern, ein starker Kletterer und zuverlässiger Alpinist. Der Sohn eines Churer Postbeamten lernte in Zürich Gärtner, arbeitete später bei den Wasserwerken und betätigte sich auch als Wünschelrutengänger.[8] Ein Original also, stadtbekannter Kommunist, der mit seiner politischen Meinung nicht hinter dem Berg hielt. Er leitete Kletterkurse, organisierte Touren und Lager, oft «von einem Schwarm von jungen Frauen umflattert»[9], wie sich sein Sohn erinnert. Richtig verliebt sei Margadant jedoch in den Piz Badile gewesen, schreibt Emmy Nöthiger, schon 1931 versuchte er die Nordkante, musste mit seinem Gefährten, dem starken Alpinisten Hans Frei, wegen schlechten Wetters mehrmals umkehren. Sie verbrachten die Regentage in der Sciorahütte. «Hans verliebte sich während dieser Zeit in Anni, ich immer mehr in die Nordkante», bemerkte Margadant. Sein Sohn meint heute, sein Vater hätte lebhafter und spannender erzählt, das Buch werde seiner Sprache nicht ganz gerecht.

Hans Frei hatte bei Orell Füssli in Zürich Typograf gelernt, ein Beruf, der damals zu den am stärksten politisierten und am besten organisierten gehörte. Er selber war jedoch ein so leidenschaftlicher Kletterer, jedes Wochenende in den Alpen unterwegs, dass er wohl kaum Zeit für politisches Engagement fand. Mit Margadant schaffte er einige Erstbegehungen in der Fornogruppe und an der Punta Rasica im Bergell. 1937 stürzte er mit zwei Begleitern am Ruchenfensterturm im Windgällengebiet ab.

Eigentlich hätte Mathis Margadant das Buch selber schreiben müssen, er war belesen, doch orthografisch schreiben habe er nie gelernt, sagt Pinkus. Wahrscheinlich «nötigte» er die schreibgewandte Emmy Nöthiger, seinem Freund ein literarisches Denkmal zu setzen. Pinkus konnte penetrant sein. Wenn er auftauchte an Versammlungen oder Kundgebungen, trug er stets seinen Rucksack am Rücken, vollgepackt mit Nummern seiner politischen Zeitschrift «Zeitdienst». Es gab kein Entrinnen, man musste mindestens ein Exemplar kaufen. Auch Pinkus hatte Mühe, sich in einfachen Worten auszudrücken, seine Sprache war vom linken Politjargon geprägt. Von einem Kapitel, das er beisteuern sollte, konnte Emmy Nöthiger nur ein paar Sätze übernehmen. Die Zusammenarbeit mit den dominanten Herren war offenbar recht frustrierend. Immer wieder musste sie die Texte umschreiben, bis sie einmal Mathis das Manuskript vor die Füsse schmiss – auflesen musste es seine Frau.

«Eroberung von Zermatt»

Pinkus und Margadant waren dicke Freunde; als die Partei der Arbeit den autonomen Denker Pinkus ausschloss, trat auch Margadant aus Protest aus. Ihre Aktivität bei den Naturfreunden verstanden sie als politische Mission: Die Arbeitermassen sollten ins Gebirge, an die frische Luft geführt werden, nicht nur metaphorisch, sondern im wahren Sinne «zur Sonne, zur Freiheit». Wandern und Bergsteigen war die Fortsetzung des Klassenkampfs mit andern Mitteln. Die Naturfreunde stellten dafür die Infrastruktur zur Verfügung, die Führer, die preiswerten Unterkünfte in eigenen Hütten oder einfachen Hotels mit Selbstverpflegung. Kollektivbillets für Zugsfahrten und andere Vergünstigungen schafften den Arbeitern den Zugang zur Bergwelt, den sie sich allein nicht leisten konnten. «Ferien für alle» war ein Schlagwort. Aber mit Erholung allein war es nicht getan: «Nicht nur technisch sollen die Kursleiter Könner sein, ihre

Aufgabe ist es, auch als aktive Kämpfer für die Sache der Arbeiterklasse voranzugehen»,[10] formulierte Friedel Niederer, die während der Kriegsjahre das Kurswesen leitete.

Emmy Nöthiger erzählt in ihrem Buch ausführlich von der sogenannten «Eroberung von Zermatt» durch die Arbeitertouristen, die Pinkus und Margadant anführten. Ein Sonderzug brachte an Ostern 1941 die 460 Eroberer mit Sack und Pack und Ski in das Dorf am Fuss des Matterhorns. In einem langen Zug, einer Demonstration gleich, marschierten die Bleichgesichter aus den Industriestädten durch den Nobelkurort zum Kulmhotel. Kämpferische Reden wurden geschwungen, Pinkus freute sich über diese «Demonstration des Proletariats»[11]. Darin hatte er nicht ganz unrecht, hatten doch die bürgerlich dominierten Alpenvereine die Berge stets frei von Politik, mit andern Worten frei von den proletarischen Massen halten wollen. Der Gruss «Berg frei» der Naturfreunde war politisches Programm. Die «Eroberung von Zermatt» war aber auch eine Demonstration nationaler Identität: Rund um die Schweiz herrschten die Nationalsozialisten und Faschisten, die die Bewegung der Naturfreunde längst zerschlagen und verboten hatten. Eine grosse Zahl von Arbeitertouristen «eroberte» mit Ski und Fellen den Theodulpass, die Gipfel von Breithorn und Cima di Jazzi, einige sogar die Signalkuppe und die Dufourspitze. Andere begnügten sich mit Wanderungen in der Umgebung von Zermatt. Viele der bergungewohnten Städter holten sich einen Sonnenbrand, sodass sie in der Folge mit vermummten Gesichtern und Augenschlitzen wie Räuber durch Zermatt spazierten.

«Kampf um die neuen Menschheitsideale»

Begonnen hatte der Klassenkampf im Gebirge im Jahr 1895, als der Sozialist, Freidenker und Lehrer Georg Schmiedl in der «Wiener Arbeiter-Zeitung» einen Aufruf zur Gründung einer touristischen Gruppe publizierte. Er wollte seine Arbeitsbrüder am Wochenende herausholen aus den raucherfüllten Räumen der Gastwirtschaften, wollte ihnen zeigen, dass «der Kampf um die neuen Menschheitsideale mit den Sklaven der

Spielkarten und der Kegelbahn nicht geführt werden könne»[12]. Auf Wanderfahrten führte er sie in die Geheimnisse der Natur, der Bäume und Blumen, Käfer, Falter und schroffen Felsen ein. Am Berg sollte sich der Proletarier erholen von der Maloche der Woche in der Industrie – und Kraft schöpfen für den Klassenkampf im Tal. Ab 1905 entstanden auch in der Schweiz die ersten Ortsgruppen mit dem Ziel, die Natur- und Bergwelt den arbeitenden Klassen zugänglich zu machen. Analog der Sozialistischen Internationale schlossen sich die Naturfreunde zu einem internationalen Gesamtverband zusammen. Die bürgerlich orientierten Alpenvereine widersetzten sich der Konkurrenz von unten, unter anderem indem sie den Naturfreunden das Gegenrecht in den Hütten verwehrten. Einzelne Sektionen des SAC weigerten sich zeitweise, Naturfreunde als Mitglieder aufzunehmen. Dass die Naturfreunde von Anfang an Frauen aufnahmen, war den Alpen-Club-Männern ebenfalls suspekt.

Nach der Machtübernahme verboten die Nationalsozialisten in Deutschland und Österreich die Naturfreunde, enteigneten ihre Hütten und Vereinskassen, verhafteten die Funktionäre. Der Hauptsitz des internationalen Vereins rettete sich nach Zürich, die Bewegung überlebte im Exil. Nebst der Schweiz bestand während des Zweiten Weltkriegs nur noch in den USA eine Gruppe. Grosse Bedeutung, aber auch finanzielle Belastung war während dieser Zeit die Herausgabe der Zeitschrift «Der Naturfreund». Kurt Kläber, der mit Berufsverbot belegte deutsche Schriftsteller im Schweizer Exil, konnte 1937 eine Reportage über eine Jugoslawienreise veröffentlichen – eine Vorstudie zu seinem bekannten Jugendroman «Die rote Zora».[13] Das Buch erschien 1941 unter dem Pseudonym Kurt Held. Die Naturfreunde boten den von den Nazis verfolgten Kulturschaffenden ein Forum.

Nicht nur von rechts kamen die Naturfreunde unter Druck, die politischen Richtungskämpfe zwischen sozialdemokratischer und kommunistischer Linken schwächten die Bewegung und drohten sie zeitweise zu spalten. Anfang der Fünfzigerjahre schlossen die Naturfreunde Kommunisten aus führenden Ämtern aus, das Wort «Sozialismus» wurde aus den

Statuten entfernt, die Anrede «Genosse» abgeschafft. Ab den Sechzigerjahren öffnete sich der Verband politisch, engagierte sich in Umweltfragen und vertrat einen ökologisch vertretbaren, sozial orientierten Tourismus.

«Friedfertige Rache»

Die «Eroberung von Zermatt» gab Pinkus und Margadant Auftrieb, ihr Konzept des Volkstourismus bei den Naturfreunden voranzutreiben, obwohl auch Kritiker der Vermassung des Bergsteigens auftraten. Es kam in der Folge zu eigentlichen Richtungskämpfen, vor allem nachdem die beiden in der Landesleitung die Ressorts Kurswesen und Volkstourismus übernommen hatten. Während weniger Jahre der Nachkriegszeit blühte die Lager-, Kurs- und Tourenaktivität auf, auch Reisen ins Ausland, ans Meer oder zu den Renault-Werken nach Paris standen auf dem Programm. An einem Osterlager 1947 in Chamonix nahmen 2000 Arbeitertouristen teil. Zum Eclat kam es nach einer Reise der Singgruppe in die Tschechoslowakei kurz nach dem kommunistischen Staatstreich von 1948. Sie hätten dort in Schweizer Trachten kommunistische Lieder gesungen, berichtete die bürgerliche Presse. Lydia Woog will sich allerdings nur an romanische, französische und italienische Volkslieder und einen Appenzeller Jodel erinnern. Unter dem Eindruck des aufkommenden Kalten Kriegs drängten die Naturfreunde die Mitglieder der Partei der Arbeit aus ihren Funktionen.[14] Die Singgruppe wurde aufgelöst, doch die «Mädchen» sangen noch zwanzig Jahre unter anderem Namen weiter.

Theo Pinkus sah Emmy Nöthigers Bergbuch als «friedfertige Rache»[15] der linken Naturfreunde, die im Verlauf politischer Richtungskämpfe aus dem Verband gedrängt oder ausgeschlossen wurden. In der DDR verkaufte sich das Buch gut, die Auflage von 15 000 ging sofort weg. Die Herausgabe war jedoch nicht reibungslos verlaufen. Einige Passagen wurden offenbar zensuriert, etwa eine Anekdote Margadants aus dem Aktivdienst an der schweizerisch-italienischen Grenze, worin sich Emmy Nöthiger über Uniformen lustig machte. Er hatte sie nach einem Bad in einem

Bergsee zum Trocknen ans Feuer gehängt und stand nackt mit dem Gewehr Wache, als eine Kolonne von Flüchtlingen eintraf.[16] Offenbar fanden die DDR-Funktionäre diese Geschichte politisch unkorrekt.

Ein Sohn Emmy Nöthigers erinnert sich, dass der Titel eigentlich «Die zweite Eroberung der Alpen» hätte lauten sollen. «Aber das passte denen in der DDR nicht.» Noch vieles scheint «denen» nicht gepasst zu haben – die 1000 Exemplare für den Schweizer Markt erschienen mit anderem Nachwort. Liest man das DDR-Nachwort eines Funktionärs namens Heinz Schlosser, dann fragt man sich, warum sich die Parteigenossen überhaupt zu einer Veröffentlichung herbeiliessen. Die Schweizer Naturfreunde hätten genauso wie die westdeutschen den «historischen Fehler» begangen, die politische Arbeit zu vernachlässigen, schreibt er. «Diese Tendenz wird auch im Buch offenkundig. Die kulturelle Tätigkeit wird überbewertet, ein Hauch der schwärmerischen Romantik ist vielfach spürbar, die Flucht aus dem Alltag, das Vergessen der Nöte und Sorgen, die die kapitalistische Gesellschaft mit sich bringen, wird angeregt. Somit ergibt sich eine falsche Orientierung.»[17] Die richtige haben selbstverständlich die «Wander- und Bergsteigerorganisationen» des «ersten Arbeiter-und-Bauern-Staats der deutschen Geschichte». Genau wie die Nazis die Organisationen der Naturfreunde zerschlugen und in ihre staatlichen Sportverbände zwangen, so mussten sie sich unter kommunistischer Herrschaft einreihen in den Kampf gegen den Kapitalismus, der notwendig sei, «um auch in Zukunft ungestört und fröhlich, beschwingt und ausgelassen in die Berge ziehen zu können».[18]

«Die Eroberung der Alpen durch das arbeitende Volk»

Ausgelassen. So habe ich eine Gruppe Naturfreunde tatsächlich erlebt, in einem Massenlager auf der Holzegg am Fuss der Mythen bei Schwyz. Nach der Fete mit viel Bier, Gesang und Geknutsche in der Wirtschaft war an Schlaf nicht zu denken. Ruhig waren nur die Pärchen, die sich gleich unter die Wolldecken kuschelten, der Rest grölte weiter oder gab schlüpfrige Witze zum Besten. Wir jungen Kletterer fanden keinen Draht zu den Naturfreunden, obwohl auch wir Arbeiterbergsteiger waren, aber weder politisiert noch gewerkschaftlich organisiert. Massenbergsteigen war uns zuwider. Die Begegnung auf der Holzegg war die Bestätigung eines Klischees, das man uns im Alpen-Club eingeimpft hatte: Naturfreunde seien keine richtigen Bergsteiger, sondern «Blüemlivertramper, Beerensucher», ihre Hütten stehen für Touren im Hochgebirge zu tief, zudem seien sie, wie alle Linken, von zweifelhafter Moral.

Emmy Nöthigers Buch, das eben in jenen Jahren erschien, wollte solche Vorurteile ausräumen. Mir kam es nicht in die Hände, der Bibliothek der Gewerbeschule war es offenbar suspekt. Mathis Margadant, ein hervorragender Alpinist, der mit den Besten seiner Zeit unterwegs war, bot sich als lebendiger Beweis an, dass auch Naturfreunde schwere Routen klettern können. Als 17-jähriger Lehrling stieg er mit einem Gleichaltrigen über den Biancograt auf den Piz Bernina. Emmy Nöthiger versteigt sich dabei zur Aussage, die beiden Arbeiterjungen hätten mit der «Bezwingung des majestätischen Bernina [...] einen neuen Abschnitt in der Geschichte des Alpinismus eingeleitet – das Zeitalter der Eroberung der Alpen durch das arbeitende Volk».[19] Die reichlich übertriebene Aussage zeigt, dass sie alpinistisch doch nicht ganz auf der Höhe war.

Es verwundert nicht, dass Max Oechslin, erzkonservativer Redaktor der «Alpen» des SAC, grobes Geschütz gegen das «sonderbare Buch» auffährt. Der Urner Kantonsförster schreibt, in dieses Buch «spielt eine ungesunde Politik hinein, die wir als Bergsteiger ablehnen müssen, gerade im SAC, wo wir Leute aus allen Kreisen beisammen wissen, die sich, ohne Unterschied des ‹Ranges›, in Bergkameradschaft verbunden fühlen». Auf dem Hintergrund des Kalten Krieges empfindet er das Buch als Provokation. «Es ist ein bitterernstes Bergbuch, das uns auf den Tisch gelegt worden ist, in dem das Bergsteigen, der Alpinismus verpolitisiert wird. Das mag man ‹im Osten› tun, hier, in der Schweiz, lehnen wir dies ganz entschieden ab!»[20]

Naturfreunde hatten auch schon früher Bergbücher verfasst, Willy Uttendoppler (1909–1991) etwa, von Beruf Schreiner, der sich zum Bankbeamten hocharbeitete und ein weit herum bekannter Bergfotograf wurde. Sein Buch «Berge – von den Dolomiten in die Dauphiné»[21], 1942 erschienen, erzählt von seiner bemerkenswerten Bergsteigerbiografie, unter anderem von seiner Hochzeitsreise aufs Matterhorn. Seine Sprache ist einfach, doch nicht ohne Poesie. Seine grosse Leidenschaft sind die Berge: «Stets beglückt und neu gestärkt an Körper und Seele kehre ich von diesem Jungbrunnen wieder ins Räderwerk des Alltags zurück.»[22] In diesen Metaphern packt sich die Dialektik des Naturfreundes: Dem Räderwerk des Alltags steht der Jungbrunnen der Natur und der Bergwelt gegenüber. Das Leben des Bergsteigers ist ein Wandern zwischen diesen beiden Welten, hin und her gerissen von einer unstillbaren Sehnsucht nach Neuem und Unbekanntem. Uttendopplers Buch ist auch eine Würdigung des bescheidenen Bergführers und Bergbauern Adolf Schnidrig aus Selden im Gasterntal. Willy Uttendoppler steuerte Texte und Fotos zu Emmy Nöthigers Buch bei.

Mit Stolz erwähnt sie auch die fünfte Durchsteigung der Eigernordwand durch vier junge Arbeiteralpinisten aus Biel. Im Juli 1950 kletterten der Vergolder Marcel Hamel, der Schlosser Robert Seiler, der Techniker Jean Fuchs und der Uhrmacher Raymond Monney in drei Tagen durch die grosse Wand. Sie gerieten in einen Schneesturm, der die Ausstiegsrisse total vereiste. Während zwölf Stunden schlug Monney Haken um Haken in den Fels, die erschöpften und durchfrorenen Kletterer mussten auf dem Gipfel ein drittes Mal biwakieren. Bald waren sie aber wieder munter, ein Foto zeigt vier braun gebrannte fröhliche Jungen in geflickten Hosen, gestrickten Kappen und Pullovern, Pickel und Hanfseile auf die Rucksäcke geschnallt. Der Älteste ist gerade 24, die andern 21 Jahre alt. Max Oechslin kanzelte den Erfolg der Naturfreunde deshalb als «Dummenjungenstreich»[23] ab.

Auch einer der Erstbesteiger der Eigerwand, der Wiener Fritz Kasparek, war ein Naturfreund gewesen, politisch engagiert, hatte er Freiwillige für die Republikanische Armee im Spanischen Bürgerkrieg über Alpenpässe in der Silvretta und im Rätikon geführt. Später wechselte er allerdings zu den Nationalsozialisten und leistete im Krieg Dienst bei der SS.[24]

Den grössten Erfolg bergsteigender Naturfreunde konnten Dölf Reist und Ernst Reiss mit der Schweizer Himalaya-Expedition 1956 feiern. Beide waren Mitglieder und Kursleiter der Naturfreunde und eine der stärksten Schweizer Seilschaften jener Jahre. Der Verband unterstützte ihre Teilnahme an der Expedition durch eine Sammlung in den Sektionen.[25] Ernst Reiss gelang mit Fritz Luchsinger am 18. Mai 1956 die Erstbesteigung des Lhotse; am 24. Mai bestieg Dölf Reist mit Hans Rudolf von Gunten als dritte Seilschaft den Everest. Der Flugzeugmechaniker Reiss und der gelernte Spengler Reist waren die Arbeiter in einem Team von zumeist Akademikern. Dölf Reist entwickelte sich zum weltbekannten Fotografen und Buchautor, bestieg Berge in allen Kontinenten und veröffentlichte mehrere Foto- und Bergbücher. Reiss schrieb die Autobiografie «Mein Weg als Bergsteiger»[26].

«Zu wenig politisch»

Emmy Nöthigers Traum sei es gewesen, von der Schriftstellerei zu leben, erinnert sich ihr Sohn. Sie veröffentlichte Feuilletons und Kurzgeschichten und einige Hörspiele in Mundart, darunter «Über all Berg»[27]: Ein Mann will sich auf einer Bergwanderung über seine verfahrene Lebenssituation klar werden. Statt der erhofften Läuterung findet er jedoch einen plötzlichen Tod. Die Männer kommen schlecht weg in diesem Text, vielleicht auch eine späte Rache an den dominierenden Figuren bei den Naturfreunden.

Zwei Romane blieben in der Schublade, darunter ein satirisches Werk, in dem sie Mathis Margadant und Theo Pinkus inkognito nach Abu Simbel in Ägypten schickt – vielleicht klettern sie dort in den Felsen der Ramses-Statuen herum statt am Piz Badile. Die Arbeit in der politischen Bewegung habe sie beim Schreiben eher gehemmt statt gefördert. «Ich hatte immer das Gefühl, meine Texte seien zu wenig politisch.»[28] Bei den Naturfreunden blieb sie weiterhin aktiv, liess sich sogar als erste Frau in den Zentralvorstand wählen und brachte auch ihren zweiten Mann, Josef Bühler, zu den Naturfreunden. Bis ins hohe Alter blieb Emmy Nöthiger sozial engagiert und lebte in einer Alterswohngemeinschaft mit andern Frauen zusammen.

Ihr Buch habe der Verband aber nie offiziell anerkannt, sagt sie in einem Interview[29]. Im Erinnerungsband «Engagiert unterwegs – 100 Jahre Naturfreunde Schweiz» wird es erwähnt, mit einem Bild des Umschlags: Mathis Margadant klettert ohne Seil an einem Felsen – eine Symbolik, die der Idee des sozialen Bergsteigens eigentlich zuwiderläuft. Letztlich aber vielleicht auch ihren Widerspruch zeigt: Am Fels ist jeder allein.

---

1 Rosenberg, Odette: Lydia Woog. Weltwoche-Verlag, Zürich 1991, S. 40
2 Nöthiger-Bek, Emmy: Sonne, Fels und Schnee. Freizeit in den Schweizer Bergen. Verlag Neues Leben, Berlin 1958
3 Nöthiger, Ruedi: Lebenslauf von Emmy Nöthiger-Bek. Privatarchiv Ruedi Nöthiger.
4 Lüscher, Rudolf; Schweizer, Werner: Leben im Widerspruch. Amalie und Theo Pinkus-De Sassi. Limmat Verlag, Zürich 1994, S. 164
5 Nöthiger-Bek, Sonne, Fels und Schnee, a.a.O., S. 3
6 Ebd., S. 34
7 Lüscher, Leben im Widerspruch, a.a.O., S. 208
8 Ebd., S. 208
9 Mitteilung von Bruno Margadant an den Autor.
10 Schumacher, Beatrice: Engagiert unterwegs, 100 Jahre Naturfreunde Schweiz. Verlag hier+jetzt, Baden/AG 2005, S. 95
11 Ebd., S. 61
12 Lampasiak, Bruno Klaus u.a.: Berg frei – Mensch frei – Welt frei! Eine Chronik der internationalen Naturfreundebewegung. Naturfreunde Internationale, Wien 2005, S. 13
13 Schumacher, Engagiert unterwegs, a.a.O., S. 35
14 Ebd., S. 72
15 Lüscher, Leben im Widerspruch, a.a.O., S. 208
16 Siegrist, Dominik: Gespräch mit Emmy Nöthiger, 5.6.91. Privatarchiv Ruedi Nöthiger.
17 Nöthiger-Bek, Sonne, Fels und Schnee, a.a.O., Nachwort von Heinz Schlosser, S. 209
18 Ebd., S. 210
19 Nöthiger, Sonne, Fels und Schnee, a.a.O., S. 207
20 Die Alpen, Monatsbulletin des SAC 1958, S. 291
21 Uttendoppler, Willy: Berge – von den Dolomiten in die Dauphiné. Alfred Scherz Verlag, Bern 1942
22 Ebd., S. 5
23 Harrer, Heinrich: Die Weisse Spinne, Ullstein Verlag, Wien, Berlin, Frankfurt am Main, 1968. Zitiert nach Ausgabe Schweizer Druck- und Verlagshaus, Zürich 1961, S. 142
24 Rettner, Rainer: Eiger, Triumphe und Tragödien 1932–1938, AS Verlag, Zürich 2008, S. 262
25 Schumacher, Engagiert unterwegs, a.a.O., S. 95
26 Reiss, Ernst: Mein Weg als Bergsteiger. Verlag Huber & Co., Frauenfeld 1959
27 Nöthiger-Bek, Emmy: Über all Berg. Hörspiel, Schweizer Radio DRS, 1968
28 Siegrist, Gespräch mit Emmy Nöthiger, a.a.O.
29 Ebd.

Max Frisch im August 1937 während
einer Bergwanderung an den Dents du Midi.
Fotografiert von Käte Rubensohn.

Max Frisch (1911–1991)

Dem Alleingänger ist die Welt offen

Tödi, Piz Kesch, Finsteraarhorn, Matterhorn: Berge tauchen häufig auf in Max Frischs literarischem Werk. Er war ein Wanderer und Bergsteiger, und wenn er von seinen Erfahrungen erzählt, in Reportagen oder in literarischer Perspektive verfremdet, besticht die Genauigkeit, die Bildhaftigkeit und sinnliche Kraft der Texte. Wir gehen mit, wir sehen mit, wir leben mit. Frischs zweites grösseres Prosawerk war eine Erzählung aus den Bergen, geprägt vom Stil und Denken der Dreissigerjahre. Er hat sich später von diesem Buch distanziert, es hielt seinen gewandelten ästhetischen Anforderungen und seiner politischen Haltung nicht mehr stand. Trotz Vorbehalten eine packende Geschichte und ein Dokument der Bergliteratur.

Ein junger Mann wandert von Linthal zur Sandalp am Fuss des Tödi, steigt dann steil gegen Westen an nach Obersand, schlägt unter der gewaltigen Nordwestwand sein Zelt auf. Er ist allein unterwegs, und er erinnert mich an meinen Vater: die Hornbrille, die nach hinten gekämmten Haare, der umgehängte Feldstecher und die Geste, wie er den Deckel der Thermosflasche aufschraubt und sich Tee einschenkt. Auch mein Vater hat einmal am Fuss des Tödi sein Zelt aufgeschlagen, auf einsamer Wanderung während einer Lebenskrise, auch darin gleichen sich die beiden Männer, die sonst wenig gemeinsam haben. Das Fernweh vielleicht, die vielen hundert Diensttage als Soldat im Aktivdienst, ihre Liebe zu den Bergen und zum Tessin.

Ins Tessin will der junge Mann in diesem Sommer Mitte der Dreissigerjahre, allein will er die Alpen überqueren, anderntags über den Sandpass und durchs Russeintal hinab in die Surselva, dann über die Greina, Olivone und Aquila bis nach Locarno wandern. Er ist in einen Bach gefallen, bis zu den Hüften, und nun liefert er sich mit den Schatten, die am Nordhang des Tödi aufsteigen, einen Wettlauf: «Man trocknet eben die Hosen und Strümpfe wieder. Aber wie, wenn die liebe Sonne gerade im gleichen Augenblick hinter den Bergen versinkt? Ich will nicht in nassen Kleidern im Freien übernachten, ich renne barfuss den nächsten Hang empor, um nochmals die Sonne einzuholen, was mir denn auch gelingt. Aber jedesmal, wenn ich meine tropfenden Kleider ausgelegt habe, kommen auch die verteufelten Schatten wieder und jagen mich immer noch weiter, und so wird es ein verzweifelter Wettlauf mit dem sinkenden Tag, den ich natürlich verliere.»[1]

Nun sitzt er also vor seinem Zelt unter der gewaltigen, noch unbestiegenen Nordwestwand des Tödi, kocht sich Tee und Suppe, so wie der Protagonist Balz Leuthold in seinem zweiten Buch, das im Oktober 1937 erscheint: «Antwort aus der Stille. Eine Erzählung aus den Bergen».[2]

«Die Tat oder der Tod»

Der Tödi ist der Schlüsselberg zu diesem Frühwerk Frischs: «Aber einfach ungeheuer ist dieser Klotz, wie er nun wirklich dasteht, und alles Erinnern ist übertroffen. Seine Spitze ragt über ziehenden Wolken.»[3] So wie der namenlose Berg in der Erzählung, so erscheint der Tödi tatsächlich, nähert man sich von Norden: ein flacher Gipfelgrat, sodass er wie ein Klotz wirkt, der höchste Punkt, der Piz Russein, eine wenig ausgeprägte Spitze, 3614 Meter über Meer. Auch andere Spuren im Werk deuten auf den markanten Berg auf der Wasserscheide zwischen Glarnerland und Surselva. Leutholds Zelt steht auf dem «Ochsenjoch», das erinnert an den Ochsenstock am Fuss des heute noch gefürchteten Nordgrats.

In einer Radiosendung 1937 erklärt Frisch allerdings, die Geschichte spiele im Wallis. Kinder «plappern»[4] französisch, und einmal sieht der Protagonist Matterhorn, Weisshorn und Dom und in der «glasblassen Ferne»[5] Eiger und Finsteraarhorn. Eine Landschaft jedenfalls, die sich aus realen und fiktiven Elementen zusammensetzt.

Leuthold will den noch unbestiegenen Nordgrat auf den Berg versuchen, ein riskantes Unterfangen, doch er steht an einem Wendepunkt seines Lebens, und er sucht eine Antwort. «Einmal muss man sein jugendliches Hoffen einlösen, wenn es nicht lächerlich werden soll, einlösen durch die männliche Tat, und es wird sich ja zeigen, ob es ein leerer Grössenwahn war oder nicht, woran man so viele Jahre lang glaubte. Einmal muss man es wagen, die Tat oder der Tod!»[6]

In diesem martialischen Stabreim hallt der Tödi mit, dessen Name allerdings nicht vom Tod stammt, sondern «d'Ödi» meint, die Öde, das Nichts jenseits der menschlichen Welt. Leuthold erreicht den Gipfel mit letzter Kraft und einer erfrorenen Hand, den Abstieg nimmt er über den «Westgrat» – auch am Tödi die Route, über die ein Alleingänger absteigen würde, da sie nur wenig über Gletscher führt, den «Sandgletscher», der in Frischs Fiktion genau diesen Namen trägt. Auf seinem Weg nach Süden, über den Sandpass, muss ihn Frisch überqueren, ohne dass er darüber Worte verliert, obwohl der kleine Firn für einen Alleingänger nicht ungefährlich ist. Eine Randkluft, von Neuschnee überdeckt, wie sie schon manchem zum Verhängnis geworden ist, hätte die Literaturgeschichte der Schweiz verändert.

Doch Frisch wandert weiter, frisch fröhlich, möchte man kalauern. Sein Alleingang über die Alpen bis ins Tessin scheint in zwei Feuilletons auf, 1936 und 1937 publiziert, also in den Jahren, während deren sich Frisch entschliesst, die Schriftstellerei aufzugeben und ein Architekturstudium aufzunehmen, einen Brotberuf zu ergreifen, denselben wie sein Vater. Sinngemäss lässt er auch seinen Protagonisten Leuthold vor einem Wendepunkt seines Lebens stehen, er muss sich entscheiden zwischen seiner bürgerlichen Lebensgestaltung als Lehrer und Offizier und dem Hang zum Künstler oder Lebenskünstler, er muss sich entscheiden zwischen seiner Verlobten Barbara und der jungen Dänin Irene, der er unverhofft am Berg begegnet, die mit ihm das Zelt und seinen Wunsch teilt, «aufzubrechen in ein neues und wirkliches Leben, wo es keine Rücksicht gibt und wo man alles wagt für seine Sehnsucht»[7].

Und wieder die Erinnerung an meinen Vater, auch er in einer Lebenskrise nach dem Tod seiner Frau, meiner Mutter, versucht allein den Tödi zu besteigen, wagt alles, doch wird er von einem Eisschlag zurückgetrieben und gibt seinen Traum auf, je den Gipfel seines Sehnsuchtsbergs zu erreichen.

Die Antwort aus der Stille finden: uraltes, biblisches Motiv. «Immer bleibt diese einsame Stille zurück, die um alles Leben ist und jeden Aufschrei verschluckt, als sei er nie gewesen, diese namenlose Stille, die vielleicht Gott oder das Nichts ist.»[8] Propheten stiegen auf Berge oder wanderten in die Wüste, «d'Ödi», um in der namenlosen Stille Gott zu finden – oder das Nichts.

Max Frisch wird sich im folgenden Jahr von Käte Rubensohn trennen, seiner langjährigen ersten Liebe, auch sie eine Berggängerin, wie Fotos von einer gemeinsamen Tour auf die Dents du Midi im August 1937 belegen: er mit der Thermosflasche in der Hand, Sonne und eine Haarsträhne im Gesicht, sie in weisser Bluse, Pumphosen und Nagelschuhen auf Felsblöcken unter dem Steinmann des Gipfels sitzend, verhalten lächelnd. Ein Bild wie aus meinem eigenen Familienalbum, Vater und Mutter in den Dreissigerjahren auf dem Claridenfirn am Tödi. Wenige Wochen später trennt sich Frisch in einem theatralischen Akt, kurz nach dem Erscheinen der Bergerzählung, von seinen Manuskripten. «Einmal wurde alles Geschriebene zusammengeschnürt, inbegriffen die Tagebücher, und alles dem Feuer übergeben.»[9]

Frisch gestaltet in dem Bergroman den Zwiespalt zwischen dem Künstler und dem Bürger, den er für sich selber, mit der Aufnahme des Architekturstudiums, vorläufig entschieden hat. Mit dem Werk habe sich Frisch «in einer literarischen Entlastungshandlung seinen Einstieg in die bürgerliche Gesellschaft freigeschrieben»[10], schreibt der Frisch-Biograf Urs Bircher. Der Literaturkritiker Andreas Isenschmid meint, beim Schreiben der Erzählung sei «ein umsichtiger Experimentator am Werk, der beinahe systematisch sein Repertoire an Schreib- und Lebensmöglichkeiten erprobt»[11].

Selbst die Manuskriptverbrennung nimmt Frisch im Buch vorweg; vor seiner Tour verbrennt Leuthold einen wirren Brief an seine Verlobte. «Wozu dieses rührende Geschwätz, dass er nicht heiraten könne, weil er ein leerer Mensch sei, und dass es kein Unglück sei, wenn er nicht mehr aus den Bergen zurückkomme.»[12] Zu Irene sagt er später im Zelt, er wolle schon «lieber nicht leben, so nicht, als gewöhnlicher Mensch nie und nimmer»![13] Und so bricht er auf, lässt sie allein auf dem Oberjoch zurück und packt den Grat an, den noch unbestiegenen.

«Diese ungeheure Nordwand des Tödi»

Ich stelle mir vor, wie Max Frisch, im Zelt unter der Nordwestwand in nassen Kleidern seinen Tee und seine Suppe kochend, im Kopf seine

Geschichte entwirft, sie in diese Landschaft setzt. Dass es der Tödi ist, kommt nicht von ungefähr. Schon seit Beginn des 19. Jahrhunderts war er ein bevorzugtes Ziel der Zürcher Intelligenzia, zwei Akademiker haben den Nordgrat schon 1911 gemeistert, der spätere Medizinprofessor Guido Miescher und der Ingenieur Karl Steiner, doch die Nordwestwand, die über ihm im letzten Licht leuchtet, ist noch, wie man in jenen Jahren sagte, «jungfräulich». Frisch weiss, wie heftig diese Wand die Zürcher Bergsteigerelite herausfordert, er stellt sich vor, wie sie «in Zürich, wenn sie aus dem Geschäft kommen und über die Brücken gehen, auch an diese Wand sehen, die gerade vor meinem Zelt steht, diese ungeheure Nordwand des Tödi».[14]

Der Schriftsteller Hans Morgenthaler hat sie schon zwanzig Jahre zuvor mit einem Begleiter versucht, ein Steinhagel stoppte die Seilschaft, nach einer schrecklichen Biwaknacht mussten sie umkehren. Morgenthaler mit verstümmelten Händen, die er auf einer Skibesteigung des Tödi erfroren hatte. Auch er ein Zerrissener zwischen Künstlertum und bürgerlichem Beruf, Botaniker und Geologe mit Doktortitel, ein wilder Gänger und Frauenliebling, ein Vorbild für Frischs Romanhelden. Morgenthalers Bestseller «Ihr Berge»[15] war Frisch mit Sicherheit bekannt. Und wie Morgenthaler, so lässt er Leuthold vom Berg zurückkehren, «erschöpft und zerschlagen, aber ohne Angst, mit erfrorenen und schmerzenden Gliedern, aber mit neuer Sehnsucht und mit wissendem Herzen». Er sinkt in Schlaf im Bewusstsein, «dass es ein unsagbar ernstes Glück ist, leben zu dürfen, und dass wohl nirgends die Leere sein kann, wo dies Gefühl auch nur einmal wirklich errungen worden ist, dies Gefühl der Gnade und des Dankes».[16]

Max Frisch war kein Extremer wie sein fiktionaler Balz Leuthold oder der wenige Jahre zuvor verstorbene Hans Morgenthaler. Ein Bergwanderer eher, der aber auch kletterte und sich in der Gletscherwelt auskannte. In seiner Sprache widerhallt der zügige Rhythmus des Wanderschritts, er nimmt einen mit, er weiss, wovon er schreibt.

Die eigentliche extreme Kletterei am Nordgrat erzählt er allerdings nicht – wohl mangels eigener Erfahrung.

Im Max-Frisch-Archiv in Zürich stecken in einem Couvert kleine Fotos, die Frisch auf einer von mehreren Wanderungen im Tödigebiet geknipst hat: Damals gings vom Klausenpass über die Kammlilücke zur Planurahütte. «Neuschnee ist gefallen, und weithin sehen wir unsere fadendünne Spur, die im grossgelegten Bogen vom Scheerhorn herüberführt. Wieviele Male wohl habe ich mit dem Pickelstock gestochert, damit wir nicht von heimtückisch verschneiten Spalten überrascht würden? Einmal brach mein Gefährte bis zum Schenkel hinein, ein andermal hielt mich mein Rucksack; es ist zum Bergsteigen schon spät im Jahr, zumal in diesem Gebiet, das hauptsächlich aus Firn und Gletscher besteht.»[17]

Auf einem Bild Frisch oder sein Begleiter, winzig auf dem Gletscher mit Pickel in der Hand, andere Fotos zeigen den Claridenstock, den Düssistock oder eben den Tödi, die gewaltige Nordwestwand, nicht so hoch, aber ebenso schwierig wie die Eigernordwand. Diese Herbstwanderung durch die Gletscherwelt des Tödigebiets fand zwei Jahre vor Erscheinen des Buches statt. Am Abend, vor der Hütte sitzend, blicken Frisch und sein Gefährte hinüber zum grossen Berg. «Ein silbergrauer Dunst hängt manchmal zwischen dieser Bergkette und einer nächsten, ein hoher Schleier, der kupfrig wird im schrägen Abendlicht, und wunderbar schwerelos zeigt sich die Welt, gleichsam in den Himmel gehoben und in lauter Leuchten zerfliessend. Im Osten vertieft sich indessen das Blau; überm nahen Tödi, dessen schaurig-schöne Nordwestwand gerade hinter uns aufragt, und über seinem Gipfelgletscher, dessen Fläche sich elfenbeinweiss in den Raum wölbt, dunkelt es zusehends.»[18]

Der Hüttenwart, «ein ganz prächtiger Kerl, der entschlossen für Ordnung sorgt und ein guter Kamerad ist, ein männlich liebenswürdiger Glarner»,[19] bekommt seinen Auftritt in der «Antwort aus der Stille» als pfeifenrauchender Wirt der Oberhornhütte, die für eine andere Tödi-Hütte steht, die Grünhornhütte. Abends im Gespräch am Hüttentisch lässt man all die unbedachten, schlecht ausgerüsteten und unachtsamen Leute Revue passieren, die gedankenlos in den Bergen herumstreifen und Gott und die Rettungskolonne herausfordern. Zum Beispiel ein Einzelgänger ohne Seil und ohne Karte mitten auf dem Claridengletscher. Vielleicht mein Vater, der oft über diese Gletscher wanderte, auch in jenen Dreissigerjahren, allein und nur mit einem Spazierstock mit Metallspitze ausgerüstet. Später begleitete ich ihn von der Planura- zur Hüfihütte, in weitem Bogen um gähnende Spalten, und einmal wanderten wir miteinander über den Sandpass, nahmen also die gleiche Route wie Max Frisch durchs Russeintal hinab in die Surselva.

«Unterwegs werde ich übrigens immer wieder gefragt, ob ich denn allein sei, ganz und gar allein, und nicht selten zeigen die Leute offenes Mitleid, als sei man schon ein Mönch oder ein Selbstmörder, nur weil man allein ist», schreibt der Einzelgänger Frisch. Und lobt dann die Vorzüge des Wanderns allein mit sich und der Welt. «So darf man nicht vergessen, dass dem Alleingänger dafür die Welt umso offener ist, wenn man einmal schweigt, damit die Dinge umso lauter reden mögen, der Wind in den Erlen und das Wasser, das über goldbraune Kiesel murmelt oder in blitzenden Silbergarben über die Felsblöcke stürzt.»[20]

Max Frisch ist mit der Gletscherwelt des Tödi bestens vertraut, empfindsam für die feinsten Stimmungen der Natur, Licht und Schatten, Alpenpflanzen, Bergdohlen und selbst verirrte Wespen, vertraut mit der Einsamkeit und der Kälte im Zelt dicht am Berg, er schreibt seine Bergerzählung aus dem Vollen. Als Ausdruck einer persönlichen Krise, um vielleicht schreibend zu einer Lösung zu finden. Und ganz im Geist der Zeit.

«Ein Mädchen lässt sich führen»

«Das hat er sich geschworen, dieses Leben eines Durchschnittsmenschen – nie und nimmer!» «Sein Wille wird ihn in den Nordgrat schicken, in die Tat oder in den Tod.» «Befehl ist Befehl, und da gibt es kein Murren, warum gerade er diesen Grat versuchen soll, den noch nie ein Mensch bezwungen hat.» «Es ist, als komme mit der Pflicht auch unversehens die Kraft.» «Der Kampf dreier Tage und dreier Nächte.» «Auch wenn er den Berg bezwingt, wird er darum ein anderer sein?»[21]

Solche Sätze atmen den Zeitgeist und machen «Antwort aus der Stille» zu einem Zeitdokument. So redete und dachte in den Dreissigerjahren eine Mehrheit der Bergsteiger und Bergschreiber. «Frisch greift im Roman reihenweise Vokabeln des damaligen bräunlichen Zeitgeistes auf, doch er tut es, um sie zu ironisieren und zu unterhöhlen. Er mokiert sich über seinen Helden»[22], schreibt Andreas Isenschmid und hat damit wohl recht. Als Berg- und Gletscherwanderer bewahrt Frisch eine kritische Distanz zu Extremalpinisten wie Leuthold. Seine Feuilletons über Bergwanderungen und Skitouren, die man als Vorbereitung des Werks betrachten kann, sind weitgehend frei von diesem «bräunlichen Zeitgeist» und seiner Sprache. Er identifiziert sich nicht mit Leuthold, er ironisiert und kritisiert ihn. Die «Neue Zürcher Zeitung» lobte: «Mit welch sicheren Strichen ist alpine Landschaft gezeichnet, mit welch ehrlicher und niemals falschfiebernder Erregung gestehen sich die Hauptfiguren ihre Nöte ein.»[23]

Warum musste er sich also später von seinem Bergsteigerbuch distanzieren? Es aus seinem Gesamtwerk verbannen? Weil es in einem Verlag in Nazideutschland erschien? Weil man die Ironie missverstand? Wegen des Pathos angesichts der Bergwelt, der gelegentlich in den Stil eines Heimatromans zu kippen droht? «Wie am ersten Tag, als Gott das Licht schuf, so blendet das weisse Gebirge ringsum, das sich in den hohen und blauen Himmel zackt, so klar und scharf und spitz wie lauter Kristalle, Gipfel neben Gipfel, so weit man schaut, wie Gottes steile und silberne Handschrift, hingeschrieben an den glühenden Rand dieser Welt.»[24]

Vielleicht störte ihn im Nachhinein auch das patriarchale Frauenbild, das der 26-Jährige zum Ausdruck bringt, ebenfalls im Zeitgeist der Bergsteigergilde, die noch Jahrzehnte später keine Frauen in ihren Vereinen duldete. «Ein Mädchen ist so schüchtern, wenn es liebt, ein Mädchen verstummt, wenn der Mann nur sagt, dass er Kopfweh habe, und glaubt jedes Wort, das er sagt, ein Mädchen lässt sich führen, oder es scheint jedenfalls so.»[25]

Der harte, schweigsame Bergsteiger weiss, «dass eine liebende Frau wohl immer eine Last ist, weil Liebe allein ja noch keinen Mann erlöst».[26] Die melodramatische Dreiecksgeschichte erinnert an Bergfilme der Dreissigerjahre, etwa «Die weisse Hölle am Piz Palü» von Arnold Fanck und Georg Wilhelm Pabst mit Leni Riefenstahl in der weiblichen Hauptrolle. «Luis Trenker, hätte er die Erzählung gekannt, wäre über ihren Inhalt als Vorgabe für ein Filmdrehbuch hocherfreut gewesen»[27], schreibt der Alpinautor Wilfried Schwedler in seinem Buch «Schreibtisch mit Gipfelblick».

Frisch freut sich wohl eher über die Tantièmen, denn als Architekturstudent ist er knapp bei Kasse. Kurz nach Erscheinen des Buches stellt er ein Exemplar Hermann Hesse zu, wobei er sich im Begleitbrief recht klein macht, «doch gerade dieses Gefühl, dass es nichts Grossartiges ist oder sein will, dass es nicht aus Ehrgeiz entstanden ist, wie ich glaube, gibt mir den Mut, es Ihnen vorzulegen».[28] Die Antwort war offenbar eher entmutigend.

Es scheint, als habe Frisch sich innerlich schon distanziert von dem Werk, das er später als «schlechtes Buch»[29], ja als «einfach ein Schmarren»[30] verwerfen wird. Wahrscheinlich wurde ihm allmählich bewusst, dass er sich mit dem Bergroman auf ein literarisches Feld begeben hatte, das zunehmend von den Nationalsozialisten und ihren Mitläufern besetzt wurde. Das Schwelgen im Pathos, die Ehrfurcht vor der Erhabenheit der Gletscher und Gipfel, deren Eroberung nur Helden vorbehalten bleibt, fügte sich bestens ins Konzept des arischen Herrenmenschen. Selbst «Reichsjägermeister» Hermann

Göring[31] liess sich 1935, noch nicht vollständig verfettet, als Kletterer ablichten. Bergfilme und Bergliteratur waren in jenen Jahren unerhört populär, sie wurden zu Kündern «einer heroischen Lebensauffassung, die das Ideal des ‹Alles oder Nichts›, ‹Siegen oder Sterben› zum beherrschenden Thema macht».[32]

Es war die hohe Zeit des sogenannten Heldischen Alpinismus, des nationalistisch geprägten Kampfs um die sogenannten letzten Probleme der Alpen, um Eiger-, Matterhorn-, Grandes-Jorasses Nordwand, und um ferne «Schicksalsberge» wie den Nanga Parbat. «Mit der Propagierung des heldischen Alpinismus erfolgt ein Aufschwung der alpinen Literatur»,[33] schreibt der österreichische Bergführer und Sporthistoriker Rainer Amstädter.

Einer der profiliertesten Autoren, der Extremkletterer, Philosoph und Literaturwissenschaftler Leo Maduschka, erfriert 1932, 24-jährig, in der «schwierigsten Felswand unserer Alpen, der düsteren Wand der Civetta».[34] Maduschka betrachtete Bergsteigen und Wandern als romantische Lebensform auserwählter Völker. «Und über allen Gestaltwandel der Geschichte und des Menschen hinweg lebt diese Mitgift germanischen, faustischen Geistes noch den spätesten und jüngsten Enkeln: uns selbst im Blut.»[35]

Das schmeckt nach rassistischer Blut-und-Boden-Ideologie. Maduschkas Tod wird von den Nationalsozialisten als Ausdruck des heldischen Zeitgeistes und der Tugend der opferbereiten Kameradschaft gepriesen. In den Sturzfluten eines wilden Hochwetters in einem Riss kauernd, von Steinschlag und einem Wasserfall überspült, habe Maduschka sterbend mit seinem Seilgefährten Martin Pfeffer das Bergsteigerlied gesungen, berichtet dieser.[36] In einem Riss kauernd, singend in den Tod gehen, so wie ein Soldat im Schützengraben. Pfeffer schreibt denn auch, dass Maduschka in der Civettawand «fiel»[37], deren Durchsteigung er als «unverrückbare Pflicht»[38] aufgefasst habe. Er selber fiel fünf Jahre später in einer Eislawine am Schicksalsberg Nanga Parbat.

Als Helden gefeiert und mit einer olympischen Goldmedaille dekoriert werden die Münchner Brüder Toni und Franz Schmid, denen 1931 die Erstdurchsteigung der Matterhorn-Nordwand gelingt. Die Krönung des grossdeutschen Alpinismus ist dann die erste Durchsteigung der Eiger-Nordwand durch die Münchner Anderl Heckmair und Ludwig Vörg, Mitglieder der Stammmannschaft der NS-Ordensburg Sonthofen, und die Österreicher Fritz Kasparek und Heinrich Harrer, SA-, SS- und NSDAP-Mitglied, der einen Hakenkreuzwimpel im Rucksack mitführt. Er schreibt: «Wir haben die Eiger-Nordwand durchklettert über den Gipfel hinaus bis zu unserem Führer.»[39] Und tatsächlich empfängt Hitler die vier Helden und überreicht jedem ein Porträt von sich mit persönlicher Widmung; die Nazis schlachten den Erfolg in ihrer Propaganda aus als Beweis der Überlegenheit der deutschen Herrenrasse.[40]

Kampf dem Berg als Vorbereitung zum Krieg: Eine grosse Zahl der alpinen Helden bezahlte denn auch ihre Verwegenheit, ihr unerbittliches Ringen um den Erfolg mit dem Leben. «Die Tat oder der Tod!»

«Vielleicht wäre er in den Felsen hängen geblieben»

Mein Vater erzählte gern eine Anekdote aus den Dreissigerjahren. Er wandert allein in den Glarner Bergen, als er einem Mann begegnet, Lederhosen, Kniesocken und Gamsbart auf dem Filz, ein Deutscher, der ihn mit ausgestrecktem Arm begrüsst, nach dem Weg fragt, sich bedankt, wieder die Hand in die Höhe reckt und sich mit einem bellenden «Heil Hitler!» verabschiedet. In seiner Erinnerung wurde der Wanderer zum Spion, der als Bergfreund getarnt die Schweizer Alpen nach Festungen und Bunkern durchforschte.

Max Frisch lässt den Soldaten Gantenbein eine ähnliche Begegnung machen, auf dem Piz Kesch im Albulagebiet in Graubünden, an einem Urlaubssonntag während des Aktivdienstes im Zweiten Weltkrieg. Im Roman «Mein Name sei Gantenbein»[41] klettert der Protagonist auf den Berg, obwohl das den Urlaubern verboten ist, ein

«Alleingänger mit Eispickel»[42]. Auf dem Gipfel schläft er ein, bis ihn ein Zivilist mit einem «Grüssi» aufweckt, was er für «schweizerisch hielt»[43]. Ein Deutscher mit grünem Filzhut und erstklassigen Bergschuhen, ortskundig, mit Leica, Feldstecher und Karte ausgerüstet, obwohl alle Karten im Krieg konfisziert waren. Verhaltene Annäherung, Frisch darf sogar durch seinen Feldstecher blicken, mit dem er die Gegend rekognosziert, bietet ihm dafür Veltliner aus seiner Feldflasche an. Schliesslich schenkt ihm der Deutsche einen Apfel.

«Als er unterdessen seinen Rucksack angeschnallt hatte, war ich nicht mehr gefasst darauf, man hatte sich bereits die Hand geschüttelt, als ihn jene Offenherzigkeit überfiel, deren genauen Wortlaut ich vergessen habe. Das Reich, das genügte mir; der Sinn war deutlich. Ich sagte nichts dazu, sagte aber auch nichts anderes, sondern schwieg und stand, die Hände in den Taschen meiner feldgrauen Röhrenhose, die ich hasste, Blick auf das Land, das auch bald, wie er meinte, zum Reich gehören werde. Was ich sah: Fels, schwärzlich, stellenweise auch rötlich, Schnee im Mittagslicht und Geröll, Hänge von grauem Geröll, dann Matten, baumlos, steinig, Bäche mit Sonnenglitzern, Weiden, Vieh, das aus der Ferne wie kleine Maden aussah, ein Tal mit Wald und Wolkenschatten; in der Nähe die schwarzen Dohlen.»[44]

Später träumt Gantenbein, er habe den Deutschen über den Felsen gestossen, kein Mensch weit und breit, keine Zeugen. Ein Stoss mit der Hand, es wäre ein Leichtes gewesen, ein Mord, ja, aber vielleicht hätte er einen getötet, der Pläne für ein deutsches Konzentrationslager auskundschaftete. Eine «Nicht-Tat», nennt Frisch diese Erinnerung Gantenbeins, die wohl eine literarische Konstruktion ist, aber zweifellos auf genauer Kenntnis des Piz Kesch gebaut. Also nicht mehr «die Tat oder der Tod», sondern die Nicht-Tat zum Leben. Es hätte ja auch ein Irrtum sein können. «Vielleicht war er ein guter Kerl, sogar ein feiner Kerl, ich sage es mir immer wieder, um erleichtert zu sein, dass ich's nicht getan habe.»[45]

Ich lese die Kesch-Episode wie eine Antwort auf die «Antwort aus der Stille». Frisch/Gantenbein verhält sich nun politisch korrekt. Kein Pathos mehr, kein Kampf auf Leben und Tod, sondern ein friedlicher Moment auf einer Bergspitze, während rundum der Weltkrieg tobt. Der Nazi, der die Berge «heim ins Reich» holen, sie gar als Standort für ein Konzentrationslager missbrauchen will, wird kühl zurückgewiesen. Der Mord findet nicht statt, dagegen die Hand ausgestreckt: Vielleicht war er ein guter Kerl. Gantenbein nimmt einen Apfel entgegen, verspeist ihn, mit ungutem Gefühl allerdings.

Der Apfel auf dem Piz Kesch: auch das ein biblisches Motiv, wie die Suche nach der Erleuchtung in der Wüste oder am Berg. Der Sündenfall, der uns das Paradies und die Unschuld gekostet hat. Frisch hat das Verhalten der Schweiz im Zweiten Weltkrieg immer wieder gegeisselt: Gold von den Zähnen ermordeter Juden auf unseren Banken, auf nachrichtenlosen Konten gehortete Vermögenswerte Verschwundener, Depots von Raubkunst der Nazis, Waffen für die Wehrmacht aus unseren Waffenschmieden, Zurückweisen von Flüchtlingen an den Grenzen, zurück in die Konzentrationslager und den Tod. Unsere Alpen sind, trotz Réduit, nicht rein geblieben, kein romantisches Paradies mehr. Was wäre geschehen, hätte Gantenbein den Nazispion über die Felsen gestossen, so beherzt gehandelt wie der junge Rabbinersohn David Frankfurter, der 1936 in Davos den Gauleiter Wilhelm Gustloff erschoss?

Der Piz Kesch ist kein schwieriger Berg – allerdings auch nicht harmlos: Firn und leichte Kletterei. Andreas Scherrer, einer der fähigsten jungen Bergführer und Extremkletterer, stürzte im Jahr 1975 auf der Normalroute zu Tode. Vielleicht rutschte sein Gast aus, der ohne Erinnerung überlebte. Sie lagen unter den Felsen im Schnee, genau an der Stelle, wo Gantenbein glaubt, wäre der Deutsche hingefallen, hätte er es getan. «Vielleicht auch wäre er in den Felsen hängen geblieben, nur seine Leica wäre auf den Schnee gefallen, vielleicht auch nicht.»[46]

Es geht in diesem Text auch ums Erinnern. Ich erinnere mich selber an Berge, die ich vor Jahrzehnten bestiegen habe, sozusagen Griff um Tritt. Die emotionale Bewegung prägt die Bilder und Gefühle unserer Besteigungen tief ein. Wie Filme kann ich Touren und Routen vor meinem inneren Auge ablaufen lassen. Im Gegensatz zu Frisch/Gantenbein, der sich wundert: «Ich kam auch nie wieder auf den Piz Kesch. Trotzdem habe ich es, wie sich später zeigte, nicht vergessen, während ich so vieles, was ich wirklich getan habe, wirklich vergessen habe. Das ist merkwürdig. Es scheint, dass es vor allem die wirklichen Taten sind, die unserem Gedächtnis am leichtesten entfallen; nur die Welt, da sie ja nichts weiss von meinen Nicht-Taten, erinnert sich mit Vorliebe an meine Taten, die mich eigentlich bloss langweilen.»[47]

Das klingt wiederum wie eine Gegenrede zur «Antwort aus der Stille». Die wahre Tat ist nicht die Gipfelbesteigung oder das, wovon die Welt spricht, sondern der einsame Entscheid, etwas nicht zu tun, «ob schändlich oder rühmlich»,[48] der Alleingang, von dem niemand etwas erfahren wird.

«Er war auch der bessere Alpinist»

Max Frisch kannte den Piz Kesch, ob er ihn allein und als Soldat bestiegen hat, ist nicht bekannt. Im Engadin hat er jedenfalls viele Gipfel bestiegen. Mit Freund Werner Coninx, wie er sich in der 1975 erschienenen Erzählung «Montauk»[49] erinnert, seinem «intimsten und zartesten, bescheidensten und deshalb vielleicht originellsten Buch».[50] Über vierzig Jahre sind vergangen seit seinen Bergbesteigungen. Er ist ein weltbekannter, weltläufiger Schriftsteller geworden, ein urbaner Mensch, zu Hause in den grossen Städten der Welt: Rom, Berlin, New York. Hier begegnet er der jungen Lektorin Lynn, verbringt mit ihr ein Wochenende auf Long Island und erzählt «autobiografisch, ohne Personnagen zu erfinden; ohne Ereignisse zu erfinden».[51]

Eine dieser Personen ist W., Schulfreund aus betuchter Familie, Mitbesitzer des Zürcher «Tages-Anzeigers», finanzieller Förderer und intellektueller und sportlicher Forderer. «Er kannte das Engadin. Er war auch der bessere Alpinist.»[52] Für den jungen Frisch wären Bergferien im Engadin unerschwinglich gewesen. Die Coninx-Familie engagierte jeweils einen Bergführer, der die Jungen unterrichtete und auf Touren führte – wohl auch auf den Piz Kesch. «Ohne W. wäre ich nie auf diese Berge gelangt. Er wusste, wo und wann Lawinen drohen und wie man sich in einem bedenklichen Gelände zu verhalten hat; er knüpfte die rote Lawinenschnur an seinen Rucksack, betrachtete gewissenhaft den Hang und prüfte den Schnee, dann sauste er voran in die Tiefe, und ich hatte mich nur an seine kühne Spur zu halten, so gut ich's konnte.»[53]

Werner Coninx ermöglichte Frisch nicht nur die Tourenwochen im Engadin, er kaufte ihm nach einem schweren Sturz auch einmal ein Paar neue Ski, «nicht die allerbeste Marke, was mir peinlich gewesen wäre, immerhin eine Marke mit einer besseren Bindung, als ich sie bisher hatte».[54] Eine generöse Geste, von der er kein Aufhebens machte. Geduldig und grossmütig wartete Coninx auch auf den schwächeren Skifahrer Frisch, der oft stürzte, betrachtete die Landschaft, die er bestens kannte, benannte Gipfel. «Er schenkte mir sein Engadin.»[55]

Von Frischs Schriftstellerei hielt der hoch gebildete Freund offenbar wenig. «W. hatte einen andern Zugang zur Literatur, ich begriff, dass W. meine Bücher nicht lesen konnte. Er hatte ein anderes Mass, dem sie nicht gewachsen sein konnten.»[56] Er ermunterte ihn, die Schriftstellerei aufzugeben und zur Architektur zu wechseln. Und er finanzierte ihm das Studium mit 16 000 Franken, ohne dass er sich später für Frischs Bauten interessiert hätte. Werner Coninx wurde ein bedeutender Kunstsammler und Verwaltungsrat des Tages-Anzeiger-Verlags.

Die Erzählung «Montauk» enthält die späte Verarbeitung dieser vertrackten Männerfreundschaft, die schliesslich in Missverständnissen und im Verstummen endete. Nach Jahren unternehmen sie nochmals eine gemeinsame Wanderung auf den Grossen Aubrig im Wägital, einen leichten Voralpengipfel. Beide um die fünfzig, doch Frisch fühlte sich in Form, trotz einer überstandenen Krankheit, Coninx bekundete Mühe. «Er blieb zurück. Zum Gipfel war es nicht mehr weit, aber W. wollte nicht mehr.»[57] Allein setzte Max Frisch das kurze Stück auf den Grossen Aubrig fort, sass auf der grasigen Kuppe, blickte ins Land und auf sein Leben zuück, ein leiser Triumph dringt durch den Text der Erinnerung, die ihn auf Long Island einholt, obwohl er ihn gleich im nächsten Satz wieder zurücknimmt: «Unser Verhältnis so zu sehen, ich weiss, wäre zu primitiv.»[58]

Im Mai 1959 war Frisch an einer schweren Hepatitis erkrankt, Spitalaufenthalt, die Aubrig-Tour könnte also im Herbst jenes Jahres stattgefunden haben, also in der Zeit, in der er am «Gantenbein» arbeitete. Das rief wohl auch die Erinnerung an die gemeinsame Zeit im Engadin wieder wach. Jedenfalls stürzt Frisch in seinem Werk auch W. auf gewisse Weise vom Sockel, als Förderer und Vorbild, das der arrivierte Autor nun nicht mehr braucht. Mit links könnte er ihm sein Stipendium und die Ski und die Engadiner Ferien zurückbezahlen, doch er zahlt ihm alles heim, indem er ihn auf einem Grasband am Aubrig sitzen lässt und allein weitersteigt.

Eine Kletterei in den Calanques bei Marseille fällt mir ein, mit einem Freund, der mir ein grosser Förderer war, mich auf dem Motorrad mitnahm in die Berge und mir auch einmal ein Paar Ski schenkte. An einer schwierigen Kletterstelle scheiterte er, ich stieg vor und erreichte den Gipfel. In meinem Übermut verletzte ich den Freund mit Worten, er verzieh sie mir nie mehr, es blieb unsere letzte gemeinsame Tour.

«Wenn ich jetzt noch auf jenem Gipfel stehen würde»

«Die plötzliche Lust zum Klettern, überhaupt die Gier, den Dingen wieder näherzukommen.»[59] Diese elementare Lust, Fels unter den Fingern zu spüren, die Nähe der nackten Erde, packt Frisch im Jahr 1946, bei einem Flug über die Alpen. Der Pilot steuert am Gipfel des Finsteraarhorns vorbei, keine dreissig Meter, im weichen Polster fühlt man sich sicher, doch der Blick zum Gipfelkreuz lässt ein Gefühl von Gefahr, von Wirklichkeit aufkommen. «Es geht gegen sieben Uhr abends, eine Stunde, wo ich noch nie auf einem solchen Gipfel war; es ist wunderbar für das Auge, aber vermischt mit der Unruhe des verspäteten Klettrers; die Täler im Schatten, violett, die letzte Sonne auf einer Gwächte, grünlich durchschimmert; erst durch den unwillkürlichen Kniff, dass man sich in die Lage des Klettrers versetzt, wird alles wieder ensthaft und erlebbar, wirklich und schrecklich.»[60]

Der Kniff ist der literarische Perspektivenwechsel, den Frisch meisterhaft beherrschte. Und es ist beinahe selbstverständlich, dass er sich den «verspäteten Klettrer» als Alleingänger vorstellt, der besorgt in den violetten Abgrund blickt und sich fragt, ob er diesen Grat zum Hugisattel und die Gletscherrampe zur Hütte hinab noch schaffen wird, bevor die Nacht anbricht.

Zehn Jahre später, im Roman «Homo Faber»[61], greift er auf dieses Bild zurück. Der Geschäftsreisende Walter Faber überfliegt die Alpen in einer Super Constellation, die Namen der Gipfel sind ihm nicht mehr geläufig, doch er fragt sich: «Wenn ich jetzt noch auf jenem Gipfel stehen würde, was tun? Zu spät, um abzusteigen; es dämmert schon in den Tälern, und die Abendschatten strecken sich über ganze Gletscher, dann Knick in die senkrechten Wände hinauf. Was tun? Wir fliegen vorbei: man sieht das Gipfelkreuz, weiss, es leuchtet, aber sehr einsam, ein Licht, das man als Bergsteiger niemals trifft, weil man vorher absteigen muss, Licht, das man mit dem Tod bezahlen müsste, aber sehr schön.»[62]

Wieder eine Alpenüberquerung, diesmal im Flugzeug, abgehoben, Blick auf eine vergangene Welt, distanziert. Und doch wieder fasziniert vom Licht, von der möglichen Todesgefahr. Die wohl stark dramatisiert ist: Der einsame Bergsteiger würde ein Biwak überleben, auch auf dieser Höhe, würde anderntags, aufgewärmt durch die Morgensonne, etwas ungelenk vielleicht, absteigen zur Finsteraarhornhütte. Gertrude Bell fällt einem ein, die 1902 mit zwei Bergführern die Finsteraarhorn-Nordostwand versuchte. Nach einem Biwak in der Wand, dramatischem Rückzug mussten die drei auf dem Gletscher im Schneesturm nochmals eine Nacht verbringen, als Zelt diente ihnen Gertrudes Rock. Eine schöne und geheimnisumwitterte Frau, Mitarbeiterin des britischen Geheimdienstes im Nahen Osten und «ungekrönte Königin des Iraks»[63].

Auch Walter Faber denkt bei seinem Flug über die Berge an eine geheimnisvolle Frau, er ist unterwegs zu ihr. «Ich weiss nicht, was Sabeth alles finden würde, es wechselt rasch, manchmal ein Wolkenloch, in der Tiefe: ein schwarzer Wald, ein Bach, der Wald wie ein Igel, aber nur eine Sekunde lang, die Wolken schieben sich durcheinander.»[64]

Obwohl mich Max Frisch als Bergwanderer und Bergsteiger an meinen Vater erinnert, der wenig älter war, wäre es vermessen, wenn ich ihn als literarische Vaterfigur bezeichnen würde. Seine Bücher gehörten zu meinen ersten und wichtigen Lektüren, ohne dass ich in ihm einen Bergsteiger sah. Der Schriftsteller Otto F. Walter fand in meinem ersten Roman «Jede Minute kostet 33 Franken»[65] Ähnlichkeiten mit Frischs «Homo Faber»: «Zopfis Roman ist, bei allen Unterschieden, fast so etwas wie ein ferner, junger Verwandter jenes Homo Faber, mit dem Max Frisch 1957 die Frage nach der Verantwortung des Technikers für unsere Gesellschaft warnend gestellt hat.»[66]

Mit dem Ex-Bergsteiger und Techniker Walter Faber konnte ich mich kaum identifizieren: Ständig war er auf Reisen, ein Tourist mehr als ein arbeitender Mensch, während ich in den Labors und Grossraumbüros der Industrie dem Wochenende und den Bergen entgegenträumte. Begegnet bin ich Max Frisch ein einziges Mal im Volkshaus in Zürich. Eine politische Veranstaltung, Adolf Muschg kandidierte 1975 als Ständerat für die Sozialdemokraten, Günther

Grass und Max Frisch unterstützten ihn mit Reden auf dem Podium im Volkshaus. Muschg schwadronierte, Grass donnerte, Frisch sprach verhalten, präzis, kristallklar und überzeugend. Kalter Krieg herrschte noch, die Truppen der USA hatten ein Jahr zuvor fluchtartig Vietnam verlassen, «Montauk» erschien in diesem Jahr. Ich hatte eine Teilzeitstelle in der Industrie gefunden, versuchte mich als Schriftsteller und wurde zum zweitenmal Vater.

«Einen kalten Apfel auf dem Matterhorn»

Max Frischs Gantenbein war «in jungen Jahren einmal auf dem Matterhorn».[67] Das will wohl fast jeder Bergsteiger einmal, so auch ich. Über den Zmuttgrat, den man von der Hörnlihütte über einen Eishang und den Hängegletscher unter der Nordwand erreicht. Wir waren eine halbe Stunde unterwegs, standen mitten im steilen Eis, als es über uns krachte, Felsblöcke stürzten vom Hörnligrat auf uns zu, schleuderten meinen Seilgefährten aus dem Stand. Unmittelbar unter uns erschlug ein Steinbrocken einen Bergführer, er riss seine Begleiterin am Seil in die Tiefe. Mein Freund konnte sich in einem Eisspalt festkrallen, mit unglaublichem Glück überlebten wir den Steinschlag, den eine Seilschaft auf dem Grat über uns ausgelöst hatte. Genau so, wie Frisch das beschreibt:

«Beim Einstieg in den Grat, zwei Uhr morgens, braucht man keine Laterne, so hell ist die Nacht über den Gletschern, auch wenn kein Mond scheint; der Fels ist knochenbleich, nicht grau oder schwarz, sondern knochenbleich, und da es keine Schatten gibt, sogar aus der Nähe sozusagen unwirklich, aber vorhanden, beim Anfassen kalt wie Eis und klingelhart; kein guter Fels, da und dort bröckelt es, wenn die Hand nach Griffen sucht, dann schlittern Scherben in die Tiefe.»[68] Es sind Scherben, die am Matterhorn Unglück bringen können, wie ich das selber erlebt habe, seither meide ich diesen Berg.

In Frischs 1979 erschienenem Alterswerk «Der Mensch erscheint im Holozän»[69] erinnert sich Herr Geiser an seine Matterhornbesteigung vor fünfzig Jahren, eine oft erzählte Geschichte, der schon seine Enkel überdrüssig sind. Jetzt lebt er im Tessin, ein gealterter Industrieller, der sich zurückgezogen hat, Alleingänger auch er. Seine Erinnerungen sind brüchig, verwirren sich, doch da ist immer wieder das Matterhorn und jener Tag, an dem er es erklettert mit seinem Bruder Klaus, der voransteigt, Tritte in den Neuschnee stampft oder mit dem Pickel in eine Eisschicht haut und den Rucksack trägt. «Das Wetter blieb tadellos, nur um den Gipfel hing leichtes Gewölk.»[70] Hier treffen sich Herr Geisers und meine Erinnerung und vielleicht auch jene seines Alter Ego Max Frisch.

Jedenfalls erreicht Frisch/Geiser den Gipfel gegen zehn Uhr, steht stolz und doch etwas enttäuscht neben dem Kreuz aus Schmiedeeisen. «Das also ist alles: man isst einen kalten Apfel auf dem Matterhorn.»[71] Es ist wieder ein Apfel, wie schon auf dem Piz Kesch. Nicht von einem Faschisten dargereicht diesmal, das erotische Symbol der Versuchung. Neben dem eisernen Gipfelkreuz stehen Geiser und sein Bruder, das Gipfelsignal erscheint wie das Eiserne Kreuz, das die Deutsche Wehrmacht seinen Helden um den Hals band, es lässt an den Nazi auf dem Kesch denken. Ein Bergführer bedient seine deutschen Kunden mit heissem Tee – ich weiss nicht, ob Max Frisch solche Assoziationen bewusst gesetzt hat oder ob sich darin der Zufall realer Erfahrung widerspiegelt, die bekanntlich jede Fiktion übertrifft.

«Der Bergführer jedenfalls grüsst nicht, erst nach einer Weile, als Klaus irgend eine Auskunft wünschte, machte der Bergführer sie aufmerksam, dass sie, beim Überholen, Steine ins Kollern gebracht hätten und zwar mehrmals ...»[72] Solche Steine waren es, die uns damals trafen, beinahe in die Tiefe fegten, den Bergführer Anselm Biffiger erschlugen, der seine Verlobte Marianne aufs Matterhorn führen wollte, drei Wochen vor der Hochzeit. Das ist meine Matterhorn-Geschichte, und meine Angehörigen sind ihrer auch schon überdrüssig, so oft habe ich schon erzählt, wie wir einen Landeplatz stampften, bei wolkenlosem Himmel mehrere Stunden auf den Helikopter warteten, der die Schwerverletzte und den Toten holte. Hermann Geiger steuerte ihn, der grosse Pionier der Flugrettung, der auch ein Autor war: «Der Gletscherflieger»[73] hiess sein Buch, ein Bestseller, in mehrere Sprachen übersetzt. Zwei Jahre darauf stürzte er bei einer Landung ab.

Frisch/Geiser erreicht den Gipfel also mit wenig Mühe, im Abstieg verstiegen sie sich in die Ostwand, wie das vielen Matterhornbesteigern ohne Bergführer passiert. «Plötzlich standen sie ohne jede Sicherung, schätzungsweise siebenhundert Meter über dem Bergschrund.»[74] Sie sind gefangen am Berg, ihre Hilferufe verhallen ungehört. Schliesslich gelingt es Klaus, in desperatem Alleingang auf ein Band abzusteigen, wieder den Grat hochzuklettern und ein Seil abzulassen. Allein harrt Geiser aus, bis endlich das Seil herunterbaumelt, das er schliesslich mit seinem Pickel zu sich heranziehen kann. Die präzise und hochdramatische Schilderung dieser fast ausweglosen Situation am Berg erinnert an Ludwig Hohls Erzählung «Bergfahrt», die vier Jahre zuvor im gleichen Verlag erschienen ist. Der Berg, an dem man die Freiheit suchte, wird zum Gefängnis. «Das bleibt im Gedächtnis. Klaus ist ein guter Bruder gewesen.»[75]

War Max Frisch in jungen Jahren auf dem Matterhorn wie Gantenbein oder Geiser? Vielleicht mit seinem acht Jahre älteren Bruder Franz Bruno, mit dem er oft Bergtouren unternahm? Belege konnte ich keine finden. Walter Obschlager, ehemaliger Leiter des Max-Frisch-Archivs, meint, Frisch hätte diese Besteigung nie so erzählt, wenn sie nicht auf eigener Erfahrung gründete. Die Genauigkeit der Schilderung, der Atmosphäre an diesem besonderen Berg lässt den Schluss jedenfalls zu. «Bis ins Detail stimmen hier die konkreten Verhältnisse am Berg, was vermuten lässt, dass Max Frisch den Normalanstieg persönlich kannte»[76], glaubt auch der Bergsteiger und Buchautor Wilfried Schwedler.

Max Frischs Angehörige und andere, die ihn kannten, mögen dem nicht zustimmen. Sein Sohn Peter: «Ich hatte die Gelegenheit, mich mit meiner Mutter zum Thema ‹Max Frisch als Bergsteiger›, zu unterhalten. Nach Auskunft meiner Mutter war Max Frisch wohl mit Sicherheit nie auf dem Matterhorn. Über andere Berge konnte sie nicht viel sagen. Max Frisch ging wohl recht gerne in die Berge, aber, dass er nun ein grosser Bergsteiger gewesen sei, ist ihr nicht bekannt.»[77] Peters Mutter Trudy von Meyenburg, die Frisch 1942 heiratete, sei selber eine begeisterte Bergsteigerin gewesen.

Herr Geiser, der alte Mann, lebt in einem Bergtal im Tessin wie Max Frisch – und wie mein Vater in seinem letzten Lebensjahr, auch er mit allmählich verwelkender Erinnerung. Gletscher schmelzen, Hänge rutschen. Durch ein Unwetter wird das Tal von der Aussenwelt abgeschnitten. Eines Tages macht sich Herr Geiser auf mit Rucksack und Feldstecher – die Thermosflasche hat er vergessen. Er will zu Fuss einen Pass überqueren, der aus dem Onsernonetal – wo Frisch seit 1965 in Berzona einen Wohnsitz hatte – hinüber ins Maggiatal führt. Er will weiter, nach Basel, warum, weiss er nicht. Ein Alleingänger wiederum, so wie die meisten Protagonisten in Frischs Werk ihren Schicksalsweg allein gehen müssen, die Leuthold, Stiller, Gantenbein, Faber und wie sie alle heissen. Herr Geiser wird durchnässt, vom Regen erst, dann von einem Bach, in den er nicht fällt, nur einen Schuh voll herauszieht; die nassen Socken muss er wechseln wie Max Frisch damals unter dem Tödi und am Ende bis zu den Knien durch einen Bach waten. Schliesslich gibt er sein Vorhaben auf. Er irrt durch Wälder, über Runsen und Alpweiden.

«Es wird ein Kraxeln auf allen Vieren, wobei eine Stunde mehr Kräfte kostet als drei Stunden auf einem Pfad, von Wurzelstock zu Wurzelstock, und plötzlich sind Felswände da –

Ein falscher Tritt, und es ist aus.»[78]

[1] Frisch, Max: Über die Alpen. In: NZZ, 13.8.1937. Zitiert nach: Niemann, Carsten u.a. (Hrsg.): Max Frisch, Journalistische Arbeiten 1931–1919. Prinzenstrasse, Doppelheft II, Niedersächsische Staatstheater Hannover GmbH, Hannover 2001

[2] Frisch, Max: Antwort aus der Stille. Eine Erzählung aus den Bergen. Deutsche Verlagsanstalt, Stuttgart 1937

[3] Ebd., S. 15

[4] Ebd., S. 29

[5] Ebd., S. 82

[6] Ebd., S. 17

[7] Ebd., S. 90

[8] Ebd., S. 33

[9] Frisch, Max: Tagebuch 1946–1949, Suhrkamp Verlag, Frankfurt am Main 1950. Zitiert nach Taschenbuchausgabe, Droemersche Verlagsanstalt, München/Zürich 1965, S. 205f.

[10] Bircher, Urs: Max Frisch. Vom langsamen Wachsen eines Zorns. Limmat Verlag, Zürich 1997

[11] Isenschmid, Andreas: Max Frischs verstossener Roman. In: Tages-Anzeiger, Zürich, 31.3.2001

[12] Frisch, Antwort aus der Stille, a.a.O., S. 58

[13] Ebd., S. 74

[14] Frisch, Max: Über die Alpen. In: Journalistische Arbeiten, a.a.O., NZZ, 13.8.1937

[15] Morgenthaler, Hans: Ihr Berge. Orell Füssli Verlag, Zürich 1916

[16] Frisch, Antwort aus der Stille, a.a.O., S. 130

[17] Frisch, Max: Planura. In: Journalistische Arbeiten, a.a.O., NZZ, 4.10.1935

[18] Ebd.

[19] Ebd.

[20] Frisch, Max: Vom Wandern. In: Journalistische Arbeiten, a.a.O., NZZ, 11.10.1936

[21] Frisch, Antwort aus der Stille, a.a.O., diverse Zitate.

[22] Isenschmid, Max Frischs verstossener Roman, a.a.O.

[23] NZZ, 28.11.1937

[24] Frisch, Antwort aus der Stille, a.a.O., S. 32

[25] Ebd., S. 91

[26] Ebd., S. 20

[27] Schwedler, Wilfried: Schreibtisch mit Gipfelblick. Panico Alpinverlag, Köngen 1997, S. 181

[28] Isenschmid, Max Frischs verstossener Roman, a.a.O.

[29] Waleczek, Lioba: Max Frisch. Deutscher Taschenbuch Verlag, München 2001, S. 40

[30] Isenschmid, Max Frischs verstossener Roman, a.a.O.

[31] Höfler, Horst; Zembsch, Heinz: Watzmann. AS Verlag, Zürich 2001, S. 98

[32] Amstädter, Rainer: Der Alpinismus. WUV-Universitätsverlag, Wien 1996, S. 413

[33] Ebd., S. 392

[34] Ebd., S. 404

[35] Maduschka, Leo: Der Wanderer. In: Junger Mensch im Gebirg. Verlag J. Berg, München 1932. Zitiert nach: Zebhauser, Helmut (Hrsg.): Leo Maduschka. Bergsteiger, Schriftsteller, Wissenschaftler. Verlag J. Berg, München 1992, S. 252

[36] Pfeffer, Martin: «Much». Nachruf und Schilderung der Todesfahrt. In: Zebhauser, Leo Maduschka, a.a.O., S. 187

[37] Ebd., S. 176

[38] Ebd., S. 182

[39] Harrer, Heinrich: Um die Eiger-Nordwand, Zentralverlag der NSDAP, München 1938, S. 96

[40] Rettner, Rainer: Eiger, Triumphe und Tragödien 1932–1938, AS Verlag, Zürich 2008, S. 259

[41] Frisch, Max: Mein Name sei Gantenbein. Suhrkamp Verlag, Frankfurt am Main 1964

[42] Ebd., S. 66

[43] Ebd., S. 67

[44] Ebd., S. 68

[45] Ebd., S. 74

[46] Ebd., S. 72

[47] Ebd., S. 74

[48] Ebd., S. 74

[49] Frisch, Max: Montauk. Suhrkamp Verlag, Frankfurt am Main 1975. Zitate nach Suhrkamp Taschenbuch, 1981

[50] Reich-Ranicki, Marcel: Klappentext zu Montauk, a.a.O.

[51] Frisch, Montauk, a.a.O., S. 155

[52] Ebd., S. 37

[53] Ebd., S. 37

[54] Ebd., S. 37

[55] Ebd., S. 38

[56] Ebd., S. 43

[57] Ebd., S. 47

[58] Ebd., S. 47

[59] Frisch, Tagebuch, a.a.O., S. 43

[60] Ebd., S. 43

[61] Frisch, Max: Homo Faber, Suhrkamp Verlag, Frankfurt am Main 1957

[62] Ebd., S. 243

[63] Anker, Daniel: Finsteraarhorn – die einsame Spitze. AS Verlag, Zürich 1997, S. 77

[64] Frisch, Homo Faber, a.a.O., S. 243

[65] Zopfi, Emil: Jede Minute kostet 33 Franken. Limmat Verlag, Zürich 1977

[66] Walter, Otto F., im Schweizer Fernsehen, 15.3.1978

[67] Frisch, Gantenbein, a.a.O., S. 57

[68] Frisch, Max: Der Mensch erscheint im Holozän. Suhrkamp Verlag, Frankfurt 1979. Zitate nach Suhrkamp Taschenbuch, 1981, S. 128

[69] Ebd.

[70] Ebd., S. 130

[71] Ebd., S. 130

[72] Ebd., S. 131

[73] Geiger, Hermann: Der Gletscherflieger. Lausanne 1954

[74] Frisch, Holozän, a.a.O., S. 132

[75] Ebd, S. 135

[76] Schwedler, Schreibtisch mit Gipfelblick, a.a.O., S. 183

[77] E-Mail von Peter Frisch an den Verfasser

[78] Frisch, Holozän, a.a.O., S. 97

Maurice Chappaz (links) und Pierre Imhasly, sprachmächtige literarische Seilschaft aus dem Wallis, um 1998.

Maurice Chappaz (1916–2009) · Pierre Imhasly (*1939)

Die Berge ganz vorn auf den Lippen

Sie singen das Hohe Lied der Walliser Berge: Maurice Chappaz und Pierre Imhasly. Eine Dichter-Seilschaft über die Sprachkluft hinweg: Imhasly übersetzt Chappaz' Werke ins Deutsche und erfindet sie dabei neu, diese poetische, assoziative, rhythmische, unerhört starke Sprache. Chappaz erzählt mit unerreichter Meisterschaft vom innern Erleben im weissen Meer der winterlichen Berge, von der klassischen Haute Route zum Beispiel, von der erotisierten Männerwelt der Bergsteiger und Bergführer. Sein Zorn angesichts der Zerstörung der traditionellen Lebenswelt im Gebirge durch Korruption und Profitgier hat ihm auch Feinde geschaffen. Pierre Imhasly widmet dem Walliser Symbolberg ein poetisches Werk, er sieht im Matterhorn einen Venusberg oder das Horn eines Stiers, im Bergsteiger den Matador im Kampf um die schwierige Westwand.

Sein Gesang von der Haute Route, der grossen Skiroute von Zermatt nach Chamonix, hebt an mit einem Paukenschlag: «Die Alpen und die Literatur: zwei Monster! Fehlt das Mysterium des inneren Abenteuers, können Sturm und Chaos auch nicht ausgedrückt werden.»[1]

Die Einführung zur lyrischen Erzählung, die Maurice Chappaz 1974 vollendet hat, liest sich als Kritik an einer Bergliteratur, die sich mit dem Beschreiben «äusserer Handlungen» begnügt. «Was sich im Bauch verbirgt, wurde nicht erforscht.» Für das Äussere aber seien die Führerwerke gut genug, «haben die eigentlich nicht alles gesagt?» «Erlebnisberichte von Bergfahrten hingegen, von dem unnützen Zeug gibt es zuviel.» Es wuchere geradezu von Autoren, die über Viertausender und Achttausender, Dolomiten, Calanques, Nordwände und Expeditionen undsoweiter berichteten. «Begeisterung und Ungenügen in all diesen Federn, die gegen den eigenen Strom kämpfen.»[2] Das Urteil des Wallisers über die schreibende Bergsteigerelite der Fünfziger- und Sechzigerjahre, die Bonatti, Rébuffat, Terray, Livanos und Lachenal ist hart. Er ist kein Bergsteiger dieser Klasse, keiner der «harten Männer des Schweizerischen Alpen-Clubs», er misst sich an Joseph Conrad oder Hermann Melville, den grossen Erzählern der Meere.

«Vom Absoluten der Schneewüste»

Doch dann entdeckt er das Meer vor der eigenen Haustür: die weissen Gipfel! Sie verkörpern das schreckliche weisse Schweigen der Bücher seiner Jugend, das Alaska Jack Londons, den Hohen Norden. «Der Polarkreis begann auf der Höhe von 3000 Metern.»[3] Er geht gegen 45, hat während des Zweiten Weltkriegs auf dem Grossen St. Bernhard als Leutnant Aktivdienst geleistet, später zwei Jahre im Hochgebirge als Hilfsgeometer gearbeitet, auf der Baustelle von Grande Dixence; er hat ein Haus gebaut, mit der Dichterin S. Corinna Bille eine Familie gegründet, drei Kinder.

Er kauft sich Ski und macht sich auf, die Eismeere seiner Heimat zu durchwandern: Haute Route, das Hohe Lied der Walliser Berge. Mit klammen Fingern notiert er unterwegs seine Gedanken in ein kleines Heft, so wie Nietzsche im Engadin. Er singt. Er erzählt. «Von Sturm und Verschwinden, von Hochpässen, vom Absoluten der Schneewüste, wenn man den Ausgangspunkt völlig vergessen hat, vom schwindelnden Ring der weissen Gipfel, von all den Taten des Menschen, der am Rande unserer übervölkerten Städte im Hohen Norden unterwegs ist.»[4]

Nun will er der alpinen Literatur, diesem «unnützen Zeug», ein weiteres Werk hinzufügen. «Die Tatsache, dass ich so oft gescheitert bin und im reinen Alpinismus nichts zu bestellen habe, erlaubt mir, die Haute Route zu beschreiben.»[5] Aber nicht die «unendliche Wiederholung des stossenden Atems, des Hechelns», sondern «das Geheimnis, das innere Drama, das uns die Eingeweide umdreht». Das gelingt ihm, jedenfalls ist die Literaturkritikerin und Inglin-Biografin Beatrice von Matt überzeugt: «Keiner der zeitgenössischen Schriftsteller hat das Gebirge in seiner Gewalt, Bedrohlichkeit und Pracht so nahe kennengelernt und geschildert wie Chappaz.»[6]

«Der Berg als Verlängerung unseres Leibes»

Ich kenne die Haute Route, zumindest einen Teil der Skirouten und Gipfel zwischen Zermatt und Chamonix, zwischen Monte Rosa und Montblanc. Schwer bepackt, oft in Militäruniform, bin ich diese weissen Wege gegangen. «Haute Route» lesend tauche ich ein in einen unerhört wilden Strom von Bildern, von Assoziationen, von Gefühlen. Fliessende Gedanken während des Aufsteigens, Wanderns, Abfahrens. Es reisst mich mit, es wirft mich in eigene Erinnerungen, in die «weisse Verfinsterung des Tages», ein Schneesturm zieht auf, «die Flocken versammeln sich; das sticht, denn sie kommen waagrecht, spucken dir ins Gesicht, werden zum Hang. Die Brillen beschlagen. Man muss die Augen aufmachen; das brennt, schmerzt, blutet.»[7]

Diese Sätze lesend erinnere ich mich, wie wir von der Cabane de Chanrion aufbrechen ins Nichts, stundenlang irren, uns dann irgendwo eingraben in eine Wechte, Biwak aus Not und Notwendigkeit, verirrt im schwarzen Sturmtreiben, es ist eng, es tropft, man glaubt zu ersticken, zu erfrieren, und dann der Morgen, klar und eisig, die Welt. «Im Biwak erwachen ist wie eine Geburt.»[8] Es ist wohl wahr: Kaum einer hat das innere Erleben am winterlichen Berg so stark und dicht und eindringlich erzählt wie Chappaz: Ein Gesang ist das, ein Chor mit hundert Stimmen, vom Flüstern bis zum Schreien, Dissonanzen, Klänge und Rhythmen jagen sich. Beim Lesen fährt mir ein Schauer von Kälte über die verschwitzte Haut, und mein Atem geht schneller.

Gelegentlich frage ich mich, ob sich jemand, der «das blaue Land» selber nicht durchwandert hat, in diesem poetischen Wildwasser zurechfindet, nicht strandet, nicht an einer Klippe hängen bleibt. Ob jemand, der dieses «weisse Opium» nicht gekostet hat, bei dem dieser Gesang kein eigenes Erleben anklingen lässt, Chappaz' Weg aus den Tälern in die Höhe und wieder zurück nachvollziehen kann. Ich weiss es nicht. Während des Lesens lösen sich innere Bilder verschwommen aus der Erinnerung, schärfen sich, ich sehe uns vor der Cabane de Dix antreten, dann im Zickzack die Gletscherbrüche zum Mont Blanc de Cheilon hinaufsteigen, einer hinter dem andern, «kleine heilige Paulusse auf Fellen»[9], die Ski einstecken in einer Scharte, dann über den flachen Grat zum Gipfel klettern, hinaus auf den Bug eines riesigen Schiffes an einem strahlenden Tag, frischer Pulverschnee. Tief unten der Stausee, Lac des Dix, das Werk, an dem Chappaz mitgebaut hat. Rechts von uns die Pigne d'Arolla, die wir Tage zuvor bestiegen haben, dahinter Dent Blanche, Dent d'Hérens, Matterhorn. Beim Skidepot schnallen wir die weissen Militärlatten mit Kandahar-Bindung an, «kleine Schiffsbretter», dann schwingen wir hinab, wider jedes Dienstreglement unangeseilt wedelnd zwischen den Spalten und Schründen.

«Die Skier mähen eine Krete, die Schneematte lüftet ihren Schleier. Ein langgezogenes Knirschen: schhh, schhh ...! Auf meinem Nacken richtet sich das Couloir wieder auf. Zwei riesige Gletscherflügel bekomme ich, von meinen Schultern schwingen sie in den Himmel. Der Gipfel, das stampfende Schiff! Dann das Plateau, die Brücke auf dem Oberdeck; wir schiffen uns ein. Längs des Grates hänge ich über weiteren Felsdächern. Siebtes, sechstes, fünftes Dach! Noch eine Eisrinne ... Der Berg als Verlängerung unseres Leibes – und er wiegt uns auf seinen Knien. Schneestrände, darüber noch einmal: der blaue Halbmond Himmel. Er schwankt mit mir. Mächtig fühle ich das blaue Stossen.»[10]

Ich erkenne mich wieder und wieder in dieser Orgie der Abfahrt zwischen Fels und Gletscherschründen.

«Wir fahren, wie man jauchzt. Wir jodeln zu einem abschliessenden Tanz der Huldigung. Wilde, die wedeln, bücken, schwingen, die sie verlassen, wieder aufnehmen und ihre Diener machen vor der Wand.

Schreckliche weisse Ikone.

Die Samenkörnchen namens Skifahrer wirbeln vor der Figur des Cheilon.»[11]

Tatsächlich! Es ist der Mont Blanc de Cheilon, den Maurice meint, und es ist, als wäre er dabei gewesen, unser Zugführer, Leutnant Chappaz.

«Auf die hohe See, Alpinisten!»

Schon am Gymnasium von St-Maurice entdeckte Chappaz die Literatur und, nach einem abgebrochenen Jurastudium in Lausanne und nach dem Aktivdienst, seine Bestimmung. «Für mich war das Schreiben damals ein verlockendes Abenteuer.»[12] Es kam zu Konflikten mit der Familie, vor allem seinem strengen Vater, einem Juristen und Politiker. Doch Charles Ferdinand Ramuz, der grosse alte Walliser Dichter, ermutigte ihn. In seinem assoziativen Sprachfluss meine ich auch den Einfluss der Surrealisten zu erkennen, André Bretons automatisches Schreiben. Den intuitiven, impulsiven Fluss der inneren Bilder, bei dem zu Sprache wird «was sich im Bauch verbirgt», muss er jedoch immer wieder überarbeitet haben, bis jedes Wort sass, mit äusserster Präzision. Bis das Hohe Lied klingt.

«Der Rhythmus als der Melodie mindestens gleichwertiges Element – Rhythmus als Struktur. Die Gewalttätigkeit von ineinander verschobenen Bildern, die, sich jagend, beissen. Der Reichtum, der Fluss, der Überfluss, das Quellen und Quirlen, das Preziose, alles, was man dem Barock nachsagt.»[13] Das schreibt sein Übersetzer Pierre Imhasly, ein Nachdichter und Neudichter, «der dieses Werk von neuem geschaffen hat».[14] So lobt der Meister seinen Schüler. Chappaz und Imhasly überwinden als Dichter-Seilschaft die Sprachkluft. Ich lese Deutsch, auch in der Übertragung könne man Chappaz ohne Verlust geniessen, beteuert Beatrice von Matt.

Unvermittelt tauchen in diesem mitreissenden Strom von Sprache, von Klängen, Düften, Bildern, Assoziationen und Metaphern kurze Sätze auf, die präzisen Rhythmusschläge der ganz einfachen konkreten Dinge und Handlungen: «Ich schnalle meinen Rucksack.» «Die Skis wechseln die Schulter, schaukeln durch die Landschaft.» «Sogleich ziehe ich die Ski an.» «Die Felle auf- und abziehn.» «Vor dem Hinaufklettern erbrechen.» «Ein Pickel kratzt einen Fels.» «Weisser Schmetterling, pendelnd über dem Gipfel.» «Wir halten, schauen uns um, pissen.» «Wir legen die Bretter ab, glätten die Felle.» «Die durchhängenden Bretter der Skis lehnen an der Hauswand.» «Drinnen steigt man in die Hüttenfinken.» «Am Ofen trocknen die Schuhe.» Man könnte diese Sätze herausschälen, zu einer dichten Partitur, einem Gedicht fügen. Die Erzählung entwickelt sich mehrstimmig, die Bewegung am Berg schlägt den Takt. Wie die Wellen des Meeres gegen das Ufer.

«Auf die hohe See, Alpinisten!»[15], ruft uns Chappaz zu. Der Berg ist das Meer in seiner archetypischen Metaphorik. Schon das Dorf, aus dem er aufbricht – Zermatt oder Arolla, wo man «Nahrung, Skiwachs und Gebete kauft» –, sieht er als Schnee-Hafen, die sonnenverbrannten Walliser Holzhäuser bilden eine Flotte hölzerner Schiffe, es sind Archen. Zum Packeis bricht man auf, zur Hütte, zur Bergsteiger-Arche, mit ihren Bullaugen, hinter denen der Hüttenwart als Schiffskoch amtet. Und dann wandert er über den blauen Schnee, «als ginge ich über das Meer». Der Mann an der Spitze der Seilschaft erkundet die Route «wie der Mann im Mastkorb». Bedächtig schreitet der Führer mit der Pfeife im Mund «wie das Horn eines Narwals» – ein Moby Dick der Alpen. «Wallis, du hast keinen Ozean?», fragt Chappaz. «Haute Route» ist die Antwort.

«Berge sind, so darf man schliessen, noch immer – wie das Meer, wie die Stadt – ein archetypischer Teil der Welt»[16], schreibt Beatrice von Matt.

«Der Himmel, den es nicht gibt, blaut»

Chappaz ist geprägt von katholischer Erziehung und Kultur. Sein Aufbruch ins Gebirge sei zusammengefallen mit einer Krise seines Glaubens, schreibt er im Nachwort zu seinem «Journal des 4000», einem Tagebuch über zwei Tourenwochen im Monte-Rosa-Gebiet im Frühling 1961, das noch nicht ins Deutsche übersetzt ist. Der Text wirkt schlichter und dichter als «Haute Route». Wie ein Prophet bricht er auf in die weissen Wüsten, der Berg wird ihm Prüfung und Läuterung.

«Und dieser Sport fiel zusammen mit einer religiösen Krise, von der ich nur soviel sagen werde: Meine Metamorphose, der Übergang zu einem mystischen Leben erscheint mir unmöglich, es sei denn im Augenblick des Todes. Ich müsste sechzehnjährig wiederkommen, mit einem zweiten Leben … Bis dahin kann ich mir nur den Abschnitt über die Heilung aus dem Evangelium merken. Und das ist alles.

Und die Berge, auch sie bleiben mir ganz vorne auf den Lippen.»[17]

Die Frage des Todes beschäftigt ihn. In der Hütte liest er in einem Buch über den spanischen Heiligen und Mystiker Johannes vom

Kreuz. Er betet. Und eines Morgens, es ist der 11. April 1961, im Aufstieg von der Britanniahütte zum Strahlhorn, am Fuss des Rimpfischhorns, keimt eine Idee zu einem Gedicht in ihm: «La Haute Route, jene der Alpen und zu gleicher Zeit die Bilder eines Leidenden, eines Kranken, der spirituell genesen möchte. Ich lege die beiden Aufstiege nebeneinander, die beiden Realitäten, die eine über die andere.»[18]

Vielleicht ist das die Geburtsstunde des Gesangs von der Haute Route, in dem sich sein Ringen um den Glauben in starken Bildern widerspiegelt: Die Skifahrer am Hüttentisch erscheinen ihm wie die Jünger Jesu beim Abendmahl. «Aus weissen Schalen trinken die Gläubigen an langen Tischen Tee.» Nachts, wenn der Orkan an der Hütte zerrt und er keinen Schlaf findet, will ihm scheinen: «Die Balken ziehen sich in die Länge, wie die Arme der Kreuze oder die Sehnen der genagelten Christusse.»[19] Und im Nebel auf einem Gletscher, wo einer hinter dem andern geht, sieht er eine «Alpinistenprozession». Der Aufstieg als Gottesdienst: «Das gespannte Seil ist ein regelrechtes Gebet.» Einen Priester braucht es nicht in dieser Welt zwischen Himmel und Erde: «Unsere Propheten sind Kompass und Höhenmeter.» Man macht Pause, zündet Zigaretten und Pfeifen an, denn selbst «rauchen ist beten».

Wo andere Glaubenssucher sich auf Pilgerfahrt nach Santiago de Compostela begeben, Erbsen in den Schuhen, schnallt Chappaz die Ski an, zieht die Felle auf, denn «Die Bergfahrt ist der Abdruck Christi auf dem Linnen oder der Haut Veronikas»[20]. Vera Ikon: Das «wahre Bild» des Christus soll sich nach einer Legende auf dem Tuch der Veronika abgezeichnet haben, als sie ihm auf seinem Leidensweg den Schweiss aus dem Gesicht wischte. Am verschneiten Berg zeigt sich also das wahre Gesicht des Menschensohns. Im Halbdunkel eines kalten Morgens auf der Haute Route sieht Chappaz sich und seine Begleiter in der Rolle von Aposteln. «Wir sind kleine Heilige Paulusse auf Fellen, sind in der Haut dessen, der in den Evangelien Länge, Breite und Tiefe des Mysteriums ausruft.»[21] Am Ende, nach der letzten Talfahrt, schaut er zurück, hebt er seine Augen auf zu den Bergen wie der Psalmist und stellt fest: «Der Himmel, den es nicht gibt, blaut.»[22]

Zweifel an sich selbst und an Gott und die Angst vor dem Morgen verfolgen ihn nachts im dumpfen Massenlager der Monte-Rosa-Hütte. Das Wetter ist unsicher, Schnee fällt. «Mein kleines Zögern: der Monte Rosa. Mein grosses Zögern, meine Schwierigkeit zu wählen, das eine oder andere klar zurückzuweisen: Die Welt oder Gott.»[23]

Unter dem Liskamm gerät seine Partie in einen Schneesturm, muss umkehren. In der Hütte bewundert er einen deutschen Alleingänger, 17-jährig, der naiv und ohne Furcht auf der Spur der Führerpartien den Berg versucht. «Er trifft alle seine Entscheide allein.» «Werde auch ich meinen wahren Weg finden?»[24]

Bergsteigen ist für Chappaz Gebet und Meditation. Er will wiederkehren, das nächste Mal direkt hinauf zur Capanna Regina Margherita auf 4500 Metern, dort die Nacht verbringen. «Die Ankunft und das Verschwinden der Sterne betrachten, das Unendliche schauen und mit Gott sprechen.»[25] Das erinnert an Hans Morgenthaler, der im Aufsatz «Moderne Gedanken zum Bergsport» schrieb: «Bergsteigen ist ein Kult, eine Art Religion. Der richtige Bergsteiger geht in die Berge, wie der Katholik in die Messe, wie der Seefahrer aufs Meer.»[26]

«Jene weiblichen Übergänge in der Gipfelecke»

Erotik, verdrängt durch die Anstrengung der Bergtour, sublimiert oder durch die hautnahe Sinnlichkeit der Natur erst recht geweckt. Chappaz, der erforschen will, «was sich im Bauch verbirgt», schreckt vor drastischen Bildern nicht zurück. Im Aufstieg durch Alpenrosen und feuchtes Erlengestrüpp im Saft und im Duft des Frühlings, inmitten dieses «Orgasmus der Erde» denkt er an Mönche, die sich in ihren Zellen geisseln. «Häher – und vielleicht denken sie wie ich an Frauen oder haben Dämonen im Blut. Die Mönche peitschen die Urhure heraus, die wir alle unter der Haut tragen. Jeden Frühling spüren sie die. Disziplin denn! Und sie lassen den Saft schiessen. Im

Gehen steige ich in mir selber ab, schnuppere an diesen schmalen Erlenriemen, aufgeschlitzten, entjungferten Zweigen. Vorstellungen von Fuhrmannspeitschen und von Frauen, die sich berühren, von Frauen, die bluten vor Lust.»[27]

Mönche, Matrosen, Bergsteiger: eine frauenlose Männerwelt, die fantasiert, sich kasteit, sich quält, in den Naturerscheinungen immer wieder die Frau sieht, zu der es sie zieht, genauso wie zu den Gipfeln. «Er ist von einer Jungfrau aufgebrochen, dieser Berggänger, von einem Pass, von einem Felsenbuckel.»[28] Auch der Skifahrer Hermann Hesse sah in den verschneiten Formen der Landschaft Frauenkörper, glaubte sie in der Abfahrt zu spüren wie ein Liebender, der sie streichelt. Chappaz bezeichnet die Passübergänge als «Marien der Moränen, jene weiblichen Übergänge in der Gipfelecke», eine in einer Falte verborgene Gletscherspalte wird zum Anus, Felsen zu Fotzen.

Kein Autor von Bergliteratur hat das von Klischees belastete Thema Berg und Frau so schamlos neu und unbeschwert angepackt wie Chappaz. «Was meinen die Führer? – Ich lege die Frau zur Seite, wenn die Saison beginnt. – Ich mache es zweimal mehr. Seltsame Hitze in dieser Schufterei: Adams Furor schlägt durch und kann zwei Wege nehmen, die ich kenne. Der eine führt auf die Wiese zu den Mädchen, der andere zu den Gedichten.»[29] Am Ende der Haute Route, nach den enthaltsamen Tagen in der weissen Wüste, stellt er fest: «Wir sind, das weiss ich, ohne sexuelles Bedürfnis, aber hoho! mit intaktem Lustvermögen.»[30]

«Diese Hände reden klettern»

Grosses Vertrauen, Sympathie und Bewunderung empfindet Chappaz für die Bergführer, er nennt sie auch einmal «mindere Bischöfe». Er betrachtet ihre Hände, katzenhafte Holzfällerkraft drücken sie aus. «Ein sanfter Druck, zwei Finger, zwei Fingerglieder, in einem Riss aus Gneis – etwa wie wir auf eine Klaviertaste drücken – müssen den ganzen Führer hinaufziehen.»[31] Selbst im Sturm bleiben sie ruhig, helfen dem Gast in die Steigeisen. «Und da sie den Felsen nach einem Griff abtasten, oder wenn sie ein Seil werfen? Immer die exakten Bewegungen des Tischlers, die fliessenden der Katze. Diese Hände reden klettern.»[32] Er bewundert ihre Kraft, selbst die ihrer Kiefer. Und kolportiert auch die sagenhafte Tat, die man sich von legendären Bergführern oder Bergsteigern erzählt. Für ihn ist es der grosse Alexander Burgener, der einen Gast aus Bergnot gerettet habe, indem er das Seil mit den Zähnen packte, weil er die Hände brauchte, um sich festzuhalten und einen Knoten zu knüpfen. Ein Mythos, doch er will an ihn glauben, schliesslich ist er auf die Führer angewiesen; er weiss, dass auch «heutige Bergführer ein Stück folkloristischer Magie bewahren».[33]

Besonders beeindruckt hat ihn der jurassische Bergführer Jean-René Affolter aus Moutier, mit dem er im Winter 1976 in zehn Tagen den Jura von Basel bis Genf auf Langlaufski durchquerte, ein Marsch von gegen 300 Kilometern: die «Haute Route du Jura».[34] Die Tour, zu der Journalisten, Fotografen und Volkskundler den Walliser Dichter begleiteten, war organisiert von Radio Suisse Romande und der Lausanner Tageszeitung «24 Heures». «Ein himmlischer Höhenflug», so kam Chappaz dieser Gang durch das grosse Weiss der kältesten Gegend des Landes vor.

«Da sind Sümpfe, Hochmoore und Torfmoore voller Birken, Moos und Zwergfichten. Die Höfe rücken in die Einsamkeit. Und welch plötzliche Schneemassen, von Stürmen gebracht, die auf dem Ozean wüten, und sich auf dem sanften, blauen Kamm niederlassen, auf den hundert Hängen, Terrassen, Hügeln, Tälern, die ein Meer von Tannen umschliesst. Wo kleine Städte wie Häfen wirken.

Tatsächlich entspricht der Vertikalen meiner Täler im oberen Rhonetal eine nordische Horizontale, eine in Wellen von Tannen aufgelöste Herbheit, eine riesige wartende Kraft von Regen und Schnee.»[35]

Mit Bergführer Affolter, der 1969 die Eiger-Nordwand durchstiegen hatte, führte er ein langes Gespräch über den Jura, die Alpen, das

Klettern und Skifahren. «Er ist gross, schlank, mit wilden blauen Augen, die heftig aufflammen wie Blumen oder Gewittertropfen, bärtig mit langen schwarz-rötlichen Haaren, Franziskaner und Wikinger zugleich. Er ist bescheiden und grossartig.»[36]

Affolter war Angestellter in einer Fabrik gewesen, seinen Kindertraum, Bergführer, hatte er erst spät verwirklicht, als er schon Familienvater war. Nun ist er selbständiger Baumaschinenzeichner und Bergführer aus Leidenschaft, der nicht «Beamter eines bestimmten Gipfels» sein will, wie gewisse Zermatter, die vor allem von ihrem «Horn» leben. Im Winter liebt er es, allein im Wald Holz zu schlagen, «Aug in Auge mit dem Baum, den es zu fällen gilt». Einen Baum allein zu meistern sei so schwierig und gefährlich wie eine grosse Nordwand. Ein Fehler kann das Ende bedeuten. «Bergführer und Holzfäller, das sind Berufe, bei denen man nicht schummeln kann, ohne es eines Tages sehr teuer zu bezahlen.»[37]

«Tausend weisse Gipfel zur Prostitution verdammt»

Man kann Chappaz, den grossen Walliser Dichter, nicht auf Bergliteratur reduzieren. Er ist viel gereist, in Europa, Afrika, Asien. Hat in Tibet «ein globales Wallis» gefunden, einen Ort, wo er wiedergeboren werden möchte. Den Mai 68, die Studentenrevolte erlebt er in Paris hautnah. Doch ist er kein Revolutionär, eher ein Wertkonservativer. Mit Sorge beobachtet er die zunehmende Zerstörung der Umwelt, das Verschwinden der alten Werte und Traditionen, der Welt der Bergbauern, die mit Heiligen Wassern dem kargen Boden ihren Lebensunterhalt abrangen. In flammenden Worten prangert er Profitgier und Spekulantentum an, die Korruption der Behörden und die Bigotterie des Klerus. Da ist nichts mehr von der heiteren Ironie, mit der er in «Haute Route» von den geschäftstüchtigen Händlern Zermatts erzählt. Heiliger Zorn und Trauer über das Verlorene spricht aus seinem Pamphlet «Die Zuhälter des ewigen Schnees»[38], das 1976 erscheint.

«Vaterland, was ist das? Einfach das Land meiner Kindheit, und für dieses könnte ich verraten, würde ich auskotzen die sogenannte neue Heimat; so es mir wiedergäbe jene frühen Tage, hätte ich in schönster Unschuld getötet, gestohlen, hingegeben Gut und Geld.

Meine Feder, ach brächte sie Blut zum Fliessen,

denn das heisst Poet sein!»[39]

Den Geschäftemachern aus Tourismus, Aluminiumindustrie und Energiewirtschaft schenkt er nichts, sie verbetonieren, verschandeln, verpesten sein Wallis, sie haben «tausend weisse Gipfel zur Prostitution verdammt». Er geisselt korrupte Politiker und Magistraten, schimpft sie «Saubermann-Banditen», «Büro-Banditen», «die Internationale der Schufte».

«Die höheren Volksvertreter frassen und frassen und prosteten und prosteten, sitzend auf Stössen gefälschter Urkunden, lasen das Blättchen mit dem einheimischen rosa Schund.»[40] So schafft man sich keine Freunde unter den Mächtigen und ihren Handlangern. Er schmäht willfährige Journalisten, die nach ihrer Pfeife tanzen. «So man die Natur erhalten will, muss man den Menschen töten», lässt er zwei Fische in der Rhone klagen. Sein Pamphlet ist ein Klagelied und ein Aufruf zum Widerstand. «Ein Schrei, der aufstört ...», schreibt einer der nicht willfährigen Journalisten. Die Willfährigen beschimpfen ihn: «Plattheit, Seichtheit, Fehlen jeglichen Gefühls, Landesverrat ...» Er gehöre zu denen, die «in die Suppe spucken», schreibt einer im «Nouvelliste du Rhone». Hass schlägt ihm entgegen, aber nicht nur.

«Chappaz' Poesie aber ist nicht eine dürre Frucht, die man wegwirft, sie ist ein saftiger Granatapfel, dem Fäulnis nichts anhaben kann. Der Dichter hat nicht recht, nicht falsch, er spricht. So lebe denn Chappaz, er lebe hoch!»[41] Das Manifest, aus dem diese Sätze stammen, unterzeichnen 75 Studenten aus Saint-Maurice, und an einen Felsen über der Stadt sprayen sie «Vive Chappaz». «Chappaz, der Unbestechliche, hat sein altes Land verloren. Sollte es ein neues werden, ist es seines»[42], schreibt Pierre Imhasly, der auch «Die Zuhälter» übersetzt hat.

Es tobt ein Kulturkampf im Land in jenen Jahren nach 1968, noch mitten im Kalten Krieg. Ironie der Geschichte, dass ein Walliser Schriftstellerkollege und Präsident des Schweizer Schriftstellerverbandes dabei eine besonders unrühmliche Rolle spielt. Als Oberst hatte Maurice Zermatten im Auftrag des Militärdepartements das politisch umstrittene «Zivilverteidigungsbüchlein» ins Französische übersetzt – und in seiner reaktionären Ausrichtung noch verschärft. Das Werk, das die Militärverwaltung gratis in jede Haushaltung des Landes lieferte, warnte vor linken Intellektuellen, die ihrer Meinung nach die Schweiz unterwanderten und den Kommunisten ans Messer lieferten. Das kam bei vielen eher links orientierten Autoren schlecht an, unter Protest verliessen eine grosse Zahl von Prominenten den Schriftstellerverband und gründeten eine eigene Organisation, die Autorengruppe Olten. Heute ist die Spaltung überwunden, vor kurzem haben sich die zerstrittenen Autorenverbände wieder zusammengerauft.

Dabei bedauert auch Zermatten, nur wenig älter als Chappaz, das Verschwinden der alten Walliser Bergkultur. Sein Werk, «A l'est du Grand Couloir»[43] erzählt vom Untergang des Bergdorfes Randonnaz im Wallis. Eine romanhafte Erinnerung an eine heile, urwüchsige Bergwelt.

«Dem Berg gehört mein Herz»

Chappaz hatte am Fortschritt mitgebaut, am Umbau des Wallis vom Agrar- zum Industrietal, den er später so unerbittlich geisselt. In einer Schaffenskrise und aus wirtschaftlicher Notwendigkeit, um seine Familie zu ernähren, verdingte er sich als Hilfsgeometer auf die Baustelle des Kraftwerks Grande Dixence. «Wie ich in die Grande Dixence eintrat und auf den hölzernen Masten hockte, vor den Werksanlagen am Fuss der Berge, war ich ein Dichter, der seine Rechnung mit der Vergangenheit machte. Ich hatte Angst, verrückt zu werden.»[44]

Ein Arzt hatte ihm eine Therapie empfohlen, er wählte die Arbeit am Berg. Zwei Jahre lang trug er Theodolite und Messlatten, meist in den Stollen unter Tag, die das Wasser in den Tälern sammelten, um es in den See zu leiten. Sein «Gesang von der Grande Dixence»[45] ist ein starkes Stück poetischer Literatur der Arbeitswelt. Eine Hommage an die Mineure, an die hart arbeitenden Menschen. Der Faszination der wachsenden Betonmauer, mit 285 Metern die höchste Schwergewichtsmauer der Welt, kann er sich nicht entziehen. Ein gewaltiger Berg, den ein Heer von Menschen erschafft, einem weissen Sandstrand gleich.

«Eine Mauer erreicht Gipfelhöhe.

Wenn man heraufsteigt, kommt man aus einem Felsentunnel heraus – und plötzlich ist dieser weisse Strand da, der vor dir flieht und sich, kleiner und kleiner, voll in den Himmel verzieht.

Ungeheuer ist er, riesig, von den Obstgärten der Ebene aus habe ich ihn mit dem Feldstecher beäugt, ich sah ihn von den Berggipfeln herab. Seinem Seeufer entlanggehend, drehte ich mich um. Welch stämmige Einfachheit, und erst die Spannweite dieser Betonschultern, quer ins Tal gelegt! Gegenüber hatte ich den Mont-Blanc de Cheilon, glänzend weisse Wand, sanft wie die Blume, schroff und schrecklich auch. Dem Berg gehört mein Herz, doch überlegte ich: Der andere Koloss ist geraffter, ist mächtiger. Weniger Höhe hat er, gewiss, doch mit dem, was man aus ihm ziehen kann, wird er die höchsten Gipfel bezwingen.»[46]

Chappaz wird kein Arbeiter, er kehrt zurück an den Schreibtisch, gestärkt und geläutert. «Ich nahm sie wieder auf, meine Feder, unter den Werkzeugen das schwächste und das mächtigste.»[47]

Ich erinnere mich an den Abstieg von der Cabane de Dix ins Tal nach der Tour auf den Mont Blanc de Cheilon. Schneetreiben, tiefer unten Regen. Wir marschieren dem Stausee entlang, schwere Säcke, die Ski aufgeschnallt. Nach zehn Tagen im Hochgebirge sind wir hart geworden. Irgendwo warten Lastwagen, aufsitzen! Zu Befehl, Leutnant Chappaz! Nein, damals habe ich ihn noch nicht gekannt.

Schade, ich hätte seine Berge mit andern Augen betrachtet, mit andern Händen betastet. Vielleicht war er jener ältere Herr, der am Weg stand, die Strickmütze tief im Gesicht, und uns nachschaute: «Was jedoch bei den Leuten zählt, sind die Augen. Wie klar sie doch nach den Bergtouren sind! So durchsichtig wie heisses Wasser oder Eis; die Iris verblasst: das Unendliche der Erde oder des Himmels tritt in sie ein. Man liest in ihnen die Entfernungen.»[48]

Es war in jenem Jahr, in dem ich selber den Versuch wagte, das Schreiben zum Beruf zu machen, auch ich verheiratet, Familienvater. Heute, nach 50 Jahren Wandern, Klettern, Skifahren und Schreiben, denke ich wie Maurice Chappaz: «Vorgegeben war mir, durch die Berge zu ziehn, die meine Weltdeutung wurden.»[49]

«Matterhorn Westwand, dein Stier»

Pierre Imhasly schreibt mir aus Frankreich, wo er seit Jahren wohnt. «Wie Du bin ich schwer der Meinung, Chappaz' Haute Route sei eines der grossen Bergbücher überhaupt ...» Er selber schaue die Berge von unten an, lange und eigentlich immer. Wir hatten uns vor Jahren in Klagenfurt kennengelernt, anlässlich der Ingeborg-Bachmann-Preislesungen, hatten zusammen vor einer Schulklasse Texte vorgelesen, er erinnerte sich noch. Legte mir ein Buch bei: «Maithuna/ Matterhorn»[50]. Als Untertitel «Liebesakt transzendieren» und «Berg der Welt», unterstrichen durch die Symbolik: ein aufwärtsragendes Dreieck das Horn, ein umgekehrtes der Venusberg der Frau. Imhasly sieht «im Auge des Bergsees nach innen gekehrt»: «Das Geschlecht der Frau ist ein Matterhorn, und es fliesst.»[51]

Ein Buch, wortgewaltig und assoziativ wie die Texte seines Meisters Chappaz, ein kultureller Rundumschlag, eine Tour d'Horizon durch die Menschheitsgeschichte von den Göttern der Antike, Bodhisattva und Buddha bis Saddam Hussein und die Folterungen irakischer Häftlinge durch Soldaten der USA in Abu Ghraib. Und auch hier scheint das Meer auf als Metapher. Nicht immer gelingt es mir, seiner

Route durch Geschichte und Kultur zu folgen. Ich erinnere mich, wie ihn Marcel Reich-Ranicky in Klagenfurt kritisierte. Pierre nahm es schwer. Doch das Wallis, sein Heimatkanton, hat ihn kurz darauf geehrt: Staatspreis 1983.

In Um- und Abwegen kreist seine «poésie en prose», wie er das nennt, unablässig um das Matterhorn. Das kann auch mal das Horn eines Stiers im Kampf sein, der Bergsteiger ein Matador.

Nacht Sturm Berg und ein Ozean, der Stier.
Der Mensch ist keines von den Elementen.
Wir sind die Dreingabe, vergiss nicht. Dreingabe Todes-Angst.
«Chi sei?» frag ihn doch. «Bailador![52]» Du bist richtig.
Matterhorn Westwand, dein Stier. Wie man den Schmetterling fängt,
als müsstest du Licht pflücken oder du hättest die Antwort,
zu der tausend Fragen nicht führen.[53]

Die Westwand hat nicht den Nimbus der Nordwand, doch eine bewegte Geschichte, in der sich Imhasly auskennt. Er zeigt sie im Bild, mit versuchten und vollendeten Routen. Eugen Guido Lammer stürzte beinahe zu Tode, der Wiener Fritz Herrmann durchstieg sie 1929 in einem desperaten Alleingang. Amilcare Cétier aus dem Aostatal steigt 1931 nach einem traumatischen Biwak mit seinem Gefährten in langer Querung auf den Liongrat aus. Er ist Imhaslys Favorit, ihn spricht er immer wieder direkt an im Text. «Amilcare, mir ein Freund geworden, Amilcare roch, wie soll ich sagen, irgendwie nach Südwand roch er, aber geschwärzt, nach durissima fatica, nach durchkreuztem Diagramm. Er roch nach Tod!»[54]

Im Juli 1933 stürzte Amilcare vom Liongrat in den Tod. Die Seilschaft Renato Daguin und Giovanni Ottin, Führer aus dem Valtournanche, klettern schliesslich 1962 die Direttissima der Westwand. Meisterhaft erzählt Imhasly, wie Giovanni die Schlüsselstelle klettert, «als Führer geschnitzt, zum Künstler geboren».

«Überaus steil, selbstredend, die Gelbe Platte, grifflos, glatt, nackt. Wie er sie streichelt, wie mit der Achtsamkeit des Spurenlesers er sie wo wie massiert, wie er sie in Vibration bringt, wie er sie nimmt statt vergewaltigt.

Sieh ihm nur zu, und du bekommst ein Stück Artistik intus. Eine Beinarbeit wie von Hand. Strümpfe, Socken, die schweren Schuhe versperren den Einblick ins Subtile: mit der Sohle, aus dem Rist, der Ferse, über die Zehen dieser andere Fingerdruck. So lass uns allein auf seine Hände schauen!

Giovanni Otin holt Atem. Sieben, acht Meter Seil liegen noch zurück, hat Renato gerufen. Giovanni atmet tief und spitz, alles aus, aus, aus.

Kein Drauflegen, mit der minimalsten Adhäsion kriecht er, leichter und leichter, unkörperlich fast, die halbe Höhe hinauf, Zentimeter um Zentimenter, nichts kratzt, rutscht, reibt, quetscht, der Schwerpunkt seiner Erdenschwere da draussen in der Leere, irgendwo. Die er nicht mehr pariert, in die er eingeht. Piano pianissimo wie nur ein Virtuose, über alle Tasten gleitend holt er auf seinen Daumenbeeren aus dem Stein das ganze yin zurück in seine Lunge, die verhält: umgedreht hat er den Vitalfluss.»[55]

Selten so hautnah empfunden, nachempfunden, eingefühlt geschildert finde ich dieses Gefühl des «Flows» beim Klettern einer sehr schweren Stelle, wenn alles versinkt rundum, wenn man fliegt, tanzt und nicht stürzen darf; man spürt es intuitiv, doch der Abgrund ist verschwunden, keine Angst mehr, nichts. Ob man noch lebt oder sich schon schwerelos in einer andern Welt bewegt, egal. Klettern ein Rausch, ein Liebesakt. Und dann: «Ein Felsband, ein echtes, drin etwas wie ein echter Riss, was etwas wie einen richtigen Griff macht, was alles erlaubt, ein Hüpfen ist's, ein richtiges, Giovanni springt ihn an, diesen Riss wie Gottes Auge, die ganze Hand geht, als ginge der ganze Mensch hinein: und dieser Schlussstein hält!»[56]

Pierre Imhasly kennt die Geschichte des Matterhorns und die Schicksale der Pioniere und Protagonisten, doch auf dem Gipfel war er selber nie. Trotzdem gelingt ihm die Schilderung einer Besteigung mit einem Bergführer, die durch ihre sinnliche Dichte und grosse Sprachkraft überzeugt, als sei er mitgeklettert. Ein starkes Stück, schon der Aufbruch in der Hütte, der mich fatal an meinen eigenen Aufbruch erinnert, 1964. «Die Eile macht Sinn. Steinschlag! Durch die Ostflanke, vom Grat auch kommt Geröll herunter. Ausgelöst oft von unsauberen Partien über dir, sorglose Ignoranten.»[57]

Wir kamen nicht weit damals, schrieb ich Pierre, eine halbe Stunde nach Aufbruch erschlug ein Felsblock einige Meter unter mir den Bergführer Anselm Biffiger aus Zermatt, er riss seine Verlobte in die Tiefe, sie lagen auf dem Gletscher, drei Wochen später war die Hochzeit geplant[58].

Matterhorn, schwarzer Berg in meiner Erinnerung. «Endlos-Gefängnis»[59], «Lotrechte Wüste aus Permafrost».[60] Pierre Imhasly aber erreicht im Text den Gipfel, die Spitze seines Horns, den Berg der Welt.

Das Dach: steiles Firnfeld, zickzack gehen. Wenn du kippst, wird nichts dich halten. Halbe Stunde. Auf Füsse und Eisen achten.

Er hat hundert, auf etwa zwanzig Metern ist der Gipfelgrat sehr schmal. 4477.5 m. Gipfelkreuz.

Foto. Gratulieren. Danke! Abraccio. Andacht.[61]

[1] Chappaz, Maurice: Haute Route. Übersetzt von Pierre Imhasly. Edition Moderne, Zürich 1984, S. 5. Originalausgabe: La Haute Route. Editions Bertil Galland, Vevey 1974
[2] Chappaz, Haute Route, a.a.O., S. 5ff.
[3] Chappaz, Maurice: Journal des 4000. Editions Passage, Briançon 1975
[4] Chappaz, Haute Route, a.a.O., S. 7
[5] Ebd., S. 7
[6] Von Matt, Beatrice: Alpenpanorama. Literarische Momente zum Gebirge. In: NZZ, 5./6. 11. 1994
[7] Chappaz, Haute Route, a.a.O., S. 78
[8] Ebd., S. 81
[9] Ebd., S. 97
[10] Ebd., S. 118
[11] Ebd., S. 119
[12] viceversa 1, Jahrbuch der Literaturen der Schweiz. Limmat Verlag, Zürich 2007, S. 35
[13] Zitiert nach: Von Matt, Alpenpanorama, a.a.O.
[14] Chappaz, Haute Route, a.a.O., S. 4
[15] Ebd., S. 97
[16] Von Matt, Alpenpanorama, a.a.O.
[17] Chappaz, Journal des 4000, a.a.O., S. 35
[18] Ebd., S. 15
[19] Chappaz, Haute Route, a.a.O., S. 50
[20] Ebd., S. 50
[21] Ebd., S. 97
[22] Ebd., S. 114
[23] Chappaz, Journal des 4000, a.a.O., S. 18
[24] Ebd., S. 21
[25] Ebd., S. 22
[26] Morgenthaler, Hans: Moderne Gedanken zum Bergsport. In: Perret, Roger (Hrsg.): Hamo, der letzte fromme Europäer. Lenos Verlag, Basel 1982, S. 63
[27] Chappaz, Haute Route, a.a.O., S. 31
[28] Ebd., S. 64
[29] Ebd., S. 69
[30] Ebd., S. 138
[31] Ebd., S. 88
[32] Ebd., S. 89
[33] Ebd., S. 107
[34] Chappaz, Maurice: Die «Haute Route» im Jura. Auf Langlaufski von Basel nach Genf. Habegger Verlag, Derendingen/SO, 1985. Originalausgabe: La Haute Route du Jura. Edition 24 Heures, Lausanne 1977

[35] Ebd., S. 121
[36] Ebd., S. 123
[37] Ebd., S. 136
[38] Cappaz, Maurice: Die Zuhälter des ewigen Schnees. Ein Pamphlet. Orte-Verlag, Zürich 1976. Originalausgabe: Les Maquereaux des Cimes Blanches. Editions Bertil Galland, Vevey 1976
[39] Chappaz, Die Zuhälter, a.a.O., S. 35
[40] Ebd., S. 17
[41] Ebd., S. 58
[42] Ebd., S. 57
[43] Zermatten, Maurice: A l'est du Grand Couloir. Editions Denoël, Paris 1983.
[44] Chappaz, Maurice: Gesang von der Grande Dixence, Limmat Verlag, 1986, S. 162. Originalausgabe: Chant de la Grande Dixence, 1965
[45] Ebd.
[46] Ebd., S. 157
[47] Ebd., S. 164
[48] Chappaz, Journal des 4000, a.a.O., S. 13
[49] Chappaz, Maurice: Testament der oberen Rhone. Limmat Verlag, Zürich 1986, S. 123. Originalausgabe: Testament du Haute Rhone. Edition Rencontre, Lausanne 1953
[50] Imhasly, Pierre: Maithuna/Matterhorn. Stroemfeld Verlag, Frankfurt 2005. (Maithuna bedeutet Liebesakt im Sanskrit.)
[51] Imhasly, Maithuna/Matterhorn, a.a.O., S. 73
[52] Baila(d)or. Tauromachie. Name des Toros der Witwe Ortega. Siehe Maithuna/ Matterhorn, S. 26
[53] Imhasly, Maithuna/Matterhorn, a.a.O., S. 26
[54] Ebd., S. 110
[55] Ebd., S. 98
[56] Ebd., S. 99
[57] Ebd., S. 87
[58] Zopfi, Emil: Lebensgefährlich verletzt. Eine Nachforschung. Limmat Verlag, Zürich 1984, S. 135ff.
[59] Imhasly, Maithuna/Matterhorn, a.a.O., S. 61
[60] Ebd., S. 24
[61] Ebd., S. 91

Betty Favre im Spreizschritt in den Gastlosen. Die Waadtländerin kletterte so elegant wie sie schrieb.

Betty Favre (1918–1977)

Die Flügel der Leidenschaft

So leicht und elegant wie sie kletterte, so schrieb sie. Passionierte Akrobatin im Fels, Poetin und naturverbundene Fotografin: Betty Favre aus Château-d'Oex im Pays d'Enhaut. Ihr gelangen die schwierigsten Routen in den Alpen und in ihren heimischen Kalkbergen, als Extremklettern noch reine Männerdomäne war – oft als erster Frau oder als Erster am Seil. Die Dreierseilschaft mit Betty, ihrem Ehemann Ernest und Louis-Maurice Henchoz hat Alpingeschichte geschrieben. Das literarische Werk der früh verstorbenen, aussergewöhnlichen Frau ist schmal – ein Nachlass vielleicht noch zu entdecken.

Ihre Texte sind Musik, sie klingen wie die Namen der Bergeller Berge, «Albigna, la Fiamma, Cima del Largo, Bacone, Cacciabella. Jets de Granit ... Musique des Noms».[1] Sie sind zu dritt, immer zu dritt: «les garçons avec des sacs de trente-cinq kilos»: Louis-Maurice Henchoz und Ernest, ihr Ehemann. Und sie, die kleine, wendige Frau mit dem Krauskopf und den strahlenden Augen: Betty Favre. Die drei bilden eine der stärksten Seilschaften der Jahre nach dem Zweiten Weltkrieg, jener Zeit, als die Schweizer Kletterjugend die grossen und schwierigen Wände entdeckt und das Extremklettern. Sie kommen aus Château-d'Oex, dem Waadtländer Pays d'Enhaut, haben in den Kalkbergen ihrer Heimat Spuren hinterlassen, im Gebiet der Gummfluh und in den Gastlosen: Erstbegehungen mit selbst gefertigten Mauerhaken. Schwierige Passagen überwinden sie auch mal im Schulterstand, einer steigt dem andern mit den Kletterfinken auf die Schultern, reckt sich hoch, von Betty gesichert. Sie klettert aber auch im Vorstieg, führt ganze Routen wie den Südgrat des Salbitschijen im Gotthardgebiet. Nicht nur im Kalk, auch im Granit sind die drei ganz vorn dabei, Betty oft die erste Frau auf einer Route, etwa auf der Cassinroute in der Badile-Nordostwand, aber daraus macht sie kein Aufhebens. Sie klettert leidenschaftlich, unternimmt haarsträubende Veloreisen, sie fotografiert, sie schreibt: poetische Texte, atmosphärische Betrachtungen und Berichte, Gedichte. «Wir sind verrückt, aber königlich verrückt. Einzigartige Leidenschaft; sie hat die Flügel der Weite, die Grösse entfesselter Furien, und sogar der Tod, der über die Genauigkeit jeder Geste wacht, gehört zum Spiel.»[2]

«Als würden wir in alle Ewigkeit nur klettern»

Ich erinnere mich: «Der schönste Felsgrat der Schweiz» – Claude Remy muss es wissen. Der Alpinhistoriker und Erstbegeher von mehr als 2000 Routen in aller Welt urteilt so über den Westgrat des Salbitschijen bei Göschenen im Urnerland. Diese Folge von glatten Granittürmen, aufgereiht wie fünf gigantische Orgelpfeifen, das war auch unser Traum. Wie Musik war mir das Klettern erschienen, eine fünfstimmige schwebende Melodie, die uns begleitete über den Tag in die Nacht; bleiches Vollmondlicht erhellte das Couloir, das die Türme im Westen begrenzt, das Horefelli. Es war Ende Oktober, wir biwakierten nach dem vierten Turm, an derselben Stelle wie B. und E. Favre und L. Henchoz zwanzig Jahre zuvor. Wir wussten kaum etwas von den drei Welschen, von denen das Gerücht ging, sie hätten als Erste diesen Grat überschritten – aber stimmte das auch? Es kümmerte uns wenig, wir fragten nicht nach den Buchstaben, mit denen der SAC-Kletterführer die Frau versteckte, die dabei war, mit der grenzenlosen Leidenschaft und Begeisterung, die auch uns beseelte.

Sie hatten sich Zeit gelassen, damals im Juni 1948, nach einigen Versuchen an den einzelnen Türmen. Dreieinhalb Tage klettern, drei Biwaks. Turm eins und zwei auf der Normalroute bestiegen, vom Couloir aus, nicht direkt über die Kante, das gab zu Kontroversen Anlass, aber lassen wir das: Die erste Überschreitung des Salbit-West war eine hervorragende Leistung in jener Zeit. Henchoz schreibt: «Wir lebten wie in einem Traum, die Welt draussen existierte nicht mehr. Wir waren auf diesem Weg, als würden wir in alle Ewigkeit nur klettern.»[3]

Louis-Maurice Henchoz (1919–2008) publizierte regelmässig in der alpinen Presse, seine Berichte sind sachlich und genau, er hat nicht den literarischen Anspruch Bettys. Ursprünglich war er die treibende Kraft gewesen, auf der Suche nach Kletterpartnern war er Ende der Dreissigerjahre auf den Spengler Ernest Favre aufmerksam geworden, der furchtlos auf Dächern herumtanzte und selbst zuoberst auf einem Kamin einen Handstand drückte. Ob er an Bergtouren interessiert sei, fragte ihn Henchoz. Ernest, den man unter Freunden Jimmy nannte, antwortete: «Sofort! Lass mich noch Betty holen.»[4]

Sie wurde eine gleichberechtigte Partnerin der Seilschaft. Oft drängte sie die Männer sogar weiter, wenn sie zögerten, wie etwa bei ihrem ersten Bergurlaub im Bergell. Louis und Ernest fanden die Badile-Nordkante noch zu schwierig, doch die Frau setzte sich durch, nachdem sie gehört hatte, dass eine italienische Seilschaft ebenfalls zur

Nordkante wollte. «Cette arête! trait pur dans la nuit!»[5] Sie schaffen die Tour ohne Probleme, steigen zur Gianettihütte auf der italienischen Seite ab – unbehelligt von Grenzwächtern oder Militär. Es ist 1943, mitten im Krieg. In der Hütte erfahren sie von der Nordostwand, der Erstbesteigung durch Riccardo Cassin, Gino Esposito und Vittorio Ratti im Juli 1937 und dem tragischen Tod der zweiten Seilschaft mit Mario Molteni und Giuseppe Valsecchi im Gewittersturm. Für die drei aus der Waadt ist ein Traumziel gesetzt: Die Badilewand! Die Cassin!

Doch zuerst der Salbit-Westgrat. Auch von ihm haben sie im Bergell vernommen, Genfer Kletterfreunde erzählten von einem geheimnisvollen, gar unwirklichen und langen Grat über unzählige Türme im Herzen der Schweiz. «Elle ne se fera jamais.»[6] Die furchtlosen drei zogen trotzdem los und schafften den Traumgrat, wie auch weitere grosse Routen in den Alpen: Südgrat des Stockhorns im Walliser Baltschiedertal, Peutereygrat am Montblanc. Im August 1952 dann die grosse Wand, vor ihnen drei Seilschaften mit so hervorragenden Kletterern wie Hans Frommenwiler und Seth Abderhalden vom Kletterclub Alpstein. Und eine Seilschaft aus Österreich mit Erich Waschak, der erstmals mit Leo Forstenlechner die Eiger-Nordwand in einem Tag schaffte. Man ist nun also bei der Weltspitze dabei.

Bemerkenswert aber ist nicht nur die alpinistische Leistung Bettys, sondern auch ihr Text «Badile» über den Berg, die Nordkante, ihre verschiedenen Versuche an der Wand und schliesslich den erfolgreichen Durchstieg mit einem Biwak. Schon die Erinnerung an die Ankunft in der Sciorahütte, 1943, nach Überschreitung des Cacciabellapasses im Gewitter, wird ihr zum Gedicht:

Symphonie de l'Alpe. Accords!
Vent, rafales chargées de neige …
Soupirs, roulements, gémissements;
Cinglés, rincés, incorporés à cette partition.
Arriver à la cabane Sciora.[7]

«Wie ein Wind des Wahnsinns»

«Die Stürme sind furchtbar, die Menschen klein, die Berge grandios und der Schnee da oben kann sich sehr schnell in ein dickes Leichentuch verwandeln.»[8]

Ich blicke zurück zur Wand, zehn Jahre nach Betty, ein Wasserfall tost durch den grossen Trichter, wo wir am Morgen noch kletterten, Steine krachen herab. Der Gewittersturm hat uns auf dem Gipfel erfasst, hat uns sechs Stunden lang mit Hagel und Kälte gepeinigt, um ein Haar hat uns der Berg mit einem Leichentuch bedeckt, unserer Leidenschaft ein frühes Ende bereitet.

Fasziniert lese ich Betty Favres Text über meinen Zauberberg, immer wieder, stark auch in der deutschen Übersetzung von Marco Volken, der den Berg bestens kennt und eine Monografie über den Badile, die «Kathedrale aus Granit»,[9] verfasst hat.

Eine unruhige Nacht in der Hütte, Betty findet keinen Schlaf vor der grossen Tour. Immer wieder steht sie auf. «Ein offenes Fenster in der Nacht weckt in mir die Sehnsucht nach der Weite. 23 Uhr. – Wahrnehmung einer aufgewühlten, chaotischen, aber begehrenswerten Welt. In mir der Tod, oder vielmehr die Verwandlung: sich nicht mehr gehören, mit den Dingen verbunden sein, alleine sein, die Augen nach aussen gerichtet. Den verlorenen Faden wieder finden. Dieses Bedürfnis nach Ewigkeit vergessen, das – wie ein Wind des Wahnsinns – Unordnung sät ...»[10]

Dann der Morgen, der schwarze Berg in der Nacht, über Moränen und den kleinen Gletscher zum Einstieg stolpern, anseilen, Material verteilen, die Hände auf den kalten sandigen Granit legen, 900 Meter Fels lasten über einem und auf der Seele. Freude und Furcht. Wie bin ich dabei, wie fühle ich mit, sie spricht mir aus dem Herzen. «Die Erinnerung, die mir geblieben ist, ist wie ein Feuer, das wieder aufflackert. Den Badile stürmen, an Höhe gewinnen, jenen Teil des Aufstiegs noch einmal machen. Wir gehen in den Riss, stossen auf Überhänge, die schon von drei Seilschaften belagert werden. Warten.»[11]

Sie beobachtet während des Sicherns eine Maus in der Wand; ein Stein, der auf sie zustürzt wie ein Geschoss, breitet unvermittelt seine Flügel aus, wird zum Vogel, schwingt sich in die Luft. Die kleinen und die grossen Dinge, Betty bringt sie in eine schwebende Form, die einen beim Lesen beflügelt. Die ganze Zeit geht ihr eine Strophe des Gedichts «Die Leuchttürme» von Charles Baudelaire durch den Kopf. Und so schwingt und klingt auch ihr Text. «Klettern und nochmals klettern; Verschneidungen, Risse, Bruchstellen; einen schwarzen Überhang anpacken, der sehr schwarz geworden ist, weil sich plötzlich der Himmel darüber auch verdunkelt hat. Es regnet! Der Regen verwandelt sich in einen grässlichen Graupel, hart und kalt.»[12]

Die drei biwakieren, das Wetter klart auf, gemütlich klettern sie am folgenden Tag zum Gipfel. «Begehrlich lief der Traum, einmal den Badile zu besteigen, vor mir her. Jetzt, wo ich ihn verwirklicht habe, haftet die Sehnsucht nach diesem Verlangen an seiner Wand und verfolgt mich.»[13]

«Das Leben zieht mich weiter fort»

Ich bedaure, dass Betty Favre nie ein Buch veröffentlicht hat über ihre grossen Bergabenteuer. Es wäre ein hervorragendes Buch, stelle ich mir vor, ein notwendiges Buch auf jeden Fall: Wenige Frauen sind in jener Zeit so stark und selbstsicher geklettert. Wenige der frühen Extremkletterfrauen haben geschrieben, kaum eine jedenfalls so literarisch eigenständige Texte wie Betty. Die Österreicherin Helma Schimke ist eine der Ausnahmen, sie gehört der gleichen Generation an wie Betty, hat erfolgreiche Bücher über ihre Kletterfahrten und den Bergtod ihres Mannes veröffentlicht.[14] Die jungen emanzipierten Kletterfrauen von heute klettern so stark wie die Männer, aber auch sie schreiben kaum noch – keine Zeit neben dem Training, den Kletterwettkämpfen, den Expeditionen! Wenn Bücher unter ihrem Namen erscheinen, sind sie oft von Ghostwritern geschrieben oder von Journalistinnen in Interviewform. Oft sind es von Sponsoren lancierte

Biografien, bei denen die Sensation im Vordergrund steht, nicht das innere Erleben, die sprachliche Form.

Betty Favre hat sich um Publikationen bemüht, sie hat einen Band mit Gedichten veröffentlicht: «La Pierreuse»[15], eine Hommage an die Pierreuse, das grösste Naturschutzgebiet der Westschweiz südlich von Château-d'Oex zwischen Gummfluh, Rubli und Rocher du Midi. Sie widmet das sorgfältig gestaltete, mit eigenen Naturfotos illustrierte Buch dem Ehepaar Sandoz aus Lausanne, den Stiftern dieser schützenden Oase für Tiere und Pflanzen. In ihren Fotos und in den Gedichten zeigt sich Bettys Auge für die kleinen Wunder der Natur, ihre Liebe zur Schöpfung. Die knappe Form ihrer Gedichte, die meist ausgehen von genauen Naturbeobachtungen, erinnern an japanische Haikus.

Zum Foto des im Gras versteckten Nestes eines Rotschwänzchens schreibt Betty Favre:

Un œuf, un oiseau, ensuite un œuf,
Fardeau de l'amour qu'on porte
Au creux d'un nid plein d'ombre

Le vert et le bleu d'un noir abîme

In den «Editions de la Pierreuse» gibt Betty Favre weitere Bücher über das Naturschutzgebiet heraus, immer mit Fotos und Texten von ihr oder andern Autoren, darunter auch Henchoz oder Edouard-Marcel Sandoz.[16]

Mit Louis-Maurice Henchoz und Louis Seylaz hat sie früher schon ein Buch über die Gastlosen[17] verfasst. Darin ein persönlicher, vergnüglicher Text über ihre ersten Kletterversuche am Capucin. Einen Bericht über die Erstbesteigung der Nordwand der Douve im Massiv der Gummfluh im September 1956 leitet sie ein mit einem Gedicht[18], das ich zu übersetzen versucht habe.

Vorspiel zur Nordwand der Douve

Dieses Gärtchen von Felshaken
Mähne aus Duralumin
Im Winterwind
Unbeugsame Mähne
– unter Flocken

Ein Stück sterbendes Gras
Stationsaltar in der Vertikalen
Ein Stück Grün für die Felshaken
Im Windkamin
– Nacht ohne Schatten

Nordwand, Kalkfels
hinterlegte Erinnerung
und Flecken von Licht
für Winternächte
– hängende Schlupfwinkel

Mähne von Felshaken
widerstandsfähig und silbern
im Winterwind
die glitzernden Flocken
– ein Grund zu lieben

Vielleicht liegen irgendwo in einer Schublade oder einer Archivschachtel noch Manuskripte von Betty, tauchen eines Tages auf und erzählen von einem aussergewöhnlichen Leben, einem «Leben auf der Überholspur», wie Claude Remy schreibt. Es wäre ein Glücksfall.

Warum hat sie nicht mehr veröffentlicht? Vielleicht genügte ihr das Klettern, das sie einmal auch mit Schreiben vergleicht: die Pioniere schreiben ihre Wege dem Berg ein, für die Nachfolgenden wird Klettern zum Lesen. Sie kennen die Berichte und die Geschichten, sie folgen Spuren, finden Haken, treffen auf Risse und Überhänge, von denen die Vorangehenden berichtet haben. Zum Beispiel in der Badilewand: «Ecrire sa voie; – lire sur la pierre le message Cassin et plus récent celui de Rébuffat.»[19]

Vielleicht ist sie auch nur viel zu früh gestorben, noch nicht 60 Jahre alt. Um ihren Tod ranken sich Legenden. Ich habe nicht nachgeforscht, lasse den letzten Satz ihres Badile-Textes für sie sprechen:

«Das Leben zieht mich weiter fort; möge sein Ende das wahre, das grosse Abenteuer sein.»

---

[1] Favre, Betty: Badile. In: Die Alpen I, 1954, S. 249

[2] Favre, Betty: Badile. Zitate nach: Volken, Marco: Badile. Kathedrale aus Granit. AS Verlag, Zürich 2005, S. 111

[3] Henchoz, Louis: Les Tours du Salbitschyn. In: Die Alpen I, 1949, S. 45

[4] Remy, Claude: Leben auf der Überholspur. In: Volken, Badile, a.a.O., S. 113

[5] Favre, Badile. In: Die Alpen I, a.a.O., S. 249

[6] Henchoz, Louis: Les Tours du Salbitschyn, a.a.O., S. 42

[7] Favre, Badile. In: Die Alpen I, a.a.O., S. 249

[8] Favre, Badile. In: Volken, Badile, a.a.O., S. 111

[9] Volken, Badile, a.a.O.

[10] Favre, Badile. In: Volken, Badile, a.a.O., S. 111

[11] Ebd., S. 112

[12] Ebd., S. 112

[13] Ebd., S. 112

[14] Schimke, Helma: Über allem der Berg. Verlag Das Bergland-Buch, Salzburg/Stuttgart 1964

[15] Favre, Betty: La Pierreuse. Editions de La Pierreuse, Château-d'Oex, 1963

[16] Favre, Betty (Hrsg.): La Pierreuse réserve vaudoise. Editions de la Pierreuse, Château-d'Oex 1959

[17] Seylaz, Louis; Favre Betty; Henchoz Louis: Les Gastlosen. Editions du Griffon, Neuchâtel 1950

[18] Favre, Betty: Prélude à la Face nord de la Douve. In: Die Alpen, 1959, S. 85

[19] Favre, Badile. In: Die Alpen I, a.a.O., S. 251

Ernst Reiss (rechts) und Dölf Reist, starke Seilschaft und spätere Himalayapioniere auf dem Gipfel der Fleischbank im Wilden Kaiser im Sommer 1951.

Ernst Reiss (*1920) · Dölf Reist (1921–2000)

Arbeiter auf Achttausendern

Nach dem Zweiten Weltkrieg wandte sich Europas Jugend wieder friedlichen Zielen zu. Noch hatte kein Mensch den Gipfel eines Achttausenders erreicht, doch das sollte sich in wenigen Jahren ändern. Ernst Reiss war der erste Schweizer, der den Fuss auf einen der begehrten Gipfel setzte, seine Autobiografie ist das Dokument einer Zeit, in der die Himalayaberge noch überaus schwer zugänglich waren, ihre Besteigung ein gefährliches Abenteuer. Dölf Reist, Metallarbeiter wie Reiss und sein Seilgefährte auf grossen Alpentouren, entwickelte sich als Bergsteiger zum Berufsfotografen und erfolgreichen Buchautor. Beide ermutigt und unterstützt hat der Berner Oberländer Schriftsteller Erwin Heimann.

Würde man die Höhe der Berge in Fuss messen und nicht in Metern, sähe die Alpingeschichte anders aus. Da die Französische Revolution, nebst andern Errungenschaften, der Welt das Metermass geschenkt hat, hat sie als Nebenprodukt auch vierzehn Achttausender geschaffen, vierzehn begehrenswerte Ziele für die Bergsteigerelite der westlichen Nationen. Von nationalen Motiven bestimmt war denn auch der Wettlauf um die höchsten Gipfel der Welt, ein friedliches Kräftemessen immerhin, nachdem sich die Nationen im Zweiten Weltkrieg gegenseitig abgeschlachtet hatten. Der Grande Nation, der Siegermacht Frankreich, gehörte der erste «Sieg» über einen Achttausender: Maurice Herzog und Louis Lachenal standen 1950 auf dem Gipfel der 8091 Meter hohen Annapurna in Nepal. Der Neuseeländer Edmund Hillary und der Nepalese Tenzing Norgay bestiegen als Teilnehmer einer britischen Expedition am 29. Mai 1953 den 8848 Meter hohen Mount Everest, den die Einheimischen auch Sagarmatha oder Chomolungma nennen. Beinahe wären ihnen am höchsten Berg der Welt zwei Schweizer Expeditionen ein Jahr früher zuvorgekommen. Der Österreicher Hermann Buhl schaffte wenige Wochen nach dem Erfolg von Hillary und Tenzing am Everest im Alleingang den «Deutschen Schicksalsberg» Nanga Parbat, an dem in den Dreissigerjahren ein Grossteil der deutschen Bergsteigerelite umgekommen war. Eine italienische Expedition feierte 1954 den Erfolg am zweithöchsten und schwierigsten Achttausender, dem K2 im Karakorum. So verteilte sich das Glück an den höchsten Bergen einigermassen gleichmässig über die kurz zuvor noch verfeindeten Nationen Europas – Bergsteigen hat nebst Fussball und andern Sportarten vielleicht ein bisschen mitgeholfen, die Menschen wieder zusammenzubringen und der Jugend friedlichere Ziele zu setzen als den Endsieg im totalen Krieg. Man trug nun nicht mehr Hakenkreuzwimpel auf die Berge, sondern schloss sich gelegentlich wie Hermann Buhl, Gaston Rébuffat und Gefährten 1952 in der Eiger-Nordwand zu einer «europäischen Seilschaft» zusammen.

Vor lauter Freude über die harten Burschen, die monatelang in höchsten Höhen eisigen Stürmen trotzten, vergass man in jener Zeit gerne, dass die «Eroberungen» im Himalaya durchaus kolonialistischen Charakter besassen, man heuerte lokale Träger zu bescheidenem Entgelt an, viele von ihnen starben am Berg in Lawinen und Gletscherspalten, erfroren, stürzten ab. Müll und Leichen blieben liegen, und selbst die alten Namen der Berge, die den Einheimischen heilig waren, wurden von den westlichen Bergsteigern anfangs ignoriert.

Die Entwicklung gleicht jener in den Alpen vor und während des Goldenen Zeitalters des Alpinismus hundert Jahre zuvor. Die fremden Bergsteiger waren zugleich Forscher, die in unbekannte Gegenden und bisher unerreichte Höhen vorstiessen; Ziel waren nicht nur die Routen und Gipfel, sondern auch geografische, geologische, klimatologische, botanische, ethnologische und medizinische Erkenntnisse und Entdeckungen. Und nicht wenige suchten gar nach dem legendären Schneemenschen, dem Yeti. Jede der frühen Expeditionen schlug sich in einer Fülle von Publikationen nieder, in Artikeln, Fotoreportagen, Filmen und Büchern. «Annapurna»[1] von Maurice Herzog beispielsweise erlebte Millionenauflagen, der Expeditionsleiter und Autor, der mit schwersten Erfrierungen nur knapp dem Tod entronnen war, machte später Karriere als Staatsminister für Sport und Bürgermeister von Chamonix.

Die Expeditions- und Abenteuerbücher, von denen auch ich in jungen Jahren mehrere verschlang, hatten selten literarischen Anspruch, sondern erzählten meist schlicht, chronologisch und mehr oder weniger genau den Ablauf der Ereignisse am Berg. Wir lasen sie trotzdem mit Spannung und sahen uns schon selber im Spaltengewirr des Khumbu-Gletschers oder im Zelt auf dem Südsattel des Everest.

Eine Bergbesteigung schafft sozusagen von Natur aus einen klassischen dramatischen Bogen: Vorbereitung, Aufstieg, Höhepunkt,

Abstieg und Heimkehr. Stürme, Stürze, Sterben, Hunger und Kälte, Angst und Hoffnung, Kampf ums Überleben, Sieg und Niederlage, höchstes Glück und tiefste Enttäuschung: Da war nichts zu erfinden, die Bergsteiger brauchten nur zu erzählen und riefen damit in uns die Gefühle wach, für die sie kaum Worte fanden. Wenn wir lesend mitfieberten, erwachte in uns die Sehnsucht, auch einmal dabei zu sein bei so einem Abenteuer. Bei den Schweizer Expeditionen kletterten keine Schriftsteller mit in jenen Pionierzeiten im Himalaya. Anders bei den Briten, die sich bei ihrer Everestexpedition vom Reiseschriftsteller und «Times»-Journalisten James Morris begleiten liessen, der später nach einer Geschlechtsumwandlung zur Schriftstellerin Jan Morris wurde. Sein Buch «Coronation Everest»[2] wurde ein Weltbestseller.

Die Bücher der ersten Schweizer Höhenbergsteiger, ausgiebig mit Fotos illustriert, sind Zeitdokumente, aber keine grosse Literatur und heute durchwegs vergriffen. Hans Morgenthaler hatte wohl recht, als er Jahrzehnte zuvor in einem Aufsatz über «Moderne Alpine Literatur» schrieb: «Nichts schiene unangebrachter als die Vermutung, der grösste Bergsteiger müsste ohne weiteres auch der grösste alpine Dichter sein.»[3]

«Über uns steht die Unendlichkeit»

Kein Dichter und trotzdem ein erfolgreicher Buchautor und gewiss einer der stärksten Bergsteiger seiner Zeit war Ernst Reiss. Am 18. Mai 1956 erreicht er als Erster mit seinem Seilgefährten Fritz Luchsinger den Gipfel des 8516 Meter hohen Lhotse, des vierthöchsten Bergs der Erde. Sie sind die ersten Schweizer auf einem Achttausender.

«Wie der Flügel eines Jagdflugzeuges ragt die eigentliche Gipfelkalotte in trügerisches Sonnenlicht und ziehende Nebel. Die paar Stufen in dem zähen Firn verlangten hundert Pickelhiebe. Ausser Atem drücke ich den Kopf zum Verschnaufen an die Flanke, bis ein paar heftige Windstösse ihre Kraft verloren haben. Den Pickel bis zur

Haue eingerammt, sichern wir uns aus kurzer Distanz. Mein verschwiegener Gefährte, der noch vor sieben Wochen todkrank war, hat in die grosse Standstufe aufgeschlossen. Etwas vorgeneigt können wir über die handbreite Eiskante hinweg nach dem bodenlosen Südabsturz oder mehr links auf die nahezu in die Luft gehängten Eistürme des Ostgrates sehen. Weiss und dunkel reflektierende Wolken nehmen uns den weiteren Ausblick. Wir haben den höchsten Punkt des 8501 Meter hohen Lhotse betreten.

Tief unten liegt die Vergangenheit der letzten Tage, die nicht mehr sichtbaren Lager und Spuren unserer Kameraden. Der Weg zurück nach der Heimat scheint seinen wirklichen Zusammenhang verloren zu haben. Über uns steht die Unendlichkeit.»[4]

Wie der Flügel eines Jagdflugzeugs, so erscheint dem Flugzeugmechaniker Reiss die Gipfelwechte des Lhotse, den er mit dem zähen Berufsoffizier Luchsinger gemeistert hat in einer Zeit und einem Kletterstil, der noch heute Bewunderung weckt. Der Lhotse ist viel schwieriger als der Everest, und es dauerte über zwanzig Jahre, bis ihre Besteigung wiederholt wurde. Nur am Dhaulagiri schafften Schweizer 1960 nochmals eine Achttausender-Erstbesteigung.

Reiss und sein schweigsamer Begleiter standen morgens gegen halb sechs im Hochlager auf 7850 Metern auf, nach dreieinhalb Stunden mühseliger Vorbereitung brachen sie auf, im Alpinstil mit wenig Proviant und leichter Ausrüstung, ein paar Haken, Reepschnur, zwanzig Meter Seil. Zwei Stunden kämpften sie mit einem vereisten Sauerstoffgerät, dann kletterten sie pausenlos, sich nur mit Handzeichen verständigend, durch das überaus steile, blank vereiste und von einem Felsriegel unterbrochene Couloir zum Gipfel des Trabanten, wie Reiss den südlichen Nachbarn des Mount Everest nannte. Südspitze bedeutet der tibetische Name des Bergs.

Vier Jahre zuvor hatte Ere, wie man Reiss nannte, bereits einmal den Südsattel zwischen den beiden Gipfeln erreicht. Ein Orkan hatte die Schweizer Nachmonsun-Expedition im Herbst 1952 zur Umkehr gezwungen. Jetzt war Ere zum Bergsteigerchef einer Expedition der Schweizer Stiftung für Alpine Forschung aufgerückt, geleitet vom Berner Rechtsanwalt und Notar Albert Eggler, der auch ein Buch verfasste über das minutiös vorbereitete Unternehmen.[5] Acht Tonnen Gepäck hatte man angeschleppt, die Mannschaft war trainiert, selbst das Sprengen von Eistürmen, um den Weg durch gefährliche Séraczonen zu bahnen, hatten sie unter Leitung des Instruktionsoffiziers Luchsinger geübt. «Ein militärisches schweizerisches Präzisionsunternehmen»[6] bezeichnet es Oswald Oelz in einem Buch zum 50-Jahr-Jubiläum der erfolgreichen Expedition.

Trotz bester Vorbereitung: Die Erstbesteigung des Lhotse war ein Handstreich, wie man ihn damals noch kaum kannte im Himalaya. Neuschnee war gefallen, und an dem Tag der Besteigung tobte ein Sturm, der die Lhotseflanke in eine einzige Schneestaubwolke hüllte. Man verlor die beiden aus den Augen, machte sich Sorgen. Luchsinger war erst seit kurzem von einem geplatzten Blinddarm genesen, den der Expeditionsarzt ohne Operation unter primitiven Bedingungen mit Medikamenten kuriert hatte. «Der eiserne Fritz Luchsinger»[7], wie ihn Reiss einmal bezeichnet, folgte ihm wortlos und verbissen auf den Gipfel. Total ausgetrocknet, erschöpft und mit angefrorenen Händen und Füssen erreichten sie nach dem Abstieg die tiefer gelegenen Lager.

Doch nicht genug mit dem Lhotse, stiegen die beiden nach kurzer Erholung wieder zum Südsattel auf, um ihre Kollegen zu unterstützen, die den Everest in Angriff genommen hatten: Ernst Schmied und Jürg Marmet gelang die zweite Besteigung, Hansrudolf von Gunten und Dölf Reist die dritte.

«Aus einfachsten Verhältnissen heraus Ziele erreichen»

Dölf Reist war langjähriger Seilgefährte von Reiss auf schwierigsten Routen, als gelernter Flugzeugspengler auf den Militärflugplätzen Interlaken in einem verwandten Beruf tätig. Beide wohnten in der gleichen Gegend, der gelernte Schlosser Reiss arbeitete auf dem Flugplatz Unterbach bei Meiringen als Flugzeugmechaniker. Gemeinsam hatten sie 1946 an der spektakulären Bergung der Insassen einer amerikanischen Militärmaschine teilgenommen, die auf dem Gauligletscher notlanden musste.

Reist und Reiss waren die einzigen Arbeiter in einem Expeditionsteam von Akademikern und Offizieren; nebst dem Alpen-Club waren beide Mitglied der Naturfreunde, wo sie alpine Ausbildungskurse leiteten. Ernst Reiss war seit früher Jugend mit den Naturfreunden unterwegs; sein Vater betreute als Hüttenobmann die Naturfreundehäuser in der Umgebung von Davos, wo Reiss aufwuchs und mit seinem Vater erste Bergtouren unternahm.

Auch Dölf Reist kam durch die Naturfreunde zum Bergsteigen, sein Lehrmeister war der bekannte Bergsteiger, Naturfreund, Autor und Fotograf Willy Uttendoppler. Von ihm hatte er wohl auch die Begeisterung für die Bergfotografie übernommen, die er später zu seinem Beruf machte. Seine Bilder machten ihn weltbekannt, er gab mehrere Bücher heraus, hielt Vorträge, gestaltete Ausstellungen. Das Problem der Bergfotografie sei das Zusammenspiel physischer und geistiger Anstrengung, schrieb er in einem Artikel.

«Ein guter Bergsteiger und Fotograf zu sein, das bedingt, dass man sich auch noch nach vielen Jahren praktischer Erfahrung und Vertrautheit mit dem Berg immer wieder aufs neue begeistern kann an der bizarren Formenwelt von Gletscherspalten und Eistürmen, sich immer wieder erfreut am Spiel von Licht und Schatten auf riesigen Schneefeldern, an den gewaltigen Gipfelformationen. Diese Gemütsregungen sind für den bergsteigenden Fotografen unerlässlich. Sie veranlassen ihn, manchmal unter Einsatz der letzten Kräfte, Aufnahmen zu machen, die eben dann mehr sind als seelenlose Dokumente.»[8]

Dass sich Arbeiter über ihre Leidenschaft und ihre Erfolge am Berg schliesslich auch ein neues Berufsfeld und einen gesellschaftlichen

Aufstieg schaffen, ist nicht ungewöhnlich. Am Berg entwickeln sie Selbstbewusstsein, Beharrlichkeit und den Leistungswillen, den die Gesellschaft von Menschen verlangt, denen das Glück nicht durch Geburt in den Schoss fällt. Am Berg entdecken und entwickeln sie kreative Seiten ihrer Persönlichkeit, die sonst für immer verschüttet bleiben würden.

Im Vorwort von Reiss' Buch schreibt der Berner Oberländer Schriftsteller Erwin Heimann: «Wir haben beide denselben Beruf erlernt, den des Mechanikers; und wir strebten beide einem Ziel zu, das ausserhalb dieses Berufes lag. Im Gespräch kamen wir aber auch zu einer gemeinsamen Erkenntnis: Es ist möglich, aus einfachsten Verhältnissen heraus Ziele zu erreichen, die zunächst unerreichbar scheinen, aber nur unter der Bedingung, dass man all seine Kräfte auf dieses eine Ziel ausrichtet und auf Nebenziele und mancherlei Annehmlichkeiten verzichtet, die andere als selbstverständlich beanspruchen.»[9]

Erwin Heimann (1909–1991) war in den Dreissigerjahren als Arbeiterschriftsteller bekannt geworden; er hatte nach einem längeren Aufenthalt in Paris an einem Streik der Heizungsmonteure in Zürich teilgenommen, seine Arbeit verloren und darüber seinen zweiten Roman verfasst: «Hetze»[10]. In dem 1937 erschienenen Buch begrüsste er das zu gleicher Zeit geschlossene Friedensabkommen zwischen Arbeitgebern und Gewerkschaften in der Metallindustrie. Linken Genossen galt er fortan als Reformist. Heimann hatte sich durch das Schreiben aus der industriellen Arbeitswelt befreit, wurde ein bekannter Journalist, Verlagslektor, Öffentlichkeitsbeauftragter der Verkehrsbetriebe der Stadt Bern und schliesslich freischaffender Schriftsteller. Auch Heimann war ein begeisterter Bergsteiger, eine Leidenschaft, die ihn sein Leben lang begleitet habe, wie er in seinen Erinnerungen schreibt.[11] Seine Frau, die Buchhändlerin und Kinderbuchautorin Gertrud Heizmann (1905–1992), lernte er auf einer Klettertour kennen. «Gegen sein Klassenbewusstsein» sei er Mitglied des Alpen-Clubs geworden. «Nach Herkunft und gesellschaftlichem Standort hätte ich den ‹Naturfreunden› beitreten müssen, um meiner Bergleidenschaft in mir gemässer Umgebung und Kameradschaft zu frönen. Dagegen galt der Schweizer Alpen-Club als Gesellschaft der Herren oder gar der Protzen. Auf meinen ersten ernsthaften Bergfahrten erkannte ich, dass das ein unhaltbares Vorurteil war, das Ergebnis einer Klassenkämpfermentalität, die mir in solchen Übersteigerungen doch fremd war.»[12]

«Dieser Augenblick ist gross und schön»

Erwin Heimann war es auch, der Reiss ermutigte, seine Bergsteigerbiografie zu verfassen, und er unterstützte ihn dabei. Obwohl die Erstbesteigung des Lhotse als wahrscheinlich bedeutendste historische Leistung von Schweizern bei der Erschliessung der Himalayaberge bezeichnet werden kann, hat sich Ernst Reiss nie in seinem Erfolg gesonnt, er ist bescheiden seinen Weg gegangen. Im Nachwort zu seinem Buch entschuldigt er sich sogar, dass er «unbescheiden» oft das Wort «Ich» brauchte.

Heimann bemerkt dazu: «Mir scheint, dass das echte Bergerlebnis nicht anders als in der Ichform erlebt und erzählt werden kann. Ist dieses Erleben doch wie kaum ein anderes persönlich, einmalig und unwiederholbar, zudem in äusserster Einsamkeit ohne Publikum erfahren, zusammen mit einem oder zwei Kameraden, mit denen man ein untrennbares Ganzes bildet, eben die Seilschaft.» Reiss' Buch schaffe damit eine Brücke vom Bergerlebnis zur Literatur.

Erwin Heimann unterstützte auch Dölf Reist beim Text eines autobiografischen Buches: «Zu den höchsten Gipfeln der Welt»[13]. Im Zentrum stehen die Fotos aus den Gebirgen in aller Welt, der Text ist sachlich, chronologisch und ohne Pathos. Das Werk schliesst mit einer schlichten Schilderung des Aufstiegs zum Gipfel des Everest an einem wolkenlosen Tag.

«Aber schön langsam, Schritt für Schritt, steigen wir an, immer höher, plötzlich macht der Grat eine Biegung nach rechts, wir sehen nach links ins Tibet hinunter, noch einige Meter, und mittags um elf Uhr stehen wir auf dem Dach der Welt auf 8848 m Höhe.

Dieser Augenblick ist gross und schön. Während neun Monaten hatten wir uns auf dieses Unternehmen vorbereitet, wir reisten über Meere und Länder, marschierten drei Wochen lang durch Nepal, und achtundvierzig Tage waren seit unserem ersten Vorstoss vom Basislager aus verstrichen. Nun ist das Ziel erreicht!»[14]

Kein Pathos, keine Heldenpose, trotz des historisch bedeutsamen Augenblicks – immerhin der dritten Besteigung des höchsten Bergs der Erde. Bergsteiger der Spitzenklasse seien mit wenigen Ausnahmen «denkbar bescheidene und in bestem Sinne vornehme Menschen»[15], schreibt Heimann. Auf Ernst Reiss und Dölf Reist trifft dies ganz bestimmt zu – auf viele ihrer Zeitgenossen ebenfalls. Sie waren Pioniere, Abenteurer, die grosse Strapazen auf sich nahmen, monatelang ohne Verbindung mit ihren Familien am Berg zubrachten, sie waren auf Tod und Leben aufeinander angewiesen und setzten ihre letzten finanziellen Reserven ein für ihre Leidenschaft und ihre hohen Ziele. Ernst Reiss habe, so schreibt er, bei seinem Aufbruch seiner Frau den letzten baren Fünfliber zugesteckt. Die Naturfreunde hatten ihre beiden prominenten Mitglieder mit einer Geldsammlung unterstützt. Dank dem Erfolg am Lhotse und am Everest beschloss der Bundesrat, Reiss und Reist den fünfmonatigen Lohnausfall zu bezahlen, und die Stiftung für Alpine Forschung erstattete ihren Einsatz von 5000 Franken zurück.[16]

Weniger glücklich war Reiss' Vorgesetzter über die langen Abwesenheiten. Ere sah sich nach einer neuen Stelle um, fand sie in Basel im Aussen- und Innendienst bei einer Firma für Sportbekleidung, die auch die Expedition ausgerüstet hatte. Dort blieb er bis zur Pensionierung.

«Ein reiches Leben gehabt»

«Am Anfang war es schon hart, so weit weg von den Bergen», sagt seine Frau Ursula. Wir sitzen in der Stube in einem bescheidenen Mehrfamilienhaus auf Basels «Protzenalp», einem Quartier von sonst eher besser Gestellten beim Bruderholz. Auf dem Tisch türmen sich Bergbücher, das Büchergestell an der Wand ist voll mit Werken von Anderl Heckmair, Andrea Oggioni, Helma Schimke und vielen Klassikern der alpinen Literatur, und natürlich auch den Werken von Erwin Heimann. Darüber auf einem Tablar versammelt Figuren und Tongefässe, die Reiss von der vom Schweizer Alpen-Club organisierten Expedition in die peruanischen Anden im Jahr 1959 zurückbrachte. An der Wand ein Bild des schwierigen Sechstausenders Pumasillo, von dessen Zweitbesteigung mit Erich Haltiner er in seinem Buch erzählt. Wir trinken Tee, essen Kuchen, unterhalten uns über Berge, über gemeinsame Bergfreunde, verstorbene, verunglückte, noch lebende.

«Ich habe ein reiches Leben gehabt», sagt Ernst Reiss. Erzählt auch von seinem Vater, der als Zimmermann auf der Walz über den Strelapass nach Davos kam, die Tochter des Meisters heiratete. Aus der Nähe von Baden-Baden stammte der ehemalige Wandervogel. Das gibt uns das Stichwort zum Austausch von Erinnerungen über die Felsen des Battert, hoch über der Stadt, wo ich oft kletterte, als wir in Deutschland lebten. Bald entdecken wir weitere Gemeinsamkeiten: Reiss war wie ich Gewerkschafter im Schweizer Metall- und Uhrenarbeiterverband SMUV und Mitglied einer Arbeiterkommission. In der Gewerkschaftszeitung lasen er und seine Frau regelmässig Artikel von Erwin Heimann, so wurden sie mit dem Schriftsteller bekannt, und gelegentlich kletterten sie zusammen.

Ernst Reiss schrieb auch immer gerne. Die Zeitung «Sport» druckte seine Berichte über Bergbesteigungen, der damalige Redaktor Fritz Erb war sein grosser Förderer. Reiss publizierte auch in den «Alpen» und im «Naturfreund». Auf dieser Grundlage ist sein Buch entstanden, und wenn er ein weiteres schreiben würde, sagt er, bekäme es den Titel: «Begegnungen mit Alpinisten». In seinem langen Leben hat er viele der Alpen- und Himalayapioniere kennengelernt, war mit John Hunt befreundet, dem Leiter der erfolgreichen britischen Everestexpedition, mit Anderl Heckmair, mit Helma Schimke[17], der österreichischen Grand Old Lady der Alpinliteratur. Vor allem die Freundschaft mit Tenzing Norgay hat ihn tief beeindruckt. «Einen einfachen Menschen mit aussergewöhnlicher Begabung. Er übertraf mit seinem Denken und Handeln viele unserer ‹Steuermänner›. Seine Fähigkeiten übertrafen fast alle unserer Tonangebenden der menschlichen Gesellschaft»[18], schreibt er mir später.

Noch eine Überraschung: Ursula Reiss zeigt mir ein Fotoalbum. Im Juli 1954 fand die Hochzeit in der Kirche in Obstalden statt, hoch über dem Walensee, wo ich heute wohne. Auch sie stammt aus Davos, arbeitete in Zürich, und als Ere von seiner ersten Expedition heimkehrte und in Ehren empfangen wurde, sassen sie zufällig im gleichen Zug. Zwei Tage später beim Skifahren funkte es. Sie lacht: «Er gab mir das Buch von Maduschka zu lesen, sozusagen als Test. Bestanden habe ich ihn, aber eine grosse Bergsteigerin wurde ich doch nicht.»

Ernst Reiss begleitet mich zum Tram, in Turnschuhen, Béret auf dem schütteren grauen Haar, Wanderstöcke in den Händen. Bis vor wenigen Jahren war er noch gut auf den Beinen, kletterte und wanderte mit den Kindern, den Enkeln und alten Freunden. Dann traten Herzprobleme auf, er trug es mit grosser Fassung. «Das Wichtigste ist die Gesundheit», gibt er mir zum Abschied mit. Da steht ein unscheinbarer alter Mann, ein bedeutender Alpinist und Himalayapionier und winkt.

«Die Gnade der frühen Geburt»,[19] schreibt Oswald Oelz, bescherte den Pionieren im Himalaya eine einsame Welt, in die sie als erste ihre Spuren legen konnten. Heute sind viele ihrer Wege unter den Trampelpfaden kommerzieller Expeditionen verschwunden, die Erinnerung an ihre hervorragenden Leistungen ist verstellt von den Medienspektakeln und Skandalen ihrer Nachsteiger, ihre Bücher stehen noch da und dort in einer Bibliothek oder finden sich, wenn man Glück hat, in einem Antiquariat oder auf einem Flohmarkt.

[1] Herzog, Maurice: Annapurna, erster Achttausender. Ullstein Verlag, Wien 1952

[2] Morris, Jan: Coronation Everest, Faber and Faber Ltd., London 1958

[3] Morgenthaler, Hans: Moderne alpine Literatur. In: Alpina, April 1923, S. 55

[4] Reiss, Ernst: Mein Weg als Bergsteiger. Verlag Huber & Co. AG, Frauenfeld 1962, S. 234

[5] Eggler, Albert: Gipfel über den Wolken. Hallwag Verlag, Bern 1956

[6] Oelz, Oswald: Everest. Lhotse. Schweizer am Everest 1952 und 1956. AS Verlag, Zürich 2006

[7] Reiss, Mein Weg als Bergsteiger, a.a.O., S. 238

[8] Reist, Dölf: Zu den höchsten Gipfeln der Welt. Mondo-Verlag, Lausanne 1978, S. 8

[9] Reiss, Mein Weg als Bergsteiger. Vorwort von Erwin Heimann, a.a.O., S. 9

[10] Heimann, Erwin: Hetze. Francke Verlag, Bern 1937

[11] Heimann, Erwin: Ein Blick zurück. Viktoria Verlag, Ostermundigen-Bern, 1974

[12] Ebd., S. 46

[13] Reist, Zu den höchsten Gipfeln, a.a.O.

[14] Ebd., S. 128

[15] Reiss, Mein Weg als Bergsteiger. Vorwort von Erwin Heimann, a.a.O., S. 8.

[16] Reist, zu den höchsten Gipfeln, a.a.O., S. 6

[17] Schimke, Helma: Auf steilen Wegen. Verlag Das Bergland Buch, Salzburg/Stuttgart 1961. Schimke, Helma: Über allem der Berg. Verlag Das Bergland-Buch, Salzburg/ Stuttgart 1964

[18] Brief von Ernst Reiss an den Autor

[19] Oelz, Oswald: Mit Eispickel und Stethoskop, AS Verlag, Zürich 1999, S. 111

Franz Hohler im August 2008 auf dem Bishorn, «meinem letzten AHV-Viertausender». Fotografiert von seinem Bergführer Adolf Schlunegger.

Franz Hohler (*1943)

Von alten und neuen Bergen

Man kennt ihn als Kabarettisten, als Schriftsteller und moralische Instanz. Dass er auch klettert und beachtliche Berg- und Hochtouren unternimmt, ist weniger bekannt. In seinem Werk sind Natur und Bergwelt jedoch ein wichtiges Thema, sei es das phantastische Aufbrechen eines Vulkans bei Zürich, der Bergsturz von Elm oder seine atmosphärisch dichten Schilderungen eigener Wanderungen und Touren, etwa aufs Weisshorn, über den Mittellegigrat des Eigers oder den Biancograt auf den Piz Bernina.

Er ist eine Institution in diesem Land. Eine Stimme. Präsent in den Medien. Auf der Bühne. Auf dem Buchmarkt. Man kennt ihn. Scharen kommen, wenn er auftritt. Kabarettist, Schriftsteller, Cellist, Moralist. Und Alpinist: Franz Hohler.

Der Tag verspricht heiss zu werden, es ist Sommer. Der Anstieg zur Alp steil und steinig, wir sind froh, dass er durch Wald führt. Ich steige voran, ich kenne den Weg. Mürtschenstock, mein Berg. «Matterhorn vom Walensee» hat ihn jemand genannt. Franz erzählt, dass er eine Auszeit von seinen vielen Verpflichtungen und Auftritten genommen habe, sechzig ist er vor kurzem geworden. Zwei Monate nach mir. Während eines Jahres will er jede Woche eine Wanderung oder Bergtour unter die Füsse nehmen, dazu einen Text schreiben, ein Buch soll es werden: «52 Wanderungen»[1]. Wir steigen also nicht bloss zum Vergnügen auf den Mürtschenstock, wir wandern im Dienst der Literatur. Unsere Schritte werden zu Sätzen, das klingt dann zum Beispiel so: «Schon nach kurzer Zeit spüren, dass der linke Schuh auf die Ferse drückt. Den Schuh ausziehen, ein Druckpflaster aus dem Rucksack nehmen und es auf die Ferse kleben.»[2]

Den Text habe er intuitiv im Infinitiv begonnen, erklärt mir Franz später einmal, dann habe ihm der Ton gefallen, und er habe so weitergeschrieben, die ganze Tour in der Grundform erzählt.

«Alprhodung durch Refraktäre»

Er läuft seine neuen Bergschuhe ein, Grösse 48, im Sommer will er über den Biancograt am Piz Bernina, mit dem Bergführer Adolf Schlunegger, mit dem er seit Jahren im Gebirge unterwegs ist: Weisshorn, Mittellegigrat am Eiger, Mönch über den Westgrat, beeindruckende Hochgebirgstouren. Ich erzähle, wie wir als junge Bergsteiger über den Biancograt stürmten, nach der Eisnase des Scerscen, und anderntags die Palü-Nordwand kletterten, Bumillerpfeiler, «die weisse Hölle am Piz-Palü», gleichentags über den Morteratsch zurück in die Tschiervahütte. Verrückte Jugend. Franz bestieg in jenen Jahren den

Piz Morteratsch, träumte vom Biancograt. Vielleicht will ich meinen Begleiter beeindrucken, vergönne ihm ein bisschen seine Hochgebirgstouren am Seil eines zuverlässigen Führers. Später lese ich in dem Buch, das er mir mit Widmung schickt, dass ihm mein leichter Schritt aufgefallen ist, und dass ich weniger schwitze und weniger trinke und auch kein Leibchen wechseln muss wie er ab und zu.

Nach dem steilen Waldweg öffnet sich ein flacher Alpboden, Schwemmland, Hütten. Die Meerenalp. Am Weg ragt ein Felsblock aus der Ebene, eingemeisselt «Alprhodung durch Refraktäre im Arbeitsdienst 1943, VIII-IX.» Dazu eine stilisierte Ähre. Wir machen Halt, freuen uns über die Entdeckung, 1943 ist unser gemeinsames Geburtsjahr. Wir diskutieren, was wohl mit dem Begriff «Refraktäre gemeint sei: Kriegsdienstverweigerer, vielleicht aus dem Ausland? Jedenfalls Menschen, denen unser Mitgefühl gilt. Im Dorf erzählt man sich, sie hätten damals auf dem Alpboden Kartoffeln gepflanzt.

Über uns baut sich das Mürtschenmassiv auf, jetzt sind alle drei Gipfel sichtbar, Wolkenfetzen heften sich an die zerschrundeten Spitzen, von denen die vorderste aussieht wie der Kopf eines liegenden Indianers mit Hakennase und einer Feder im Haarknoten. Ein Schieferband, die Schwarze Schnur, zieht sich ansteigend durch die brüchige Wand. Steine fallen, von Gämsen losgetreten. Früher trieben Jäger das Wild über das abschüssige Band, hinter der Jägernase oben am Grat kauerten die Schützen und knallten die gehetzten Tiere ab. Ein verwegener Bursche soll sich die Fusssohlen mit dem Messer angeritzt haben, damit sie nicht rutschten auf den glatten Platten. Geschichten, Geschichten. Nelly Zwicky (1872–1946), eine Obstalder Pfarrerstochter und Schriftstellerin, hat sie aufgeschrieben[3]. Auch sie eine Bergsteigerin, ein Foto zeigt sie als Amazone mit kecker Baskenmütze auf dem Kopf und dem Eispickel in den Händen. Ich erzähle, doch möchte ich dem schreibenden Kollegen nicht zu viel preisgeben. Der Mürtschenstock gehört mir! Ich lasse ihm den Mittellegigrat, den ich auch gerne geklettert wäre in jungen Jahren, und ich lasse ihm das Weisshorn und erwähne das Zinalrothorn, wenigstens das kenne ich, und er hat es noch vor.

«Dann wäre unter dem Wolkenmeer vielleicht nichts mehr von der Welt»

Auf dem Weisshorn stand er mit seinem Bergführer am Tag der Sonnenfinsternis vom 11. August 1999, im Tiefland fiel Regen, der Himmel war bedeckt. Franz jedoch, angeseilt ans Gipfelsignal mit dem gekreuzigten Jesus, schwebte über den Wolken. Und stellte sich vor – literarisch, erst am Schreibtisch vielleicht –, wie es wäre, wenn die Sonne nicht mehr hinter dem Mond hervorkröche. Ein Motiv, zu dem ihn der Roman «Wenn die Sonne nicht wiederkäme»[4] des Walliser Dichters Charles Ferdinand Ramuz inspiriert haben könnte:

«Dann wäre vielleicht unter dem Wolkenmeer nichts mehr von der Welt, die ich kenne, übrig geblieben, und wir zwei hätten irgendwo am Meeresufer des Weisshorns verharren müssen und wären, wenn wir unsere letzten Dörrfrüchte gegessen, unseren letzten Tee getrunken und unsere letzten Notrufe durchgegeben hätten, ohne dass ein Helikopter mit rettendem Knattern erschienen wäre, auf den untersten Sprossen der Himmelsleiter langsam zu grauen Gestalten erstarrt, aneinander geseilt, mit Steigeisen an den Füssen und Eispickeln in den Händen, ein rätselhafter Anblick dereinst, für Astronauten aus fernen Galaxien.»[5]

«Ein Weltuntergang» heisst die Geschichte vom Weisshorn, er nennt es seinen «grossen Traumberg», als er die weisse Pyramide vom Eiger und vom Mönch aus erblickt. Ein Jahr später hat sich sein grosser Traum erfüllt. Und die Welt ist nicht untergegangen.

Hohler ist ein Meister der phantastischen Literatur. In seinem ersten Roman «Der neue Berg»[6] stellt er sich vor, im Norden von Zürich, wo er selber lebt, wachse aus einem Hügel über einem Keltengrab ein Berg in die Höhe. Erdbeben und rätselhafte Risse im Boden verunsichern die Menschen, die Medien verbreiten Alarmstimmung, Behörden reagieren dilettantisch, Wissenschaftler installieren Messgeräte. Das Buch erschien 1989 während der politischen Wendezeit um den Mauerfall in Berlin. Es liest sich als Gesellschaftsbild einer Zeit grosser Veränderungen. Hohler spricht aktuelle Probleme an: «Entwicklungshilfe, Drogen, Flüchtlinge, Waldsterben, Atomkraft, Freilaufeier, Erziehung, Wohngifte, Fluchtgelder, Chemie, Behinderte, Rüstung, Ozon, Welthunger, Selbstverwaltung, Alternativenergien, Dienstverweigerung, Fremdarbeiter ...»[7]

Er sagt: «Ich möchte ein Zeitgenosse sein, der dasselbe Augen- und Ohrenpaar zur Verfügung hat wie alle, die gerade leben, der aber vielleicht ausspricht, was andere nur denken. Einer, der auch Unbehagen artikuliert.»[8] Franz Hohler, die kritische Instanz, das Gewissen vom Dienst sozusagen. Er leistet es sich, öffentlich Stellung zu nehmen gegen den Fortschrittsglauben etwa der Atomlobby, für Dienstverweigerer und politische Flüchtlinge, die «Refraktäre» von heute. Jedenfalls schlägt er sich stets auf die Seite der Schwachen, der Rechtlosen, der Geprügelten und Geschundenen. Deutlich zu spüren ist auch seine Sorge um die Natur, die abgeholzten Regenwälder, den Klimawandel, die aussterbenden Singvögel, die verschmutzten Meere und Gewässer.

«Ein Stück vom Berg»

Der Roman «Der neue Berg» erzählt von einer Katastrophe, die sich anbahnt, von Menschen, die vor den Anzeichen die Augen verschliessen, und andern, die sie sehen, ihre eigene Haut retten oder sich für die Rettung der Gemeinschaft einsetzen und sich aufopfern. Das Ende wird zur Apokalypse, aus deren Asche ein Vulkan aufragt als Mahnmal. «Aber nun hatte irgendeine Macht das Feuer hier an die Oberfläche gebracht, hier, mitten unter uns, hier, wo dieser Planet täglich verletzt wird, und hier würde diese Macht ihr Feuer von nun an täglich in die Höhe speien, denn schon am selben Abend erhob sich zwischen den Rauchwolken des brennenden Waldes, dort, wo noch am Morgen die Keltengräber gewesen waren, dunkel, gross und unwiderlegbar ein neuer Berg.»[9]

Für die Arbeit an dem Buch beschäftigte er sich mit Geologie, stiess auf Albert Heim, den Doyen der Schweizer Geologen, und sein Buch «Bergsturz und Menschenleben»[10]. Darin geht es um reale Naturkatastrophen, zum Beispiel den Bergsturz in Elm vom 11. September 1881, der sich auch durch Erdspalten ankündigte. Heim berichtet, dass nur ein siebenjähriges Mädchen, Katharina Disch, die Katastrophe wirklich kommen sah. Franz widmete ihr eine Novelle, «Die Steinflut»[11], auch das ein Buch über Berge, diesmal über zerfallende, die den Menschen in ihrem Unverstand und ihrem Frevel an der Natur auf den Kopf fallen. «Über dem Plattenberg stieg eine böse dicke Rauchwolke auf, nicht von einem Feuer und nicht von einer Kanone. Da musste etwas Mächtiges abgebrochen sein, mehr als ein Felsblock, ein Stück vom Berg.»[12]

Heute wollen wir aber nicht einen «neuen Berg» besteigen, sondern einen uralten, der auch am Zerfallen ist, aber ohne menschliches Zutun. Bröckliges Kalkgestein türmt sich über den weichen Schieferschichten der Schwarzen Schnur. Nach steilen Wiesenhängen, durchsetzt mit blühenden Alpenrosenstauden, betreten wir den öden Felsenkessel, der zum mittleren der drei Mürtschengipfel hinaufzieht. Endlose Schutthänge, man rutscht, dann steile Schneefelder. Blick gesenkt, jeder Schritt ein Atemzug, so kommen wir mühsam bergan. Wir bemerken kaum, dass die Sonne verschwindet, die Farben von Fels und Schnee zu stumpfem Grau verschwimmen. Ein Windstoss, vom Grat herab, über den Wolkenfetzen treiben. Eine felsige Rinne führt hoch zu einer Kanzel am Fuss der schrofigen Schlusswand unter dem Gipfel. Unvermittelt klatscht uns kalter Regen ins Gesicht. Im Kessel unter uns brodelt es, das vom Wetterbericht angekündigte Hitzegewitter scheint viel zu früh einzutreffen. Noch ist nicht einmal Mittag. Rasch die Regenhäute aus dem Rucksack gerissen, Franz ist froh um seinen schwarzen Filzhut. Wir schauen uns an. Auch wenn es wieder schonen sollte, die Schrofenwand ist nass, von Gras durchsetzt, der Aufstieg wäre gefährlich. «Umkehren!» So wird denn auch der Titel der Geschichte in seinem Wanderbuch lauten.

Wir rutschen Schneefelder ab, er auf seinen neuen Bergschuhen Grösse 48 wie auf Kurzski. Die Wolkendecke reisst auf, die Nebelfetzen lösen sich auf, als wir eine Blumenwiese am Rand des Felsenkessels erreichen, brennt uns die Sonne auf die Köpfe, der Himmel ist wolkenlos, und die Kalkfelsen strahlen weiss. «Nochmals hinauf?»

Franz schüttelt den Kopf und zieht ein trockenes Leibchen an. «Nächstes Jahr!»

Wir hätten warten sollen, dort oben, Geduld haben, aber die Felsen wären noch immer glitschig, der Entscheid umzukehren war vernünftig. Das redet man sich ein, man bestätigt sich gegenseitig. Ich kenne das. Und trotzdem bleibt ein bisschen Enttäuschung, ein bisschen Ärger. Franz pflückt sich einen Strauss Alpenrosen. Ich erzähle, dass hier der junge Ludwig Hohl – beinahe Namensvetter von Franz – für seine Grossmutter Blumen gepflückt habe, im Jahr 1922, und dass er nach einer einsamen Besteigung des Mürtschenstocks die Eingebung hatte, ein Dichter zu sein. Wir rasten also auf literarisch bedeutungsvollem Grund.

«Ich wünsche, dass mir der Berg freundlich gesinnt ist»

Seine ersten Hochgebirgstouren hatte Franz Hohler nach der Matura an der Kantonsschule Aarau mit seinem Deutschlehrer, einem passionierten Bergsteiger, unternommen. Nach einigen Jahre Unterbruch hat er mit diesem Ludwig den Glärnisch bestiegen, zur «alpinistischen Wiedereingliederung». Er wohnte damals in Uetikon am Zürichsee, hatte den «König des Horizonts» ständig vor Augen, das sagenumwobene rechteckige Schneefeld des Vrenelisgärtli blinkte und lockte.

«Eine ganz gewöhnliche Bergtour.

Darf man über so etwas überhaupt schreiben? Mit dem Berg ist doch das Drama verbunden, Rettungen in letzter Minute, die hauchdünne Trennlinie zwischen Glück und Unglück, Hans Morgenthaler hat sich am Tödi ein paar Finger erfroren, Reinhold Messner musste am Nanga Parbat seinen Bruder zurücklassen, und Mallorys Leiche liegt heute noch an der Nordflanke des Mount Everest.

Doch, darüber darf man schreiben.

Denn wenn ich zu Berg gehe, wünsche ich mir nichts inniger, als dass das Drama ausbleibt, ich wünsche, dass mir der Berg freundlich gesinnt ist, dass der Gletscher nicht gefrässig ist, dass der Himmel für mich und meine Gefährten sein bestes Blau bereithält, dass der Permafrost die Felsblöcke über unsern Köpfen nicht loslässt und wir einen schönen Tag in der Höhe erleben. Die Geschichten, bei denen zuletzt jemand benachrichtigt werden muss, lese ich bei Jon Krakauer oder Heinrich Harrer, aber ich selbst möchte auf keinen Fall solche Geschichten erzählen müssen. Zwei grosse Blasen an den Fersen genügen mir als Zeichen für das Unalltägliche.»[13]

«Meinen letzten Traumberg bestiegen – wovon sollte ich jetzt träumen?»

Ein Jahr später ist uns der Mürtschenstock freundlich gesinnt. Diesmal ist meine Frau Christa dabei und das Wetter ist stabil, und wir sind entschlossen, den Gipfel zu schaffen. Am Fuss der Schrofenwand, wo man schon die Metallbüchse des überdimensionierten Gipfelbuches blinken sieht, kommen mir doch noch Bedenken. Eine Rinne ist mit weichem Schnee gefüllt, der mir nicht trittsicher erscheint. Doch ich sage nichts, stelle mich mutig, ich will hinauf, stampfe Stufen, und Franz und Christa folgen. Vorsichtig und ohne Seil klettern wir höher über die Felsen, die mit Grasbüscheln durchsetzt sind und manchmal locker. Hie und da fällt ein Stein. Auf den Gipfelkopf führt ein kurzer Kamin, steile, aber leichte Kletterei, die Franz ohne Probleme meistert. Seine Schuhe sind jetzt eingelaufen, im Sommer zuvor hat er den Biancograt geschafft und kann erzählen. Ich erfahre, dass die Verhältnisse bedeutend schwieriger sind als vor über vierzig Jahren, als wir Jungen diese Himmelsleiter hinaufstürmten. Steinschläge, vielleicht durch die Klimaerwärmung verursacht, haben den Zugang zur Fuorcla Prievlusa am Anfang des Grates gefährlich gemacht, man benutzt heute einen mit Ketten und Drahtseilen gesicherten Klettersteig. Im Eisgrat klaffte ein Schrund, der schwierig zu überwinden war, der Führer fand eine steile Schneebrücke und musste für seine Frau Vreni und den Gast Franz Griffe und Tritte pickeln und eine Eisschraube setzen.

«Also, sagte ich mir, dann komm ich, betrat vorsichtig die Schneebrücke, sie hielt, ich suchte mit der linken Hand einen Griff, fand keinen, schwang dennoch das rechte Bein in die Höhe, rutschte aber wieder zurück auf die Brücke. Vreni zeigte mir nun, wo der Griff war, ich schlug das Pickelblatt hinein, suchte mit dem linken Fuss einen Tritt möglichst weit oben und schob nochmals das rechte Bein auf das obere Eisfeld, aber wenn mich Vreni von hinten nicht gestossen hätte, wäre ich erneut zurückgefallen.»[14]

Franz erzählt realistisch, detailgenau und ohne Heldenpose. Nicht nur im Bauch flattern ihm auf dem ausgesetzten Grat Schmetterlinge, auch echte tanzen über den Eiskamm, über den es nun höher geht, «zwei oder drei Unendlichkeiten» lang. Auf dem felsigen Übergang vom Piz Bianco zum Hauptgipfel der Bernina balanciert er selber mit «tänzerischem Genuss» über Zacken und Platten. Der Gruss «Berg Heil!» einer deutschen Seilschaft auf dem Gipfel irritiert ihn, erinnert ihn wohl an fatale Zeiten. Aber das Glück überströmt ihn: «Ich schaute zum Piz Morteratsch hinüber, von dem ich als 16-jähriger erstmals hier herübergeschaut und gedacht hatte: Wenn ich da einmal hinaufkönnte.»[15] Jetzt sind 44 Jahre vergangen, und er steht oben, und wie so viele Bergsteiger liest auch er in der Landschaft seine eigene Geschichte. Im Rifugio Marco e Rosa dann, während draussen ein Gewitter niedergeht und man Chianti trinkt, wird er geradezu überschwänglich und gleichzeitig melancholisch. «In zwei Lebensepochen gleichzeitig war ich heute gegangen, hatte, alternd, die Jugend heraufbeschworen und meinen letzten Traumberg bestiegen – wovon sollte ich jetzt träumen?»[16]

Am Ende der Tour noch ein kritischer Blick zurück, nach dem Abstieg am Ausgang des Morteratschgletschers, der «sozusagen unter unseren Füssen wegschmolz [...] und über allem steht der Piz Bernina mit dem Biancograt, und wer in 44 Jahren dort hinauf will, findet den Firn vielleicht nimmermehr und muss seinen grauen Buckel auf einem Kletterpfad mit Sprossen, Stangen und Drahtseilen erklimmen.»[17]

Wie das aussehen könnte, erfahren wir heute. Wir stehen auf einem Berg, der einst Gletscher trug und nun nur noch aus zerschrundetem Fels, Geröll und Schutt besteht. Mürtschenstock, ein «kahler Riesenschädel» hat ihn die Dichterin Nelly Zwicky genannt. So werden die Alpen aussehen, wenn der letzte Gletscher dahingeschmolzen ist. Wir schreiben uns ein in das Buch, das Einheimische in die solideste Metallbüchse der Alpen gesteckt und für die Ewigkeit verankert haben auf dem mittleren Gipfel des Mürtschenmassivs, des Fulen. Wenige sind es, die hier heraufsteigen, trotz der atemberaubenden Aussicht ins Land und in die Glarner und Bündner Berge: Tödi, Bifertenstock, Glärnisch. Die blauen Hügel und Höhenzüge des Zürcher Oberlandes und drüben der Speer, den Franz auch bestiegen hat auf seinen 52 Wanderungen. Er stellt sich damit in die Tradition der Reiseschriftsteller, die im 18. und 19. Jahrhundert zu Fuss die Welt durchwanderten und von ihren Beobachtungen, Erlebnissen und ihren Gefühlen berichteten: Goethe, Heine, Ebel, Fontane. In der heutigen Zeit erlebt die Wanderliteratur wieder eine Renaissance, eine Art literarische Gegenbewegung zum Mobilitätswahn. Wolfgang Büscher marschierte zu Fuss von Berlin nach Moskau, schrieb ein packendes Buch[18]. Das Autorenpaar Jürg Frischknecht und Ursi Baur durchstreift die Alpen, recherchiert und schreibt faszinierende und kritische Wanderführer. Zum Beispiel: «Grenzschlängeln, Routen, Pässe und Geschichten».[19] Fussreisen zwischen Inn und Genfersee. Oder: «Wandert in der Schweiz, solang es sie noch gibt».[20]

Den Mürtschenstock gibt es noch, auch wenn er allmählich zerfällt wie schliesslich jeder Berg der Welt. Am Nachmittag sitzen wir unter dem Birnbaum im Garten unseres Hauses in Obstalden, trinken Holundersirup mit Bier, essen ein Weniges. Ein junger Mann aus dem Dorf fragt mich später: «War das wirklich der Hohler, der da mit euch auf dem Mürtschen war? Ich habe den Eintrag im Gipfelbuch gelesen.»

«Ja, das war der Hohler.»

«Der Richtige?»

«Ja, der Richtige.»

Er ist eine Instanz im Land, zweifelsohne.

---

[1] Hohler, Franz: 52 Wanderungen. Luchterhand Literaturverlag, München 2005

[2] Ebd., S. 71

[3] Zwicky, Nelly: Das Kaleidoskop. Erinnerungen vom Kerenzerberg. In: Die Garbe, Schweizerisches Familienblatt, Januar/Februar 1940

[4] Ramuz, Charles Ferdinand: Si le soleil ne revenait pas. Lausanne, Mermod (Aujourd'hui), 1937. Deutsch: Wenn die Sonne nicht wiederkäme. Unionsverlag, Zürich 1982

[5] Hohler, Franz: Zur Mündung. Luchterhand Literaturverlag, München 2000, S. 123

[6] Hohler, Franz: Der neue Berg. Luchterhand Literaturverlag, Hamburg 1989

[7] Ebd., S. 112

[8] Ebd., S. 2

[9] Ebd., S. 433

[10] Heim, Albert: Bergsturz und Menschenleben. Fretz & Wasmuth Verlag, Zürich 1932

[11] Hohler, Franz: Die Steinflut. Luchterhand Literaturverlag, München 1998

[12] Ebd., S. 146

[13] Hohler, Franz: Ein grosses weisses Auge. In: Zopfi, Emil (Hrsg.): Glärnisch. AS Verlag, Zürich 2004, S. 138f.

[14] Hohler, 52 Wanderungen, a.a.O., S. 102

[15] Ebd., S. 103

[16] Ebd., S. 104

[17] Ebd., S. 105

[18] Büscher, Wolfgang: Berlin – Moskau. Rowohlt Verlag, Reinbek bei Hamburg, 2003

[19] Baur, Ursula; Frischknecht, Jürg: Grenzschlängeln. Routen, Pässe und Geschichten. Rotpunktverlag, Zürich 2003

[20] Frischknecht, Jürg: Wandert in der Schweiz, solang es sie noch gibt. Limmat Verlag, Zürich 1987

Luca Sganzini, Tessiner Sportkletterpionier und Schriftsteller, im steilen Fels seiner geliebten Denti della Vecchia.

Luca Sganzini (1952–1979)

Den Drachen besiegen

Er war ein Pionier des modernen Freikletterns im Tessin, Sohn eines Wirtschaftsanwalts, Politikers und Präsidenten des Schweizer Alpen-Clubs. Doch wichtiger als das eigene Anwaltspatent war dem passionierten Alpinisten das Bergführerdiplom. Luca Sganzini stand am Anfang, er hatte Träume und Projekte, er trainierte hart und schrieb mit Leidenschaft: Tagebuch, Essays, phantastische Erzählungen. Beim Abseilen auf einer Expedition im Hohen Atlas holte ihn sein Schicksal ein. Ein Buch, von Freunden herausgegeben, und eine Kletterhütte, die Baita del Luca in seinen geliebten Denti della Vecchia in der Gegend von Lugano, erinnern an einen Menschen, für den das Bergsteigen auch künstlerischer Ausdruck war.

Hermann Hesse kletterte vor hundert Jahren in den Felsen von Arcegno, doch Klettern im Tessin war lange kein Thema unter auswärtigen Alpinisten. Glatt geschliffene Granitbuckel ragen zwar da und dort aus den Kastanienwäldern, doch konnten sie in der Frühzeit des Alpinismus kaum jemanden verlocken. Der Lokomotivführer Hans Horlacher, ein Deutschschweizer, putzte am Abhang hinter dem Güterbahnhof Bellinzona in mühseliger Arbeit Felsen, rodete Gebüsch, rüstete kurze Routen mit soliden Haken aus und markierte sie mit farbigen Schildern. Wir zünftigen Alpinisten nördlich der Alpen belächelten den ersten professionell eingerichteten Klettergarten der Schweiz und seinen Gärtner, der ein paar Batzen Eintritt in sein Reich verlangte.

Die Tessiner selber blieben unter sich, eine verschworene Gemeinschaft, die sich an den bizarren Kalkzähnen im Nordosten Luganos die Finger wund kletterte, den Denti della Vecchia zwischen dem Valle del Franscinone und dem italienischen Valsolda. Sie nannten sich «Scoiattoli dei Denti della Vecchia» – Eichhörnchen der Zähne der alten Frau. Sie trugen graue Pullover mit grünen Streifen und eiferten ihren Vorbildern nach, den «Scoiattoli» der Dolomiten und den «Ragni» von Lecco. Dabei ist der höchste Zahn, der Sasso Grande, gerade mal neunzig Meter hoch. Wenn sich Bergsteiger aus dem Norden gelegentlich in den Süden verirrten, begegnete man sich mit Misstrauen, trotz einigen Jahren Italienischunterricht verstand man sich nicht. Die Tessiner standen im Ruf, neue Routen und Klettergebiete geheim zu halten. Es gab keine Topos oder Beschreibungen. «Ein auswärtiges Kletterführerprojekt zwingt zum einstimmigen Widerstand»[1], schreibt Scoiattolo und Publizist Marco Volken in einem historischen Abriss über seinen Kletterclub.

Interessant wurden die Tessiner Granitplatten und Kalkzähne jedoch, als sich gegen Ende der Siebzigerjahre des letzten Jahrhunderts das Sportklettern entwickelte und nicht mehr die Höhe oder Länge einer Route wichtig wurde, sondern die Schwierigkeit. Glattgeschliffene Granitplatten wie etwa jene über Ponte Brolla am Ausgang des Maggiatales konnten mit Bohrhaken abgesichert und damit kletterbar gemacht werden. Wiederum waren es im Tessin niedergelassene Deutschschweizer, die Pionierarbeit leisteten, Routenbeschreibungen und Kletterführer verfassten.

Dass Tessiner Bergsteiger auch hohe Berge besteigen konnten, zeigte sich spätestens 1978, als eine Expedition unter Leitung des Luganesen Romolo Nottaris den Siebentausender Pumori erstmals über den Südgrat bestieg. Weltweites Aufsehen erregte schliesslich das Enfant terrible der Tessiner Kletterszene, Marco Pedrini. 1983 bestieg er mit Nottaris den Fitz Roy in Patagonien, und 1985 schaffte er den ersten Alleingang auf den Cerro Torre in einem Tag im Auf- und Abstieg. Als Zugabe kletterte er für Filmaufnahmen noch zweimal auf den sturmumtosten Granitzapfen, der damals als schwierigster Berg der Welt galt. Ein Jahr später stürzte Pedrini an der Westwand der Petits Drus nach der ersten Solobesteigung der «Directe Américaine» beim Abseilen zu Tode – einer der weltbesten Kletterer seiner Zeit.

«Alpinismus ist auch ein künstlerischer Ausdruck»

Hat die lebendige Tessiner Kletterszene auch eine literarische Stimme gefunden? Marco Volken weist mich auf Luca Sganzini hin, einen der ersten Pioniere des Sportkletterns und sein Buch «Sconfiggere il Drago»[2] – den Drachen besiegen. Schwarz gelockt, mit dunklen, melancholischen Augen, Flaum ums Kinn und auf der Oberlippe, zeigt ihn ein Bild im Zelt unterwegs zum Pumori. Mit der Gitarre begleitet er Freunde beim Singen. Vielleicht ein Lied von Francesco Guccini, dem gesellschaftskritischen Cantautore aus Bologna, für den auch wir im Norden schwärmten. In Lucas Texten begegne ich einem Menschen, der sein Tun am Berg mit kritischem Bewusstsein reflektiert, der einem durchdachten Trainingsprogramm folgt, um seine Kletterleistung zu steigern, um übers Mittelmass hinauszuwachsen, der genau beobachtet und akribisch Tagebuch führt. Eine andere Seite zeigt er, wenn er sich an phantastischen Erzählungen in der Art Franz Kafkas oder Edgar Allan Poes versucht, seinen bevorzugten Autoren. Da bevölkern Hexen, feuerspeiende Drachen, Sagengestalten und mittelalterliche Barone die Bergwelt, die stets den Hintergrund der Geschichten bildet.

Luca Sganzini stammte aus dem Grossbürgertum Luganos, sein Vater Carlo war ein rechtsbürgerlicher Wirtschaftsanwalt und Politiker, Tessiner Ständerat, erster Tessiner Zentralpräsident des Schweizer Alpen-Clubs (1980–1982) und Präsident der internationalen Bergsteigerorganisation UIAA (1985–1990). Ein übermächtiger Vater, stellt man sich vor, dem der Sohn im Beruf nachfolgt. Auch er studiert Jura und wird Anwalt. Karriere macht er auch bei den freisinnigen Pfadfindern, wo er zum kantonalen Instruktor aufsteigt, dem höchsten Amt. Doch wirklich glücklich war er am Berg und im Fels. 1977 beginnt er die Ausbildung zum Bergführer und schreibt ins Tagebuch: «Meine Krise ist überwunden. Klettern verschafft mir immenses Glück und ist, mit der Philosophie, die wichtigste Beschäftigung meines Lebens.»[3]

Er hofft, Expeditionen zu unternehmen, dadurch bekannt zu werden, zu schreiben und Vorträge zu halten. «Alpinismus ist auch ein künstlerischer Ausdruck. Und als solcher kann er sich nicht selber genügen und nur dem Individuum gehören, der ihn praktiziert.»[4]

«So klettern ist aufregend»

Als er das schreibt, hat er mit Franco Perlotto und Marco Preti eine grosse Route an der Tofana di Mezzo in den Dolomiten erstmals im Winter begangen, mit einem kalten Biwak in der Wand. Er trainiert regelmässig mit Jogging, Velofahren, Krafttraining in der Halle und Bouldern an Felsblöcken. Er schreibt über seine Konzepte des Trainings und stellt Fragen zur Schwierigkeitsbewertung von Kletterrouten. Es ist eine Zeit des Wandels in der gesamten Kletterbewegung. Neues Material kommt in Gebrauch, Kletterfinken mit glatter Gummisohle,

Bohrhaken zur Absicherung von bisher unkletterbarem Gelände. Eine neue Ethik fordert die junge Generation heraus und führt sie zu ungeahnten Dimensionen des Kletterns: «All Free» und «Rotpunktklettern». Dabei dienen die Haken ausschliesslich der Sicherung, der Kletterer darf nur natürliche Griffe und Tritte benutzen, sonst wird die Besteigung nicht akzeptiert. «Free climb», notiert Luca im April 1979. «So klettern ist aufregend. Kämpfend misst man sich mit dem Fels, sucht seine Schwachstellen. Wie schön und welcher Fortschritt gegenüber den vergangenen Jahren.»[5]

Klettern wird Sport. Luca ist einer der radikalsten Vertreter der neuen Richtung im Tessin. Sein Ziel ist der siebte Schwierigkeitsgrad. Doch nicht nur sich selber, dem gesamten Tessiner Alpinismus habe er neue Horizonte eröffnet, schreibt Nottaris.[6] Wichtiger als das Material ist ihm regelmässiges Training: «allenamento» ist eines der häufigsten Wörter in seinen Tagebüchern und Texten. In den Denti klettert er zum Training auch solo mit Selbstsicherung: «Considero una salita del genere un ottimo allenamento.»[7] Sich allein im Fels bewegen bedinge höchste Konzentration und Präzision in der Verwendung technischer Mittel, der Abgrund unter den Füssen ohne die Sicherheit des Seils zum Kameraden stärke die Psyche. Anfang der Achtzigerjahre kommt es zum Konflikt mit den Kletterern der alten Schule, der beinahe mit der Auflösung der «Scoiattoli» endet. Wortführer der jungen Wilden war Marco Pedrini.

«Die Schwelle eines Tempels überschritten»

Luca Sganzini bricht schon bald aus der engen Welt der Scoiattoli aus, ohne mit ihnen zu brechen: Er klettert mit italienischen Spitzenbergsteigern wie Marco Preti. Mit ihnen zu klettern habe ihm geholfen, Komplexe zu überwinden, die verhinderten, mehr zu sein als ein mittelmässiger Alpinist, bemerkt er. Der Gipfel und die Landschaft bedeuten ihm dabei weniger als der Akt des Kletterns. «In der Regel bin ich eher unsensibel bezüglich der Landschaft, die mich umgibt, wenn ich zu Berg gehe. Meine Begeisterung gilt dem Klettern, der rhythmischen und kontrollierten Abfolge der Bewegungen, oder dem Gedanken an die Bedeutung, die mein Tun innerhalb der Gruppe erlangen wird.»[8]

Wenn er einmal abstürzen sollte, schreibt er, solle man nicht schreiben «er starb auf den Bergen, die er so sehr liebte», wie das üblich ist. «Mir gefällt das Klettern, ich schöpfe daraus Freude und Befriedigung, der Rest ist mir egal.»[9]

Am 18. Oktober 1978 jedoch ist alles anders. Er steht auf dem Gipfel des 7161 Meter hohen Pumori im Himalaya als Mitglied der ersten Tessiner Himalayaexpediton. Der Blick zum Everest, zu Lhotse, Nupse und nach Tibet überwältigt ihn. Gleichzeitig erlebt er einen plötzlichen Stimmungswandel, ein «positives Trauma», wie er das nennt – und wie es mancher Bergsteiger kennt, vielleicht nicht so dramatisch wie auf einem Himalayagipfel nach einer langen und schwierigen Besteigung.

«Das Erreichen des Gipfels während einer Expedition ist die Krönung einer Hoffnung, die man während langer Zeit gehegt hat und die in der Psyche des Kletterers deshalb fast zur Obsession geworden ist. Plötzlich ist alles zu Ende. Der Berg liegt unter einem, ungläubig fragt man sich, ob es wahr sei, es scheint unmöglich, dass das Glück, hier oben zu stehen, gerade dir zukommt, vielleicht als Erstem gar. Es ist eine traumatische Erfahrung (im positiven Sinne), persönlich habe ich die rasche Veränderung meiner mentalen Verfassung sehr klar wahrgenommen. Auf einen Schlag wandelt sich in Realität, was während der vergangenen Wochen ein Traum war, eine alles bestimmende Sehnsucht; während der Rest – die Vorbereitungen, der Anmarsch, der Aufstieg – Erinnerung geworden ist, etwas Irreales. Es war, als hätte ich die Schwelle eines Tempels überschritten.»[10]

In der Kurzgeschichte «Il Nuptse e il sole»[11] verarbeitet er die Erfahrung der Expedition in traumhaft-phantastischen Bildern und rätselhaften Begegnungen am Berg. Eine beklemmende Gestaltung seelischer Zustände in grosser Höhe, wo sich Realität und Übersinnliches vermischen. Ängste und Traumata nehmen Gestalt an, als buddhistischer Mönch etwa, der seine Lippen bewegt, während die Worte aus dem geschlossenen Mund seines aus Bergamo stammenden Übersetzers dringen. Er begegnet einer alten Bekannten, die sich in einen Vampir verwandelt und ihn vom Berg stürzen will, wenn er sein Leben nicht ändere, wieder jener werde, der er vor elf Jahren war, als das Spiel begonnen habe – das Klettern. Sein Vater erwartet ihn am Schreibtisch sitzend auf dem Gipfel, will reden: «Schau, im Grunde tun wir das Gleiche. Du kommst heute an, bist noch jung, und ich bin schon hier.» Der Träumende versucht sich an einem Seil zu retten, um ein Haar gelingt es ihm, doch dann reisst das Seil, und er stürzt durch einen steilen Eiskanal, schlägt Kinn und Nase an, ringt um Luft, bis er erwacht, ein Freund ihm Nasentropfen reicht, Kaffee kocht. Über dem Nuptse geht die Sonne auf. Der Text erinnert an Kafka, es ist einer der interessantesten und ausgereiftesten des jungen Bergautors.

Trotz seiner Begeisterung über den Erfolg bleibt er skeptisch gegenüber dem Expeditionsalpinismus, dem Sinn solcher Unternehmen und dem Einfluss dieser Art Tourismus auf die lokale Bevölkerung. Er stellt den finanziellen Aufwand für das persönliche Glück der Bergsteiger dem gegenüber, was man damit zur Linderung der Not der Menschen in Nepal hätte beitragen können. «Es ist nicht in Ordnung, bestens ausgerüstet an Menschen vorbeizugehen, die noch immer an banalen Infektionen sterben, sich in Lumpen kleiden und in Hütten aus Stein, Lehm und Ästen leben, ohne zumindest selbstkritisch zu werden.»[12]

«Wenn ich in den Bergen sterben müsste»

Im September 1979 wird Luca Sganzini Bergführer. «Guida!», notiert er stolz ins Tagebuch. Wenn er Momente im Leben wieder erleben möchte, dann wäre jener dabei, als er das Brevet überreicht bekam.

Während eines Alleingangs in den Denti denkt er übers Bergsteigen und seine neue Rolle als Führer nach. Im Grund seien die Berge nicht gefährlicher als andere Orte, wenn man sie kenne und sich richtig vorbereite und verhalte, glaubt er. «Ich dachte auch, wenn ich in den Bergen sterben müsste, würde ich keinen Groll gegen sie hegen. Der Alpinismus hat mir erlaubt, eine Dimension zu finden, meiner Existenz einen Sinn zu geben. Endlich, nach Jahren der Träume und der Universität, habe ich neue Hoffnung für meine Zukunft. Zukunft, die ich selber bestimmen kann nach meinen Visionen. Die Berge bedeuten nicht nur Erholung, Sport, Zeitvertreib; es geht auch – als Führer – darum, andere zur Entdeckung der Natur zu erziehen, und sie sind zugleich ein persönliches Studienobjekt.»[13]

Er interessiert sich für Meteorologie und Geologie, Pflanzen und Tiere und das Leben der Menschen im Gebirge. Er ist euphorisch, sieht sich am Beginn einer neuen Lebensphase von Abenteuer, Kreativität und Lehrtätigkeit als Bergführer, versucht, eine Balance zu finden zwischen seinen beiden Berufen. Die nächsten Monate, so schreibt er, würden ihn eine Antwort auf die neuen Fragen seines Lebens finden lassen.

Die Antwort war hart, war tragisch. Zwei Monate später, am 29. November 1979, stürzt er beim Abseilen am Palon de la Ajiou im Hohen Atlas in Marokko in den Tod. «Die Unaufmerksamkeit während eines unzählige Male ausgeführten Handgriffs, die Zerstreutheit eines Augenblicks kann das Alltägliche in eine Tragödie verwandeln»[14], schreibt Romolo Nottaris in einem Nachruf.

Freunde sammelten seine Schriften, Tagebücher, Geschichten und Fotos zu einem Buch; es ist bisher nur in italienischer Sprache erschienen. Das Werk erzählt in einer Art Mosaik vom Leben einer aussergewöhnlichen Persönlichkeit, schafft Einblick in die eher verschlossene Welt des Tessiner Alpinismus in einer Zeit des Übergangs vom traditionellen zum modernen, sportlichen Klettern. Die Familie unterstützte den Bau einer Schutzhütte in den Denti della Vecchia, die Baita del Luca, und schuf eine Stiftung zur Förderung der Pfadfinderbewegung im Tessin. Freunde eröffneten eine schwierige Route in den Denti, die sie nach dem Buch benannten: «Sconfiggere il Drago». Lucas Mutter schrieb ein ergreifendes Nachwort, eine Begegnung mit ihrem Sohn, als ob er noch lebe, als ob er eben aufbreche zu einem seiner grossen Träume, einer Expedition nach Patagonien zum Fitz Roy. «Es gibt keine Wahl, Mama», lächelt er ihr zu, «es gibt nur das Schicksal.»[15]

---

[1] Volken, Marco: Im Reich der Tessiner Eichhörnchen. In: Ravage 1/1996

[2] Sganzini, Luca: Sconfiggere il Drago. Edizioni Bernasconi, Agno 1983

[3] Ebd., S. 74

[4] Ebd., S. 74

[5] Ebd., S. 78

[6] Nottaris, Romolo: Ricordando Luca Sganzini. In: Die Alpen 1980, S. 72f.

[7] Sganzini, Sconfiggere il Drago, a.a.O., S. 78

[8] Ebd., S. 98

[9] Ebd., S. 71

[10] Ebd., S. 99

[11] Ebd., S. 37

[12] Ebd., S. 96

[13] Ebd., S. 80

[14] Nottaris, Ricordando Luca Sganzini, a.a.O., S. 73

[15] Sganzini, Sconfiggere il Drago, a.a.O., S. 109

Albert Vinzens im Sommer 1980 im Camp 4
im Yosemite Valley, einem Treffpunkt der
Extremkletterer.

Albert Vinzens (*1959)

Der Augenblick des Todes

Ein Augenblick in einer extremen Felswand, eine Unachtsamkeit vielleicht, hat Albert Vinzens' Leben von Grund auf verändert – und das seines Freundes ausgelöscht. Nach dem tödlichen Sturz des Kletterpartners in einer technisch schwierigen Route am El Capitan gab Albert Vinzens das Bergsteigen auf, zog ins Flachland, promovierte in Philosophie und begann zu schreiben. Skrupulös ringt er um die richtigen Worte, um die angemessene Form, um Wahrhaftigkeit. Der extreme Bergsteiger ist ein Schriftsteller geworden, dem jede Sensationshascherei zuwider ist – besonders jene von schreibenden Höhenbergsteigern, für die ein Unglücksfall an einem Achttausender zum Glücksfall wird, aus dem sie Stoff für ihre Bestseller schöpfen.

Eine Felswand, tausend Meter hoch, von Gletschern glattgeschliffener Granit, grau, manchmal fast weiss, dann wieder goldgelb geflammt mit schwarzen Wasserstreifen, steil ansetzend, dann lotrecht, überhängend, von Spalten und feinen Rissen durchzogen, da und dort eine vorspringende Kanzel, ein abgespaltener Block, hoch oben Dachüberhänge: El Capitan. Vertikale Felswüste am Eingang zum Yosemite Valley in der Sierra Nevada, Kalifornien. Als Metapher des Unmöglichen erschien sie mir, als ich sie einmal betrachtete, überwältigt von ihren Dimensionen, von ihrer Wucht.

Drei junge Männer stehen im Herbst 1980 unter dieser Wand, sie wird ihr Leben verändern. Das wissen sie noch nicht, während sie ihr Kletterwerkzeug sortieren: Seile, Hunderte von Metern, Bündel von Haken in verschiedenen Formen und Grössen und winzige Spezialhaken mit so seltsamen Namen wie Rurps, Peckers, Knifeblades; Klemmgeräte für Risse verschiedener Breite, Friends genannt; Klemmkeile aus Aluminium, Karabinerhaken und Bandschlingen; dazu Säcke zum Aufziehen von Ausrüstung und Proviant für lange Tage und Nächte in der Wand. Das martialische Arsenal moderner Extremkletter. Eine erste Route über den zentralen Pfeiler der Granitflucht, die klassische Nose, klettern sie zu dritt. Es ist erst 22 Jahre her, seit drei Amerikaner diese Route in fast fünfzigtägiger technischer Kletterei gemeistert haben, ein Meilenstein in der Geschichte des modernen Extremkletterns. Ein Must für die Kletterelite der Welt.

«Neunhundert Meter über der Erde»

In Zürich geht in diesem Sommer und Herbst die Jugend auf die Strasse, verlangt lautstark mehr Freiraum für kreative und kulturelle Aktivitäten, ein von den Behörden längst versprochenes Autonomes Jugendzentrum. Einer der Slogans der anarchistisch orientierten Jugendbewegung lautete: «Nieder mit den Alpen – freie Sicht aufs Mittelmeer!»

Die Jugendkrawalle bewegen die drei Schweizer nur am Rande, sie suchen ihren Freiraum an einem andern Ort. Auch sie jung und urban, Studenten oder kurz nach der Matura, Kletterfreaks voller Energie, passionierte Felskletterer der Spitzenklasse. Mit hohen Erwartungen sind sie nach Kalifornien geflogen, im Kopf ein Bild: Granit, Granit, die Wand des El Capitan. Er wird sie verändern, lebenslang. Zwei von ihnen werden Schriftsteller, «schwarzweisse Textgebirge»[1] werden sie erklimmen, nicht mehr Felswände, wie einer Jahre später schreiben wird. Der Dritte wird seinem Leben ohne jede Erklärung ein Ende setzen. Es ist eine merkwürdige, eine tragische Geschichte, die in diesem Herbst in der grandiosen Felseinsamkeit des El Capitan ihren Anfang nimmt. Die Berge sind unerbittlich.

Da sie geboren sind
nehmen sie auf sich
zu leben
und
den Tod zu haben
(Heraklit)

«Tod durch Granit», so heisst eine «Autobiographische Skizze»[2] von Albert Vinzens, einem der drei Kletterer. Das Wort des griechischen Philosophen Heraklit stellt er seinem in Versen gefassten Bericht voran. In Chur aufgewachsen, hatte sich Albert in den Klettergärten der Umgebung geübt, später in den Kalkwänden des nahen Rätikon. Auch diese sind schon hoch, fünf-, sechshundert Meter. Er hatte die Mittelschule abgeschlossen und wollte nie mehr eine Schule betreten. Es zog ihn in die Berge, in die Natur, ins Leben. Er besuchte Klettergebiete in Italien und Südfrankreich, den Frankenjura und das tschechische Elbsandsteingebirge, wo die Pioniere des Freikletterns wirkten. Oft kletterte er allein, fühlte sich dabei sicher, selbst Hunderte Meter über Grund. Konzentriert und überlegt, ein zuverlässiger

Bergsteiger. Auch heute wirkt er noch so, bedächtig, von scharfem Verstand, ernstem Ausdruck und leicht melancholischem Blick durch eine starke Brille. Er lebt im Flachland, Kassel in Deutschlands Mitte, «geflohen von den Bergen», wie er einmal sagte. Promovierter Philosoph, Dissertation über Nietzsche[3], Dozent an einer anthroposophisch orientierten Berufsschule, Vater von vier Kindern, Musikliebhaber, Schriftsteller. Im Sommer kehrt er mit seiner Frau und der Familie in die heimischen Bündner Berge zurück, in ein Maiensäss, das sein Vater ausgebaut hat. Er wandert, oft allein, besteigt gelegentlich den Piz Beverin, den Aussichtsberg hoch über dem Hinterrhein.

Nach ihrem ersten Handstreich am El Capitan trennte sich die Dreierseilschaft. Ein Kletterer auf der Suche nach einem Seilpartner war aufgetaucht im Camp 4 im Valley, wie das oft vorkommt in jenem Mekka der Extremkletterer, wo man sich bei den Zelten trifft, zusammensitzt, von Heldentaten am Berg und Abenteuern mit Bären erzählt, an Felsblöcken Kletterkünste vorführt oder über gespannte Seile balanciert, sich mit dicken Steaks und Chips auffuttert für die nächste Wand, Bier trinkt und auch mal einen Joint kreisen lässt. Der knapp zwanzigjährige Walter Bertsch aus dem Vorarlbergischen war kein Unbekannter in der Szene, er hatte grosse Solotouren hinter sich, Erstbegehungen und Winterbesteigungen in den Alpen und in Südamerika, ein aussergewöhnlich begabter Sport-, Eis- und Höhenkletterer. Er war eingeladen zu einer Achttausenderexpedition im Himalaya. Der bekannte österreichische Bergpublizist Toni Hiebeler plante ein Porträt von Walter Bertsch für ein Buch über die stärksten Bergsteiger der Welt.

Walter war aus den kanadischen Bergen angereist, hatte nur Klettergürtel und Kletterfinken bei sich, und so einigten sich die drei, dass er zuerst mit Albert eine weitere Route am El Cap klettere. Die Ausrüstung reichte nicht für zwei Seilschaften in den Bigwalls. Die beiden stiegen in die «Magic Mushroom» ein, eine technische Route durch die glatte Wand links der Nose und viel schwieriger als diese. Der eigenartige Name scheint eine Anspielung auf das Klettern als Droge oder auf den Drogenkonsum einiger Freaks im Valley zu sein.

Stand neunundzwanzig war ein Granitpodest.
Die Überhänge hatten wir hinter uns.
Die Herbsttage waren kurz, wir rüsteten uns für die Nacht.
«Du kriegst das Sims», sagtest du, «ich mache
meine Hängematte neben dir in der Luft fest.»
Wir hingen am äussersten Ende eines Krans,
neunhundert Meter über der Erde, er schwankte nicht,
er war aus Granit.[4]

Es war die sechste Nacht in der Wand, am nächsten Tag würden sie den Ausstieg erreichen, «alles ging wie geplant». Sie sassen auf dem Felsband, «breit wie ein Menschenfuss», assen Früchte, Bisquits, teilten sich die letzte Erdnuss. Wasser hatten sie noch genug. Trotzdem war Albert beunruhigt. Walters Auge schmerzte, ein Eisensplitter war ihm beim Schlagen eines Hakens ins Auge gesprungen, liess sich nicht entfernen. Die Nacht war kalt, doch sie waren müde, schliefen bald ein.

«Der Sturz dauerte Sekunden»

Die Morgensonne wärmte auf, sie kletterten weiter, in kurzer Zeit waren sie eine gut eingespielte Seilschaft geworden, Freunde. Sie hatten in der Wand darüber gesprochen, dass Albert mitgehen könnte auf Walters Expedition. Der Gedanke reizte ihn. Vielleicht stellte er sich vor, wie er auf einem Achttausender stehen würde, zusammen mit seinem Freund, während er den Sack mit der Ausrüstung hochzog. Derweil stieg Walter mit Steigklemmen am fixen Seil nach, sammelte das Material ein, das Albert als Seilerster platziert hatte. Die Routine des Bigwall-Kletterns.

Es lief wie die Tage zuvor.
Die letzte Schlüsselstelle war vorbei.
Ich stand auf dem Chickenhead Ledge.
Die Sonne stieg, die Wand legte sich in die
Senkrechte zurück.[5]

«Literatur und Leben sind zweierlei Dinge», schreibt Albert Vinzens im Nachwort zu seiner autobiografischen Skizze, «doch fehlt jener das Leben, dann ist es nicht Literatur.»[6] Seine Texte kreisen immer wieder um den Tod, in dem sich jedes Leben erfüllt und entlarvt. «Die Begegnung mit dem Tod ist die tiefste Begegnung im Leben»[7], wird er Jahre später schreiben. Das Bild einer Hinrichtung in einer Ausstellung oder die Begegnung mit einer von einem Auto tödlich verletzten Katze berühren ihn zutiefst. Wie Platons Philosophie sich aus der Todesstunde des Sokrates ernährt, so scheint Albert Vinzens' Literatur aus Begegnungen mit dem Tod zu wachsen, dieser «Bruchstelle im Leben des Menschen, wo Nichts anders gesagt werden, Nichts an einen anderen Ort gelangen kann».[8]

Einer dieser Orte befindet sich in der Wand des El Capitan, neunhundert Meter über Grund auf dem letzten Stand der «Magic Mushroom». Walter hat den letzten Haken erreicht, vor einem kurzen Quergang zur Granitkanzel, auf dem sich Albert eingerichtet hat. Es ist früher Nachmittag, die Sonne brennt.

Dann kam eine Bewegung.
Sie war schnell.
Sie kam unerwartet.
Seit über hundertzwanzig Stunden hatte es keine
Bewegung gegeben wie diese.
Der Sturz war ohne Ankündigung da.
Die Sonne ging gegen Nachmittag.
Der Sturz dauerte Sekunden.[9]

Warum Walter stürzte, ein routinierter Kletterer, während einer Routinehandlung beim Aufseilen mit Steigklemmen, ist nie ganz geklärt worden. So wie erfahrene Bergführer auf flachen Gletschern in Spalten stürzten oder Eigernordwand-Besteiger auf Hüttenwegen ausglitten und auf banale Weise zu Tode kamen, so wurde Walter eine Tücke der Seilführung, eine Sekunde nachlassender Konzentration nach 120 Stunden in der Wand oder ein Missverständnis in der Kommunikation mit dem Seilgefährten zum Verhängnis. Später fand man eine zerrissene Materialschlinge und vermutete, er habe die Steigklemmen beim letzten Haken in das Seil des Materialsacks gehängt, um einen Haken zu umgehen.[10] Die Materialschlinge, mit der das Seil am Sack befestigt war, hielt seinem Gewicht nicht stand. Er stürzte, schlug auf einem Vorsprung auf.

Das war der Tod.
Der Sturz ging weiter.
Nach fünfzig Metern war er vorbei.[11]

«Allein in der Nacht»

Kritiker haben Albert Vinzens vorgehalten, sein Text zeige keine Gefühle, er zeige die Gefühlskälte der jungen Extremklettergeneration. Eine Gefühlsduselei ist sein Bericht wahrhaftig nicht, wie schon der Titel sagt. Es ist ein harter Text, messerscharf erzählt, durch seine Präzision fesselt er mich, schlägt er mich in Bann und überlässt mich eigenen, starken Gefühlen. Ein Text von höchster Klarheit und Wahrheit. Hier zeigt sich die Kunst: Gefühle nicht beschreiben und zerreden, sondern im Lesenden zum Leben erwecken, so weit das möglich ist, denn «Literatur und Leben sind zweierlei Dinge». Es wäre ohnehin vergeblich, nach Wörtern zu suchen, womöglich nach Adjektiven, die der Situation gerecht würden. «Weil an der Ferse der Sprache die Vergeblichkeit des Ausdrucks klebt.»[12]

Albert Vinzens erzählt, lässt mitleben, miterleben: Er seilt sich ab zu seinem sterbenden Freund, der unerträgliche Schmerzen leidet. Er zieht ihn hoch auf ein Felsband, «knapp so breit wie ein Feldbett». Er schreit nach Hilfe. Eine Rettung kommt in Gang, Helikopter suchen die Wand ab, geben Signal. Die Sonne sinkt.

Die nächsten Stunden blieben wir allein.
Es waren die Stunden deines Todes.
Die Sonne stand im Westen und ich nahe bei dir.[13]

Eine Rettung aus der Wand des El Capitan, die im obersten Teil stark überhängt, ist schwierig, und sie vollzieht sich in der Nacht. Zwei Helikopter steigen auf, beleuchtet von starken Scheinwerfern, ein Retter wird am Stahlseil herabgelassen, wirft ein Seil aus, Albert fängt es auf, zieht ihn an die Wand. Der Mann «schreit Fragen in den Lärm», klinkt den Toten an, schneidet Seile durch, dann pendelt er in die Dunkelheit, die Maschinen drehen ab. Albert wird aus der Wand gerissen, sein Sicherungsseil hat sich mit den Seilen der Retter verheddert. Dann lösen sich die Seile, Albert fliegt an seinem Seil zurück in die nächtliche Wand, kann mit Steigklemmen wieder aufs Band zurücksteigen.

Ich nahm den Schlafsack.
Die Lichter am Wandfuss waren verschwunden.
Ich blieb allein in der Nacht zurück.[14]

So endet der Text, einsam und kalt und aufwühlend. Selten habe er so klar gedacht wie in jener Nacht, erzählt er, ein Vollmond wanderte über den Himmel, die aufgehende Sonne bescherte ihm ein «Sonnenkreis-Erlebnis». Er erkannte darin Heraklits «göttliches Feuer», den Ursprung der ewig sich wandelnden Natur. In den Text habe er zehn Heraklit-Zitate eingearbeitet, sie dienten ihm als Gerüst, um die Grenzerfahrung literarisch zu gestalten. Sie gaben ihm Halt und Sicherheit wie dem Kletterer die Haken, Friends und Keile, wenn er sich in der Felswüste fortbewegt. Schreiben bereite ihm eher Mühe, bekennt Albert. Er ringt mit der Sprache, er sucht die Genauigkeit, die Klarheit, die Wahrheit, für die sich oft keine Worte finden. Er achte darauf mitzubekommen, wann ein Text «abstürzt», erklärt er. Das geschehe immer wieder. «Der Absturz eines Textes ist nicht mit Sinnen erfahrbar wie ein Sturz während dem Klettern. Die seelischen Folgen sind dennoch vergleichbar, das Gefühl von Trümmern, Zerstörung, Versagen.»

«Aus dem Leben geboren»

Am Morgen ziehen ihn Retter mit dem Stahlseil aus der Wand. Er hätte die letzte Seillänge auch allein bewältigt, hatte sich in der Nacht alles genau zurechtgelegt. Er stieg ab, die Freunde empfingen ihn befangen, die einen schweigend, die andern konnten ihr Mitgefühl in einfachen Worten ausdrücken. Seine beiden Begleiter aus der Schweiz kletterten anschliessend den «Shield», eine Route, die die letzten Seillängen mit «Magic Mushroom» gemeinsam hat. Sie kletterten über die Unglücksstelle hinweg und setzten ihre alpinistische Amerikatour fort. Indessen war Albert schon unterwegs nach Europa, begleitete den Sarg des Freundes nach Hause. Gemeinsam trafen sie in derselben Minute in Frastanz im Vorarlbergischen ein – eine unbeabsichtigte Koinzidenz. Erst jetzt lernte er Walters Eltern, seinen Bruder und seine Schwester kennen. Sie nahmen ihn auf wie einen Sohn und einen Bruder.

Der Vater Hugo Bertsch, selber ein Extrembergsteiger, wird einige Jahre später durch Wechtenbruch am Weissmies im Wallis ums Leben kommen, Monate verschollen bleiben. Zur Mutter entwickelt Albert eine besonders tiefe Beziehung. Nach der Beerdigung zog er sich in eine Berghütte zurück und schrieb für sie alles auf, was er mit ihrem Sohn erlebt hatte. «So entstand ein viele hundert Seiten umfassender

Bericht, den ich, als er fertig war, der Mutter übergab. Ich hatte die Arbeit gerne gemacht. Durch regelmässiges und nicht selten intensives Schreiben seit meinem siebzehnten Lebensjahr war ich darauf, wenigstens was die Ausdauer und Pflichterfüllung angeht, vorbereitet gewesen. Danach nahm ich mein anderes Leben auf, griff aber immer wieder schreibend auf dieses Thema zurück.»[15]

Im Schreiben, einsam in einer Berghütte, verarbeitete er ein Stück weit die traumatische Erfahrung, sein Text half auch der Mutter, den Schmerz zu ertragen. Denn nichts ist schmerzhafter als das Nichtwissen um die Umstände des Todes eines geliebten Menschen. Sie schrieb Albert Briefe, er nennt sie einen «aus dem Leben geborenen literarischen Schatz». Freunde und selbst Walters Eltern drängten ihn, wieder zu klettern. «Du musst gleich wieder gehen!» Das ist die bekannte, die alte Form der Verarbeitung, die ich selber nur zu gut kenne: Eine Woche nach einem schrecklichen Steinschlagunfall am Matterhorn kletterten wir am Grosshorn im Berner Oberland wieder in brüchigem Fels und unter hängendem Eis. Wieder gehen, klettern, vergessen, verdrängen.

Albert Vinzens wählte einen andern Weg. Er gab das Klettern auf. Begann ein Studium der Philosophie, lernte während eines Gastsemesters in München seine Frau Elisabeth kennen, zog ins flache Land. Sein langer Bericht über den El Capitan blieb in der Schublade – bis heute. Für eine Lesung verdichtete er acht Jahre später auf Anregung eines Freundes einen Teil des Textes zur strengen Versform. «Ich rede jedoch nur, weil man mich darum gebeten hat.»[16]

«Wie hungernde Wölfe»

Der Text erregte Aufmerksamkeit, wo gab es denn das, dass einer der jungen wilden Kletterer, ein «Magnesiafreak» oder «Bigwall-Junkie», wie man sie nannte, Gedichte verfasste. Einer, der sich aus den Bergen verabschiedet und den geistigen Landschaften der Philosophie zugewandt hatte – das war neu, ungewöhnlich. Die Redaktion des Jahrbuchs des Deutschen Alpenvereins wünschte Texte. Er schrieb über Jon Krakauer, den amerikanischen Bestsellerautor, der mit seinem Buch über das Everestdrama von Mai 1996 weltbekannt geworden war. Acht Bergsteiger waren in einem Höhensturm ums Leben gekommen, darunter die Führer und «Adventure»-Unternehmer Rob Hall und Scott Fisher. Krakauer nahm als Journalist an Rob Halls kommerzieller Expedition teil. Dass sein Unternehmen und auch jenes der Konkurrenz in einer Katastrophe endete – «Everestfiasko»,[17] schreibt Vinzens – war für Krakauer ein journalistischer Glücksfall. Ist es doch der heimliche Traum jedes Reporters, einer Tragödie beizuwohnen, an der die Medien weltweit Anteil nehmen – und zu überleben. Dass der erfahrene Autor Krakauer einen Weltbestseller schreiben würde, war fast unvermeidlich.

Das forderte Vinzens heraus. Krakauer behauptet, wahrheitsgetreu zu berichten, was er gesehen, erlebt, recherchiert hat. Erschüttert vom Schicksal von Menschen, die für ihren Traum viel Geld bezahlt hatten und schliesslich mit dem Leben bezahlten, schreibt er sich seine Erlebnisse in «rotweiss karierter Bergsteigersprache» von der Seele, auf «permanente Superlative fixiert»: höchster Berg, beste Kletterer, schlimmstes Drama, tiefster Schmerz. Doch: «Die hehr beanspruchte Wahrheit entpuppt sich als lauter Klischees.»[18]

«In eisigen Höhen»[19], so der Titel von Krakauers Buch, klettern die Bergsteiger, wie man weiss, ungerührt an Leichen und Sterbenden vorbei, Bergsteigen wird in der «Todeszone» zum Überlebenskampf jedes Einzelnen, zum gnadenlosen Ringen um den eigenen Erfolg. Höhenbergsteigen ist eine Metapher für den Existenzkampf im Wirtschaftsleben der modernen, globalisierten Gesellschaft: «Wie hungernde Wölfe den verletzten Artgenossen reissen, so gehen die Menschen über Leichen zum Everest, und also gehe der Mensch, gleich wo er steht, über Leichen hinweg ans Ziel.»[20]

«Eisige Menschenverachtung» wehe ihm aus Krakauers Text entgegen, schreibt Vinzens. Krakauer missbrauche die Opfer dank der

Macht seiner Sprache für den kommerziellen Erfolg seines Buches. Dem süffig und erfolgreich schreibenden Bestsellerautor steht der skrupulöse Denker gegenüber, der Satz für Satz um Wahrhaftigkeit ringt und jede Sensationshascherei meidet. «Mein Stil gegen seinen, was das Sterben betrifft, und: Meine Geschichte gegen den Rest, was die Grösse unserer Helden betrifft (das Streben): mein Held war so stark wie seine besten es waren, er konnte beinahe alles, wenn nicht noch mehr.»[21]

Der Tod Walters, seines «Helden», hat keine Schlagzeilen gemacht, Alberts Bücher stehen nicht in den Bestenlisten. «Eine Trouvaille gilt es vorzustellen, ein Buch der stillen Töne»[22], schreibt Roland Heer über «Gebirg», das zweite Buch seines Freundes. Und ein anderer Rezensent lobt: «In den unübersehbaren Fluten der Gegenwartsliteratur gehört Vinzens' ‹Gebirg› gerade seiner Ernsthaftigkeit und Subtilität wegen sicher zum Herausragendsten, was in deutscher Sprache in letzter Zeit geleistet worden ist.»[23]

«Extremes Schreiben»

Auch beim «Everestfiasko» musste Albert Vinzens Scheibhemmungen überlisten. Mit einer mathematischen Reihe bestimmte er Zitate aus Krakauers Buch und baute sich so das Gerüst für seinen Essay. Nach dem extremen Klettern sei «extremes Schreiben» sein Ziel, sagt er einmal, beides lasse sich nicht vereinbaren: «Extrem nicht wegen des Kicks oder wegen Erfolgsambitionen, sondern weil es anders nicht geht.» Als Idole nennt er unter anderen: Platon, den Evangelisten Johannes, Wolfram von Eschenbach, Dante, Goethe, Ludwig Hohl, Adalbert Stifter, Nietzsche, «auch wenn ich keine Möglichkeit der Nachahmung sehe».

Sein Interesse an Nietzsche habe sicher auch mit seiner Urgrossmutter zu tun, die während der Sommer, die der Philosoph und Wanderer in Sils Maria verbrachte, bei einer Ziehmutter im Engadin lebte. «Manchmal sah sie ihn, mit Schirm und Spazierstock unterwegs, einfach und sauber gekleidet, braun im Gesicht, sicheren Schritts, mit Blick in die Ferne, wie ein Pole, sagten die Leute, die die Welt kannten, oder ein spanischer Edelmann –, für ihn war das Leben hier eines von vielen, nicht wie für Urgrossmutter.»[24]

Im Essay «Mein Gebirge»[25] montiert Vinzens seine von Liebe und Verehrung geprägte Erinnerung an seine Urgrossmutter gegen seine Auseinandersetzung mit Krakauer und den Unfall Walters am El Capitan. Extremes Schreiben vielleicht: drei Ebenen, hart gegeneinander geschnitten und verflochten, zeigen Menschen im Gebirge, wie sie unterschiedlicher nicht sein könnten. Die Urgrossmutter, eine wahre «Urmutter», in den Bergen aufgewachsen, mit den Bergen verwachsen, von grosser Kraft und Weisheit. In ihrem Wesen gleicht sie der Mutter des Freundes Walter, jedenfalls zeichnet sie Albert als ähnlichen Charakter. Krakauer dagegen gehört zu denen, die den Berg schänden, «Chomolungma, Sagarmatha», den heiligen höchsten Berg der Welt. «Mein von Schalenschuhen abgetretenes und vom Lärm menschlicher Stimmen niedergebrülltes Gebirge sinnt auf Rache.»[26] Die Urgrossmutter beendet ihr Leben, wie sie es gelebt hat: mitten im Alltag nach einer Strickarbeit, in grossem Frieden.

«Urgrossmutter starb in ihrem Bett, aufgerichtet zuckte sie zweimal im Arm ihrer Tochter, dann trat Schaum auf den Mund, kaum sichtbar, und das Atmen hatte merklich aufgehört.

Es war Winter, im Dorf war es still.»[27]

Das Bild ihres Sterbens erinnert an jenes von Walter auf dem Felsband «knapp so breit wie ein Feldbett» in den Armen seines Freundes.

«Im Loslassen»

Zum «extremen Schreiben» zählt vielleicht auch, dass Albert Vinzens Bücher, die er geschrieben hat, verklebt. Während des Jahres 1999 notierte er jeden Tag zu einem Goethe-Zitat einen Text in einen Blindband, später verklebte er das Unikat in einer öffentlichen Aktion. «Kein Mensch hat je darin gelesen und wird es auch nie mehr tun», erklärt er. Eine öffentliche «Bücherverschliessung» führte er 2000 mit einem Band über Nietzsche durch, ein über 800-seitiges Werk zu Novalis will er irgendwann auch verkleben. Die verschlossenen Werke seien ein ebenso wichtiger Teil seines Schreibens wie die veröffentlichten, meint er. Schreibend begleitete er während sieben Tagen den Künstler Peter Dietz, der in einem öffentlichen Raum eine Leinwand bearbeitete und immer wieder übermalte. Schicht um Schicht verschwand das Werk wieder unter weisser Farbe. Albert Vinzens sass neben Peter Dietz an einem Tisch und schrieb auf dem PC, der Text erschien auf einer Laufschrift, für Zuschauer kurz sichtbar, bevor er wieder verschwand. Den gesamten Text löschte er nach dem einmaligen digitalen Erscheinen aus allen Speichern. Macht das Sinn?

Solches «Spurenspiel», wie es Albert Vinzens bezeichnet, lässt mich an Klettern denken: Alles Leben konzentriert sich auf den Augenblick, nur der nächste Griff, das nächste Wort ist das Ziel. Die Zeit verschwindet. Ist die Wand geschafft, hinterlässt der Kletterer nichts Sichtbares, er trägt das Erlebte, den Text, in sich und für sich allein. Erinnerung, Echo des glücklichen Moments. Die Betrachter der Kunstaktion hätten oft verständnislos auf das Übermalen des Bildes, auf das Löschen des Textes reagiert, Anstoss genommen, heisst es in der Beschreibung dieses Kunstprojekts im «Unternehmen MITTE» in Basel.[28] Die Zuschauer gleichen den Touristen im Yosemite Valley, die verständnislos auf die riesige Wand des El Capitan blicken, auf die spinnenartigen Gestalten, die sich an feinen Fäden durch die Senkrechte hocharbeiten, scheinbar sinnlos und nutzlos, nur mit sich selber beschäftigt und ohne Spuren zu hinterlassen. Bis irgendwann einer stürzt und sich alles ändert. Bis der Augenblick zum Schicksal wird, Leben beendet und Leben in neue Bahnen wirft.

Albert Vinzens hat sich vom Bergsteigen dem Schreiben zugewandt. «Im Loslassen ist die Trauer gewachsen.»[29]

[1] Heer, Roland: Erstbegehung am Schreibtisch. In: NZZ, 13.7.2006
[2] Vinzens, Albert: Tod durch Granit. AQUINarte, Literatur- & Kunstpresse, Kassel 1998
[3] Vinzens, Albert: Friedrich Nietzsches Instinktverwandlung. Schwabe Verlag, Basel 1999
[4] Vinzens, Tod durch Granit, a.a.O., S. 33
[5] Ebd., S. 37
[6] Ebd., S. 73
[7] Vinzens, Albert: Am Ort der hingerichteten Poesie. AQUINarte, Literatur- & Kunstpresse, Kassel 2002
[8] Ebd., S. 24
[9] Vinzens, Tod durch Granit, a.a.O., S. 45
[10] Hausdoerffer, Tyson, Lessons of a Fatal Plunge. www.supertopo.com/topos/yosemite/accidents.pdf
[11] Vinzens, Tod durch Granit, a.a.O., S. 47
[12] Vinzens, Am Ort, a.a.O., S. 21
[13] Vinzens, Tod durch Granit, a.a.O., S. 57
[14] Ebd., S. 71
[15] Ebd., S. 76
[16] Vinzens, Am Ort, a.a.O., S. 21
[17] Vinzens, Albert: Everestfiasko. In: Gebirg. Schwabe Verlag, Basel 2001, S. 37ff. Als Aufsatz erschienen in: Berg 2001, Jahrbuch des Deutschen Alpenvereins, Bd. 125, München 2001
[18] Ebd., S. 40
[19] Krakauer, Jon: In eisige Höhen. Malik Verlag, München 2002. Original: Into Thin Air, Villard Books, New York 1997
[20] Vinzens, Everestfiasko, a.a.O., S. 42
[21] Vinzens, Albert: Mein Gebirge. In: Gebirg, a.a.O., S. 55
[22] NZZ, 14.2.2002
[23] Der Kleine Bund, Bern, 26.1.2002
[24] Ebd., S. 81
[25] Ebd., S. 51ff.
[26] Ebd., S. 94
[27] Ebd., S. 105
[28] Hoffmann, David Marc: Projektbeschreibung «Zeichnen und Schreiben» im Unternehmen MITTE, Basel 1999
[29] Vinzens, Mein Gebirge, a.a.O., S. 95

Roland Heer beim Eisklettern im Avers.
Fotografiert von Bergführer und Fotograf
Robert Boesch.

Roland Heer (*1959)

Die Phantasie wund klettern

Ein junger Wilder, damals, zur Zeit der Jugendunruhen Anfang der Achtzigerjahre. Von Unruhe getrieben wie viele Kletterer der urbanen Szene, die ihren neuen Stil am Berg poetisch und politisch verstanden, als Suche nach Freiraum in einer immer engeren Gesellschaft. Man warf sich in die schwierigsten Wände der Welt, kletterte mit Fantasie und Mut die alten technischen Routen frei und fand unzählige neue Möglichkeiten. Inzwischen sind die bewegten Freaks in die Jahre gekommen, haben sich etabliert und bewegen sich bedächtiger in den Bergen – oder auch in schwarzweissen Textgebirgen wie Roland Heer.

Die Bewegung, der Aufbruch, die Utopie: Eine Welle fegt durch die Stadt, treibt die Jugend auf die Strasse, wo sie handfest und lautstark ihre Forderungen ans Leben verkündet: Freiraum! Selbstbestimmung! Ein Autonomes Jugendzentrum AJZ, von den Behörden seit Jahrzehnten versprochen! Schaufensterscheiben splittern, Tränengas vernebelt die Strassen. Polizei mit Schild und Helmvisier steht in geschlossener Front dem bunten Haufen der protestierenden Jungen gegenüber, die Slogans skandieren wie: «Macht aus dem Staat Gurkensalat!», «Nieder mit den Alpen – freie Sicht aufs Mittelmeer!» Auch die junge urbane Kletterelite mischt sich unter die Demonstranten im heissen Sommer und Herbst 1980 in der Stadt Zürich, ihr Lebensgefühl trifft sich mit jenem der «Bewegten», wie sich die jugendlich-anarchistischen Aufrührer nennen. «Wir waren wild, überdreht, unsicher und idealistisch, suchten, oft verzweifelnd, nach einem möglichen Sinn unseres Lebens», schreibt Roland Heer in seinem Essay «Das Klettern in den Zeiten der Unruhe»[1].

«Klettern war Fortsetzung der Bewegung mit andern Mitteln»

Nicht nur Pflastersteine flogen, sondern auch Metaphern. «Eisbrecher» und «Brecheisen» hiessen die kreativen Strassenmagazine der Bewegung, die mit dem Wort als Waffe das Establishement angriffen. Junge Jurakletterer, die in besetzten Häusern in Basel wohnten, gaben ein eigenes kritisches Blatt heraus, die «Flueziitig». Man habe ja nicht wirklich die Alpen abtragen wollen, schreibt Roland Heer, sondern die «Mentalitäts-Alpen, Sichtblenden, die sich erheben wie Bretter vor dem Kopf. Und so zugenagelt wollten wir nicht leben. Überhaupt wollten wir nicht viel, sondern *alles, und zwar subito!*»[2]

Vorerst lebte man in Wohngemeinschaft, trabte abends auf den Üetliberg, hängte sich in die Fingerlöcher von Nagelfluhblöcken oder kopfüber an den Überhang der Gipfelplattform des Aussichtsturms. KCÜ, Kletterclub Üetliberg, nannte sich die anarcho-dadaistische Untergrundbewegung der Zürcher Magnesiafreaks. An Wochenenden gings ab in die Bockmattlitürme im Wägital, «wo wir die herkömmlichen

Wege frei zu gehen versuchten oder knifflige Neutouren kletterten, welchen wir mitunter politisch höchst unkorrekte, aber auch poetische, von Lektüre oder Musikvorlieben geprägte Namen gaben. Klettern war uns Fortsetzung der Bewegung mit andern Mitteln.»[3]

«Freetrip», «Andromeda», «Gilgen hau ab», «Koch ins Loch», «Tschanun Rap», «Swinging Zombies». Der Berg als politisch-literarische Projektionsfläche – noch immer kann man die kreativen Wortschöpfungen für die neuen Routen in den Kletterführern nachlesen, auch wenn die gezähmte Sportkletterjugend von heute ihren historischen Sinn kaum mehr versteht. «Supertramp», eine Route durch die Nordwand des grossen Bockmattliturms, setzte 1980 einen Markstein im Freiklettern als eine der ersten alpinen Routen im achten Schwierigkeitsgrad. Die Elite aus ganz Europa versuchte sich in Wiederholungen, von schweren Stürzen an der Schlüsselstelle ging die Rede. Benannt war «Supertramp» nach einer britischen Rockband und die wiederum nach dem Titel des Buches «Supertramp. Autobiographie eines Vagabunden» von William Henry Davies[4]. Martin Scheel, einer der Erstbegeher, Wohn- und Kletterpartner von Roland Heer, war der hervorragendste Zürcher Kletterer der Achtzigerjahre, seine Routen in den Alpen, in Amerika und Australien verlangen noch heute Respekt. Auch ich habe einmal in der senkrechten Kalkplatte des «Supertramps» das Fürchten gelernt[5].

Klettern als Ausdruck gesellschaftlichen Aufbruchs: Das war 1980 nicht anders als fünfzig Jahre zuvor. Roland Heer ist sich der entfernten Verwandtschaft zur Wandervogelbewegung bewusst, der romantisch verklärten Auflehnung gegen den Rauch der Städte und die bürgerlich reglementierten Lebensformen. Klettern war auch Lebensinhalt und Lebensgefühl der Bergvagabunden der Dreissigerjahre, die arbeitslos und ohne festen Wohnsitz von Hütte zu Hütte zogen, von der Hand in den Mund lebten und die grossen Nordwände belagerten. Das waren die politisch nicht immer korrekten historischen Vorbilder. Doch inzwischen waren die Freiräume in der Natur geschrumpft, jeder Berg von allen Seiten mit einem Netz von Routen überzogen. Man musste also kreativ nach neuen Formen suchen, und im Zeitgeist des jugendlichen Aufbruchs hiess das: «All free!» Dem Widerstand gegen eine materialistische Lebenshaltung entsprach das Ablehnen der Materialschlacht im Gebirge. Man wollte andere Wege gehen als die Helden der vertikalen Hakenleitern und die «rotgesockten Pfeifenraucher»[6]. Da es an Neuland mangelte, versuchte man die klassischen Routen auf neue Art, putzte den rostigen Hakenschrott aus den Wänden, warf die Trittleitern in den Müll und kletterte frei. Denn wahre Freiheit am Berg bedeutete freies Klettern im Fels. Man setzte die ersten Bohrhaken sparsam mit dem Handmeissel, kletterte lange Runouts über zweifelhafte Zwischensicherungen, ging kalkulierte Risiken ein, pflegte «die Kunst, den Grat zwischen Wahnwitz und Feigheit zu begehen»[7]. Matterhorn und Eiger-Nordwand? Ja sicher, aber in Latzhosen und mit Holzpickeln, und einer trug zum ersten Mal Steigeisen an den Füssen.

«Unsere Zauberberge – wie sind sie geschrumpft»

Die Hoffnung einiger Freikletterfreaks, dass das Überwinden körperlicher und gesellschaftlicher Grenzen auch eine Befreiung des Geistes möglich mache, mag für Roland Heer zutreffen; als scharfer Analytiker ist er jedoch kritisch genug, um auch hier die Grenzen zu sehen. «Manche der Kletterer, die sich den gesellschaftlichen Normansprüchen so stark verweigerten, erfüllten aber sicher mehr, als ihnen bewusst oder lieb war, die Ansprüche der Leistung bringenden und fordernden Väter.»[8] Sie waren Aussteiger und Leistungssportler zugleich, viele von ihnen machten schliesslich in der Leistungsgesellschaft Karriere – sofern sie die wilde Zeit überlebten. Und auch diese hat sich überlebt, wie so viele gesellschaftliche Utopien zuvor. Martin Scheel führt eine Kommunikations- und Werbeagentur, fotografiert und trainiert Gleitschirmflieger. Gregor Benisowitsch, sein Partner am «Supertramp», hat als Jurist über Bergunfälle promoviert[9] und ist heute Bezirksanwalt in Zürich.

Roland Heer studierte Germanistik und Philosophie und arbeitet heute als Gymnasiallehrer und Autor. Er hat Gedichte und Essays veröffentlicht, oft zu alpinistischen Themen. Seine Kletterleidenschaft hat ihre Wurzeln in einer Jugend, die er als «langen, dunklen Tunnel» empfand, aus dem er sich «hinausfantasieren und hinausagieren» musste, mit immer härteren und heikleren Unternehmungen. «Ich hätte jedenfalls, so pathetisch und kalorienfrei das wegen der vielen seither vergangenen Jahre jetzt tönen mag, mein junges Leben nicht ausgehalten, hätte ich es nicht immer wieder sehr ernsthaft aufs Spiel setzen können», schreibt er in einem Essay «Am Berg des eigenen Lebens»[10].

Das klingt wie ein Zitat des Wiener Alpinisten, Gymnasialprofessors und Schriftstellers Eugen Guido Lammer, des wagemutigen Alleingängers und Vordenkers des Gefahrenalpinismus: «Ich war entschlossen, das Höchste zu wagen, mein Leben wieder und wieder auf Messers Schneide zu setzen.»[11] Auch Lammer sieht sich als Teil eines politischen Aufbruchs, pikanterweise genau hundert Jahre früher: «Damals in den Achtzigerjahren zertrümmerten wir alles, was unseren Vätern heilig war, wir verspotteten all ihre verwelkten Ideale, alles was sie für gut und schön und wahr hielten.»[12] Die Geschichte wiederholt sich.

Bergsteigen habe ihm neue Horizonte erschlossen, schreibt Roland Heer, ihm aber auch lange Zeit neuen Horizonten gegenüber verschlossen. Bergsteigen habe ihm durch seine «gegenwartspralle Aktion» unmöglich gemacht, sich eine Zukunft vorzustellen. «Nur ich und der Seilpartner und der Berg zählten.» Eine Zeit lang sei Klettern die Krankheit gewesen, für deren Heilung er sie gehalten habe. Anderseits aber auch ein Tummelfeld, um eigene Stärken zu erkennen, das eigene Ich zu entwickeln, Überlebenshilfe trotz seiner Gefährlichkeit. «Ich wäre ohne das Bergsteigen nicht zu dem Menschen geworden, der ich jetzt bin. Ich bin von dieser früheren Leidenschaft getränkt, ich bin von ihr gezeichnet, sie macht mich wohl ziemlich entscheidend immer noch aus.»[13]

Ernüchtert blickt er auf die bewegten Jahre zurück, die ihn geprägt haben: «Auch wir hatten uns verändert, waren etwas älter geworden, nicht vernünftiger, aber irgendwie vorsichtiger oder furchtsamer, hatten vielleicht das Studium abgeschlossen oder gar eine Arbeit gefunden, suchten uns neu zu orientieren; der Rausch des Neuen, Frischen, Niedagewesenen war spürbar verflogen, der weltanschauliche Hintergrund der Anfangszeit sollte bald verloren gehen; heutige Sportkletterer wissen kaum noch etwas von der Lebensphilosophie und der Kultur der 80er.»[14]

Bergsteigen und Klettern ist Trend- und Wettkampfsport und ein Millionengeschäft geworden, in den Felswänden hämmert die Akkubohrmaschine, rostfreie Haken spicken die Routen und bieten dem modernen Plaisierkletterer alle paar Meter Orientierung und Sicherheit. Die Materialschlacht, gegen die die Freeclimbing-Freaks sturmliefen, ist allgegenwärtig. Tourismusorganisationen in aller Welt laden professionelle Kletterer ein, den letzten Fels fürs Sportklettern abzusichern und herauszuputzen. Wenn's regnet und schneit, geht's ab in die Halle. Üetliberg ist out. «Die Geburt des Freikletterns aus dem Geiste der Unruhe» hat in eine Outdoor-Industrie gemündet, die sich nahtlos in die Normen der globalisierten und liberalisierten Wirtschaft fügt. Mit Wehmut stellt Heer fest: «Unsere Zauberberge – wie sind sie geschrumpft.»[15] Er hat auch Expeditionen zu den grossen Bergen unternommen, Muztagh Ata in Westchina und Cho Oyu im Himalaya. Er klettert noch immer, aber moderat und vorsichtig. «Statt in den Bergen findet man mich heute aber viel häufiger schreibend in schwarzweissen Textgebirgen.»[16]

«Eine unkontrollierte und finale Bewegungsfolge»

Dass Roland Heer schreibt, hat auch mit schmerzhaften Erfahrungen am Berg zu tun. Im Sommer 1979 stürzte er in einer der damals schwierigsten Routen der Schweiz, der Westwand des Schlossbergs bei Engelberg, fünfzig Meter ins Doppelseil, eines riss, das andere war so beschädigt, dass Abseilen nicht mehr möglich war. Zwei Tage hing er mit seinem Partner in der Wand, bis man sie herausholte. «Retter in Knickerbockern», schreibt er selbstironisch. Ein Bodensturz aus einer Sportkletterroute bei Finale Ligure endete mit einem Schädelbruch und wochenlangem Spitalaufenthalt. «Anche gli Angeli mangiono Fagioli», «Auch Engel essen

Bohnen», heisst die überhängende gelbe Wandstufe mit grossen, aber trügerisch glatten Griffen – und mit «freier Sicht aufs Mittelmeer». Der Sturz im Gebirge beschäftigt Roland Heer literarisch, er liest, was andere geschrieben haben, die wie er das Glück hatten, weite Stürze zu überleben. Reinhold Messners Nahtoderfahrungen etwa oder Eugen Guido Lammers spektakulärer Sturz 1887 aus der Westwand des Matterhorns.

Akribisch schildert auch der Geologe Albert Heim einen Absturz 1871 am Säntis in all seinen Phasen: «Alles war wie verklärt von einem himmlischen Lichte und alles war schön und ohne Schmerz, ohne Angst, ohne Pein. Auch die Erinnerung an traurige Erlebnisse war klar aber dennoch nicht traurig. Kein Kampf und Streit, auch der Kampf war Liebe geworden. Erhabene und versöhnende Gedanken beherrschten und verbanden die Einzelbilder, und eine göttliche Ruhe zog wie herrliche Musik durch meine Seele.»[17]

Sprachmusik wird auch ein Text von Roland Heer. Er improvisiert und assoziiert; «in einem Monate dauernden Wortanreicherungs- und Zersetzungsprozess» wächst das dramatische Gedicht «bergfahrt»[18]. Der Bezug zu Ludwig Hohls Erzählung ist sicher gewollt, auch dort enden beide Protagonisten durch Absturz.

«der vorliegende text kommt sprunghaft und zerschlagen daher, wofür sich der autor hiermit im voraus entschuldigt. für das rumpelnde und ausfransende der sprache zeichnet der autor verantwortlich; er bittet aber gefl. zu bedenken, dass es sich bei einem absturz, wie er auf folgenden seiten zum ausdruck gelangt, in der regel um eine unkontrollierte und finale bewegungsfolge handelt.»[19]

Roland Heer zieht alle Register, setzt Sprachklang und -rhythmus, Allusion und Zitat ein, lässt die Metaphern knirschen und nutzt, wie die konkreten Lyriker und Dadaisten, auch sämtliche Mittel der Typografie, spielt mit Schriftschnitt, Zeichensetzung und Ausrichtung des Textes. Konsequent setzt er für seine visuelle Poesie die Möglichkeiten moderner Textsoftware ein.

k war am berg
es herrschte eine minimale vegetation
die sOnne konnte nicht hinter dem berg halten

So hebt das Gedicht «bergfahrt» an und setzt auf drei Zeilen schon fast alles ein, was die Wörter und die Grafik hergeben. Da schlägt einer, der neue Wege am Berg gegangen ist, auch einen neuen Ton an in der Literatur am Berg. Sein tragischer Held K übrigens sei nicht von Kafkas Landvermesser inspiriert, der das Schloss seiner Bestimmung nie erreicht. K bezieht sich auf seinen Freund Kaspar Renggli, der in der Nordwand des Fiescherhorns vor den Augen seines Begleiters zu Tode stürzte. Roland Heer musste zusammen mit dem Überlebenden die Nachricht der Ehefrau überbringen. Darüber habe er einen «Zeitlupentext» geschrieben, sagt er, «über die paar sekunden im gesicht der frau, die vom bergtod ihres mannes erfährt». Ein Zeitlupentext ist auch das Gedicht «bergfahrt», es dehnt die Sekunden des Sturzes über ein Dutzend Seiten aus. Wie lange dauert ein Sturz aus einer grossen Fels- und Eiswand über «zweihundert Stockwerke»? Zieht das Leben wirklich nochmals vorbei wie ein Film, wie man sich das vorstellt? Wie bewegt sich der Körper, wie schwindet das Bewusstsein, wie löst sich die Seele allmählich von dieser Welt?

jetzt
war sein rand ganz schmal
jetzt
war er froh
jetzt
ertrug k seine freude mit fassung
jetzt
zerbrach er sich nicht mehr den kopf
jetzt
hatte er den blinden fleck auf dem richtigen fleck ( )

k sah es dunkel werden
k sah zwei augen quer zum text (:)
k sah sich verschwinden
k war sozusagen über den *berg*

Das Gedicht ist vielschichtig, man kann es immer wieder lesen, betrachten, hören. Dass es vertont würde, ist ihm auf den Körper geschrieben. Die bekannte Saxophonistin Co Streiff hat eine Lesung mit ihrem Sextett mehrfach begleitet, Aufnahmen für eine CD gemacht.[20] Ein multimediales Produkt, auch das etwas Neues.

Todernst sind Roland Heers Themen, und doch voll Ironie und feinem Humor. In den Prosatext «Am Berg»[21] schiebt er eine Persiflage auf Rilkes bekanntes Gedicht «Herbsttag»:

«He, es ist Zeit: Der Aufstieg war sehr gross. Weg mit dem Schielen auf den Höhenmesser. Befiel den schweren Schritten lang zu sein. Gib mir noch zwei sanfte Kurven, den Aufschwung dort. Dräng mich zum Ende hin und jag die letzte Kraft in den springenden Puls. Wer jetzt zurückschaut, langt nicht mehr an. Wer stehenbleibt, wird lange stehen, wird frieren, dursten, Erlösung suchen im Dunkeln, und wird im Abstieg hin und her zwischen den Spalten irren, wenn die Winde brüllen.»

«Wo kein Weg mehr weiter weiss»

«All free!» – das könnte über manchen Texten von Roland Heer stehen. Das ist keine Abwertung, im Gegenteil. «Freewriting», das freie assoziative Schreiben als Methode war schon den Dichtern des 19. Jahrhunderts bekannt, Heinrich Heine zum Beispiel. Sigmund Freud liess Klienten frei schreiben, um dabei ihr Unbewusstes zu befreien. Die Surrealisten stilisierten schliesslich das «automatische Schreiben» zur Form. Er gehe von solchen Techniken aus, schreibt Heer, doch arbeite er dann «entsetzlich skrupulös an jedem Wort und jeder Silbe». Seine Texte wirken trotzdem nicht abgeschliffen, sondern frisch, so, wie er klettert: impulsiv und draufgängerisch, unbekümmert, assoziativ, experimentell, oft auch auf schmalem Grat tänzelnd und kokettierend. Der Vergleich mit Hans Morgenthaler drängt sich auf: ein urbaner Mensch, hoch gebildet und extrem am Berg und am Schreibtisch. Von Morgenthaler könnte auch dieser Satz stammen: «Absturzerfahrungen, Todesfälle, ja, das hat mich sicher geprägt und mich neben Liebesentsagungen und Beziehungsversagen zum Schreiben gebracht.»[22]

In einem Essay vergleicht Roland Heer Schreiben mit Klettern, Schritt für Schritt. Kein ungefährliches Unterfangen, meint er, sondern ein Risiko, beinahe wie eine Erstbegehung in unbekannter Wand im Alleingang, «ausgesetzt vor dem Bildschirm», jederzeit in Gefahr, mit dem Text abzustürzen. Während der Text wächst, reflektiert er sein Entstehen. «Schreiben kann mich, liegt der Einstieg erst mal unter mir, dahin bringen, wo ich überhaupt nicht hinwollte, es kann mich auf scheinbar sicherem Boden auf sehr unangenehme Weise ins Rutschen kommen lassen, der Text droht einen rasch einmal zu erschlagen, er weiss jedenfalls schon sehr bald sehr viel mehr als ich selber, der Text ist mir über, er übersteigt mich, während ich ihn doch zu übersteigen meine, es ist schwierig, den Überblick zu behalten.»[23]

Der tüchtige Wanderer Heinrich Heine sah das ähnlich: «Während ich eben diese gegenwärtige Periode anfange, weiss ich noch nicht, wie ich sie schliesse und was ich eigentlich sagen soll, und ich verlasse mich dafür auf den lieben Gott», schrieb er 1827 in seinen «Reisebildern»[24].

Ein Rausch kann dieses «Freewriting» sein, wie freies Klettern, die Route entsteht durch den Akt des Schreibens, Adrenalin fliesst, eine ästhetische Linie zeichnet sich ab: «... o Götter, wenn der Text willig ist, wenn es vorwärts geht wie in einem triumphalen Traum, wenn sich die Bewegungen wie von selber abspulen, als liefe da ein Film – ...»[25]. So haben wir Klettern hundertmal erlebt und hundertmal das Schreiben, wenn es lief, wenn sich die Bilder wie von selber einstellten, vor dem inneren Auge abrollten und gleichzeitig der Text sich entfaltete, die Bilder Sprache wurden. Bis die «Phantasie wund geklettert» ist. Schreiben und Klettern, beides kann süchtig machen.

Irgendwann ist ein Punkt erreicht, ein Gipfel vielleicht, Grosser Bockmattliturm nach dem «Supertramp», Schlossberg oder Piz Badile oder der letzte Punkt des Romans. Glück und Ernüchterung, Ermattung und Traurigkeit und ein Ende vom Anfang. Schreiben und Klettern, beides gehört zu Sisiphos, ist der Stein, der stets wieder zu Tale rollt. Auch Sisiphos war Bergsteiger, nie am Ziel und doch stets voller Hoffnung.

Roland Heer schreibt: «Der Gipfel ist da, wo kein Weg mehr weiter weiss. In argen Stössen fegt mir ein Wind übers Gesicht, der aus der Zukunft kommt. Vielleicht trägt er meinen Text in die Welt.»[26]

---

[1] Heer, Roland: Das Klettern in den Zeiten der Unruhe. In: NZZ, 10.10.2002

[2] Ebd.

[3] Ebd.

[4] Davies, William Henry: The Autobiography of a Super-Tramp. London, 1908

[5] Zopfi, Emil: Supertramp, der grosse Traum. In: Sanduhren im Fels, Limmat Verlag, Zürich 1994

[6] Heer, Das Klettern in Zeiten der Unruhe, a.a.O.

[7] Ebd.

[8] Ebd.

[9] Benisowitsch, Gregor: Die strafrechtliche Beurteilung von Bergunfällen. Dissertation, Universität Zürich 1993

[10] Heer, Roland: Am Berg des eigenen Lebens. Tagungsbeitrag für «Bergfahrt 2006», Amden 2006

[11] Lammer, Eugen Guido: Keine Reue – Matterhorn. In: Messner, Reinhold; Höfler, Horst (Hrsg.): Eugen Guido Lammer, Durst nach Todesgefahr, Steiger Verlag, Augsburg 1999, S. 77

[12] Ebd.

[13] Heer, Am Berg des eigenen Lebens, a.a.O.

[14] Heer, Das Klettern in Zeiten der Unruhe, a.a.O.

[15] Ebd.

[16] Heer Roland: Erstbegehung am Schreibtisch. In: NZZ, 13.7.2006

[17] Heim, Albert: Notizen über den Tod durch Absturz. In: Jahrbuch des Schweizer Alpen-Clubs 1892

[18] Heer, Roland: bergfahrt. In: Das Meer ist leer. Gedichte. Verlag Im Waldgut, Frauenfeld 1993, S. 79ff.

[19] Ebd., S. 79

[20] Heer, Roland: Kadash am Berg? ein Wortkonzert. CD mit dem Co-Streiff-Sextett, UNIT Records, 1997

[21] Heer, Roland: Am Berg. In: entwürfe, Zeitschrift für Literatur, Verlag urbane Medien, Zürich, Oktober 2004, S. 11ff.

[22] Heer, Roland: E-Mail an den Autor.

[23] Heer, Erstbegehung am Schreibtisch, a.a.O.

[24] Heine, Heinrich: Ideen. Das Buch Le Grand, 1826. Zitiert nach: Heine, Heinrich: Reisebilder. Wilhelm Goldmann Verlag, München 1982, S. 269

[25] Heer, Roland: Erstbegehung am Schreibtisch, a.a.O.

[26] Ebd.

Oswald Oelz (links) und Reinhold Messner
im Dezember 2008 nach der Erstbesteigung
eines Sandsteinturms beim Jebel Rum,
Jordanien. Fotografiert von Simon Messner.

Oswald Oelz (*1943)

Das Glück der letzten Schritte

Er hat zwei Achttausender bestiegen und die sieben höchsten Berge aller Kontinente, er hat die grossen Nordwände der Alpen geschafft und Felswände in Jordanien und Oman erstbegangen. Oswald Oelz war ein Pionier der Höhenmedizin und leitete als Chefarzt eine grosse Klinik in Zürich. Was immer er anpackt, scheint ihm zu gelingen. Auch wenn er schreibt. Seine Autobiografie wurde ein Bestseller, der über das Persönliche hinaus von der Entwicklung des Alpinismus eines halben Jahrhunderts erzählt: von den desperaten Abenteuern der wilden Fünfziger- und Sechzigerjahre über die Erschliessung der Achttausender bis zum Sportklettern.

Ich lag auf dem Operationstisch, eingepackt in grünes Tuch, wenn ich die Augen öffnete, sah ich über mir zwei Bildschirme, darauf einen grauen Schatten, der sich ausdehnte und schrumpfte, im gleichen Takt wie mein Herz. Es war mir, als betrachte ich eine Fernsehsendung, Mensch, Technik, Wissenschaft. Doch da lief kein Film, ich sah das Abbild meines Herzens, die Übertragung war live. Auch der Ton: gedämpfte Stimmen hinter mir, das Klappern von Gerät, Geschäftigkeit im Halbdunkel des Operationsraums. «Der Chef kommt», sagte jemand halblaut, die Geräusche schienen hektischer zu werden. «Was will der hier?» Es geht los, dachte ich. Es schmerzt kaum, es ist ein Routineeingriff, Herzkatheter, jedes Jahr Hunderte Male durchgeführt in dem Spital, selten mit Komplikationen. Höchste Zeit für den Eingriff, wie sich gleich herausstellen würde, ich litt an Angina Pectoris, geriet schon beim Treppensteigen nach wenigen Stufen ausser Atem, ein Infarkt drohte.

Ich drehte meinen Kopf, sah aus einem Augenwinkel die gedrungene Gestalt neben den Kardiologen treten, «Bulle» nennt man ihn unter Freunden: Oswald Oelz, Chefarzt der Klinik, Medizinprofessor, passionierter Alpinist, Höhenbergsteiger, Schafzüchter, Autor des Bestsellers «Mit Eispickel und Stethoskop»[1]. Es beruhigte mich, dass er in der Nähe war, während der Kardiologe eine Sonde in die Schlagader in meiner Leiste einführte und dann gegen mein Herz schob. Auf dem Schirm sah es aus, als ob er es durchbohren würde.

Ich spürte ein Würgen im Hals, wandte mich ab. «Wann kann ich wieder klettern?», fragte ich ins Halbdunkel, um mich abzulenken.

«Du musst dich einen Monat schonen», meinte Oswald. «Aber es kommt gut.»

Ich wusste, dass ich mich nicht an die vorgeschriebene Ruhezeit halten würde, den Ungehorsam würde er mir sicher verzeihen. In einer seiner Kolumnen schreibt er, Bewegung sei der beste Weg zur Heilung. Die Patienten aus dem Bett treiben betrachte er als eine Hauptaufgabe bei Chefvisiten: «Bett, Bürostuhl und Fernsehsessel leisten einen erklecklichen Beitrag zum Wachstum der Fettgebirge in der westlichen Welt.»[2]

Nebst dem Steigern des körperlichen Wohlbefindens rege Bewegung auch die Kreativität an: «Nie ist der Geist freier und das assoziative Denken kreativer als bei einem Waldlauf.» Herunter also von den Papierbergen! Weg mit den Fettgebirgen. Friedrich Nietzsche würde ihm zunicken, auch er fand seine grossen Gedanken im Freien, bei freier Bewegung, wenn «die Muskeln ein Fest feiern»[3].

«An der Himmelspforte danach beurteilt, wie viele Gipfel man erstiegen»

Aufgewachsen ist Oswald Oelz in Feldkirch in Vorarlberg, sein Vater, Jurist, im Ersten Weltkrieg verwundet und in Kriegsgefangenschaft geraten, mied die Berge. Die Mutter war das Gegenteil, eine leidenschaftliche Bergsteigerin, die im Rätikon im 6. Schwierigkeitsgrad kletterte in einer Zeit, als dies als das äusserst Menschenmögliche galt und man noch kaum Frauen im schweren Fels antraf. Mit fünf wurde der kleine Oswald bereits zur Besteigung der ersten Zweitausender aufgeboten, bald auch zu Skitouren. Arbeit, Leistung, Berge: Das Lebensprogramm der Mutter, einer Sport- und Mathematiklehrerin, übertrug sich auf den Sohn, sei es genetisch, sei es das Vorbild oder die matriarchale Autorität. Bereut hat er es nie. «Noch heute bin ich überzeugt, dass man an der Himmelspforte danach beurteilt wird, wie viele Gipfel man erstiegen und wie viele Höhenmeter man geleistet hat.»[4] Die feine Selbstironie, die sich durch seine Texte zieht, hat er vielleicht vom Vater geerbt, jedenfalls ein «Misstrauen gegen Dogmen und Autoritäten, obwohl er ein Notar war»[5]. Ein Bild zeigt den Dr. iur. Karl Oelz lächelnd mit einem runden Strohhut auf dem Kopf; als Landstreicher verkleidet sei er aus der Kriegsgefangenschaft in Italien geflüchtet.

Ich zweifle keinen Augenblick, dass sich die Himmelspforte für Oswald Oelz dereinst weit öffnen wird. Höhenmeter hat er jedenfalls genug geleistet: Zwei Achttausender bestiegen, Everest und Shisha Pangma, Versuche unternommen an Makalu, Manaslu und Cho Oyu, einige Siebentausender und Sechstausender und als dritter Bergsteiger der Welt die Seven Summits bestiegen, die sieben höchsten Berge aller Kontinente. Dazu die grossen Nordwände der Alpen: Eiger, Matterhorn, Grandes Jorasses und gewiss tausend weitere Routen. Falls das Petrus nicht genügt, dürften noch Freunde, die er aus Bergnot gerettet und unzählige Patienten, denen er als Arzt beigestanden ist, ein Wort für ihn einlegen. Auch ich gehöre dazu, falls ich nicht in der Hölle schmore, da ich nicht höhentauglich bin und nur ein paar Viertausender geschafft habe.

«Du musst unbedingt ein Buch schreiben, und ich weiss auch schon den Titel: Mit Eispickel und Stethoskop, Bulle, der Bergarzt, berichtet.»[6] Es war im Anmarsch zur Südwand des 8201 Meter hohen Cho Oyu im April 1982, als Reinhard Karl seinem Freund Oelz den Auftrag für eine Autobiografie zuwarf, unterstützt durch ein paar Klumpen Yakmist. Reinhard Karl, damals einer der erfolgreichsten deutschen Extrembergsteiger, Fotograf und Buchautor, starb wenige Wochen später in einer Eislawine. Oelz hatte die Expedition verlassen müssen, er war höhenkrank geworden. Der Tod des Freundes, mit dem er den Mount Everest bestiegen hatte, traf ihn schwer. Seinen Vorschlag, ein Buch zu schreiben, fasste er als eine Art Vermächtnis auf. Und als Mann, der seine Träume konsequent verwirklicht, der seine Ziele nicht endlos vor sich her schiebt, setzte er sich eines Tages hin, schrieb nachts und an Wochenenden neben seiner Arbeit als Chefarzt, dem Bergsteigen und seiner Mikro-Landwirtschaft das Buch, das ein Bestseller wurde. Wie viele autobiografische Autoren lebte er schreibend sein überaus bewegtes Leben im Geiste nochmals durch und nimmt dabei mich als Leser mit auf Höhen, die für mich Träume geblieben sind, lässt mich in Abgründe und von der Schwelle des Todes ins Unergründliche blicken. «Ich steige hinab in die tiefen Täler der Niederlagen und hinauf in die orgiastischen Höhepunkte, durchlebe noch einmal das Spiel und den Ernst, die Trauer um die Freunde und die Lust am übermütigen Wahnsinn.»[7]

Auch wenn ich niemals so viele und so hohe Berge bestiegen habe, so schwierige Wände und Grate geschafft und nur wenige Nahtoderfahrungen hinter mir habe: In seiner Lebensgeschichte lese ich immer wieder

Motive und Erfahrungen meiner eigenen. Ich vermute, dass es vielen Bergsteigerinnen und Bergsteigern so geht. Literatur wird uns zum Spiegel.

«Die Berge meiner Jugend waren Krücken»

Vielleicht sind wir uns vor Jahrzehnten schon begegnet, denn das Felsentraumland seiner Jugend war auch meines, und wir sind im gleichen Jahr geboren: Rätikon! Grenzgebirge zwischen Prättigau und Montafon, steile Alpweiden, endlose Schutthalden, graugelbe und stellenweise brüchige Kalkwände. Mit den Kletterern von drüben standen wir Schweizer in einer Art Wettbewerb, man schrieb seine Taten in fetten Buchstaben in Gipfel- und Hüttenbücher. Ich bin fast sicher, dass ich zumindest seinen Namen gelesen habe. Vielleicht in der «Unmittelbaren» an der Sulzfluh oder am Südpfeiler des grossen Drusenturms, wo der Seilpartner von Oelz im Vorstieg in einem Riss schwer stürzte.

«Alles in mir war ruhig und gespannt. Ein grosses Loch in der Muskulatur des Rückens blutete heftig, Blut rann auch aus einigen Risswunden am Kopf. Da ich beschlossen hatte, Arzt zu werden, hatte ich erstmals eine richtige Apotheke mitgenommen und konnte meinen Freund mit Druckverbänden behandeln.»[8]

Oswald seilte den Verletzten allein über vierhundert Meter ab und holte Hilfe – eine unerhörte Leistung. Heute würde man zum Handy greifen, und wenig später wäre der Helikopter da mit dem Retter an der Longline. Damals waren die Rätikonwände noch so einsam, dass es oft Tage dauerte, bis ein Alphirt die Hilferufe eines Verunglückten hörte. Es waren gefährliche Jahre; dass Kollegen zu Tode stürzten oder in Lawinen ums Leben kamen, gehörte zum Metier. Wir Überlebenden wuchsen an diesen schrecklichen und traurigen Erfahrungen, lernten aus den Fehlern der Verunglückten: «Die Berge meiner Jugend waren Krücken, mit denen ich mein werdendes schwaches Ego stützte, Trophäen, die ich zunächst unfreiwillig, dann getrieben vom eigenen Ehrgeiz sammelte. An diesem Zwang, Trophäen zu sammeln, hat sich trotz zunehmend weisser Haare nichts geändert: Erfolge beim Bergsteigen sind auch heute eine wesentliche Stütze meines Selbstbewusstseins.»[9]

Es war die Zeit, als man mit dem Fahrrad in die Berge radelte wie unser Vorbild Hermann Buhl. Oelz schaffte es mit einem Kollegen bis ins Wallis, kletterte unter anderm über den Zmuttgrat aufs Matterhorn. Die «Vorarlberger Nachrichten» druckten einen dramatischen Bericht des jungen Extrembergsteigers: «Bergtage im Wallis». Vom Gipfel der Dent d'Hérens berichtete er: «Wir freuen uns über das Toben des Sturmes, denn gerade solche Verhältnisse, die direkt zum Kampf herauszufordern scheinen, machen eine Fahrt in hohem Grade voll von Erleben.»[10] Auch der junge Ludwig Hohl fand das Bergsteigen bei widrigstem Wetter erst richtig reizvoll.

Mit dem Zeitungsartikel habe er sein schwaches Ego stärken und auch noch etwas Geld verdienen können, erinnert sich Oelz, der sich auch einmal überlegt hatte, Journalist zu werden – oder gar Pfarrer. Eines Tages dann ein «Sekundenentschluss»[11] für die Medizin, die beste Entscheidung seines Lebens, wie er sagt. Aus seinem ersten Text hallt noch das Echo der ausgiebigen Berglektüre des jungen Kletterers, von Büchern, die noch vom Heldentum und von den heroischen Metaphern der Vorkriegsliteratur geprägt waren. «So sehen Helden aus», schrieb er ins Tourenbuch nach seinem ersten Sturz im Fels, der mit etwas Blut im Gesicht geendet hatte. «Es war noch immer das Zeitalter der furchtlosen Helden, das über den Zweiten Weltkrieg hinaus dauerte», schreibt er später. «Dabei hatten alle Angst, die Helden in den Schützengräben ebenso wie die Bergsteiger, wenn sie beim Begräbnis eines abgestürzten Freundes die nächste Tour ausmachten. Doch erst die Revolution der Achtundsechzigerjahre erlaubte ihnen, das auszusprechen.»[12]

Sein Freund Reinhard Karl, ein Alt-Achtundsechziger und «sensibler Kopfrevoluzzer», war einer, der einen neuen, ehrlichen Ton in die Bergliteratur eingebracht hatte.[13] Ich erinnere mich auch an Georges Livanos aus Marseille, der mit seinem Buch «Über dem Abgrund – Senkrecht bis überhängend»[14] in den Sechzigerjahren eine hitzige Kontroverse unter

Bergsteigern ausgelöst hatte, indem er mit Witz und Ironie das vermeintliche Heldentum am Berg entlarvte.

Oelz weiss aber auch um die ambivalente Wirkung der Angst am Berg: «Angst ist also ein unabdingbarer Bestandteil des ernsthaften Bergsteigens, und die Überwindung dieser Angst ist eine Droge, die süchtig macht. Eine gute Dosis Angst verbessert die Aussicht auf Überleben, darum ist es manchmal weise, ihr nachzugeben.»[15] Hier spricht der Arzt, der weiss, dass es die Dosis ist, die das Gift vom Heilmittel unterscheidet.

«Ziel aller Wünsche, Ende aller Probleme»

Als wahrer Held, «Hero among Heroes», wird Oswald Oelz 1970 in Kenya gefeiert. Es ist eines der dramatischsten Kapitel seiner Autobiografie und wohl auch seines Lebens. Auf dem Abstieg nach der Nordwand des Mount Kenya stürzte sein Begleiter mit einem ausbrechenden Block, blieb schwer verletzt auf einem Band liegen. Oelz versorgte ihn mit dem Nötigsten, seilte sich dann allein ab und organisierte die Rettung, die schliesslich neun Tage dauerte und an der sich hundert Leute beteiligten, allen voran eine Gruppe von Tiroler Bergrettern, die eingeflogen wurden. «Das Überleben meines Freundes brachte mir die Erkenntnis, dass man in den Bergen bei entsprechendem Willen und mit etwas Glück auch kritische Situationen überleben kann, mit Ausnahme von Lawinen, Steinschlag oder unglücklichem Absturz, die sofort zum Tod führen. Das nahm mir für die Zukunft etwas von meiner Angst.»[16]

Bergsteigen als Lebenshilfe und Läuterung, das Thema scheint immer wieder auf in Oelz' Texten. Eine Expedition zur Südwand des Achttausenders Manaslu als «Psychotherapie gegen Traurigkeit» nach dem Tod der Mutter. Die Glückseligkeit auf dem Gipfel des Mount Everest nach Überwinden aller Schwierigkeiten und Strapazen «zum Ziel aller Wünsche und zum Ende aller Probleme» vor dem Scheitern einer ersten Ehe. Weit weg von unserer verrückten Welt zu sein helfe, wieder in ihr leben zu können. Statt Therapie und Selbsthilfegruppe verschreibt er seelisch Leidenden: «Das Gehen in einem grossen Gebirge und die Rückkehr zum einfachen Leben bringen Ruhe; die Sorgen um Steuern und Karriere verfliegen in der reinen Luft. Wir werden mit einfachen Dingen glücklich: einem geschützten Zeltplatz, der Schutz vor Lawinen und Steinschlag bietet, einem warmen Schlafsack, Brennstoff, um Wasser zu bereiten, scharfen Steigeisen und einem guten Freund.»[17]

Als er 1991 zum Chefarzt des Zürcher Stadtspitals Triemli gewählt wird, zettelt sein Vorgänger eine Schlammschlacht gegen ihn an. Unter dem Vorwand, Oelz' Gehirn sei durch mehrere Aufenthalte in grosser Höhe und erlittene Hirnödeme geschädigt, versucht er, die Berufung zu hintertreiben. Oelz war geschockt, wütend, wehrte sich mit sachlichen Argumenten. «Dann läutete das Telefon. Mein Freund Diego Wellig rief mich aus Zermatt an, er habe übermorgen Zeit, und die Matterhorn-Nordwand sei in guter Verfassung.»[18]

Die Besteigung, schnell und bei guten Verhältnissen, entspannte ihn, er fand in einem Schreiben an den zuständigen Stadtrat die richtigen Worte. Fünfzehn Jahre führte er die Klinik, brachte frischen Wind in den Betrieb und schuf mit seinem Team eine Atmosphäre, dass auch ich mich als Patient aufgehoben und wohl fühlte. Im Krankenzimmer der kardiologischen Abteilung entdeckte ich als Erstes eine Weinkarte auf dem Tisch. Die Ärzte, Pflegerinnen und Pfleger waren stets freundlich, hilfsbereit, das Essen schmeckte. Und durchs Fenster in der Ferne sah ich den blauen Bogen der Alpen im Dunst.

«Dichter gibt es überall»

Wie die grossen Pioniere der Alpen zur Zeit des Forschungsalpinismus der ersten Hälfte des 19. Jahrhunderts berichtet Oswald Oelz nicht nur über seine Erlebnisse am Berg, sondern auch über Forschungen und wissenschaftliche Experimente. Schon bei Horace-Bénédict de Saussure oder Johannes Hegetschweiler hatten eigene Erfahrungen zu neuen Erkenntnissen geführt. Oelz' Buch steht in dieser Tradition. Er führte in grosser Höhe Selbstversuche mit neuen Medikamenten durch bis an den Rand des Todes, zum Beispiel am Makalu, wo er aus Verzweiflung Nifedipin schluckt und entdeckt, dass das Medikament wirkt. Untersuchungen an Expeditionskollegen und der Aufbau eines Höhenlabors in der Capanna Regina Margherita im Monte-Rosa-Gebiet sind weitere wissenschaftliche Projekte. Seine Autobiografie schliesst mit einem Ratgeber für Bergsteiger, dem «Einmaleins der Höhenmedizin».

«Literarisch habe ich noch nie etwas geschrieben und das masse ich mir nun tatsächlich nicht an»[19], sagt Oswald Oelz in eher ungewöhnlicher Bescheidenheit. Doch stellt ihn Literaturprofessor Peter von Matt in einem Vortrag zum Thema «Facetten des Mediziners» auch als Autor in einen literaturhistorischen Kontext. Anlässlich des Abschieds von Oelz als Chefarzt schlägt von Matt einen Bogen über drei Jahrhunderte von Albrecht von Haller bis Oswald Oelz: beides Mediziner und Forscher im alpinen Gelände und Schriftsteller. Mediziner und Alpinisten seien beide Grenzgänger auf ihre Weise, an den Grenzen der Wissenschaft, an den Grenzen des Möglichen, an der Grenze von Leben und Tod. Die Grenzfragen der Medizin hätten sich stets in der Literatur der jeweiligen Epoche niedergeschlagen; er erwähnt den ausgebildeten Arzt Friedrich Schiller, den Arzt Gottfried Benn. «Es zieht sich eine Linie von dieser Alpendarstellung des Arztes und Naturwissenschaftlers Haller bis zu den Büchern des herausragenden alpinistischen Autors Oswald Oelz.»[20]

Von Matt, der selber aus den Bergen stammt, weiss auch: «Die Erstbesteigung einer Felswand erfordert so viel Inspiration und Ausdauer wie ein Gedicht, das seine Zeit überlebt. Dichter gibt es überall, mit dem Kugelschreiber, mit dem Skalpell oder in Kletterschuhen.»[21]

«Ich war gefangen»

Im Jahr 1983, kurz nach Beginn seiner Forschungen zur Höhenmedizin, unternimmt Oelz mit Freunden eine «gemütliche Expeditionsreise» zum Glacier Dome, einem abgelegenen Siebentausender im Annapurna-Gebiet. Schon im Aufstieg plagen ihn Kopfschmerzen, Husten und Atemnot, der Höhenmediziner weiss, jetzt müsste er sofort absteigen. Doch die Bergsteigerseele will nicht aufgeben nach dem langen Anmarsch an so einem «lächerlichen Siebentausender». Nach schwerer Spurarbeit erreicht er am späten Nachmittag den Gipfel, die Freunde steigen schon ab. Er will noch einen Augenblick bleiben, das Farbenspiel und den Wind geniessen. Da taucht ein Mann auf aus dem Nichts, empfiehlt ihm in norddeutschem Dialekt, im Abstieg die Spur zu verlassen, direkt zum Lager hinabzusteigen, um schneller zu sein. Dann verschwindet er wieder. Eine Halluzination.

«Die Sonne war untergegangen, und das Licht wurde fahler; vor meinen Augen lag ein Schleier, der immer dichter wurde. Konturenhaft erahnte ich im Sternenlicht Quergänge, die mich Spalten ausweichen liessen und zu einer weiteren steil abfallenden Eiswand brachten. Die Pickelspitze drang nur wenig ins harte Eis, mit der linken Hand versuchte ich zusätzlich, mein Gleichgewicht zu halten. Ein Steigeisen rutschte weg, und ich stürzte einige Meter ab, bis mich eine Stufe im Eis auffing. Rechts und links ahnte ich weitere Eistürme; ein langer Quergang auf Eisbalkonen zwischen Spalten endete vor einer Längsspalte. Also zurück – ich war gefangen.»[22]

Der traumatische Abstieg durch eine unbekannte Wand gleicht der Schlüsselstelle in Ludwig Hohls Erzählung «Bergfahrt» bis in Einzelheiten. Die plötzliche Erkenntnis des Bergsteigers Ull im Notbiwak, in kalter Nacht, ein Gefangener zu sein. Wie ihm, so erscheint auch dem halluzinierenden Oelz eine Frau, eine Tante, die er seit Jahren nicht mehr gesehen hat. Ein Schiff fährt vorbei, schwarz und unerreichbar, es erinnert an Hohls Metapher vom Berg als «sehr grosses Schiff, das nicht in ein Erdenmeer nur, das in die Ewigkeit hineinführe»[23]. Und wie Ull, so stürzt Oelz am andern Morgen beim weiteren Abstieg ab, ein Schneebrett fegt ihn Hunderte von Metern durch ein Couloir in die Tiefe.

«Weisses Chaos verschluckte mich, ich registrierte reaktionslos rasendes Gleiten, freies Fallen, Aufschläge, Weitergleiten, Stösse gegen meinen Rücken, meinen Kopf, und wieder freies Fallen, dann einen letzten Aufschlag – und plötzlich Ruhe. Ich lag einfach da, auf dem Rücken; Ausläufer der Lawine flossen links und rechts an mir vorbei.

Ich lebte – aber alle meine Glieder schmerzten und ich hatte panische Angst, gelähmt zu sein.»[24]

Doch er konnte aufstehen, weitergehen, die Freunde fanden ihn. Das Abenteuer kostete ihn vier Zehen, schenkte ihm dafür neue Erkenntnisse über Hirnödeme und eines der eindrücklichsten Kapitel der Autobiografie: die Schilderung eines Absturzes, eine Nahtoderfahrung, wie sie selten sind in der Bergliteratur, aus naheliegenden Gründen. Nur wer Glück hat, überlebt. «Ich habe mich dem Gebirge stets mit einer Mischung von Respekt, Furcht und Liebe genähert. Ich betrachte den Alpinismus als ein prächtiges, wundervolles, beglückendes, unnützes Spiel, den Unfall als Folge eines meist vermeidbaren und oft selbstverschuldeten Fehlers. Auch das tödliche Scheitern ist in manchen Fällen ein Resignieren, eine Selbstaufgabe, bevor der letzte Lebenswille restlos ausgeschöpft ist.»[25]

«Das tausendfache Warum»

Um dem Gefängnis zu entrinnen, steigen Ludwig Hohls Protagonisten auf Berge. Es ist im Grunde eine pessimistische Antwort: Die Welt ist ein Gefängnis, doch auch am Berg, wie seine Parabel «Bergfahrt» zeigt, bleibt der Mensch gefangen. Oswald Oelz weiss um die Gefängnisse am Berg, er kennt die Abgründe und Todeszonen aus eigener Erfahrung. Doch seine Antwort bleibt stets optimistisch. Nach dem Walkerpfeiler an den Grandes Jorasses, einer der grossen klassischen Nordwandrouten der Alpen, schreibt er: «Das tausendfache Warum des Morgens war wie immer spätestens vom Gipfelwind davongeweht worden. Alle Wege enden letztendlich im Glück, manchmal in orgiastischem Glück: Die Welt ist nie vollkommener als am Endpunkt eines hohen Gipfels. Das Glück, ein lang ersehntes und umworbenes Ziel zu erreichen, das Glück der makellosen Schönheit und das Glück des ausgelaugten, schmerzenden, erschöpften Körpers mit der vollständig zufriedenen Seele ist alle Antwort auf das Warum.»[26]

Oft wird kritisiert, Bergliteratur sei morbid, ihre Dramaturgie sei vor allem von Unglück und Tod bestimmt. Tatsächlich ist es nicht einfach, die Augenblicke der Erfüllung so zu erzählen, dass sie nicht in Kitsch oder Heldenkult kippen. Oft fehlen einfach die Worte. «Das Glück der letzten Schritte auf einen Gipfel, den man sich jahrelang gewünscht hat, ist nicht beschreibbar.»[27]

Oswald Oelz' Buch ist jedoch mehr als Autobiografie, es steht über das Persönliche hinaus für die Entwicklung des Alpinismus des vergangenen halben Jahrhunderts: von den desperaten Abenteuern der wilden Fünfziger- und Sechzigerjahre, der Erschliessung der Achttausender bis zum aktuellen Sportklettern und dem Massentourismus, dessen Auswüchsen er durchaus kritisch gegenübersteht. Etwa der übermässigen Sanierung von klassischen Aufstiegen oder der Erschliessung von Felswänden mit einem Spinnennetz von eingebohrten Routen, selbst in schwer zugänglichen Gebieten wie Madagaskar, Grönland oder der Antarktis. Mit der Höhenmedizin, den Expeditionen und Erstbesteigungen in Jordanien und Oman gehört er aber auch zu den Wegbereitern des kommerzialisierten Bergsteigens. Er weiss, dass er zu den Privilegierten gehört, die den folgenden Generationen den Weg bereitet, damit aber auch etwas weggenommen haben: die Einsamkeit, das Abenteuer.

«Die Gnade der frühen Geburt hat uns einen einsamen Mount Everest beschert: Wer heute auf das Dach der Welt steigen will, findet sich im Basislager in einem Zirkus mit bis zu 300 Zelten. Mobiltelefone und Internetanschluss sind unten ebenso selbstverständlich wie weiter oben Gänsemarschkarawanen und Warteschlangen an den Fixseilen. Inkompetente Anwärter, deren Legitimation ein dicker Geldbeutel ist, versuchen ihr Sozialprestige mit einem ‹Sieg über den Everest› aufzumöbeln und blockieren den Weg für jene, die auch aus Freude zum Gipfel der Welt wollen.»[28]

Es war ein klarer Morgen, wir sassen an der Sonne auf der Terrasse der Cafeteria vor der Klinik, die in den Himmel ragt, als sei sie ein Fels, siebzig Meter hoch, zwanzig Stockwerke. Kurz zuvor war ich auf Geheiss des Kardiologen alle Treppen hochgestiegen, noch etwas atemlos, aber sonst ohne Beschwerden. Die Ballon-Dilatation, wie man den Herzkatheter auch nennt, gehört zu den Wundern der modernen Spitzenmedizin.

Meine Koronargefässe waren erweitert, mit sogenannten Stents verstärkt, das Herz wieder ausreichend mit Blut versorgt, der Infarkt abgewendet. «Gut», sagte Oswald. Auf einem Tablett brachte er Kaffee und Gebäck. Wir plauderten, vielleicht über Bücher oder über Berge oder über seine Tiroler Steinschafe. Oder über seine Pläne nach der absehbaren Pensionierung: lesen, schreiben, reisen, klettern, etwas mehr Zeit haben.

Zum Abschied überreichte er mir eine Tragtasche mit einer guten Flasche Wein aus seinem Keller und einer Flasche Olivenöl. «Jeden Tag ein Glas Wein», sagte er, «und mediterranes Essen, Olivenöl, Fisch, Gemüse, Früchte. Versprochen?»

«Versprochen», sagte ich.

Ein paar Tage später kletterte ich wieder, etwas gedämpft noch durch Betablocker und andere Medikamente. Glücklich, dass ich wieder frei atmen und mich bewegen konnte.

---

[1] Oelz, Oswald: Mit Eispickel und Stethoskop. AS Verlag, Zürich 1999

[2] Oelz, Oswald: Adrenalin, Bullshit und Chemotherapie. Echtzeit Verlag, Basel 2007

[3] Nietzsche, Friedrich: Ecce Homo. Warum ich so klug bin. In: Friedrich Nietzsche. Kritische Studienausgabe in 15 Bänden, Band 6. Deutscher Taschenbuch Verlag, München 1999, S. 281

[4] Oelz, Mit Eispickel und Stethoskop, a.a.O., S. 21

[5] Oelz, Oswald: Rede am Abschiedssymposium, Stadtspital Triemli, Zürich 28.6.2006

[6] Oelz, Mit Eispickel und Stethoskop, a.a.O., S. 8

[7] Ebd., S. 15

[8] Ebd., S. 32

[9] Ebd., S. 258

[10] Ebd., S. 24

[11] Ebd., S. 30

[12] Ebd., S. 239

[13] Reinhard, Karl: Erlebnis Berg: Zeit zum Atmen. Limpert Verlag, Bad Homburg 1980

[14] Livanos, Georges: Über dem Abgrund – Senkrecht bis überhängend. Albert Müller Verlag, Rüschlikon 1960

[15] Oelz, Mit Eispickel und Stethoskop, a.a.O., S. 239

[16] Ebd., S. 61

[17] Ebd., S. 117

[18] Ebd., S. 220

[19] Oelz, Oswald: E-Mail an den Autor

[20] Von Matt, Peter: Facetten des Mediziners. Vortrag am Abschiedssymposium für Oswald Oelz, Stadtspital Triemli, Zürich 28.6.2006

[21] Ebd.

[22] Oelz, Mit Eispickel und Stethoskop, a.a.O., S. 168

[23] Hohl, Ludwig: Bergfahrt. Suhrkamp Verlag, Frankfurt am Main 1975, S. 9

[24] Oelz, Mit Eispickel und Stethoskop, a.a.O., S. 170

[25] Ebd., S. 111

[26] Ebd., S. 258

[27] Ebd., S. 213

[28] Ebd., S. 111

Emil Zopfi im Februar 1962 bei einer
Winterbesteigung im Bockmattli.
Fotografiert von Hansruedi Horisberger.

Emil Zopfi (*1943)

Namenlose Nostalgie

Der Autor dieses Buches als junger Kletterer in der Südwand des Namenlosen Turms im Bockmattli, Wägital. Was am Berg einst unmöglich schien und später extrem war, nennt sich heute «plaisir». Die Geschichte des Alpinismus kann als Spiegel gesellschaftlicher Entwicklungen gelesen werden. Bergliteratur erzählt davon: von den schwierigen, den traurigen und den glücklichen Augenblicken, vom Hier und Jetzt, von den Mosaiksteinen des Erinnerns.

Der junge Kletterer klebt an der überhängenden Kante, mit Seil und Haken und Strickleitern, ein Holzkeil baumelt am Gürtel, ein Grubenhelm schützt seinen Kopf, die Geröllhalde mit dem Zick-zackweg in der Tiefe ist schneebedeckt. Es ist kalt, Februar 1962. Das Bild friert ein in meinem Kopf, und ich taste mich um die Kante, finde Griffe, klippe nagelneue Bohrhaken, habe das Gefühl, der Fels bebe leicht unter meinem Griff, vielleicht der ganze Berg, vielleicht zittere ich selber vor Aufregung. So ist das also, wenn man wiederkehrt, fast vierzig Jahre später.

«Namenlose Südwand» im Bockmattli, eine sogenannte «Plaisir-Route», sechster Grad, eingebohrt, eingerichtet und ausgerüstet, bequem für ein kletterndes Ehepaar in den Fünfzigern. Doch die Gedanken wandern zurück, es war einmal. Der sechste Grad, das äusserst Menschenmögliche, zu steigern nur noch durch aussergewöhnliche Bedingungen, zum Beispiel Winter. Es war also im Februar 1962, als sich vier Burschen mit Pickelhämmern bewehrt über eisgepanzerte Bockmattlischrofen hochhackten bis in die Felshöhle, aus welcher der Quergang um die Kante ansetzt, die Schlüsselstelle, wo sie Fixseile befestigten für den Angriff am andern Morgen: erste Winterbesteigung! Ein Jahr zuvor hatten Toni Hiebeler, Toni Kinshofer, Anderl Mannhardt und Walter Almberger die Eiger-Nordwand erstmals im Winter gemeistert und damit der Kletterjugend neue Wege gezeigt. Bockmattli im Winter, ich eiferte den Vorbildern nach, kletternd und schreibend.

Und während ich durch den gelben, so erdig nach Bockmattli duftenden und leicht bröckligen Fels der Sonne entgegentänzle – Stand auf der Rampe, Christa nachkommen! –, rollt im Kopf eine nostalgische Kette von Assoziationen ab. Das letzte Telefongespräch mit Toni Hiebeler, kurz bevor er mit einem Helikopter abstürzte in den Julischen Alpen, die Granitkante am Battert bei Baden-Baden, an der Toni Kinshofer sein Leben liess, und natürlich Heini Ryffel, der die Seilschaft hinter uns führt in jenem Winter, zwei Jahre später tot, abgestürzt mit Juli Hensler, dem Erstbegeher der namenlosen Wand, gestorben auch sein Begleiter, Christian Hauser, Doyen der Bockmattlikletterer, Herzschlag auf einer Rettungsaktion. Herrgott, ist es der Herbst, das melancholische Gelb der Wälder, die Totenstille der Alp ohne Vieh, der abgründige Spiegel des Wägitalersees in der Tiefe, was mich in plötzliche Trauer stürzt.

Dankbar klippe ich den dicken Muniring am Stand und denke an all die verwehten Freunde und ihr Leben und ihre vergessenen Abenteuer. Manchmal steckt irgendwo noch ein verrosteter und verbogener alter Haken in einem Riss, welchen die Routensanierer vergessen haben. Schrott nennt man heute, was uns Halt und Griff verschaffte, als Rotpunkt noch nicht erfunden war. Schrott und Erinnerung, die Wand ein Museum, eine Gedenkstätte. «Die alten Haken noch», klingt es in meinem Kopf, es klingt wie das Lied von den alten Strassen, das mein Vater im Männerchor sang, wenn ein Freund gestorben war. Ach ja, die alten Zeiten, man wünscht sie sich nicht wieder und möchte sie doch nicht missen. Wahrscheinlich verfällt jeder ältere Bergsteiger dieser Sehnsucht nach der heroischen Jugend, in der man von jeder Tour wie neugeboren ins Tal zurückkehrte, glücklich, dass man überlebt hatte. Klettern hatte etwas Morbides. Jede Kletterbiografie erzählt diese Heldengeschichten von Stürzen, ausbrechenden Haken, zerschmetterten Gliedern, erfrorenen Zehen und vom ersten Opfer, bei dessen Rettung man Hand anlegte.

Doch nun bewegen wir uns ja im Plaisir-Bereich, klippen den Stand, legen Hand an den Fels und freuen uns, dass uns die überhängende Verschneidung, durch die sich die jungen Helden mit Trittleitern kämpften, eigentlich gar nicht so schwer fällt, denn man hat trainiert in der Halle und im Klettergarten, wo die Griffe viel kleiner sind und die Überhänge wuchtiger, hat Muskeln aufgebaut, mit Stretching Beweglichkeit erreicht, hat die Ernährung optimiert und die Psyche gehärtet. Das Morbide ist der Sachlichkeit gewichen, aus den Helden sind Sportler geworden. Und so turnen wir beschwingt durch die gelben Risse zum Ausstieg, wo ich einst im Alleingang scheiterte, in bröckligem, staubig duftendem Kalk, wo Hansruedi Horisberger und ich im Winter unseren zwei Freunden und Konkurrenten davonkletterten zum Graskopf, dem Ende der Route, zum Abstieg durch einen glasig vereisten Schlund, ein blendender Spiegel im Glanz der Nachmittagssonne. Wir waren längst im Tal, tranken Kaffee in der Wirtschaft am See, die Musikbox dröhnte, und wir hofften, Heini Ryffel und Toni Reichmuth würden den Abstieg noch schaffen vor der Dämmerung, der Nacht, der grossen Kälte.

Und wie ich da in dieser namenlosen Wand klettere, in diesen steilen und griffigen Rissen, nach so unendlich langer Zeit, ist alles wieder gegenwärtig, selbst diese kleine namenlose Schuld, die irgendwo in der Seele zwickt, ein Sandkorn vom grossen Berg aller Schuld, der sich in einem Leben anhäuft. Wir hätten warten sollen, damals, die Freunde nicht im Stich lassen. Wir hätten uns entschuldigen sollen, später, doch wir fanden keine Worte. Wir hätten, wir hätten, wir waren jung. Und Heini Ryffel schon zwei Jahre später tot, abgestürzt am Ostturm im Bockmattli, unserer gemeinsamen Heimat. Ein Stand brach aus, Muniringe gab es nicht, keine Bohrhaken, Klettern war alles andere als Plaisir.

Soll man bedauern, dass sich die Zeit geändert hat, das Material, die Motivation, das Ziel? Sicher nicht jetzt, wo ich den letzten Ring klippe, der am Gipfelfelsen glitzert – Stand, Christa nachkommen! –, wo der Blick über die weissen Spitzen der Bockmattlitürme hinweg ins dunstige Land fällt. Wo der Wind mein Gesicht liebkost. Und dann der Kuss. Wo das Leben zu einem einzigen Augenblick schrumpft. Hier und Jetzt. Das Glück und die Wehmut, es könnte doch auch das letzte Mal gewesen sein. Beides ist da. Jeder Gipfel ein Abschied.

Stell dir vor, kleiner Junge an der Kante, mit deinen Holzkeilen und Steigleitern und Haken und dem Kletterhammer im Hosensack, stell dir vor, nach vierzig Jahren wirst du diese Stelle und diese Wand nochmals klettern, in einem ganz andern Stil, als ganz anderer Mensch, in einem warmen Herbst. Einem andern Leben fast. Plaisir!

Leichtfüssig steigen wir ab über den Weg, in Turnschuhen zickzack ins Tal. Beugen den Nacken und schauen zurück in die sonnenflammende namenlose Wand, die Höhle, die Rampe, die Risse. Einst waren alle Berge namenlos, und irgendwann werden sie es wieder sein. Und dazwischen glimmt ein Funke von Bewusstsein auf. Die Geschichte, unser Leben, der Augenblick, der verweilen soll, weil er so schön ist. Und uns doch stets entgleitet.

Anhang

Personenregister

Bergregister

Bergregister

Dank

Vor einigen Jahren sass ich mit Heinz von Arx und Peter Schnyder zusammen, sie sprachen von der Absicht, ihren Verlag für alpine Texte zu öffnen, ein Vorhaben, das mich sofort begeisterte. Inzwischen ist der AS Verlag zu einem der führenden alpinen Verlage im deutschsprachigen Raum geworden, mit seinen Bergmonografien, Alpinisten-Biografien und Bergabenteuer-Büchern hat er die zeitgenössische alpine Literatur neu belebt und bereichert. Dafür gehört ihnen ein grosser Dank, aber auch ihrem professionellen Team von Mitarbeiterinnen und Mitarbeiter in Lektorat, Layout, Pressestelle und Administration, namentlich Urs Bolz, Matthias Weber, Brigitte Haus.

Die Alpinjournalisten Daniel Anker und Marco Volken gehören zu den wichtigsten Autoren des AS Verlags. Beide haben mich bei diesem Buchprojekt mit unzähligen Ideen und Informationen unterstützt. Ohne ihre Hilfe wäre mir diese Arbeit gar nicht möglich gewesen. Daniel Anker war ein kompetenter und kritischer Lektor. Als zurzeit wichtigster Alpinhistoriker der Schweiz korrigierte er Fehler und Ungenauigkeiten im Manuskript und gab manche wertvolle Anregung.

Einzelne Kapitel kritisch gelesen und/oder durch Anregungen, Informationen und Korrekturen bereichert haben: Albert Vinzens (Nietzsche); Silver Hesse, Fritz Widmer, Volker Michels und Fredy Joss (Hesse); Daniel Annen (Inglin); Ursula Ruch (Graber); Hugo Sarbach, Anna Stüssi, Daniel Anker (Hohl); Robert Steiner (Schwarzenbach, Maillart); Ruedi Nöthiger, Bruno Margadant (Nöthiger); Walter Obschlager, Laura Molo (Frisch); Pierre Imhasly (Chappaz); Marco Volken (Favre); Marco Volken, Mario Casella (Sganzini); sowie in eigener Sache Albert Vinzens, Roland Heer, Franz Hohler, Oswald und Vanessa Oelz, Ernst und Ursula Reiss.

Für Unterstützung bei diesem und anderen Projekten der alpinen Literatur danke ich Thomas Germann und dem Team der alpinen Abteilung der Zentralbibliothek Zürich; Hugo Sarbach, Ursula Ruch, Gabriela Rauch und weiteren Mitarbeiterinnen und Mitarbeitern des Schweizerischen Literaturarchivs Bern sowie Mitarbeiterinnen und Mitarbeitern des Alpinen Museums Bern.

Mit kreativen Ideen, sicherer Kritik und liebevoller Ermutigung unterstützt mich stets auch meine Frau, Arbeits- und Kletterpartnerin Christa – beim Schreiben wie auch am Fels.

Der Kulturstiftung Pro Helvetia danke ich für einen Werkbeitrag für die Arbeit an diesem Buch.

Bildnachweis

Titelfoto: Max Frisch-Archiv, Zürich
S. 22: Aus: Klucker, Christian: Erinnerungen eines Bergführers. Eugen Rentsch Verlag, Erlenbach-Zürich 1930
S. 42: Klassik Stiftung Weimar
S. 56: Deutsches Literaturarchiv Marbach
S. 76: Aus: Perret, Roger: HAMO, der letzte fromme Europäer. Lenos Verlag, Basel 1982.
S. 96: Kantonsbibliothek Schwyz
S. 118: Schweizerisches Literaturarchiv, Bern
S. 138: Schweizerisches Literaturarchiv, Bern
S. 162: Archiv Alexis Schwarzenbach, Zürich
S. 186: Musée de L'Elysée, Lausanne
S. 198: Aus: Weiss, Jürg: Klippen und Klüfte. Orell Füssli Verlag, Zürich 1942
S. 210: Privatarchiv Ruedi Nöthiger
S. 224: Max Frisch-Archiv, Zürich
S. 250: Fotografin Yvonne Böhler, Zürich
S. 272: Aus: Remy, Claude & Yves: Gastlosen. Verlag Charlet, Lausanne 1999
S. 282: Privatarchiv Ernst Reiss, Basel
S. 296: Privatarchiv Franz Hohler
S. 308: Aus: Sganzini, Luca: Sconfiggere il Drago. Edizioni Bernasconi, Agno 1983
S. 318: Privatarchiv Albert Vinzens
S. 334: Privatarchiv Roland Heer
S. 346: Privatarchiv Oswald Oelz
S. 360: Privatarchiv Emil Zopfi
Umschlagrückseite: Schweizerisches Literaturarchiv, Zürich